AF186508

SACHMET 4

VIERTER TEIL

DIE RACHE DER LÖWIN

ROMAN
KATHARINA REMY

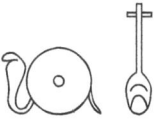

2011 AD:

Luxor, Ägypten

Anna, außer sich über einen brutalen Mord in ihrem Freundeskreis, macht während des Arabischen Frühlings eine schauderhafte Entdeckung. Die einst von ihr hoch über dem Arbeiterdorf Deir el Medine gefundene Statue verkörpert in den Wirren dieser unruhigen Zeiten das absolut Böse. Außerhalb ihrer Saison reist Anna deshalb überstürzt nach Luxor. Doch dort herrscht das Chaos, selbst ihr Zufluchtsort, das geliebte Winter Palace, scheint nicht mehr sicher. So trifft Anna in den Zeiten der Revolution nicht nur den alten, bedrohlichen Bettler wieder. Georg erfährt von ihrem überstürzten Aufbruch, reist ihr nach, wild entschlossen, seine Frau zurückzuerobern …

Kurz darauf erschüttert ein feiger Mordanschlag das beschauliche Städtchen. In all diesen Wirren offenbart selbst Sachmet sich und es dauert nicht lange, da muß Anna, bedrängt und von ihrer Vergangenheit eingeholt, in Luxor um ihr Leben fürchten …

1386 v. Chr.:

Uaset, Kemet

Ranofers Tod wäre vielleicht zu verkraften gewesen. Doch daß er Bent und ihrer beider große Liebe vergessen hat, stürzt die ehrbare Hohepriesterin der Isis in tiefste Betrübnis. Von diesem erneuten Schicksalsschlag grausam getroffen, im Herzen kalt, fühlt Bent sich außerstande ihr Leben weiterzuführen. Von Sachmets Wut verlassen, aber stets an die grausame Rache der Löwin erinnert, von Todessehnsucht gepackt, strebt sie nach Erlösung ihrer Qualen, sucht selbstquälerisch den ewigen Schlaf. Wären da nicht Pharao selbst, der ihre Hilfe beansprucht, ihr verläßlicher Freund Bek, der ihr zur Seite steht und die Verpflichtung für den Tempel. Als sie schließlich glaubt, all das Böse hinter sich gelassen zu haben, endlich bereit sei, das Haus der Isis als ihr Zuhause anzunehmen, begegnet ihr unverhofft Amenhotep Hapu. Bent, von Blutrache gepackt, beschwört abermals die blutgierige Sachmet. Wird die *Mächtige* ihr diesmal zur Seite stehen?

Die Autorin:

Ich bin im Saarland (Deutschland) geboren, lebe in der Nähe von Saarbrücken und bin verheiratet. Reisen - nicht nur nach Ägypten - sind unsere Passion.

Seit ich Kind war fühle ich eine unerklärliche Liebe für Ägypten - das Land am Nil ist seit Jahrzehnten das Reich meiner Leidenschaften und Träume. Um diese versunkene Kultur, den Glanz der Pharaonen in all ihrer Pracht vor meinen Augen erstehen zu lassen, begann ich mit dem Schreiben. Die Lebens- und Denkweise der alten Ägypter, ihr unerschütterlicher Glaube an die Götter und an *Maat*, die alles im Gleichgewicht hält, ist das, was mich inspiriert und all meinen bereits erschienenen Romanen Leben einhaucht.

ES GIBT KEINE GERECHTIGKEIT, ES GIBT NUR MICH!

(der TOD, Terry Pratchett)

Elke Bassler hat es mal wieder geschafft mich mit ihren herrlichen
3-D-Bilder fürs Cover zu verzaubern.
Lieben herzlichen Dank dafür!

Ein dicker, liebevoller Dank geht auch dieses Mal an Jürgen für seine guten
Ideen und Tips

Bibliographische Information der Deutschen Nationalbibliothek
Die Deutsche Nationalbibliothek verzeichnet diese Publikation in der Deutschen Nationalbibliographie; detaillierte bibliographische Daten sind im Internet über

http://dnb.d-nb.de abrufbar.

Impressum

Sachmet Die Rache der Löwin
Band 4
4. Auflage März 2022

ISBN 9783751929813
Titel: Copyright © Katharina Remy
http://www.amhorizontdersonne.de
Titelbild und Umschlaggestaltung:
Copyright © Katharina Remy und Copyright © Elke Bassler
Herstellung und Verlag: BoD - Books on Demand, Norderstedt

UND DANN
KAM DIESE GÖTTIN
ZURÜCK,
NACHDEM SIE
DIE MENSCHEN GETÖTET HATTE

(Aus dem Buch von der Himmelskuh)

PROLOG

„Wo ist dein Mann?"

Nef legte das scharfe Messer beiseite, guckte hoch. Ihre Schwester fragte beiläufig im Vorbeihuschen, griff draußen an der Garderobe nach ihrer Handtasche, der Sonnenbrille und dem Schal.

„Was?", plärrte Nef hinaus, drehte den Gesang Mustafa Sandals leiser, trat Paprika kauend aus der Küche in die große Diele. „Ja bleibst du nicht zum Essen? Wo willst du denn hin? He, Süße, es ist Zeit zum Abendessen."

„Ich muß etwas wichtiges erledigen, ich habe keine Zeit zum Essen! Also wo ist er?"

„Wer?

„Dein Mann!"

Nef bekam ein abfälliges Schnauben zustande, wandte sich wieder dem Kochen zu; die Schwester folgte ihr in die nach Zwiebeln, Knoblauch, Zimt und Koriander duftende Küche. Kunterbunt türmte sich das Gemüse auf der Arbeitsplatte, in der Pfanne auf dem Herd schmurgelte Lamm vor sich hin, Mustafa Sandal quäkte weiter von Liebe und Schmerz. Entschlossen drehte die Schwester den CD-Spieler ab.

„Wo ist er?"

„Ooooh!" Nef verdrehte die Augen, schnippelte weiter Paprika. „Du weißt doch, daß mich das wenig interessiert. Ich hab ihn seit Jahren nicht gesehen. Wo soll er sein? Wenn er nicht irgendeinem Tornado nachjagt oder Gewitter fotografiert, wird er irgendwo in der Gegend sein. Ist gerade Saison für Tornados?"

„Keine Ahnung. Hol ihn her, es ist wichtig!"

„Klar doch!" Die Ironie tropfte nur so von Nefs Lippen. „Ich ruf ihn an oder suche ihn per Google. Keine Frage, meine Große. Ich hoffe, er hat sein Handy eingeschaltet, denn bei Google wird es ein Problem…" Sie verstummte, weil die Türglocke anschlug.

„Ich geh' schon", rief der kleinwüchsige Hausangestellte, rannte auf krummen, aber flinken Beinen eilig zur Tür, an die mittlerweile heftig und ungeduldig geklopft wurde. Mit lautem Poltern wurde sie nun aufgestoßen, jemand klackerte auf hohen Hacken flott durch den Hausflur, in die Diele und Richtung Küche. Lackschwarze, hochhackige, elegante und vor allem teure Pumps traten entschlossen auf dem glänzenden Granitboden auf. Ein heißer Wind wehte herein, eine rote Handtasche knallte auf die Ablage neben dem Gemüse. Dunkelgrüne, feurige Augen, schön mit Kajal umrandet, blickten ironisch zwinkernd auf die Schwestern herab. Der zarte, rote Schal schwebte einen Augenblick über dem langen, seidig schwarzen Haar, sank schließlich achtlos neben das Gemüse, von schlanken Fingern mit langen, gepflegten Nägeln gehalten.

„Ich faß' es nicht!", spottete die elegante Besucherin bissig. „Ihr kocht? Wie löblich! Ganz den Pflichten einer Hausfrau erlegen! Nur nicht einmischen. Schön den Ballen flach halten und alles aussitzen!" Gelassen knöpfte sie sich den fußlangen, nachtschwarzen Mantel auf. Auch er wurde achtlos auf die Ablage geworfen.

„Was willst du?" Nef pickte einen Zipfel des Schals von ihrem Paprika, betrachtete kritisch das feuerrote, knallenge – und für ihre Begriffe viel zu kurze – Kleid ihrer Cousine. „Gut, daß die Sitten heutzutags sind, wie sie sind. Vergiß bloß nie den Mantel überzuziehen, sonst haben dich die Sittenwächter gleich!"

„Das laß ruhig meine Sorge sein!", kam die verächtlich klingende Antwort.

„Ich sitze nichts aus!", rief Isi, hob wie beschwörend ihre Tasche hoch, „Und ich koche nicht, denn ich war schon auf dem Weg zu dir, meine Liebe. Und wenn *du* nicht ständig dem Schnulzensänger da zuhören würdest", ging Isi auf Nef los, „sondern auch mal den Nachrichten im Radio, dann wüßtest du es. Auf dem Tahrirplatz ist der Teufel los!"

„Auf dem *Platz der Freiheit*? Aber wieso? Was ist denn?"

„Es ist der *Tag des Zorns*! Sie wollen den Alten stürzen, er soll weg, aber er weigert sich. Ach, als die Algerier anfingen, ahnte ich schon sowas. Das wird nicht gut ausgehen!"

Entgeistert ließ Nef sich auf einen Küchenstuhl sinken. Oh, nun verstand sie die Frage nach ihrem Gatten, jetzt wußte sie warum die lang verschollene Base urplötzlich auftauchte!

Aber so schnell?

Solange hatten sie sich nicht gesehen. Wo war sie all die langen Jahre gewesen? All die geruhsamen, gelassenen Jahre der Unaufmerksamkeit, der Schläfrigkeit und des süßen Nichtstuns. Träumen gleich verrann die Zeit, ohne Sorgen, geprägt vom Taumel der Stadt, verdöst in der Hitze des Sommers, verschlafen in der angenehmen Kühle des Winters. Die Zeit verrann im Pulsschlag der Jahreszeiten und Nef hatte sich wie ihre Schwester treiben lassen. Dem Nichtstun hatten sie gehuldigt, dem zuckersüßen Müßiggang. Lauschten von der Terrasse des großen Penthouses dem ewigen Konzert des Lebens, selbst weitab davon.

„Wo sind die beiden anderen?" Der Besucherin scharfer Ton riß Nef aus ihren Grübeleien.

„Keine Ahnung", erwiderte sie tonlos. „Irgendwo im Süden, seit Ewigkeiten schon, und…"

„Ja ja!", keifte die Cousine höhnisch, fegte den Paprika mit einer boshaften Bewegung durch die gesamte Küche, „Und *du* vergißt, wer du bist und zu was du fähig bist! Spielst die Herrin des Hauses formvollendet! Schnippelst Gemüse!"

Plötzlich legte sich beklemmendes Schweigen über die drei Frauen. Selbst der kleine Hausdiener stand betreten in der Küchentür.

„Unsere Männer!", klagte Nef heiser, räusperte sich, schaute zu ihrer Schwester. „Unsere Männer werden kommen…"

„Ja!", fauchte die aufgebrachte Verwandte triumphierend, „Sie werden kommen! Angezogen wie Fliegen von verrottendem Aas werden sie bald da sein!"

„Wie du schon da bist!", fuhr Nef böse geworden von dem Küchenstuhl hoch, fuchtelte wild mit dem Küchenmesser vor der Cousine Nase herum. „Da wo *du* auftauchst, ist der Ärger nicht weit!"

Blitzschnell wich sie der vorschnellenden Hand der Base aus, die katzengleich nach ihr schlug und boshaft zischte: „Und *ich* werde mir holen, was mir gehört! Die Zeit ist reif!"

„Hört sofort auf!", ging Isi dazwischen. „Du machst nur Ärger und Nefs Mann auch. Aber mein Mann… er nimmt sie mit!"

„Wir müssen ihnen helfen!", rief Nef als sei sie aus einem langen dunklen Traum erwacht. „Das Schlimmste verhindern! Keiner von euch soll reiche Beute machen."

„Nun", die Cousine griff entschlossen nach ihrem Mantel, „*ich* weiß, was zu tun ist! Ich muß nach Luxor. Zu lange haben wir tatenlos zugesehen! Zu lange haben wir geträumt!"

„Wo lang jetzt?" Sie schaute sich unwirsch um, als sie den Bahnhof verließen. Ihr Begleiter grinste anzüglich, aber das war bei ihm nichts Neues. Schon eine geraume Weile hatte sie sich wegen ihm und den Umständen in Rage gebracht. „Daß ich zu Fuß gehe, ist alleine schon eine Frechheit! Sieh zu, daß du einen Wagen auftreibst! Alles ist umgebaut! Man kennt sich ja kaum aus! Wo sind wir?"

„Da runter geht's zum *Ipet Resit*."

„Meinst du, die Fähren legen noch da ab? Wir sind auf der falschen Seite."

Er nickte gelassen und spazierte los. Wütend folgte sie ihm. Verflucht, bei allem, was ihr heilig war. Zu lange hatten sie gewartet, zu lange geträumt und zu lange sich dem Müßiggang hingegeben. Warum auch immer Isi – aller Hoffnung beraubt, denn nur wenige hatten noch zu ihnen gestanden - damals, als die Menschen sich anderen zuwandten, aufgegeben hatte, blieb ihr schleierhaft. Die wertvolle Zeit war sinnlos verronnen und alles Wichtige war in Vergessenheit geraten. Niemand erinnerte sich mehr an die alten Zeiten und die alte Ordnung. Nur sie neun waren von der großen Familie übriggeblieben. Aber sie selbst würde nicht aufgeben. Verlangte mit ihrem unbändigen Willen ihre einstige Macht zurück. Dunkel erinnerte sie sich, wo sie suchen mußte. Und sie würde Verbündete suchen und finden.

Ein alter, schmieriger, schmutziger Bettler tauchte vor ihr auf, riß sie aus ihren bösen Gedanken.

„Du bist schuld!", kreischte der alte Mann. „Schuld an meinem Elend!"

Sie gab ihm eine heftige schallende Ohrfeige, daß der alte Mann rückwärts über den Bürgersteig taumelte, und dann nahm sie ihre Umwelt wieder voll wahr.

Gerade eben lag die Straße völlig ruhig vor ihr, doch jetzt erhob sich Tumult wie ein Sturm. Wütende Hunde bellten hinter einer Hecke, die Pferde vor den Kutschen wurden scheu und gingen durch. Fußgänger pöbelten sich an, Autos bogen mit aggressivem Fahrstil um die Ecke beim Luxortempel. Polizeiautos jagten hupend hinterher. Eine Bande Jugendlicher lief randalierend über die Straße, warf Steine. Irgendwo klirrte eine Schaufensterscheibe. Ihr Begleiter war höchst zuverlässig.

„Hör *sofort* damit auf!", ging sie ihn an.

„Ich gehe doch ganz ruhig hier!"

„Du weißt genau was ich meine!"

Ja, er war zuverlässig.

Zuverlässig bösartig!

DEUTSCHLAND, SAARBRÜCKEN

Samstag, 23. April 2011 A.D.

Es war zauberhaft verhext in dieser lauen Frühlingsnacht. Zahllose Nachtschwärmer bevölkerten an diesem Samstagabend den *St. Johanner Markt*, rund um den Brunnen saßen junge Leute, Punker, ein paar Pennbrüder, manche von denen mit Hund oder Gitarre. Sämtliche Tische draußen vor den Lokalen waren besetzt. Und in dieser wild wogenden Menge glaubte Anna ein bekanntes Gesicht zu erkennen. Ein Grüppchen Leute spazierte ihr ins Blickfeld und schon war der flüchtige Eindruck verschwunden. Sie saß vor der Weinstube unter den Kastanien und betrachtete genüßlich das bunte Treiben, genehmigte sich einen Chardonnay. Aber jetzt! Den kannte sie doch …

„Hey! Schwab! Läufst du gern an mir vorbei?"

Der Typ blieb stehen, guckte, grinste, steuerte den Tisch an, an dem sie alleine saß.

„Anna? Schätzchen! Ja ist es denn die Möglichkeit?"

„Alex!" Sie fiel ihm freudestrahlend um den Hals. „Komm setz dich. Wie schön dich zu treffen!"

„Was machst du denn hier? Wo ist Georg?" Lex betrachtete den Tisch; lediglich das Glas Weißwein, der Aschenbecher und ein Windlicht standen da. „Ich hab euch ja ewig nicht gesehen, erzähl mal, Süße! Wo ist der alte Sack?" Grinsend ließ er sich nieder. Anna kramte in ihrer Handtasche, packte Zigaretten und Feuer aus, wollte sich eine anstecken. Er nahm ihr das Feuerzeug ab, gab ihr Feuer.

„Der alte Sack ist in Berlin."

„Sucht er immer noch Altbauten die er sanieren kann? Feierst du Ostern alleine?"

„Er wohnt da, in einem Protzbau. Und ich bin wieder hier. Du weißt doch, daß ich keine kirchlichen Feste feiere."

„Wie *hier*? Komm, Süße, red' keinen Scheiß, du sagst damit doch nicht, daß ihr auseinander seid?"

Anna konnte sich das bitterböse Lachen nicht verkneifen.

„Ich hab es da nicht mehr ausgehalten, Alex. Ich bin Saarländerin. Ich will hier leben, wenn ich schon das andere halbe Jahr in Ägypten verbringe. Berlin ist einfach nicht meine Welt. Ich hatte grenzenloses Heimweh. Und dann ging vor Jahren dieser Rummel mit dem Film los. Dieses Geschiß! Alex, du kennst mich! Ich brauch das nicht in meinem Leben. Georg und ich sind getrennt, ja! Berlin ist für mich vorbei, meine Ehe ist vorbei, ich wohne wieder in unserem alten Haus. Seit Januar, mußte raus aus Ägypten. Hab die letzte Saison vorzeitig abgebrochen. Du weißt ja wie unruhig es im Moment da ist."

„Nicht doch, Anna!"

„Wir sind freundschaftlich auseinandergegangen!"

„Trotzdem. Sowas zu hören, macht nicht froh."

„Er lebt mit seiner ehemaligen Sekretärin zusammen. Hat einen kleinen Sohn. Niedlich. Ist irgendwie auch meine Schuld, war zu selten zu Hause und du weißt ja, Gelegenheit macht Liebe."

„Mensch, Anna! Tut mir leid, das zu hören."

„Schon gut. Ich habe ja noch meine Arbeit, mein Leben steht ja nicht total auf dem Kopf."

„Ich kenn deinen staubigen Tick nur zu gut", fotzelte Lex freundschaftlich. Mit Annas Arbeit konnte er sich überhaupt nicht identifizieren, das war gar nicht sein Ding. Anna wußte das. Sie wußte aber auch, daß Alex ihre Arbeit würdigte, deshalb nahm sie ihm sein Lästern nicht übel. Sie scherzte zurück:

„In *Kom el Hettan*, mit Eimerchen, Schaufelchen und Siebchen und hundert anderen buddel ich momentan im Sand."

„Hä? Wo?"

„In Luxor, Westbank, im Tempel von Amenophis des Dritten."

„Aha! Keine Ahnung, von was du redest." Lex winkte der Bedienung.

„Ein riesengroßer Tempel der wahrscheinlich durch ein Erdbeben dem Erdboden gleich gemacht wurde. Lediglich zwei große Statuen stehen heut noch. Die sogenannten Memnonkolosse. Aber hundert andere zerborstene Statuen finden sich dort. Wir versuchen gerade sie wieder zusammenzusetzen. Hoffentlich ändert sich die politische Lage in Ägypten bald… du hörst ja doch nicht zu, du alter Ignorant. Bestell mir bitte noch einen Wein und dann erzähl mal von euch. Wie geht's Karen? Wollte Ende Oktober mit ihr reden, bekam sie aber nicht ans Telefon. Dann ging in Ägypten und mit Georgy plötzlich alles drunter und drüber und ich vergaß, mich nochmal zu melden… Sag mal, ist bei dir alles in Ordnung?"

Die Bedienung war derweil an den Tisch getreten. Lex hielt einen Moment inne, anscheinend gänzlich von ihrer Frage aus der Bahn geworfen. Schlagartig war seine offensichtlich mühsam aufrecht gehaltene Beherrschung dahin. Barsch bestellte er zwei doppelte Cognac und den Wein.

„Ich hab einen Scheißfall am Hals, Anna!", gab er ihr völlig zusammenhanglos zur Antwort, kramte in der Innentasche seiner abgegriffenen Wildlederjacke nach Zigaretten. Mit zitternden Fingern schaffte er es mühsam, sich eine anzuzünden. „Eine alleinstehende Geschäftsfrau, hier aus der Bahnhofstraße. Und wir kommen nicht weiter."

„Ok." Anna nickte, wartete darauf, daß er weitersprach, betrachtete ihn, erkannte Alexander kaum wieder. Denn erst jetzt bemerkte sie die Veränderung an ihm. Was bin ich für eine Freundin? Mit seinen hohlen unrasierten Wangen und den blutunterlaufenen Augen hatte er keinerlei Ähnlichkeit mehr mit dem Mann, den sie kannte. Nichts war geblieben von der latenten Ähnlichkeit mit dem Helden aus ihrer Kindheit, von Winnetous blondem, starken Gefährten Old Shatterhand, von Lex Barker. Er hatte schon immer gern ein bißchen zu tief ins Glas geschaut, doch nun schien er richtig zu trinken. Ja, er sah beinahe aus wie ein verwahrloster Säufer, nicht einmal darauf bedacht seine Sucht zu verbergen. Was war nur mit ihm los?

Die Bedienung brachte die Getränke, kassierte ab und verschwand wieder. Und jetzt war es ihm wohl scheißegal wie es auf Anna wirkte – er kippte den Cognac ex, stellte das Glas hart zurück.

„Karen ist tot!", sagte er barsch und laut. Zu laut! Anna meinte gerade, ihr ziehe jemand den Boden unter den Füßen weg. Bevor ihr ein hysterischer Schrei entschlüpfen konnte, trank sie hastig den zweiten Cognac.

„Das glaube ich nicht!", krächzte sie entsetzt. „Lex! Erzähl nicht solchen Blödsinn!" Sie mußte sich beherrschen nicht laut zu kreischen.

„Letzten August."

„War sie krank?"

Alex schlug hart mit der Faust auf den Tisch. Die Gäste ringsum verstummten, schauten zu ihm und Anna herüber. „Irgendeine Sau hat sie beim Joggen am Yachthafen erstochen", zischte er böse.

„Um Gottes Willen!" Anna schaute ihm bestürzt ins Gesicht, griff mitfühlend nach seiner Hand. „Alex…?"

„Ja, frag nur!", brummte er bärbeißig wie ein alter Wolf, schaute ihr fest in die tränennassen Augen. „Genau! Du kannst es dir ausrechnen."

„Du bist bei der Mordkommission…" Anna versagte fast die Stimme.

„Jepp, sie haben *mich* gerufen!", knurrte er. „*Das* war vielleicht ein Gefühl, als ich meine Frau da liegen sah…" Er schnipste bissig die Zigarette auf den Boden. „Dieser Schock! Ich wäre zu keiner Ermittlung fähig gewesen, Anna. Da kann man direkt von Glück reden, daß ich persönlich betroffen war, offiziell von dem Fall abgezogen wurde und meine Kollegin die Ermittlungen aufnahm."

Anna schaute mit Tränen in den Augen über den belebten alten Marktplatz. Die laue Frühlingsnacht, das schöne Osterwochenende, die Stimmung … alles vorbei!

„Ich will es mir gar nicht vorstellen. Was hast du da bloß durchgemacht! Warum hast du dich denn nicht bei uns gemeldet? Sind wir nicht Freunde!"

„Ich konnte nicht… konnte es nicht aussprechen."

„Verstehe."

„Du hast den Weg doch noch gut gefunden!"

Anna erwartete am Mittwochnachmittag Lex an Haustür, nahm ihn liebevoll in den Arm, führte ihn in das große Wohn- Eßzimmer, drückte ihn auf die weiße Couch, stellte ihm eine Flasche kaltes Mineralwasser und ein Glas mit Zitronenscheibchen hin, entschuldigte sich kurz und verschwand in der Küche.

„Schau dich um, alles noch wie es war!", rief sie ins Wohnzimmer. „In Berlin stopften wir die Wohnung mit Antiquitäten zu. Lex, ich konnte es nicht mehr sehen. Zu chic, zu vornehm. Ich bin froh, mein Haus dem Dornröschenschlaf entrissen zu haben. Dank der Pflege unseres Hausmeisters überstand es die Zeit prima." Sie trat aus der Küche, beobachtete kurz Alex, der, die Hände in den Hosentaschen, vor der großen Terrassentür stand und gedankenversunken hinaus in den Garten schaute. Mit lautem Klappern stellte sie den Teller mit den leckeren Amuse-Gueule auf den Couchtisch.

„Trinkst du ein Glas Crémant mit? Oder…" Sollte sie es ihm tatsächlich unverblümt an den Kopf werfen? Nein!

„Anna, es ist mir scheißegal, mit was ich meine Leber ruiniere. Du brauchst nicht höflich oder rücksichtsvoll zu sein. Ich weiß, daß ich saufe, aber ich kann mich benehmen! Ein Glas. Hab schließlich das Auto dabei."

„Ok, aber vielleicht versuchst du es im allgemeinen einzuschränken. Ich habe keine Lust, weitere Freunde zu verlieren. Ich lenk' dich einfach mal ab und erinnere an alte unbeschwerte Zeiten. Komm, setz dich, ich laß mal den Korken knallen." Nach alter Manier öffnete Anna die Terrassentür und ließ den knallenden Korken mit lautem Juchzen weit in den Garten fliegen. Lex mußte nun doch lachen.

„Wie in alten Zeiten!", scherzte sie und schenkte zwei Gläser voll. Der Vorspeisenteller war schnell geleert und Anna wollte nun genau wissen, um was es Lex ging. Der Hauptkommissar legte die Serviette beiseite.

„Wir fanden Frau Marquard letzte Woche tot in der Saar. Eingeklemmt an dem Anleger hinter der Polizeidirektion, zwischen dem Theater und dem Spielplatz neben der *Alten Brücke*. Sie hat in der Fußgängerzone ein kleines, aber luxuriöses Antiquitätengeschäft; an der Straßenecke, dort wo der kleine Weg hinunter zur Saar führt. *ars vivendi* prangt in goldenen Buchstaben auf dem Schaufenster. Vielleicht kanntest du sie?"

Anna schüttelte den Kopf. „Der Weg, der unter die *Berliner Promenade* führt?"

„Ja. Ein Stich ins Herz mit einem langen, dünnen Gegenstand – ein Stilett vielleicht. Wir wissen es nicht. Genau wie beim letzten Mal – es war dieselbe Waffe mit der Karen erstochen wurde!" Lex trank einen Schluck, stellte das

Glas zurück. „Die beiden Fällen ergeben keinen Sinn, scheinen aber irgendwie zusammenzuhängen, ich weiß nur nicht wie. Inoffiziell ermittele ich natürlich in beiden Fällen. Ich will es wissen! Wenn es auch meinen schrecklichen Schmerz niemals besiegen wird! Aber Anna, nicht zu wissen warum dieses Schwein meine Frau abgestochen hat, bringt mich schier um den Verstand. Warum nur mußte Karen sinnlos sterben?"

Anna schwieg entsetzt. Und sie sah ihm an, daß es besser war, kein weiteres Wort über Karen zu verlieren um seinen fürchterlichen Schmerz nicht unnötig aufzuwühlen. An seiner dünnen, mit Mühe und Not errichteten Politur sollte man besser nicht kratzen. Er berichtete ihr weiter, daß sie gestern in Frau Marquards Wohnung, über dem Geschäft, hinter einer Tapetentür, die zusätzlich noch von einem Regal versteckt war, eine Besenkammer entdeckt hätten.

„An allen drei Wänden standen billige Regale, voll mit allerlei Zeug, darunter Figuren von Käfern, Katzen, schwarzen Hunden und kleinen Statuen, die freundlich lächeln. Dazu unzählige Aktenordner und Dokumentmappen, die anscheinend wichtige Unterlagen enthalten; und volle Schachteln und Kisten. Meine Kollegin fragte noch ‚Was in aller Welt ist das?' Ich sagte: Donnerwetter! Das ist ein Fall für Anna!" Er grinste, kramte in seinem Rucksack, holte mehrere Fotos hervor und Anna studierte sie genau.

„So ein Unwissender bist Du ja doch nicht, mein Lieber. Du hast richtig vermutet. Das sind ägyptische Uschebtis, Skarabäen, Bastet- und Anubisstatuen, Fragmente von Wandmalereien und Reliefs. Ob das echt ist, kann ich natürlich anhand der Fotos nicht beurteilen. Und die Ägypter können so gute Duplikate herstellen, daß mancher Gutachter schon verzweifelt ist. Diese Dinge, vorausgesetzt sie sind echt, gehören eigentlich dem ägyptischen Staat und nicht in ein Antiquitätengeschäft. Dulden kann ich sowas nicht unbedingt."

Lex zauberte aus seinem Rucksack weitere Ordner und Unterlagen. Anna schaute konzentriert die Akten an. Gutachten, Expertisen, Zolldokumente, Einfuhrpapiere.

„So weit ich das sehe, scheint alles seine Ordnung zu haben, Alex. Das sieht nicht nach Antiquitätenschmuggel aus. Ich kenn mich damit aber auch nicht wirklich aus."

„Weißt du auch, was das hier ist?" Er hielt ihr ein weiteres Foto hin.

„Eine Schreiberpalette."

„Wie?"

„Ein Tuschkasten, wenn du so willst. Hier, diese sechs runden Vertiefungen enthielten die feste Farbe. In dieser langen Vertiefung steckten die „Pinsel". Die alten Ägypter nahmen zum Schreiben dünne Binsen. Aber erst, nachdem man darauf herumkaute und kräftig in die Farbe gespuckt hatte. Es war ein ähnliches Prinzip wie heute die Wasserfarben für Kinder. Scheint mir

Elfenbein zu sein. Habt ihr nur die Palette oder habt ihr auch die Pinsel und den Glätter, was üblicherweise bei einer Schreiberpalette dazu gehört."

„Nur das hier", knurrte Lex. „Es gehörte Karen, wir haben das nicht bei Frau Marquard gefunden."

„Karen?", hauchte Anna schuldbewußt und trank einen Schluck von ihrem Crémant. „Ich hab sie damit angesteckt", flüsterte sie dann. „Sie hat sich so für das alte Ägypten interessiert. Immer wieder fragte sie mich danach. Sie fand es faszinierend, wie die Menschen damals gelebt haben. Es kam ihr drollig vor, daß die Damen vor dreitausend Jahren Lockenwickler, Pinzetten und Schminke verwendeten. Sie amüsierte sich über die Unterhosen, Handschuhe und Socken. Staunte über die medizinischen Instrumente, von denen manche bis heute unverändert übernommen worden sind. Es waren die kleinen Dinge, die Karen spannend fand, nicht die großen Ausgrabungen, sondern das Alltagsleben der Menschen von damals fand ihr Interesse. Einmal hab ich ihr vom Schreiberberuf erzählt, daß es ziemlich der angesehenste Beruf der damaligen Zeit war. Und von den Anwälten, die damals schon praktizierten. Ihr Kerls habt da auf der Couch gesessen, einen Kasten Bier geleert, dem Fußballspiel im Fernsehen zugeschaut und mitgegrölt. Hat Karen diese Palette bei Frau Marquard gekauft?"

„Das Ding ist nicht mehr im Haus. Nachdem wir gestern diese Artefakte fanden, habe ich mich an diese Palette erinnert und nachgesehen. Ich habe sie nicht gefunden. Bloß dieses Foto, das wir damals für die Versicherungsunterlagen machten. Aber ich kann mich nicht erinnern, daß da noch was dabeigewesen ist. Wie sehen die Pinsel aus?"

„Gemeinerhin sind es dünne Binsenstengel, es gibt aber auch Pinsel aus anderen Materialien. Elfenbein zum Beispiel." Anna vertiefte sich wieder in das Foto mit der Schreiberpalette: „Gott, was ist das Ding alt und abgenutzt."

„Naja", warf Lex ein, „alt ist es schon. Karen sagte damals was von über dreitausend Jahren."

„So meine ich nicht. Es sieht alt aus, weil es offensichtlich lange benutzt worden ist, richtig abgewetzt ist es. Siehst du das nicht? Es wurde viel gebraucht. Oh", rief sie plötzlich und verschwand schnell in der Küche. Es roch verteufelt lecker. „Essen ist fertig! Komm, laß dein Papierkram. Wachteln mit Weinkraut und Kartoffeln warten."

„Mädchen, du spinnst!", lacht er.

„Mir macht es Spaß, ich koche gern, das weißt du doch. Guten Appetit!"

Als sie mit dem Nachtisch fertig waren – ein leckeres Eis aus ihrer Kühltruhe – wandte sich Anna wieder dem Foto mit der Schreiberpalette zu.

„Da stehen Hieroglyphen am Rand", erklärte sie, stand auf, kramte in einer Schublade, kehrte mit einer Lupe zurück, studierte schweigend eine Zeitlang die eingravierten Schriftzeichen …

Baumeister, Vornehmer, Schreiber, Amun ist zufrieden
Loderndes Feuer
Tote, erschlagene Frauen
Blutige Gehirnmasse auf einer Wand

… knallte schreiend mit zitternden Händen die Lupe auf den Tisch, warf das Foto von sich, als sei es ein ekliges beschmiertes Blatt, rieb sich über die Augen.

„Was ist denn mit dir los?", fragte Lex verblüfft, bückte sich nach dem Foto.

„Weiß nicht, Lex! Diese Hieroglyphen…"

„Jetzt laß mich doch nicht als vollkommenen Idioten dastehen! Was ist denn los?"

„Laß es gut sein!"

„Wenigstens eine kurze Erklärung?"

Anna schenkte sich ein Glas Crémant aus, trank es in einem Zug leer. „Soll ich mich als Irre outen?", giftete sie. „Während du es nicht mal geschafft hast, mir von Karens Tod zu berichten! Sie war unsere Anwältin, sie war meine Freundin! Ein Anruf wäre doch das mindeste gewesen! Und so einem soll ich erzählen, daß ich meine, diesen Menschen", sie hämmerte mit dem linken Zeigefinger auf das Foto, „dessen Namen ich soeben auf der Palette entziffert habe, persönlich zu kennen! Aber, ha!", sie lachte laut und bitter, tippte sich mit dem Finger an die Stirn. „Diese Person ist seit über dreitausend Jahren tot! Ich bin nicht ganz dicht im Kopf, vergiß, daß ich dir helfen könnte!"

„Persönlich kennst?", brummte er. „Was meinst du damit? Ist das Ding eine Fälschung?"

„Nein!", fauchte Anna. „Und ich bin gaga!"

„Quatsch! Jetzt hilf mir doch! Dieser Mordfall, diese verschwundene Palette, Karen, dieser ganze ägyptischen Kram, Anna, du mußt doch zugeben, daß das eigenartig ist."

„Ich rede nicht darüber, was mir vor über zehn Jahren passiert ist. Das hat mich völlig aus der Bahn geworfen. Ich hege und pflege meine Zwangsneurosen gerne im Verborgenen!"

„Hör mal auf mit deiner Ironie. Das brauchst du doch auch gar nicht! Ist schließlich deine Privatsache. Ich habe von diesen ägyptischen Dingen keine Ahnung. Du könntest mir wirklich ein klein bißchen helfen. Wem gehört dieses Ding? Sag mir seinen Namen, wenn du ihn kennst. Ich bin für jede klitzekleine Information dankbar!"

Anna seufzte. „Es gehört eindeutig Amenophis Hapu. Er lebte vor gut dreitausenddreihundert Jahren in Ägypten und war ein hochrangiger Beamter, Baumeister, Schreiber, Vermögensverwalter, Großwesir. Zum guten Schluß wurde er sogar als Gott verehrt. Die Palette hat ihm gehört. Und ich krieg jedesmal Panikattacken im Zusammenhang mit seinen Namen. Mehr kann ich dir dazu nicht sagen."

„Das bringt mich nicht unbedingt weiter", brummte Lex, stand auf, packte seine Unterlagen zusammen, scherzte: „Es geht nicht an, daß ich einen dreitausend Jahre alten Ägypter verhafte." Er hielt inne. „Sie hat diese Palette tatsächlich bei Frau Marquard gekauft, Anna. Das Ding war schweineteuer und lag deswegen sicher verwahrt in unserem Safe. Wieso ist es weg? Wo ist es abgeblieben?"

„Woher soll ich denn das wissen?"

„Ok! Dann such ich wohl nach einem Spinner, der glaubt, Gott Amenophis zu sein und Leute ermordet, die altägyptische Schätze horten." Lex griff nach seiner Jacke, packte den Rucksack, „Ich hoffe, du hast nichts dieser Art im Haus. Nein? Gut!", küßte Anna auf die Wangen, ging zur Haustür. „Nun auf ihr tapferen Recken – es ist eine winzige Spur! Allez, danke für den schönen Abend, Anna. War gut, daß wir uns getroffen haben. Es tat gut dich wieder zu sehen und ich für ein paar Stunden abgelenkt war. Auch wenn wir am Schluß doch wieder zu meinem Fall zurückkamen. Salü, Liebes. Wir telefonieren."

„Salü, Alex. Paß gut auf dich auf!"

Sie schaute ihm nach, bis er durch die kurze, schmale Sackgasse weggefahren war, schloß die Haustür, schenkte sich leicht beschwipst und nicht mehr ganz so aufgewühlt, das letzte Glas Crémant aus und stellte den Geschirrspüler an. Mit einem Stapel Fachzeitschriften, den sie noch nicht durchgesehen hatte, und dem vollen Glas bewaffnet, trat sie hinaus auf die Terrasse, setzte sich unter der Pergola in den schmiedeeisernen Gartenstuhl mit dem dicken Polster. Der Abend war wunderbar lau; es tat so gut, den Frühling zu spüren. Ein leises *Miau* weckte sie aus ihren Gedanken. Nachbars Kater strich ihr um die Beine.

„Na du Indianer? Genießt du es auch?" Das behagliche Schnurren reichte Anna als Antwort. Sie griff die oberste Zeitung vom Stapel, trank einen Schluck, griff zu dem nächsten Heft und kraulte dem wunderschönen eleganten Abessinier auf ihrem Schoß das Fell. „Dein Frauchen wird dich schon suchen, Navajo! Geh nach Hause!" Doch bevor sie sich auf die Zeitschrift konzentrieren konnte – irgend etwas lenkte ihre Aufmerksamkeit auf ein weiteres Titelblatt – läutete es an der Haustür. Alex hatte doch nichts liegenlassen? Und von nebenan hörte sie ihre Nachbarin nach der Katze rufen. „Dein Prinz ist hier, Helga! Ich muß rein, es hat geläutet!"

Anna glaubte sich verhört zu haben, als sie den Namen durch die Sprechanlage hörte. „*Wer?*"

„Ahmed! Open the Door, Mom! Yalla!"

Verdattert drückte sie den Türöffner. Und da stand er wirklich vor ihr, mit seinem frechen Grinsen in seinem schönen dunklen Gesicht, ein Lausbub, ein Bengel wie er im Buche stand. Seinen dicken Rucksack knallte er erst mal auf den Boden in der Diele, schälte sich umständlich aus der Jacke.

„Inschallah!", seufzte er. „Endlich hab ich dich. Sag mal, hast du kein Telefon? Handy? I-Phone? E-Mail? Skype? Do you live on the Moon? Muß ich bettelarmer Student mich in ein Flugzeug setzen, hierherfliegen um dich persönlich aufzusuchen?"

Sie war viel zu verdattert, um ihm eine richtige Antwort zu geben:

„Am Handy war der Akku leer, Festnetz ist abgemeldet, zum E-Mail abhören bin ich nicht gekommen. Was zum Geier ist Skype... sag mal, spinnst du? *Was* machst du hier?"

„Hunger und Durst und dicke Füße!", stöhnte er theatralisch, drückte Anna die Jacke in die Hand. „Und ich muß desperate auf's Klo!" Hurtig verschwand er auf der Gästetoilette.

„Du bist unglaublich!"

„Ja, und seit Stunden unterwegs", rief er durch die Tür. „Ich konnte von Glück sagen, daß einige Plätze in der Maschine frei waren. Sind ja kaum noch Touris da. Weil ich dich telefonisch nicht erreichen konnte, fragte ich nach einem Flight. Allah ist großmütig und gewährte mir einen!"

„Aber warum?"

"Hunger and Thirst!", jammerte er als er herauskam.

„Och, Mensch, nun rede doch!"

„Ich zieh' erst die Schuhe aus!"

„Wirst du wohl! Auf deine Stinkefüße, die den ganzen Tag in den Turnschuhen steckten, hab ich keinen Bock!"

„Das ist die reine Höflichkeit, Anna!"

„Laß es gut sein. Magst du Wachteln?"

„'iss'n das?"

„Kleine Vögelchen, mit Sauerkraut und Kartoffeln. Mehr hab ich nicht. Wasser?"

„Don't you have Coke?"

„Verwöhnter Bengel! Ich sage dir, wenn du nicht bald redest, erklär' ich dir den Kampf!"

Ahmed umarmte sie liebevoll und hauchte ihr ins Ohr:

„Oh du schönste Rosenblüte meines Gartens! Du, die beste aller meiner vielen Mütter, sweeter than Marzipan ist dein Lächeln, Mommy! Glätte dein gesträubtes Gefieder, du prächtigster aller Paradiesvögel; reiche mir dein delicious Water, dein saures Kraut und deine little Birds und ich werde dir alles erzählen!"

Drei Wachteln und eine Flasche Cola später begann er endlich zu erzählen:

„Wie du weißt, sind wir mit den Aufräumarbeiten im Ägyptischen Museum soweit durch. What a Chaos! Welch ein Verlust ancient Treasures. Acht wertvolle Stücke sind verschwunden. Sechs aus der Amarna-Zeit und zwei von Tut-Ankh-Amun. Aber ich vermute, es sind viel mehr Artifacts verschwunden! Manchmal packte mich die reinste Wut. Den Hawass haben sie mittlerweile geschaßt. Aber daraufhin kam einer als Supervisor, der alles besser weiß. So ein Stubenhengst ist mir noch keiner untergekommen. Ich glaub, der shits sogar Radiergummis. Jedenfalls kramt er in allen Schubladen, do you know. Und er will the Basement aufräumen!"

„Den Keller? Oh weh!", warf Anna lachend ein. Es lagerten dort bestimmt fast vierzigtausend unsortierte und nicht katalogisierte Einzelteile.

„Yes, you kennst the Basement. Dort steht dein ‚Mädchen'…"

„Sie ist nicht ‚*mein* Mädchen'! Sie gehört der ganzen Welt!"

„Egal! You found them, sie wird immer dein bleiben. Sie sollte ja ab January auf große Tournee gehen, deshalb hat man sie vorab schon mal in den Basement gebracht, bis die Boxes fertig gebaut sind und so. Allah sei Dank, daß sie da unten stand, denn auf ihrem ursprünglichen Platz wäre sie der Revolution zum Opfer gefallen. Sie stand ja vorne, als toller Eyecatcher, fast im Foyer. Nun denn, ich muß oft in den Basement neuerdings wegen dem Aufräumen. Ich laufe an ihr vorbei, rede ein wenig mit ihr, sie guckt ja auch nice. Aber… Anna, what i'm telling you now, wirst du nicht glauben wollen…"

„Ist sie kaputt?"

„No! Wir haben sie nach Al Uqsur zurückgeholt und ins Luxor-Museum gebracht. Sie…", er druckste herum, zog die langen Beine in den Jeans unter sich, kuschelte sich in die Ecke der Couch.

„Nun mach's doch nicht so spannend, Mensch!" Anna warf eins der Fellkissen nach ihm.

„Sie kleckert!"

„*Was?*"

„Kleckert! Der Stein gibt was ab."

„*Was ab?*" Anna roch an Ahmeds Glas. Cola, einwandfrei.

„Irgendwas fällt da aus. Keine Ahnung. I'm not a Geologist. Ein Mineral, ein Salz, wer weiß? Wir ließen das Zeugs untersuchen. Aber bei uns ticken die Uhren anders als sonstwo. Unsere Laboranten kamen zu der Überzeugung, es sei Blood, Mom."

„Sie ist aus Gips!" Anna traute ihren Ohren nicht. Ahmed flunkerte zwar gern was das Zeug hielt, aber er würde mit einer solch wichtigen Sache keine Scherze treiben. „Und Leinwand, Holz, Stroh, ja sogar ein Herz aus Glas fand der CT heraus. Was soll da ausfallen? Salpeter? Schimmel?"

„Es ist greasy and red, Anna. Es ist kein Salpeter und kein Rotschimmel. Du mußt doch davon gehört haben, es ging durch die gesamte Presse."

„Ich habe nichts gehört, Ahmed. Ich habe mein Haus und den Garten auf Vordermann gebracht. Hier hat ein paar Jahre keiner gewohnt, die letzte Saison war ich in Luxor, es sah schlimm aus. Und gerade vorhin setzte ich mich nieder, um meine angesammelten Zeitschriften durchzusehen, da kamst du."

Sie stand auf um nach der Illustrierten zu greifen, die eben ihr Interesse geweckt hatte.

Da! Groß auf dem Titelblatt sprang ihr die Statue entgegen. Bunt und schön, wie sie sie in Erinnerung hatte; ihr langes, schwarzes Haar, das etwas herbe Gesicht, die geöffneten Arme, das weiße Kleid, der schöne Schmuck.

Aber…

„Oh Gott, was ist denn das?" Anna glaubte nicht, was sie da sah – über die gesamte Brust der Statue rann offensichtlich Blut! Darüber die reißerische Überschrift:

Die blutende Göttin! Die Rache der Revolution?

Anna deckte den Frühstückstisch, hörte den Nachrichten im Radio zu, verkniff es sich, neugierig in der Illustrierten zu blättern, die umgedreht auf der granitenen Arbeitsplatte lag.

„Blödes Ding!", zischte sie dem Kaffeevollautomaten zu, der zuerst nach Wasser verlangte, ihr schließlich durch ein Lämpchen mitteilte, daß der Tresterbehälter voll sei. Als zur Krönung des Ganzen noch das Servicelämpchen aufleuchtete, kramte sie, sauer geworden, tief im Schrank nach ihrer alten Filtermaschine.

„Scheißtechnik!"

Endlich zog köstlicher Kaffeeduft durch die Küche.

Von oben polterte es; Ahmed war also wach.

Da kam der gute Junge den weiten Weg zu ihr geflogen, um von diesem unglaublichen Vorfall zu berichten. Sie war so stolz auf ihn und erinnerte sich an das kleine, magere Bürschchen von damals, dem kleinen Waisenjungen der auf der Straße lebte. Furchtbar dünn war er gewesen, als Ibrahim ihn ihr brachte. Ausgehungert nach Leben und Liebe, daß sie nicht anders konnte, als ihn aufzunehmen. Er blieb damals, vor fast zwölf Jahren, bei ihnen im Camp, machte sich bald unentbehrlich. Zwischendurch, wenn die Ausgräber auf Heimaturlaub gingen oder sonst niemand richtig Zeit für ihn hatte, fand er bei Ibrahims Familie Anschluß. Ibrahim regelte auch behördlich alles was zu einer ordentlichen Pflegefamilie gehörte. So fand Ahmed ein vernünftiges Zuhause, ging regelmäßig zur Schule, machte seinen Abschluß, lernte fleißig weiter, ging schließlich zur Universität. Seinen Lebensunterhalt verdiente er, indem er bei Ausgrabungen half oder im Ägyptischen Museum in Kairo als Führer oder Mitarbeiter tätig war. Dabei half ihm, neben seinem Fachwissen, auch sein Talent für Sprachen; mit deutsch und englisch kam er weit und war mittlerweile einer der beliebtesten Führer im Museum. Dieses Wunderkind verlangte jetzt lautstark nach Kaffee und Brötchen.

„Wie geht es Fatme?" Anna schaute dem bildhübschen Kerl zu, wie er in aller Seelenruhe Marmelade auf sein Brötchen schmierte.

„Fine!", murmelte er kauend. „Es geht allen gut. Ibrahim schimpft, hat nichts zu tun. No Guests, kein Rummel. Deshalb bleibt er oft zu Hause, hat zuviel Freizeit und geht Fatme damit gewaltig auf den Wecker. Warum sie ausgerechnet Wäsche waschen muß, wo er mit ihr ausgehen will, wie lange es dauert, bis das Essen auf dem Tisch steht und warum sie gerade jetzt Shopping will, wo er doch ein Nickerchen machen muß. Und so weiter. Fatme hat schon gedroht, ganz auf die Dachterrasse zu ziehen, wenn er länger in da House bleibt!", Ahmed grinste frech, „And Grandma geht mit!"

Anna lachte. „Und die anderen von unserem Team?"

„Sie sind ja fast alle weg. Unsere ägyptischen Arbeiter und Archäologen sind noch da, auch ein paar Schweitzer und Andrea ist geblieben. Du weißt ja, sie hat vor nichts Angst. Außerdem kann sie da in Ruhe weiterbuddeln. Es ist wirklich spooky. Es sind kaum Touristen in Al Uqsur. Stell dir vor, sie legten alle Gäste zusammen auf die *Pharao*. Ein Schiff, Anna, for all Guests!"

„Und es sind über achtzig Schiffe", warf Anna ein.

„Ich flog von Al Qahira erst nach Al Uqsur. Mußte ein paar Sachen holen, Fatme Bescheid geben und fuhr zum Tempel rüber um zu sehen wie es dort geht. Sie heben die gigantische Quarzitstatue weiter mit den Air Cushions an und es sieht gut aus. Sie machen große Fortschritte. Die schöne Teje-Statue ist gesäubert, das andere Team hat nochmal eine Sachmet-Statue ausgegraben und Andrea hat was Extraordinary gefunden! She sent it to you by E-Mail."

„Nein?"

„Doch!"

„Das muß ich sehen! Komm mit hoch in mein Büro!"

Gespannt schaute Anna auf ihren Computerbildschirm. Die E-Mail von Andrea brauchte eine Weile, bis sie vollständig heruntergeladen war. Ahmed trippelte hinter ihrem Bürostuhl unruhig auf und ab.

„Highspeed-Internet ist schon erfunden!", jammerte er in ihrem Rücken. „Sie hätt's ja besser gemorst, das wär wesentlich schneller gegangen!"

„Ach, halt doch die Klappe!" Anna ließ sich nicht aus der Ruhe bringen. Da! Endlich verschwand der Ladebalken. Seelenruhig knipste sie die Internetverbindung aus und hörte Ahmed irgendwas von „o heilige Flatrate" murmeln.

„Wo hat sie es gefunden?" Anna betrachtete eingehend die Fotos.

„Im nordwestlichen Teil von *Kom el Hettan*. Dort, wo sie eine Chapel vermutet. Die Reste einer Statue, die anscheinend auf einem Sockel aus Holz stand, und diese Papyri. Sie glaubt, the Woodenfigure stellt Ptah dar."

„Schwer zu erkennen. Sind ja fast nur noch Splitter. Aber die Figur diente wie ein Puffer. Der Sockel ist dadurch kaum beschädigt. Und darin lag der Papyrus?"

Ahmed nickte. „Er ist sehr gut erhalten. Ließ sich ohne weiteres einen guten Teil aufrollen."

Anna vertiefte sich in die Schriftzeichen auf den Fotos:

… Meisterin bin ich des heiligen Wissens und der magischen Worte … las sie. Viel ließ sich auf die Schnelle nicht entziffern. „Das sind Texte aus dem Totenbuch. Zaubersprüche, meiner Meinung nach. Wo sind die Texte jetzt?"

„Sie haben sie ins Luxor-Museum gebracht. Dort können sie properly ausgerollt werden. Die Woodenfigure und der Sockel sind ebenfalls dort. "

Anna griff nach dem Handy und wählte Andreas Nummer.

„Meinfeld!"

„Berger hier! Hey, Süße! Ich hab deine Mail bekommen! Hattest Recht, letztes Jahr, als du sagtest, dort hinten sei was zu finden! Das ist ja der Knaller!"

„Aber echt! Nicht nur das fanden wir, auch ein Siegel von Königin Teje haben wir in der Nähe der Papyri gefunden. Also könnte das Schreiben ihr gehört haben."

„Königin Teje! Wow! Haste da kein Foto?"

„Nein. Aber hast du das mit der Statue mitgekriegt?"

Anna zog die Nase kraus. „Ich fiel aus allen Wolken, Andrea. Ahmed tauchte gestern hier auf um mir das persönlich mitzuteilen. Was ist denn das für ein Mist?"

„Keine Ahnung, Anna. Sowas habe ich noch nie gesehen…" piep … klick … Verbindung weg.

„Sowas!" Anna legte das Telefon beiseite. „Komm, Freundchen, Frühstück wartet."

„Ich hab auch was für dich." Ahmed schenkte Kaffee nach, kramte in seinem Rucksack nach einem kleinen Nylonbeutel, den er Anna vor die Nase hielt. Darin ein paar Bröckchen der seltsamen Substanz von der Statue, wie er erklärte. Anna legte achtlos ihr Brötchen beiseite und griff interessiert nach dem Tütchen.

„Sieht aus wie Harz oder eingetrockneter Honig." Sie öffnete den dünnen Zipper der Tüte, steckte ihre Nase hinein, hielt die linke Hand auf und ließ eins der Körnchen auf ihre Handfläche rieseln. In Sekundenbruchteilen verflüssigte sich die feste Substanz, wurde zu einem glühendheißen Tropfen Blut, der sich mit Zischen und Schäumen in Annas Hand fraß. Schreiend sprang sie auf, der Stuhl kippte mit Gepolter um, versuchte eiligst die schmerzende Hand an der Spüle unter kaltem Wasser zu kühlen. Ahmed warf vor Schreck seine Kaffeetasse um. Im selben Moment schwoll die Lautstärke des Radios bis zur Schmerzgrenze an.

„Verdammt, Ahmed!", brüllte sie gegen den Lärm. „Was soll diese verfluchte Scheiße? Findest du das witzig? Was war das? Salzsäure? Was ist mit dem Radio? Mach es sofort leiser!" Anna konnte sich gar nicht mehr beruhigen, betrachtete entsetzt ihre verbrannte Handfläche. Es sah aus, als hätte jemand eine Zigarette darin ausgedrückt. Völlig von der Rolle zog Anna hastig den Stecker. In der unverhofften Stille klingelten ihr kurz die Ohren von dem Radau.

„Du wirst zurückgeben, was mir gehört!", fauchte es brüllend aus dem toten Lautsprecher.

Beide zuckten zusammen. Anna hielt immer noch den gezogenen Stecker in der Hand, warf ihn fassungslos von sich, griff wortlos nach einem Lappen, wischte fahrig den verschütteten Kaffee auf, rückte die umgefallenen Stühle an ihren Platz, packte die Lebensmittel zurück in den Kühlschrank, griff dort nach einer kleinen Flasche Kirschwasser, setzte sie an die Lippen. Ahmed schaute ihr schuldbewußt zu.

„Geht das schon wieder los!", seufzte sie tonlos und ließ sich resigniert auf den Stuhl sinken.

LUXOR, FLUGHAFEN
DONNERSTAG, 05. MAI 2011

„Du hättest doch nicht extra herkommen brauchen!" Andrea nahm Anna die Reisetasche ab. „Hey, Ahmed! Ägypten ist mancherorts ein einziger Hexenkessel. Und ziemlich gefährlich für Alleinreisende. Gestern wurde Frau Mubarak aus der Haft entlassen. Obwohl sie ihr Vermögen offenlegte, sei der Fall nicht abgeschlossen, sagt man. Und fünf Jahre Haft hat der Tourismusminister für seine Bestechungen bekommen. Hier ist nichts mehr, wie es einmal war."

„Guck dir das mal an!", giftete Anna und hielt Andrea ihre Handfläche, auf der ein rotes, eingebranntes Mal zu sehen war, hin. „Wenn du glaubst, daß ich *das* auf mir sitzen lasse, dann irrst du!"

Sie traten aus dem Flughafengebäude in die pralle Sonne. „Ich muß sie mir einfach selbst ansehen. Wie habt ihr es bloß geschafft, sie hierher zu bekommen? Oh Mann, ist das heiß! Jetzt weiß ich wieder, warum ich spätestens Mitte April verschwunden bin."

„Beziehungen, meine Süße, mit Beziehungen haben wir sie hergekriegt!"

„Nicht, daß es euch wie dem Tourismusminister geht!"

„Andrea, laß mich am Central Station raus, ich treff mich dort mit jemand."

„Ok, Ahmed."

Sie stiegen in den Wagen und Andrea scheuchte den klapprigen Defender mit ungeheuerlicher Geschwindigkeit bis in die Innenstadt. Ahmed stieg am Bahnhof aus, Andrea sauste weiter, bremste auf der Corniche gerade rechtzeitig vor einem alten Mann, der plötzlich wie von Furien gehetzt, humpelnd auf die Straße lief, bärbeißig durch die Windschutzscheibe stierte, etwas aus seinem zahnlosen Mund plärrte und grob mit seinen beiden dreckigen Fäusten auf die Motorhaube einschlug. Andrea streckte den Kopf aus dem offenen Fenster, „Verschwinde du Arsch! Yalla! Yalla!", fluchte wie ein alter Kutscher, hupte wie eine Einheimische, gab jaulend Gas, schubste den lästigen, aufdringlichen Alten zur Seite. Mit quietschenden Reifen fuhr sie schließlich weiter.

„Dieser alte Sack!", knurrte sie. Anna drehte sich um, aber längst war der Bettler ihrem Blickfeld entschwunden.

„Das war doch der Alte, der immer am Winter Palace rumlungert? Der mit dem zerfressenen Gesicht, voller Naben! Der lauert mir doch ständig auf! Was hat er genuschelt? Irgendwas von einem Fluch? Damit kommt er mir jedesmal, wenn er mir über den Weg läuft!"

„Das ist ein widerlicher, ekelhafter Mensch. Keiner hier will ihn in seiner Nähe haben. Der lauert dir nicht nur auf, Süße, der hat sogar schonmal die Frechheit besessen, im Camp nach dir zu fragen! Ich hab ihn achtkantig rausgeworfen! Einchecken oder angucken?", fragte Andrea unvermittelt.

Anna, müde von vier Stunden Flug, entschied sich für einchecken. Die Statue konnte ruhig warten.

Ziemlich groggy stieg Anna die Treppe vom Winter Palace hoch. Einer der Security kam ihr entgegen, nahm ihr höflich die schwere Tasche ab.

„Danke!"

Ohne Reservierung in dem Fünf-Sterne-Haus ein Zimmer zu bekommen, war zu normalen Zeiten ein Unding. Heute jedoch freute sich der Empfangschef über den unverhofften Gast.

„Madame Anna! Wie schön! Bonjour!" Ibrahim kam freudestrahlend hinter seiner Rezeption hervor. „Haben Sie sich doch entschlossen zu bleiben?"

„Nur ein kurzer Besuch, mein Lieber. Haben Sie ein Zimmer für mich?"

„Eins? Oh, Madame Anna! Sie können hier residieren wie eine Königin und sich das schönste Zimmer aussuchen. Es sind nur wenige Gäste da. Aber ihr Zimmer ist frei, wenn Sie das wollen."

„Natürlich will ich!"

Er schaute sich in der still daliegenden Lobby um, betrachtete die paar Gäste hinten in der gemütlichen Sitzecke. „Geh doch mit Frau Meinfeld auf die Terrasse", flüsterte er, „ich lasse Kaffee bringen. Gib mir deine Tasche. Ich komme gleich raus zu dir!"

Anna und Andrea traten durch die breite Drehtür wieder hinaus auf die Terrasse, betraten das Podest, setzten sich an den ersten der schmiedeeisernen Tische mit den dick gepolsterten Stühlen. Unten, vor dem roten Teppich rannten gerade zwei Angestellte zu einem Wagen, um einer, wie aus einem Modejournal gekleideten, ungemein attraktiven Dame aus dem Fond zu helfen. Ihr Begleiter, ein älterer gutaussehender Herr, groß, männlich – soeben dem Fahrersitz des knallroten Jaguar entstiegen – wirkte neben der jugendlich wirkenden Schönen wie das Biest, obwohl er nach Geld nur so stank. Die Frau stand gelangweilt und mit zorniger Miene am Fuß der Treppe auf dem Teppich wartete auf ihren mit den Wagenschlüsseln herumfuchtelnden, lärmenden Begleiter. Unwillig klemmte sie sich die blutrote Handtasche unter den Arm, reichte ihm den anderen. Zusammen betraten sie die Terrasse, suchten sich einen Tisch weiter hinten.

Anna kramte ihren Fächer aus der Tasche, wedelte sich Luft zu, betrachtete die Frau genau, während sie auf hohen, schwarzen Hacken unterhalb an ihr vorbeirauschte. Das schwarze Kleid eng auf Figur geschnitten, knielang, zeigte lange, wohlgeformte Beine in seidig glänzenden Strümpfen. Dieser brandheiße Auftritt brachte einige Männer auf der Terrasse dazu, sich ordentlich aufzuplustern. Da brannte aber die Luft! Diese rassige Frau hob sich majestätisch aus der Menge ab. Nicht allein wegen dem großkrempigen roten Sonnenhut auf ihrem schönen Kopf. Sie zog alle Blicke auf sich.

„Nicht deine Kragenweite, Süße!", Anna schmunzelte augenzwinkernd, „Von oben bis unten Armani!"

„Ach nee!", lästerte Andrea abwinkend und klemmte die Daumen lässig hinter die Hosengallier ihrer bequemen Latzhose. „Viel zu aufgedonnert. Nicht mein Typ. Danke!", nickte sie dem Kellner zu, der ihnen einen Mokka servierte. „Wie geht's mit Georg? Seid ihr schon geschieden?"

„Frag nicht!" Anna angelte schniefend nach einem Taschentuch, wischte Tränen aus den Augen. „Was habt *ihr* rausgefunden?"

„Blut", meinte Andrea trocken. Anna tippte sich an die Stirn.

„Wir schickten es an drei unabhängige Labore. Kamen alle zu dem gleichen Ergebnis. Hast du mitbekommen, daß Frau Bickel und ihr Team im östlichen Tal vom Kings Valley ein Grab gefunden haben?"

„Nein! Das ist ja mal eine Neuigkeit!"

„Direkt neben dem Eingang von KV 40. Am fünfundzwanzigsten Januar. Wegen der Revolution mußten sie den Eingang aber sofort abdecken und die Arbeiten einstellen. Nicht daß Grabräuber und Plünderer darauf aufmerksam werden."

„Victor Loret hat KV 40 entdeckt und nichts außer Schutt gefunden. Da haben die Schweitzer sich aber gewaltig was vorgenommen. Und Frau Bickel wird etwas Großartiges, Einmaliges finden, dessen bin ich mir sicher! Ich würde es ihr und ihrem Team gönnen."

Ibrahim trat an den Tisch, reichte Anna das Anmeldeformular und den Zimmerschlüssel. „Wie lange, Madame?"

„Ich weiß nicht. Höchstens ein paar Tage. Machst du mir alles fertig und läßt meine Tasche auf's Zimmer bringen?"

„Selbstverständlich, Madame. Soll ich dir deine Sachen aus dem Aufbewahrungsraum bringen lassen und deinen Tisch im Restaurant reservieren?"

„Nein. Ich habe nicht vor, länger zu bleiben. Wegen dem Tisch geb ich dir später Bescheid. Wie spät ist es überhaupt?"

„Sechzehn Uhr, Anna. Wo ist Ahmed?"

„Der spinnt doch. Kommt extra nach Saarbrücken. Er wollte am Bahnhof rausgelassen werden."

„Ein Bengel, immer noch gewesen", scherzte Ibrahim. „Ich muß weitermachen, muß wieder hinein."

„Ja. Ma Salama. Andrea? Brauchst du den Defender?"

„Natürlich."

„Ok, hast du Zeit, kannst du warten, bis ich mich auf dem Zimmer frisch gemacht habe und mich mit hinüber zur Westbank nehmen?"

„Klar."

Anna kramte die Tasche um, entnahm ihr ein türkisfarbenes, schillerndes, tief ausgeschnittenes seidenes, auf Figur geschnittenes Sommerkleid, hopste unter die Dusche, band sich das Haar im Nacken zu einem Chignon, legte Lippenstift auf, sprühte Chanel Nr. 5 hinters Ohr. Und das war doch die Gelegenheit die neuen Pumps auszuführen! Ehrfürchtig wickelte sie die Sandalen aus dem Seidenpapier: Manolo Blahniks! Ein Träumchen! Stilettos so scharf wie eine Waffe! Sie sahen einfach Klasse aus mit ihrem schwarzen Lack, dem Raubkatzenmuster und dem türkisfarbenen Innenfutter. Sie schnappte sich den cremeweißen Seidenschal und den großen hellbeigen, schwarz abgesetzten Shopper, verließ das Zimmer, eilte durch den breiten Korridor, huschte die Treppe hinunter, betrat wieder die Terrasse.

„Fertig!"

„Holla!"

Anna schaute über den Rand der großen schwarzen Sonnenbrille, nickte zu der Dame mit dem roten Hut hin. „Mit der kann ich doch mithalten, was?"

„Aber locker!"

Während sie die Corniche entlang Richtung Brücke fuhren, hielt Anna wehmütig, fast schon melancholisch Ausschau nach einem schwarzen BMW-Coupé, seufzte, schüttelte traurig den Kopf als sie es nirgends entdecken konnte. Jetzt stiegen ihr auch noch Tränen in die Augen während sie an dem häßlichen, flachen Gebäude vorbeifuhren. Das Tor stand auf, ein paar Leute im Hof, schon waren sie daran vorbei, ohne daß sie jemanden hätte erkennen können. Zwinkernd und schniefend zerrte sie ein Taschentuch aus dem Shopper, schneuzte sich.

„Alles gut?"

„Klimaanlage!", schniefte Anna. „Und die trockene Luft im Flieger."

„Mach mir doch nichts vor! Das mit Georg geht dir gewaltig an die

Substanz."

„Laß mich doch in Ruhe!"

„Ist ja schon gut! Willst du zu Fatme?"

„Hm." Anna starrte aus dem Seitenfenster. „Kannst du über Ad Dabiyyah fahren, anstatt über die Schnellstraße? Und kurz vor Al Aqaltah rechts auf den schmalen Weg einbiegen?"

„Das ist ein besserer Feldweg. Was willst du denn dort?"

„Ich muß was wichtiges klären."

Ein Haus mit Kuppeldach, hinter einer hohen Mauer, mitten im Nirgendwo, rundum Felder, Wiesen, Dattelpalmen, Weiden, an der schmalen, buckligen Straße, mit Blick über den Nil. Gegenüber, in Luxor, das Mövenpick auf Kings Island. Da stand es, unverändert, als wäre nichts gewesen, als lägen nicht traurige, einsame, trübsinnige Monate dazwischen.

„Hier kannst du mich rauslassen."

„Spinnst du? In *dem* Aufzug? Ich laß dich doch hier nicht allein mitten auf einem Feld stehen. Bist du besoffen? Und wie willst du wieder zurück?"

„Ich ruf dich an falls was schiefläuft." Anna stieg aus. „Hau schon ab!"

„Du rufst mich in *jedem* Fall an!"

„Ja, jetzt mach!" Anna schaute dem Defender zu, wie er auf der einsamen, buckligen Straße hoppelnd in einer Staubwolke verschwand, klingelte dann mutig an der Gartenpforte in der hohen Mauer neben dem großen Garagentor. Dahinter dröhnte es wie von einem Motor der Schluckauf hatte, jemand fluchte herzhaft. Dazwischen hörte sie *The Miracle* von Queen. Sie wummerte gegen das Tor.

„What do you want?", kam es unwirsch von drinnen.

„Ich...", rief sie zaghaft.

„Hier auch *Ich*!", brummte es zurück.

„Anna!"

Der blubbernde Motor gab noch ein letztes gurgelndes Geräusch von sich, die Musik verstummte abrupt.

Stille.

Das unverhofft laute Poltern des hochfahrenden Tores ließ Anna zusammenzucken. Ein riesiger, muskelbepackter, verdammt gutaussehender blonder Kerl stand in der Einfahrt, bewaffnet mit einem großen Maulschlüssel, von oben bis unten mit schwarzem Motorenöl eingesaut, in einem uralten Bruce-Willis-Gedächtnis-Feinripp-Unterhemd und einer gammligen Shorts. Er schaute sie fassungslos an, schaute hinter sich, trat an Anna vorbei auf die ansonsten leere Straße, blickte ungläubig nach links, rechts und nach oben.

„Morgan le Fay?", knurrte er skeptisch. „Hast dir hoffentlich nicht wehgetan, Lady, als du vom Himmel gefallen bist?"

„Ging so."

In seinen Augen war nichts zu lesen, zu erkennen. Höfliche Distanziertheit, leidenschaftslose Kühle. Kein Erinnern. Als stünde er im Winter Palace am Eingang, als ginge es ihn überhaupt nichts an.

„Raphael! Schau mich nicht so an!"

„Ich höre, Lady." Sein Blick wild und unbeherrscht.

„Ich bin zu verwöhnt und es ist heiß und überhaupt…"

Er schlug temperamentvoll mit dem Schraubenschlüssel in die Luft. „Wenn ich nicht so dreckig wäre, könntest du was erleben!", drohte er mit einem diabolischen Grinsen á la Jack Nicolson, warf den Schraubenschlüssel mit brachialer Urgewalt achtlos auf den Boden, trat auf sie zu, wirkte gefährlich, verwegen.

„Bleib mir vom Leib!" Abwehrend hob Anna die Arme, machte einen Schritt rückwärts.

„Mein Schatz! Meine Süße!", freute er sich jetzt mit einem überglücklichen, fröhlichen Lachen. „Wo kommst *du* denn her? Mensch, komm rein, mein Engel! Meine Fresse, ein Wunder! Mit einem so schön verpackten Geschenk habe ich heute nicht gerechnet. Was siehst du gut aus!"

„Kann man von dir nicht behaupten!", lachte Anna. „Was treibst du denn da?"

„Der Rasenmäher …", wie verlegen kratzte er sich am Kopf, „Miststück! Saut mich mit seinem Öl ein! Da steht die Liebe meines Lebens und ich kann sie nicht mal in den Arm nehmen. Das wirst du mir büßen!", trat dem Rasentraktor übermütig an den Reifen, strahlte Anna mit seinen unglaublich schönen leuchtenden Augen an. „Komm, ich spring schnell unter die Dusche, soll der Mäher doch verrecken." Stürmisch riß er sich das dreckige Hemd runter, sie strich beinahe zärtlich über das Six-Pack. „Was ist denn das?"

„Stella. Holte es gerade aus dem Kühlschrank, wollte eine Pause machen, bevor mir dieses Malheur passierte. Auch eins?", spaßte er und nahm das Paket von dem Sitz.

„Ja!"

„Sauber?", rief er von der Pooldusche zu ihr rüber. Anna stellte das Glas mit dem kalten Bier ab.

„Auf der Nase! Alles schwarz!", foppte sie und betrachtete ihn genüßlich. Naß wie er war kam er zu ihr, schüttelte sich, griff nach dem Handtuch auf dem Sessel, rubbelte sich ab, riß sie in seine Arme, küßte sie leidenschaftlich.

„Hab ich dich vermißt!", flüsterte er zwischen zwei heißen, sehnsüchtigen Küssen, setzte sich, zog sie liebevoll auf seinen Schoß. „Was machst du denn hier, Schönheit? Ist dir doch viel zu heiß."

„Ich hab dich noch viel mehr vermißt, mein Süßer! Ich muß was nachsehen. Und du, mein Liebling?" Zärtlich strich sie ihm das dichte blonde Haar aus der Stirn, betrachtete die kleine Narbe, hauchte ein Küßchen drauf. „Man sieht kaum noch was."

„Erinnere mich nicht!" Er packte sie mit leidvollem Gesichtsausdruck an den Oberarmen. „Das war schrecklich. Ich muß das vergessen! Du glaubst gar nicht, was ich alles durchmachte! Diese furchtbare Zeit im Krankenhaus… grauenvoll… ich hab selbst meine eigene Mutter nicht mehr erkannt, Anna, es war entsetzlich!" Seine Miene so bedauernswert, in seinen dunkelgrünen Augen blitzte der Schalk.

„Du süßer Spinner!", säuselte Anna lachend, küßte ihn, wuschelte ihm das feuchte Haar durch. „Zwei Tage haben sie dich behalten! Und auch nur um abzuwarten, daß du nicht ansteckend bist. Hör auf mich zu veräppeln. Daß du mich für einen kleinen Moment nicht erkannt hast, will ich gerade mal so durchgehen lassen."

„Hunger?"

„Und wie! Bin seit heute morgen fünf Uhr auf Tour. Mußte den Umweg über Luxemburg nehmen. Gab keinen Direktflug von Saarbrücken aus."

„Wie bist du hergekommen? Du hast hoffentlich kein Taxi genommen! In *dem* Outfit!"

„Andrea brachte mich."

„Doch nicht vom Himmel gefallen!" Er grinste, strich zärtlich über den glatten Stoff auf ihrem Oberschenkel und dann forsch unter dem Rock. „Es ist hier alles ziemlich friedlich abgegangen. Die Leute haben Bürgerwehren zusammengestellt, blieben solidarisch. Nicht wie in Kairo. Aber obwohl hier alles ruhig ist, man merkt die ausbleibenden Touristen. Das reißt ganz schöne Löcher in die Finanzen."

„Aber ja. Hörst du wohl auf!", schimpfte sie zärtlich.

„Nein!"

„Nimmst du jetzt deine Finger da weg!"

„Vier Monate Einsamkeit, Süße, das ist ja nicht zum Aushalten! Boh, und erst diese Schuhe! Hammer!"

Sie rutschte auf seinem Schoß näher, gurrte: *„Das* ist ein Hammer!"

„Faß das bloß nicht an!", er küßte sie heiß, „Sonst fall ich gleich über dich her."

„Ich sagte ja, faß das nicht an", schnurrte er zärtlich und drückte Anna an sich. „Du wolltest nicht hören!"

„Mein Schatz, ich hab wirklich Hunger. Und jetzt erst recht." Anna küßte seine breite Brust, rutschte vom Bett, kramte in ihrem Shopper nach bequemen Klamotten, verschwand im Bad. Raphael kam ihr nach.

„Grillen?", fragte er kurz darauf.

„Ja, gerne."

„Hab Hähnchenfleisch."

„Hört sich lecker an."

„Mit Salat und Fladenbrot."

„Oh bitte, gib mir ein Stück davon, ich fall gleich vom Fleisch."

„Wir geht's bei dir zu Hause?", fragte er liebevoll, griff nach dem Brot im Schrank, holte den Salat aus dem Kühlschrank, ging hinaus um den Grill anzuzünden.

„Frag nicht!", nuschelte Anna mit vollem Mund und lehnte sich in den Rahmen der Haustür. „Das Haus sah aus! Obwohl unser Hausmeister alles richtig gemacht hat. Aber wenn keiner drin wohnt … man sieht es eben. Der Garten ein bißchen verwildert, ums Haus alles voller Winterdreck und Grünspan, drinnen ein wenig zu staubig. Hab mit dem Hausmeister und dem Hochdruckreiniger Tage gebraucht, bis es draußen wieder pikobello war. Gerade bei dem Wetter – da will ich meine Terrasse nutzen…" Anna unterbrach sich, ging mit ihm wieder in die Küche, legte das Stück Brot auf die Arbeitsplatte, flüsterte: „Meine Freundin wurde umgebracht."

„Was?"

„Letzten August. Ich bin immer noch fix und fertig deswegen. Ich kann nicht glauben, daß sie tot ist. Ihr Mann ist völlig am Ende. Säuft. Wenn er so weiter macht, verliert er noch seine Arbeit."

„Das klingt furchtbar!"

„Weißt du noch, als ich sie im Oktober anrufen wollte und nicht erreichte? Ich saß da draußen, auf dem Gartensofa, fürchterlich wütend wegen Georgs Verhalten."

„Die Anwältin?"

Anna nickte.

„Und ihr Mann ist der Polizist?"

„Ja. Hauptkommissar bei der Mordkommission. Sie kamen mit dem gesamten Team zu der Fundstelle. Kannst du dir vorstellen, was er da durchmachte? In ihm vorging?"

„Das will ich mir überhaupt nicht vorstellen, Anna." Mitfühlend nahm er sie in den Arm, drückte sie herzlich. „Warum hast du mir das denn nicht am Telefon erzählt?" Sie machte sich los, trat einen Schritt zurück, suchte im Schrank nach der Salatschüssel und für die Vinaigrette nach Essig, Öl und Gewürzen.

„Das ist nichts, was man über tausende Kilometer erzählen sollte. Ich weiß es ja selbst erst seit knapp zwei Wochen. Traf Alex zufällig am Ostersamstag. Er hat einen Mordfall aufzuklären, bei dem es um Antiquitäten geht. Speziell um ägyptische. Dazu wollte er einen Rat von mir. Also lud ich ihn ein, mittwochs nach Ostern mit mir zu essen. Da hat er mir ein Foto gezeigt", betonte sie. „Das Foto von einem antiken Objekt das Karen gehörte und aus ihrem gemeinsamen Haus entwendet wurde. Das Ding gehörte einst Amenophis Hapu. Raphael, sowas macht mir Angst."

„Von dem kommst du anscheinend nie los."

„Ich weiß nicht, ich habe das unbestimmte Gefühl, da ist mehr an der Sache dran, als sich logisch erklären läßt."

„Ja, seltsam ist das allemal. Und warum bist du in Ägypten? Ich dachte, du kommst im Sommer niemals her."

Anna ging hinüber ins Schlafzimmer, kramte die Zeitschrift aus ihrer Tasche, zeigte ihm das reißerische Titelblatt.

„Wow! Du heilige Scheiße! Das sieht verboten aus!"

„Unser Team – frag bloß nicht wie – hat es geschafft, die Statue von Kairo hierher zu bringen. Ahmed kam extra nach Deutschland um mir das zu sagen. Wir beide haben mein Handy leergequatscht, ich vergaß es zu laden, Festnetz hab ich erst gar nicht angemeldet, und Mails habe ich wegen der Gartenarbeit tagelang nicht abgerufen. Da setzte der Bub sich einfach in den Flieger um mir Bescheid zu geben."

„Cooler Bursche."

„Der coole Bursche nutzte voll die Gelegenheit um mal wieder eine gute Woche Urlaub bei mir zu machen." Sie tippte auf die Zeitung. „Das Ägyptische Museum ließ das im Labor untersuchen und sie sagen es sei Blut!"

„Hat jemand drübergekippt? Wäre ja kein Wunder, bei all den Verwüstungen die dort passiert sind."

„Nein." Anna schüttelte den Kopf, schnappte sich eine der kleinen Tomaten und ein Stückchen Schafskäse.

„Kommt es von den Farben des Kragens oder der Haare?"

Nochmal schüttelte Anna den Kopf, hielt ihm ihre verbrannte Handfläche hin. „Das ist von dem Zeug. Es war trocken und harzig. Als es meine Hand berührte, wurde es flüssig, heiß und blutig und fraß sich in meine Hand."

„Och mein Schatz, komm, gib das Pfötchen her." Sanft küßte er Annas Handfläche. „Und deswegen bist du hergekommen?"

„Nur meine Hand, Raphael, jedem anderen der es anfaßte, geschah nichts. Das ist doch unheimlich! Ich muß sie mir selbst ansehen. Sie gehört zu mir, zu meinem Leben. Ich habe mit Andrea abgemacht, daß wir übermorgen ins Luxor-Museum gehen, damit ich das aus nächster Nähe begutachten kann. Sowas habe ich in meinem ganzen Leben noch nicht gesehen. Wir gehen am späten Nachmittag, abends bleibe ich gleich im Winter Palace."

„Ich muß am Wochenende dort Dienst schieben. Das Hotel will mehr Sicherheit seit der Revolution aber mir fehlen dazu einfach die Mitarbeiter. Muß ständig einspringen." Er kramte Teller und Besteck aus, trat hinaus in den Innenhof. „Wann sagst du Andrea und Ahmed endlich die Wahrheit über uns?"

„Ich rede nicht gern privates über mich, Raphael. Das hab ich noch nie gemacht."

„Ok, ich werd's verschmerzen. Möchtest du Weißwein zu dem Gockel oder willst du beim Bier bleiben?"

„Das Stella ist voll in Ordnung. Ich muß mir ein bißchen die Beine vertreten." Während die Hähnchenteile auf dem Grill brutzelten, spazierte Anna am Pool vorbei, warf einen Blick in den Garten mit seinem hohen Gras.

„Wo ist Chica?"

„Drüben bei Sara. Sie nervte mich als ich an dem Mäher rumschraubte. Klaute mir ständig die Schraubenzieher; ich sollte werfen."

Anna mußte lachen. „Geht's Sara gut?"

„Aber ja!"

Sie trat durch das breite Tor der überdachten Einfahrt zu dem Rasentraktor.

„Ich hab gar nicht bemerkt, daß das keine Wand ist," meinte sie. „Das ist ja eine riesige Schiebetür."

„Wie soll ich sonst mit schwerem Gerät auf mein Gelände kommen, Süße?"

„Kriegst du den wieder hin?" Sie wies zu dem Mäher hin.

„Ich krieg alles hin!"

„Was hast du denn da hinten unter der Plane stehen?", fragte sie, schlängelte sich an seinem Coupé vorbei in die Garage. „Hast ja überhaupt kein Platz für dein Auto."

Er kam eilig durch die Seitentür der Garage. „Fingerchen weg!", drohte er mit der Grillgabel. „Das geht dich eigentlich gar nichts an!"

„Oh, Sorry Mister Ney! Der Herr hat wohl Geheimnisse vor mir!"

„Nein!" Er drückte ihr die Gabel in die Hand, „Halt mal!", und zog die Plane weg. Anna betrachte mit großen, erstaunten Augen das kleine, desolate, halb verspachtelte ursprünglich wohl mal knallrote Autowrack. „Och das arme Ding!", empörte sie sich mitleidig, „So ein süßes Schätzchen! Wie kann man nur?"

„Armes Ding?"

„Ein Käferchen! Wie kann man denn sowas so vergammeln lassen? Raphael! Ich liebe die alten VW-Käfer! Und das ist ein Cabrio! Nicht zu fassen! So ein Auto – in Rot – war immer mein Traum!"

„Echt? Die Sitze, der Lenker und das Dach sind in der Sattlerei."

„Ach."

„Sie läuft wieder einwandfrei, schnurrt wie ein Kätzchen! Alles neu. Alles mühselig zusammengesucht, bestellt, organisiert. Dichtungen, Zündkerzen, Kühler, Reifen, Stoßstangen." Er drehte den Zündschlüssel und das typisch klingelnde, rasselnde Motorengeräusch eines Käfers dröhnte surrend durch die Garage.

„*Sie*?"

„Sowas schnuckeliges kann nur eine ‚sie' sein. Wird dir schwarzes Leder gefallen? Muß aber mit Stoff überzogen werden, sonst wird es zu heiß." Er drückte ihr den Schlüssel in die Hand …

„Mir?"

… und öffnete vorne die Haube. „Sie hat schon einen Namen."

Anna schaute baff auf die beiden Wunschnummernschilder die auf dem Reserverad im Kofferraum lagen. *Sahu-Re 23. September 2010* Darunter die offiziellen arabischen Zeichen. Sahu-Re war in Hieroglyphen gestanzt:

„Mein Tattoo!", rief Anna überrascht. „Und der Tag, an dem wir uns kennenlernten! Raphael…"

„Mein Geschenk an dich!", brummte er mit einem furchtbar süßen, verlegenen Gesichtsausdruck als hätte er was angestellt. „Schraube mit einem Kumpel seit Februar dran. Brauchte was zu tun, mußte mich darüber hinwegtrösten, daß du nicht da bist. Fand es beim Nachbarn des Freundes auf dem Grundstück. Total vergammelt. Sie ist fertig, muß lediglich noch lackiert werden. Morgen wird das flotte Käferchen abgeholt."

„Das ist nicht dein Ernst?" Anna standen Tränen in den Augen.

„Doch! Jetzt leg doch mal die Gabel weg. Willst du mich aufspießen?"

„Nein! Ganz fest drücken, mein Schatz! Wie lieb ist das denn!"

LUXOR, MUSEUM
SAMSTAG, 07. MAI 2011

Andrea fuchtelte mit ihrem Ausweis dem Direktor des Museums vor der Nase herum.

„Aber natürlich, Miß Meinfeld, selbstverständlich dürfen Sie hinunter. Sie arbeiten zwischendurch ja an den Papyri. Guten Tag, Madame Berger."

„Mar Haban", grüßte Anna zurück.

„Sie ist im Keller, in einem temperierten Raum. Sie kennen sich ja aus. Aber ich kann Madame Berger nichts Neues berichten. Und auch ich habe keine Erklärung für dieses Mysterium. Stellen Sie sich einmal vor, Howard Carter fände seinen goldenen Kindkönig in einem dermaßen desolaten Zustand. Ich kann Sie verstehen, Madame Berger. Soll ich mit hinunterkommen?"

„Nicht nötig, danke."

Eiligst liefen sie in den Keller. Ein Mitarbeiter öffnete die schwere Tür des Magazins, knipste die Lampen an. Anna konnte kaum glauben, was sie da sah. Ihre schöne Statue! Als hätte jemand Blut über sie gekippt, ihr jemand die Kehle aufgeschlitzt. Es war ein fürchterlich gruseliger Anblick, erst recht, weil die Statue so lebensecht wirkte. Wie ein bedrohliches, gefährliches Omen schien sie da zu stehen und vor etwas zu warnen.

„Das kommt nicht von außen!", erklärte Andrea. „Es kommt aus der Statue.

Wir haben es versucht zu säubern, bekamen sie fast wieder hin und am nächsten Tag sah sie wieder so aus." Sie zog Latexhandschuhe an, strich der Statue über die Brust, zerrieb das Zeug zwischen Daumen und Zeigefinger. „Am fünfundzwanzigsten Januar ging das los", betonte Andrea und weil Anna nicht darauf reagierte, fügte sie hinzu: „als die Proteste in Kairo anfingen!"

„Jetzt sag bloß, du bist abergläubisch?"

„Man kann nie wissen! Komm, drüben auf dem Tisch liegen die Papyri, von denen ich dir das Foto schickte. Und da hinten die Splitter der Ptahstatue mit ihrem Sockel. Das mußt du dir auch noch ansehen."

Anna genehmigte sich später auf der Terrasse vom Winter Palace zuerst einen Sundowner, bevor sie später ins Restaurant gehen wollte. War der Anblick ihrer Statue schon erschreckend genug, so betrachtete sie nun gebannt und fassungslos die fast menschenleere Straße. Da fuhren keine Kaleschen, kaum Autos. Auf den Sonnendecks der Kreuzfahrtschiffe sah man niemanden. Zudem verursachte die Stille ihrer abgeschalteten Dieselmotoren ein sonderbares Gefühl von Einsamkeit und Verlassenheit. Sie bemerkte wie unten das schwarze Coupé schnittig einparkte, schaute Raphael zu, wie er ausstieg, den Sitz umlegte, der Dobermann aus dem Auto sprang.

„Donnerwetter", strahlte sie ihn an, als er die Terrasse betrat. „Siehst heiß aus. Wie der Bodyguard eines US-Präsidenten. Und mit Verstärkung!" Henry erkannte sie sofort, tat als könne er kein Wässerchen trüben, quietschte und schnaufte, verhedderte sich aufgeregt in der Leine, gab höflich Pfote.

„Aus! Sitz!", knurrte Raphael und der Hund setzte sich aufmerksam auf sein Hinterteil.

„Jetzt ist der böse Eindruck von euch beiden knallharten Jungs aber flöten!", prustete Anna lachend.

„Du magst Bad Boys, hm? Ich will's ihm ausnahmsweise mal durchgehen lassen!" Er grinste sie an.

„Bonsoir, Monsieur Ney!", gurrte eine attraktive Dame im Vorrübergehen. „Un si beau chien!"

„Good Evening, Madam."

„Comment vas-tu? As-tu passé une bonne fin de Semaine?"

„Hm?", fragte er Anna schulterzuckend.

„Ob du ein schönes Wochenende hattest, du scharfer Hund", flüsterte sie spöttisch, tat als hätte sie nichts verstanden.

Ah! Oh, yes, thank you."

„Je ne dirais pas non", lächelte die Dame ihrer Begleiterin zu, „s'il me demandait une chaude Nuit d'amour."

In Anna kochte ihr glühendheißes Temperament hoch. Mit einem giftigen Säuseln in der Stimme zischte sie der Dame freundlich nach: „C'est *mon* Mari

Madame! Une fois de plus une telle remarque et je vais te gratter les Yeux!"

„Oh! Pardon Madame!" Die beiden machten, daß sie zügig verschwanden.

„Was war denn das?"

„Solltest französisch lernen!", giftete Anna leise. „Die würde dich nicht von der Bettkante schubsen, wolltest du mit ihr in die Kiste!"

„Uih! Und was sagtest du?"

„Ich blieb höflich!", gurrte sie lachend.

„Auch noch eifersüchtig."

„In dem Fall, ja!"

„Kleine Giftkröte!" Er machte ihr ein Petzauge. „Ich bin im Garten. Und im Haus. Was machst du noch?"

„Erst genieße ich meinen Cocktail, anschließend geh ich mich chic machen und gegen Acht essen. Wann hast du Feierabend? Um Zwölf?"

„Ja, dann kommen die scharfen, richtig bösen Jungs", neckte er.

„Kommst du hoch? Ibrahim hat ebenfalls Nachtschicht, er drückt beide Augen zu."

„Mal sehen, mein Schatz. Bis später."

„Bis nachher."

Anna nahm wieder an ihrem Tisch Platz, genoß die Aussicht und den Sonnenuntergang.

„Man muß sie kaputtschlagen!", hörte sie es neben sich schnurren. Ungefragt setzte sich die schicke Dame vom Donnerstag zu Anna an den Tisch. Gekleidet in ein feuerrotes Kleid, auf dem Kopf ein schwarzer, großer Strohhut. „Es ist letztendlich nichts als Gips und Holz. Dann wird man herausfinden, warum die Göttin blutet", schnurrte sie mit ihrer dunklen, tiefen, heiseren Stimme

„Welche Göttin?", fragte Anna kühl. „Ich mag es gar nicht, wenn sich jemand ungefragt neben mich setzt! Ich habe Sie nicht eingeladen, hier zu sitzen!" Vergebens versuchte sie das Gesicht unter der großen Hutkrempe zu erkennen. Das konnte nur eine der allgegenwärtigen Russinnen sein, die meinten, die ganze Welt gehöre ihnen.

„Ich bin keine Russin!", sagte die Frau, als hätte sie Annas Gedanken erraten. „Ich bin hier geboren, lebte noch immer in *Masr*, ich liebe meine Heimat. Wußten Sie, daß man es früher *Schwarze Erde* nannte? Wegen dem segnenden Schlamm den *Hapi* über die Felder goß. Sie sind doch jene Archäologin, die diese Statue gefunden hat von der man überall spricht?"

„Wollen Sie ein Autogramm? Sagen sie das doch!" Die Dame gab keine Antwort. Jetzt kam auch noch ihr Kerl zu Annas Tisch gestiefelt und setzte sich dazu. Allein seine Anwesenheit wirkte bedrohlich. Herrgott, was war das für einer? Anna fand ihn einfach nur unsympathisch. Auch wenn er gut aussah, perfekt gekleidet, gepflegt, frisch rasiert, gut duftend daherkam. Aber diese Augen! Diese roten, tränentriefenden Augen, als hätte er einen bösen

Heuschnupfen! Sie wirkten abschreckend, wenig vertrauenerweckend. Anna merkte, wie sie richtig aggressiv wurde.

„Mein Schwager", erklärte die Dame.

„Eher dein Sugardaddy!", fauchte Anna unhöflich, drehte sich sauer geworden zu der Security um: „Ich hätte gerne meinen Tisch für mich alleine! Würden Sie sich bitte darum kümmern!"

„Ich kümmre mich sofort!", hörte Anna eine wohlbekannte Stimme. Es war eine so vertraute, selbstverständliche Stimme, daß sie kaum darauf reagierte. Froh darum, sie zu hören, ganz so, als würde ihr jemand den Rücken stärken, schaute Anna der Frau wieder in das im Schatten der Hutkrempe liegende Gesicht. Die hob den Kopf, drehte sich ein wenig zur Seite. Unter dem Schatten schaute Anna ein engelsgleiches Antlitz, liebreizend wie von Botticelli gemalt, ansprechend wie ein altes Renaissance-Porträt. Ein traumhaft schönes, makelloses Gesicht, die großen dunkelgrünen Augen mit den langen, dichten Wimpern elegant mit Kajal und Wimperntusche geschminkt. Ihr voller Mund sinnlich rot geschminkt. Sie legte ihre glühendheiße Hand mit den rot lackierten, langen Fingernägeln Anna ums Handgelenk, zart wie das Pfötchen einer Katze.

„Das Herz aus Glas zerspringt immer mehr. Ich will es haben! Siehst du nicht, zu welch einem Weltenbrand es fähig ist? Du bringst es mir, Tochter!"

Anna zog ärgerlich ihre Hand weg, Raphaels Angestellter trat an den Tisch, die Frau stand auf, tat als ob sie sich entschuldigen wollte, ließ sich mit ihrem Begleiter wieder an ihrem eigenen Tisch nieder. Anna drehte sich um – da saß doch schon wieder jemand bei ihr am Tisch!

„Das ist ja wohl die Höhe!", fauchte sie wütend, trank ihr Glas aus, verließ zornbebend die Terrasse und stürmte durch die Drehtür, rannte durch die Lobby, den langen Flur entlang in die Royal-Bar, schnaufte tief durch. Im Moment hielt sich glücklicherweise niemand hier auf. Es war anscheinend unmöglich, an diesem anstrengenden Tag einen Moment Ruhe zu finden!

„Verdammt!", fluchte sie leise, „Leute gibt's!" Sie ließ sich ärgerlich auf eins der Sofas fallen, schlug die Beine übereinander und wippte auf übelste gelaunt mit dem Fuß, hörte das Parkett knarzen, hob den Kopf. Er kam ihr nach. Böse funkelte sie ihn an.

„Da kam ich ja gerade richtig!", fotzelte er süffisant.

„Oh, für *dich* bin ich gerade in der passenden Stimmung! Richtig für was? Um mir den Mund abzuwischen?", blaffte sie. „Ist das eine Masche von dir? Hier laufend aufzukreuzen? Was willst du?"

Aus seinem attraktiven Gesicht strahlte die reine Unschuld: „Och, die Reisewarnungen sind aufgehoben. Ich will expandieren. Und da dachte ich, ich seh mir hier ein paar Villen an." Er kramte in der Innentasche seines Jacketts, reichte Anna mit einer formvollendeten Verbeugung eine seiner Visitenkarten:

Die Karten waren so Understatement, das sie schon wieder kultig wirkten. Sie schlug sie ihm unwirsch aus der Hand.

„In der Victorian-Lounge tritt heut abend Fatima Serin auf. Da hast du was zu gucken!", giftete sie.

„Fatima? Schön! Hab sie lange nicht gesehen. Habt ihr noch Kontakt? Die eben war aber auch heiß! Russische Oligarchen? Was wollten die?"

„Keine Ahnung! Sie haben sich mir nicht vorgestellt! Und Kärtchen haben sie auch keine verteilt!"

„Und was machst *du* hier? Ich denke, du bist in Saarbrücken."

„Du bist ja bestens im Bilde! Und ich kann mir denken, wer *dein* Informant ist! Wenn ich Ahmed in die Finger kriege!"

„Laß den guten Jungen in Ruh! Meinst du, ich laß dich auf diesem gefährlichem Terrain alleine herumlaufen? Egal was war, und egal wie wir zueinander stehen. Wir sind immer noch verheiratet, Mädchen! Und ich werde immer auf dich aufpassen!"

Leise zischte sie höhnisch: „Brauchst dir gar nix ausrechnen! Falls deine ganz persönliche Assistentin im Augenblick mit Säuglingspflege beschäftigt ist und für deine liebeskranken Avancen keine Zeit hat! *Ich* brauch mein Zimmer für mich allein, *der* Zug ist abgefahren!"

„Ich hab ja nur gesagt, daß ich auf dich aufpasse, nicht, daß ich über dich herfalle. Es sind freie Zimmer genug im Haus. Der Cerberus wird mir schon eins geben!"

Der Kellner trat an den Tisch.

„Der Champagner sei hier exquisit, sagte mal eine berühmte Archäologin zu mir", lästerte Georg. „Ich nehme einen zum Aperitif. Du trinkst doch ein Glas mit?"

„Ich hatte schon einen Cocktail auf der Terrasse. Was soll's. Ja!"

„Was machst du hier, Mäuschen? In diesem Lande herrscht momentan so etwas wie Krieg. Hast du mitbekommen, was heute in Kairo passiert ist?"

„Nein!" Sie funkelte ihn schnöde an. Verkniff sich eine bitterböse Bemerkung über Schädlinge und Nagetiere, betrachtete stattdessen die Leute, die allmählich in die Bar kamen, darunter die beiden von eben auf der Terrasse. Der Pianist ließ sich am Flügel nieder.

„Brandanschläge auf koptische Kirchen und Straßenschlachten mit hunderten Verletzten. Anna! Dieses Land ist im Moment nicht sicher!"

„Oh! Grundsatzdiskussionen! Kairo ist weit weg! Ich bin froh, daß Ahmed hier, in Luxor ist. Ich habe noch nicht einmal gegessen, stecke in den miefigen Klamotten vom ganzen Tag. Ich wünsche mir lediglich eine heiße Dusche, ein gutes Essen, mein Bett und meine Ruhe!"

„Was du hier machst, frage ich? Außerhalb deiner Saison?"

„Meine Statue kleckert!" Es kam gewaltig trotzig rüber; sie konnte nicht anders.

„Okay!" Das kam so lang gedehnt, daß Anna die Augen verdrehte.

„Sie ist… ach herrje!", giftete sie wütend. „Sie sieht aus, als hätte jemand Blut über sie geschüttet. Etwas blüht da aus und ich wollte sehen, was sie dagegen tun."

„Ich denke, sie soll auf Weltreise gehen? Sah ein Plakat; Rom, Berlin, London, New York."

„Nein, das war wegen des arabischen Frühlings nicht mehr möglich. Sie stand abholbereit im Keller des Ägyptischen Museums, da haben sie es entdeckt."

„Und was machst du *hier*? Sie ist doch in Kairo. Thank you, Emad."

„Nein!"

„Hier?"

Anna griff nach dem Glas, schaute ihn kratzbürstig an.

„Ist schon gut, Süße! Wollen wir zusammen essen?" Er wollte mit ihr anstoßen, sie hob ihr Glas.

„Ja." Anna blieb das Wort beinah im Hals stecken, denn Raphael kam auf seinem Rundgang in die Bar.

„Guten Abend, die Herrschaften", grüßte er kühl im Vorbeigehen.

„N'abend. Na? Endgültig auf den Hund gekommen?", stichelte Georg schnodderig.

„Bist du bescheuert!" Anna schubste ihn grob. Raphael blieb stehen. In seinem Blick eiskalte, unbeherrschte Gereiztheit.

„Weiß er es?", knurrte er Anna zornig an.

„Sei still!"

„Weiß ich was?" Georg stand auf, plusterte sich vor Raphael auf.

Der Pianist legte sich jetzt aber richtig ins Zeug. Genau die passende Zeit – blaue Stunde – für einen romantischen Klassiker. Erst ein paar leise Takte, dann die Melodie …

As Time goes by

„Wird Zeit, mit dem Versteckspiel aufzuhören, Anna!", zürnte Raphael böse, rang Georg mit den Augen nieder. *„Das* muß ich mir nicht bieten lassen!"

„Nicht doch!"

„Laß ihn mal ausreden, Mäuschen. Was geht hier ab? Was will sich der Muskelprotz nicht bieten lassen? Und wenn dein Köter mich noch einmal anknurrt, tret' ich ihm in die Eier!"

„Dein großes Maul, Affenarsch!"

„Oh mon Dieu! Non, non, non! Aber meine Herren!" Ibrahim eilte in die Bar, händeringend, schnaufend. „Ich bitte Sie! Anna, es tut mir leid, sah zu spät, daß Käpt'n Ney auf seinem Rundgang… Wenn auch das Kismet uns alle hier versammelt hat…"

„Ibrahim. Das ist eine Sache die allein mich was angeht …" Ich sitze auf einem Stapel Dynamit! Und jemand hat die Lunte angezündet! Alle Männer, die mir in meinem Leben etwas bedeuten auf einem Quadratmeter versammelt. Mir wird gleich schlecht …

„Anna, was ist hier los?"

Anna, wieder einmal von ätzender Panik durchdrungen, flüsterte: „Hör auf ihn zu provozieren! Du weißt nicht, was er unter seinem Jackett trägt! Du weißt nicht, zu was er fähig ist! Raphael, tu ihm nichts!"

„Ich will dir sagen, was hier los ist, Großmaul!", schnaubte Raphael. „Sie ist *meine* Frau! Seit September. Wenn sie es auch bis jetzt nicht geschafft hat, dir das zu sagen."

Aus Georgs Gesicht wich sämtliche Farbe. „Ich schlag dich tot, du Drecksack!", zischte er aufgebracht. „Komm mit raus und wir regeln, was wir im Herbst schon hätten regeln sollen!"

„Hört auf! Alle beide!"

„Ich bitte Sie, Gentlemen. Mäßigen Sie sich doch! Käpt'n Ney, denken Sie an ihre Firma, an ihre Mitarbeiter. Lassen Sie das nicht zu! Denken Sie an die anderen Gäste! Alle schauen herüber! Und an Madame Anna! Wollen Sie sie tatsächlich vor allen Leuten brüskieren?"

„*Du* hast überhaupt kein Anrecht mehr auf sie!" Raphael ignorierte rigoros Ibrahims Bestreben Frieden zu stiften.

„*Du* wagst es nicht meine Frau zu vögeln!"

„Und *ob* ich das wage!" Raphael tippte mit zwei Fingern an seine Stirn, „Einen angenehmen Abend noch, die Herrschaften", und setzte seinen Rundgang fort.

„Nachtwächter!", blaffte Georg ihm hinterher, Anna ließ sich entgeistert zurück auf das Sofa fallen. Ibrahim schlug die Hände überm Kopf zusammen, „Mon Dieu!", murmelte eine Entschuldigung und verschwand schleunigst. Georg ließ Anna wortlos stehen, setzte sich an die Bar, bestellte barsch einen doppelten Whisky, riß sich die Krawatte und den Hemdkragen auf. Anna wartete ein paar Augenblicke, setzte sich schweigend neben ihn, Emad brachte die Champagner herüber.

„Auf Rick und Victor!", knurrte Georg bissig, hob sein Glas, klimperte mit dem Eis. „Jetzt sehe ich klarer."

„Wenn du nicht mit Frau…"

„Sei still, Anna."

„Wenn du nicht mit deiner…"

„Anna!", er schaute sie dermaßen zornig an, daß Anna jedes weitere Wort im Hals steckenblieb.

„Laß da mal die Luft raus, Junge!" Georg schob Emad sein leeres Glas hin, „Of course, Sir.", und schaute Anna traurig ins Gesicht. „Ich kann bei dir nicht verurteilen, was ich selbst getan habe, Anna. Es kam nur völlig unerwartet. Ein anderer Kerl an deiner Seite, allen Ernstes … sowas habe ich dir im Leben nicht zugetraut. War anscheinend ein bißchen zu naiv. Und weißt du was? Es tut weh…"

„Ich habe ihn erst kennengelernt, nachdem du…"

„Ist schon gut, Anna. Das geht mich nichts mehr an…" Aufgewühlt kippte er auch den zweiten Whisky ex. „Gehst du trotzdem mit mir ins Restaurant?"

„Gerne. Aber ich muß mich erst duschen und umziehen." Anna rutschte von dem Barhocker.

„Ich warte solang hier, Weib. Hab ja den Single Malt zur Gesellschaft." Flink packte er Anna am Handgelenk. „Warte!"

„Was?"

„Ist er in Ordnung?"

„Ein anständiger, manierlicher Kerl."

„Das will ich ihm geraten haben, sonst lernt er mich kennen! Dann geh, mein Mädchen. Mach dich noch einmal hübsch für mich."

Anna hörte ihre Zimmertür leise zuschnappen, hörte das Rascheln von Klamotten, roch seinen Duft. Trotzig drehte sie sich auf die Seite, tat als schliefe sie tief und fest. Er schlüpfte nackt zu ihr unter die Decke, nahm sie von hinten fest in den Arm, „Werd mal wach!", flüsternd.

„Hau *ab*!", zickte sie aufgebracht.

„Nein!"

„Das war das allerletzte, Raphael! Laß mich los!"

„Nein!"

„Ich bin stinksauer!"

„Du bist feige!", zischte er in ihr Ohr.

„Was fällt dir ein! Laß mich los!" Vergebens versuchte Anna sich aus seiner Umklammerung zu lösen.

„Nein! Du hörst mir jetzt zu! Du bist feige, Mädel. Hättest es ihm längst sagen sollen. Meinst du nicht, er hat andere Sorgen? Er hat ein kleines Kind, Anna. Er sollte sich nicht auf gefährliches Gebiet begeben, um deine exaltierten Eskapaden zu überwachen! Er sollte sich um seine kleine neue Familie kümmern und nicht um ein großes, verwöhntes Mädchen, daß sich ständig seiner Verantwortung entzieht!"

„Hau ab!" Sie biß ihm in den Bizeps, er drückte fester zu. „Aua!"

„Dann halt still und hör auf zu beißen! Ahmed wird ihn angerufen haben. Wenn Ahmed von uns gewußt hätte, hätte er ihn niemals hierhergeholt."

„Ich entziehe mich keiner Verantwortung!"

„Nein? Du hast dir in Ägypten eine Scheinwelt aufgebaut! Um deinem realen Leben zu entfliehen! Und wenn Menschen aus der wirklichen Welt darin auftauchen, siehst du rot!"

„Verschwinde!"

„Bist du glücklicher, wenn ich das tue?"

„Nein", kam es kleinlaut.

„Du bist eine intelligente Frau mit einem messerscharfen Verstand, Anna. Du hättest es ihm sagen müssen, solltest ihn nicht in irgendeiner Form am Gängelband halten. Laß ihn gehen!"

„Ich habe Ahmed nicht gesagt, er soll ihn anrufen!"

„Aber du hast fest darauf gebaut, daß er hier auftaucht! Lern mich nicht dich kennen! Du bist eine kleine, ziemlich linke, manipulative Stinkmorchel!", knurrte er zärtlich in ihr Ohr.

„Ich habe doch sonst niemanden der auf mich aufpaßt. Georgy ist, war doch meine Familie …", flüsterte Anna.

„Und was bin ich?" Er legte sein Bein über ihre. „Bin ich etwa Luft?"

„Du bist so neu."

„Ah, ok."

„Und du willst mich nur ficken", maulte sie, schubste ihn mit dem Hintern in den Unterleib.

„Ich kann mich beherrschen, Anna, auch wenn ich eine nackte, attraktive Frau im Arm halte. Ich bin noch nicht fertig mit dir. Wenn ich fertig bin, und du mich willst, dann ficke ich dich. Hast du ihm von deiner Freundin erzählt? So wie ich das einschätze, war das eine Freundschaft unter Paaren. Und er weiß es nicht. Ist es so?"

„Eben beim Essen. Geh endlich runter von mir! Weißt du eigentlich, wie schwer du bist?"

„Dann hat *er* jetzt den schwarzen Peter und *du* bist ihn los, sitzt ja in deinem Wüstenwunderland, anstatt dich um deinen Freund zu kümmern! Prima! Anscheinend ist es dir wichtiger nach einer uralten versauten Figur zu gucken als einem guten Freund in Not beizustehen."

„Dann hätten wir uns bis September nicht getroffen. Du bist gemein! Hör auf in meiner Seele rumzuwühlen!"

„Ich will dich nur wach machen. Hör mal auf zu träumen! Fährt er jetzt nach eurem Kumpel sehen?"

„Weiß ich nicht! Er will sich in Luxor Immobilien ansehen. Wenn er wieder nüchtern ist. Er hat die halbe Bar leergesoffen. Ich hatte meine liebe Not ihn auf sein Zimmer zu bringen. Geh weg!"

„Nein! Ich bin nicht fertig! Anna, warum verleugnest du mich?"

„Das tu ich doch gar nicht! Ich rede nur nicht über dich. Das geht doch niemanden etwas an!"

„Schämst du dich wegen mir?"

„Warum sollte ich mich schämen?", fragte sie ernst, hörte auf im Spaß zu zappeln und sich zu wehren.

„Ich habe nicht unbedingt die Gehaltsklasse, die du gewohnt bist."

„Dummschwätzer! Ich liebe dich doch!"

„Anna?" Stürmisch küßte er ihren Hals, koste ihren Busen, ließ sie los, strich heißblütig über ihre Schenkel, ihren Bauch.

„Was?", hauchte sie.

„Weißt du noch; unser erster Abend in diesem Zimmer?"

„Da hast du mich zart geküßt", seufzte sie niedlich schmollend, „und nicht so brutal festgehalten."

„Komm mal her mit deinem süßen Schnäuzchen." Schon tat er es wieder. Sinnlich, zärtlich. „Genau so hab ich das gemacht! Sagte ich nicht, das ist der Beginn einer wunderbaren Freundschaft? Ich will nicht als Lügner dastehen. Meine Freundschaft gilt." Noch ein sanfter Kuß, den sie lüstern erwiderte. „War das nicht eine heiße Nacht, Süße?"

Wie kann ich jene Nacht vergessen? Als ich dich da sah, vorher an der Bar! Schon da machtest du mich gänzlich verrückt und konfus. Und dieser Moment in diesem Zimmer, als du mich küssend auf's Bett drückest. Ich dich in deiner ganzen Schönheit bewundern durfte! Voller sinnlicher, unzüchtiger, hitziger Begierde auf das was du zu bieten hast! Fast willenlos dein mächtiges, heißes, hartes Fleisch ersehnte. ‚Nichts für Feiglinge', hast du geflüstert und ‚wie mutig bist du?' Verdammt mutig, Ranofer! Ich bin nicht feige!

„Und erst der nächste Morgen. Dieser verrückte Tag im Bett, mit dem irren Frühstück! Anna?", er schnurrte sanft wie ein großer Kater.

„Was?"

„Ich will mich nicht mehr beherrschen!"

LUXOR, WESTBANK, IM HAUS DER FAMILIE ABDALLAH
DONNERSTAG, 12. MAI 2011

„Haben wir an alles gedacht, Fatme?" Anna schaute sich im Innenhof um. „Gläser, Teller, Besteck, Servietten."

„Alles da, Anna. Fehlen nur noch die Gäste. Willst du mir nicht endlich mal sagen, was das für ein Fest werden soll? Ich habe dir liebend gerne zugesagt, als du mich batest, hier eine Feier auszurichten. Und daß ich die Beilagen stifte ist selbstverständlich. Du die Getränke und das Fleisch. Allerdings, bei *diesen* Getränken werde ich skeptisch! Wer soll das trinken, hm? Eine Kiste Champagner und ein Fäßchen Bier."

„Keine Sorge, es wird Abnehmer finden. Willst du so die Gäste empfangen?" Anna hörte damit auf, die Kerzen in den Windlichtern anzuzünden, wies mit dem Stabfeuerzeug auf Fatmes offenes, langes, dunkles Haar.

„Ph!", schnaubte Fatme. „Das soll man nicht so ernst nehmen. Ich kann auch ohne Kopftuch ordentlich feiern. Es reicht, daß ich es mir anstandshalber vor meiner Englisch-Klasse und beim Einkaufen überziehe. In meinem Haus nicht! Dieser Haarschnitt hat eine Menge Pfund gekostet, dann will ich ihn gefälligst zeigen! Dein Kleid ist übrigens wunderschön! Du siehst gut aus mit deinen locker geflochtenen Zöpfen!"

„Danke!" Anna zog das bunte, fast bodenlange Kleid mit den Spaghettiträgern ein wenig hoch, zeigte Fatme die neuen, schicken, mit Perlchen verzierten Zehenlatschen.

„So flach?", sie zwinkerte. „Sind hübsch!"

„Kommt Ibrahims Mutter nun herunter?"

„Sie schimpft schon den ganzen Tag. Von wegen sittenloses, schamloses Fest! Männer und Frauen beisammen, Musik, amerikanische, verrohte Sitten, ein anrüchiges Barbecue … und dann erst das Bier. Nicht zum Aushalten ihr Gezänk! Schon am frühen Vormittag reservierte sie sich da vorne den besten Sessel!"

Anna lachte lauthals und ging die Hoftür öffnen, an die gerade geklopft wurde. „Andrea, mein Schatz!"

„Hey, Süße! Was wird denn das? Ich hab schon viel mit dir erlebt, aber daß du bei den Abdallas ein Fest ausrichtest noch nicht. Mar Haban Fatme, hallo Herr Abdalla. Ah, da kommt ja der Glanz und Stolz des Hauses, der freche Ahmed."

„Ey! Was geht Andrea?" Breit grinsend kam er die Treppe herunter. Hinter ihm, an seiner Hand, ein bildhübsches junges Mädchen. Anna fiel die Kinnlade runter.

„Hey, Mom, das ist Aisha."

„Ich bin nicht deine Mutter!", giftete Anna.

„Das, Aisha, ist meine deutsche Mama."

„Ahmed!" Anna stampfte mit dem Fuß.

„Guten Tag, Frau Berger. Schön, Sie kennenzulernen. Ahmed erzählt ständig von Ihnen."

Ach du lieber Gott, was für ein hübsches, sympathisches Ding! Augen wie eine Gazelle, ein Mund zum Küssen gemacht, schlank, süß, in ihrer engen Jeans und der bunten Tunika, das Haar unter einem schicken Kopftuch verborgen.

„Sie sprechen aber gut deutsch. Guten Abend, Aisha."

„Ich besuche das Goethe-Institut in Kairo und studiere unter anderem an der Uni auch Germanistik."

„Mein Respekt."

„Dieser Lümmel!", polterte Ibrahim neben ihr, fuchtelte mit einer Grillzange herum, gab Ahmed einen saftigen Klatscher in den Nacken. „Kommt mit diesem Mädchen hier an! Ungefragt! Zu einer Familienfeier! Hau bloß ab, du unverschämter, undankbarer…" Aisha küßte ihn sanft auf die Wange, packte Ahmed bei der Hand und verzog sich mit ihm schnell auf eins der Gartensofas. „Hat man da noch Worte, Anna!"

Anna ergriff liebevoll seine Hand. „War es nicht erst gestern, als du den Bengel von der Straße holtest? Ihn mir auf's Auge drücktest?"

„Ich hätte ihn dort lassen sollen! Undankbares Kind!", grollte Ibrahim mit einem Tränchen in den Augen. „An den Kindern sieht man, wie alt man geworden ist. Sie ist bestechend hübsch, Anna! Findest du nicht? Was für ein liebes Mädchen! Aus einer guten Familie, intelligent, offen und frei, wie die unsere… Menschen mit gesundem Verstand, nicht vernagelt und von falsch ausgelegter Religion eingeschüchtert… Ah, da kommen deine Kollegen und unsere Nachbarn!"

Noch mehr Gäste strömten durch die offene Tür. Anna trat ihnen entgegen.

„Sarah! Thomas! Wie schön, daß ihr es einrichten konntet! Kai, hallo! Geht zu Fatme und Aisha, nehmt euch ein kaltes Bier, Tee oder was ihr wollt. N'abend, Georgy, na wie geht's dir?"

„Beschissen, Anna, aber danke der Nachfrage. Mar Haban, Ibrahim. Fatme, wie schön, dich wieder mal zu treffen! Ey, ist das Ahmed? Du Knallschote, komm her, du …"

„Sind jetzt alle da?", fragte Fatme, „Sollen wir den Champagner und den Orangensaft reichen? Können wir die Tür schließen?"

„Nein. Zwei Gäste fehlen noch. Sie sollten erst um diese Zeit kommen, wenn alle anderen da sind. Fatme."

„Was?"

„Danke!"

„Wofür denn, Liebes?"

„Für deine, eure liebenswerte Gastfreundschaft. Nicht nur heute, auch in all den letzten Jahren. Ich habe mich bei euch stets heimisch gefühlt."

„Ach, du dummes Mädchen! Oh, was für ein hübsches Auto! Wer ist denn das?" Draußen parkte ein knallrotes Käfer-Cabrio mit schwarzem offenem Verdeck.

„Fatme?"

„Ja?"

„Das sind meine Gäste. Steh mir bei, ich bitte dich, egal was kommt."

Durch die Tür – er mußte sich ein bißchen bücken – kam ein unverschämt gutaussehender, braungebrannter, blonder Hüne mit strahlend grünen Augen, gepflegtem Dreitagebart, gekleidet in ein türkisfarbenes Leinenhemd und weißer Jeans, jenseits der vierzig. Er konnte glatt ein gemeinsamer Bruder von Bruce Willis, Henning Baum und dem jungen George Michael sein. Horst Schimanski in adrett …

In seiner Begleitung eine bildhübsche Dame in einem wallenden, bunten Sommerkleid mit Schal um die Schultern.

„Sind wir hier richtig?", fragte er Anna mit einem verlegenen Lächeln.

„Aber ja. Hallo Sara."

„Hallo Anna."

„Aber das ist ja…" Ibrahim zwängte sich mit seiner Zange durch die Leute. „Käpt'n Ney! Was für eine Überraschung! Was für eine Freude! Guten Abend, Madame! Fatme! Wo sind deine Manieren? Begrüße die neuen Gäste!"

„Mar Haban", begrüßte Raphael die Hausherrin, überreichte ein üppiges Paket voller kalorienreicher Süßigkeiten. „Danke für die Einladung."

„Nicht nötig! Danke! Willkommen. Oh, ja, hier, nehmen Sie ein Glas von dem Champagner, Anna, hilf mal mit, die Gläser zu verteilen, mischen Sie sich doch unter die Gäste, bitte, fühlen Sie sich wie zu Hause."

„Den kenn ich doch!" Andrea rammte Anna ihren Ellenbogen in die Seite. „War der nicht mal mit dir am Tempel?"

„Hm!" Anna ließ Georg nicht aus den Augen, trat zu ihm, er schnappte sich wütend ein Glas von dem Tablett. „Sei so lieb und mach keinen Ärger."

„Bleibt abzuwarten", knurrte er.

„Ich warne dich!"

„Ich beherrsche mich, versprochen."

„Siehst gut aus!" Sie stellte das Tablett ab, packte ihn vorn bei dem weißen Hemd, das bis zum dritten Knopf offenstand, fuhr ihm über die Arme. „Hochgekrempelt, braungebrannt, unrasiert, hemdsärmelig, in Jeans und Sommerlatschen, richtig verwegen. Ein völlig ungewohntes Bild an dir."

„Danke, konnte ja schlecht mit Anzug und Krawatte bei einem Barbecue aufschlagen. Bist auch chic, Süße."

Anna griff sich schmunzelnd ein Glas, „Habt ihr alle? Ja? Hört ihr mir kurz zu?", trat neben Raphael, flüsterte: „Was hast du mir da bloß eingebrockt? Ich rede nicht gern vor versammelter Mannschaft."

„Ich?", rief er verblüfft. „Ich mach doch gar nix. Du hast mich nur hierherbestellt."

„Ihr wißt, daß ich nicht viel rede", sagte Anna laut und schaute ihren Lieben ins Gesicht, „komme und gehe, wie es mir beliebt, und daß ich wenig zugänglich bin. Aber heute muß ich etwas loswerden. Georgy, entschuldige bitte, aber es muß gesagt werden."

„Schon gut, Anna."

„Georg und ich sind seit letztem Oktober freundschaftlich getrennt." Sie erntete jede Menge empörtes Geschnaufe und ungläubige ‚Was?'- Rufe.

Anna wartete ein Weilchen, es dauerte, bis jeder in seiner Sprache verstanden hatte, um was es ging. Der Hof hallte wider von babylonischem Sprachgewirr.

„Ja! Wir sind auseinander! Wie viele hunderttausend andere Paare auch, die mal gemeint hatten, ihre Ehe hielte für die Ewigkeit. Hört auf zu maulen! Das ist etwas, was einzig mich und Georg was angeht. Ahmed! Wenn du nicht sofort mit dem affigen Gezeter aufhörst, kannst du auf dein Zimmer gehen und kriegst Hausarrest!"

„Baba, sag doch mal was! Ha! Jetzt bin ich eine Scheidungswaise!"

„Du wirst es verschmerzen!", lästerte Anna. „Aisha will dry your Tears!"
Dafür gabs Gelächter.

„Red weiter, Anna, the Champagne gets warm!", rief Thomas.

Anna wies mit dem Daumen auf Raphael! „Dieser Prachtkerl da neben mir heißt Raphael. Er hat einen Wachschutz und sorgt mit seinen über zwanzig Angestellten dafür, daß die Gäste im Winter Palace sich immer gut behütet fühlen. Er ist Deutscher, lebt seit fast sechzehn Jahren in Ägypten, hat ein Haus, hier auf der Westbank, in der Nähe von Al Aqaltah, lebt dort mit seiner Mutter – nochmal Hallo, Sara – und er ist seit über zwei Jahren Witwer."

„Müssen wir uns allen Ernstes seine ganze Vita anhören?"

„Mach hinne, Anna, ich hab Durst!"

„Ich mach ja! Ich bin Raphael letzten Herbst zufällig begegnet, denn er lebte bis vor kurzem in Assuan. Wir haben uns gesehen, uns ineinander verliebt und sind seitdem ein Paar! Nur um euch das zu sagen, gibt es dieses Fest! Und um ihn euch vorzustellen. Jetzt könnt ihr mich verurteilen, verachten, Georg bedauern, die Party verlassen oder euch für mich freuen. Mehr hab ich nicht mehr zu sagen! Auf euer Wohl!" Anna hob ihr Glas.

Schweigen.

Niemand hob sein Glas.

Jetzt quatschte jeder dem anderen die Übersetzung ins Ohr.

Von oben eine nörgelnde Stimme in gebrochenem englisch: „Wenn es in deinem kalten Deutschland von solch strammen Kerlen wimmelt, dann wünschte ich mir, in einem anderen Leben und einer anderen Zeit geboren zu sein. Dein Raphael gefällt mir! Auf Anna und die Liebe!"

„Granny!"

„Sei still, du Wicht! Du kamst mit deiner Aisha an, und auch sie findet meine Zustimmung. Was ist, ihr lahmen Schnecken? Ich dachte, hier soll eine Party stattfinden. Los, macht die Musik an und hilf mir endlich mal einer die Treppe runter!"

„Du bist ein vollkommen durchgeknalltes Weibsstück!", flüsterte Raphael ihr ins Ohr. „Aus dir soll einer schlau werden!"

„Küß mich einfach, du… Held."

„Vor allen Leuten?" Zärtlich hauchte er ihr ein Bussi auf die Wange. „Vor allen Leuten, Anna. Ich behaupte nie mehr, du würdest leugnen. Jetzt kann ich sehen, wie ich mit ihrer Verachtung klarkomme."

„Verschwinde mal Anna!" Andrea schubste sie weg, schaute zu Raphael hoch. „Komm mal da runter! Ich bin nur einen Meter knapp sechzig, laß dich busseln! Da stehen noch mehr Schlange, ich hab Hunger. Je eher wir damit durch sind, um so eher gibt es was zu essen."

„Willkommen, Raphael!" Kai schüttelte ihm die Hand, klopfte ihm auf die

Schulter.

„Mein Chef!", spaßte Anna mit einem süffisanten Lächeln.

„Hey! *Du* hast einen Chef?", lästerte Raphael. „Und wer ist das?"

„Ahmed! You kannst von Glück sagen, daß ich meine Mommy Anna liebe, sonst könntest du was erleben."

„Ok, akzeptiert. Willst du mir deine Aisha vorstellen?"

„She's sweet, what?"

„Sweeter than a candy!"

„Du bist in Ordnung, Guy!"

„He, Nachtwächter!" Georg gesellte sich zu Anna und Raphael. In seiner Hand zwei frisch gezapfte Biere, eines reichte er Raphael. „Laß mal das klebrige Zeug da."

„Ich kann dir mal in den Arsch treten, Großmaul", flachste Raphael und nahm ihm das Bier ab.

„War wohl nicht einfach, was? Wenn ich Anna auf diese Weise verloren hätte... nicht auszudenken. Wenn du ihr wehtust, Freundchen, ich glaub, ich vergesse mich!"

„Wird nicht vorkommen."

„Kann ich euch allein lassen?"

„Wenn du nicht hinguckst, schlag ich ihm auf's Maul."

„Aber klar, Schorsch." Anna sammelte die leeren Gläser ein, ging mit Fatme in die Küche.

„Oh, Anna! Ich könnte Ibrahim...", grollte sie. „Kein Wort hat er gesagt! Ich mußte es eben erst erfahren. Dabei weiß er es seit Oktober!"

„Er ist eben diskret. Der beste Portier den ein Hotel sich wünschen kann", schmunzelte Anna.

„Gab es denn wirklich keine andere Lösung für euch beide?"

Anna schüttelte den Kopf. „Nein, Liebes. Georg hat mit einer anderen Frau ein Kind. Ich war viel zu egoistisch, hätte ihn vor Jahren schon gehen lassen sollen, damit er sein Glück findet."

„So gesehen habt ihr das Richtige getan."

„Schön, daß du mich verstehst. Komm, gib die Platte her, das ist ja schwer wie nur was. Riecht das lecker!" Anna betrachtete die Küche. Alles voller Platten und Schüsseln mit bunten, appetitlichen Köstlichkeiten, *Turshi, Ta' miya, Baba Ghanush, Aish baladi,* jede Menge Tomaten, Salat, *Hummus* und und und, ihr knurrte der Magen. „Wer soll das alles essen?"

„Das schaffen wir!", neckte Fatme.

Später, nach dem Essen, stand Anna bei Georg, betrachtete Ahmed der mit seiner Aisha turtelte. „Wenn er mich zur Oma macht, dreh ich ihm den Hals rum."

„Du wärst ne coole Oma", witzelte Georg.

„Oh, bitte! Das brauch ich nicht! Bin ich nicht noch so verrückt wie mit siebzehn? Ich kann es nicht glauben. Wo geht die Zeit hin? Wie geht es deinem Zwerglein?"

„Gut. Wie es übermütigen Zwergleins in dem Alter so geht. Im Ernst, ich werd' wahnsinnig von dem Geplärre. Schlaflose Nächte kannte ich noch nicht. Zahnen ist schlimmer als knallharte Verhandlungen mit anstrengenden Geschäftspartnern. Willst du ein Foto sehen?" Stolz wie Bolle wollte er seine Börse zücken.

„Nein." Anna trank von Ihrem Champagner, wies mit dem Glas zu Ahmed hin. „*Er* ist der Sohn, Georg, den wir nie hatten. Er ist da und doch nicht da, gehört zu uns und doch gehört er sich ganz allein. Er ist vollkommen, im Sein wie im Nichtsein… Wie Nefertem." Sie lehnte sich ein wenig wehmütig an ihn, er legte den Arm um sie.

„Wer?"

„Ein altägyptischer Gott."

„Ah!" Liebevoll drückte er sie. „Anna?"

„Was?"

„Ich habe einen gewaltigen Fehler gemacht…"

„Sei still!"

„Ich kann dich nicht vergessen…"

„Hör auf, bitte!"

„Verdammt, Anna, ich liebe dich immer noch!"

„Ich liebe dich auch, Georg, aber wir haben das beendet."

„Was ist das für eine Scheiße!", grollte er aufgewühlt.

„Das ist das Leben, mein Lieber. Es läuft nicht immer alles nach Plan."

„Ich würde dich am liebsten jetzt küssen." Seine Hand glitt zärtlich um ihre Taille.

„Hör auf, Schorsch!"

„Nur ein Kuß, Anna! Du bist schließlich meine Frau."

Sie hielt seine Hand fest. „Du mußt mich vergessen!"

„Wie könnte ich! Ich liebe dich!" Er wollte ihr wieder um die Hüfte greifen, sie schlug ihm zart auf die Finger.

„Was wird das? Das war doch alles schon mal da! Das ist doch bloß der billige Abklatsch einer uralten Geschichte. Geh zu Titji! Hör auf, von mir zu träumen!"

„Titji? Bißchen beschwipst, was? Sie heißt Tizia."

„Klar bin ich beschwipst. Hab drei oder vier Champagner. Natürlich", Anna hob theatralisch den linken Arm mit dem Glas, „die schöne Letizia mit den… *hat* sie blaue Augen?"

„Kornblumenblau."

„Hau ab, Georgy!"

„Anna!"

Sie schaute verliebt zu Raphael hin, bewunderte seine überbordende männliche Präsenz, spürte beinahe seine Kraft, seine Stärke, seine Potenz. Als merke er, daß sie ihn anschaute, hob er den Kopf und machte ihr liebevoll schmunzelnd ein Petzauge.

„Raphael schaut zu uns herüber. Ich weiß nicht, wie er reagiert. Ich weiß nicht, ob er eifersüchtig ist. Dafür kenne ich ihn nicht genug."

„Er sah nur kurz herüber, quatscht weiter mit Thomas. Was weißt du überhaupt von ihm? Er ist ein Fremder."

„Für mich nicht."

„Was ist nur in dich gefahren, Anna? Das letzte Aufbäumen? Wie kannst du dich bloß mit diesem Typen abgeben? Läßt er sich vielleicht von dir aushalten? Der Anabolika-Junkie muß ja außerordentliche Qualitäten haben. Ein Türsteher! Ein Muskelprotz, mit vermutlich nichts als einem Hauptschulabschluß in der Tasche, wenn überhaupt. Nichts als schön und… blöd!"

„Er war Offizier bei der Bundeswehr!", fuhr sie ihn giftig an. „Hat dort eine Ausbildung als Mechatroniker… ist IT-Systemelektroniker… Er ist Ingenieur! Was rechtfertige ich mich überhaupt? Du spinnst doch!" Sie trat ihm ans Schienbein.

„Ups."

„Blödmann!"

„Bist richtig süß, wenn du sauer bist! Und verdammt sexy!" Georg nahm ihr das Glas ab, zog sie an sich und küßte sie so heiß und leidenschaftlich wie schon lange nicht mehr.

„Du kannst froh sein", drohte sie leise als er sie losließ, „daß wir in Gesellschaft sind! Sonst hättest du meine flache Hand im Gesicht!" Anna ließ ihn stehen, ging zu Raphael hinüber, der mit Thomas und Kai über Technik fachsimpelte.

Es war kein Stuhl mehr frei, Raphael klopfte sich auf den Oberschenkel, „Na komm schon, Lady!", zog sie zu sich auf den Schoß, legte Anna den Arm um die Hüften. Lediglich Sara schien das kleine Intermezzo eben mitbekommen zu haben, zog zynisch eine Augenbraue hoch, Anna zuckte schuldbewußt mit den Schultern.

LUXOR, WESTBANK, RAPHAELS HAUS
FREITAG, 13. MAI 2011

„Kommst du gleich?" Anna blieb in der offenen Tür stehen, schaute ihm fasziniert zu. Ihr blieb nicht zum ersten Mal vor Begeisterung die Luft weg als sie ihn betrachtete, seine Größe, seine Muskeln, seine Stärke, seine Schönheit wahrnahm. Was für ein schöner Mensch! Was für ein bildschöner Mann!

Er reagierte nicht – die Musik war viel zu laut – stemmte weiter das unglaubliche Gewicht auf der Drückbank, klemmte es schließlich in die Halterung ein, blieb einen Moment flach auf dem Rücken liegen, zog das Handtuch unter sich vor, rieb sich damit durch das Gesicht.

„Donnerwetter", schmeichelte sie, setzte sich rittlings auf seinen flachen Bauch, strich ihm bewundernd über das verschwitzte Six-Pack, beugte sich vor, krallte sich in seine Oberarme, küßte ihn.

„Du solltest nicht hier sein", schnurrte er liebevoll, als sie sich über ihn beugte, „Männerdomäne", stopfte das Tuch unter seinen Nacken, streichelte ihr sanft über das Tattoo.

„Was stemmst du da?"

„Hey Schönheit! Sechzig Kilo." Mit einem kühnen Griff faßte er um ihre Taille, hob sie ein Stück hoch. „Pro Seite. Und ein süßes Fliegengewichtchen wie dich stemme ich zum Aufwärmen."

„Laß mich runter! Wir sind doch nicht bei Dirty Dancing, du süßer Spinner!" Sie lachte ihn kopfschüttelnd an. „Hundertzwanzig Kilo? Irre! Warum pumpst du dich so auf?"

„Meinst du, wenn ich daherkäme wie eine Spargelstange hätten meine Jungs Respekt? Klar, mein Baby gehört zu mir."

„Jetzt sag bloß, du guckst Schmalzfilme? Wow! Laß mich runter!"

„Mußte sie immer mit Elena gucken. Sie konnte bei sowas herzerfrischend weinen. Runter? Auf deine Verantwortung."

„Oh! Du bist ein richtiges kleines Ferkel!"

„Das magst du doch! *Klein*?"

„He! Du bist unglaublich! Denkst du auch mal an was anderes?"

„Nö!" Er schnappte sie im Nacken, zog ihr Gesicht zu sich runter, küßte sie daß ihr Hören und Sehen verging. „Drei Jahre Enthaltsamkeit, Anna! Und dann kommst du daher! Ein fleischgewordener Männertraum! Heiß, rassig, da will ich an gar nichts anderes denken. Und ich liebe dieses gefährliche Glitzern in deinen Augen! Dann weiß ich ganz genau, was du von mir willst."

„Ich muß mich noch bedanken", gurrte sie zwischen zwei heißen Küßchen.

„Nur her damit! Auf solche Art Dank fahr ich ab. Wofür?"

„Für das zuckersüße, schnuckelige Auto!"

„Das war vielleicht eine Plackerei...", seufzte er spaßeshalber, erntete dafür noch mehr süße Küsse. „Und erst das mühselige Zusammensuchen der Ersatzteile!"

„Dieser niedliche, mitleidheischende Dackelblick ist perfekt, bleib so!" Zärtlich biß sie ihn sanft in den Hals.

„Die Finger hab ich mir dabei auch ordentlich gequetscht und aufgeschrammt..."

„Du liebes bißchen. Wo tut's n nicht weh?"

„Das wirst du nicht wissen wollen."

Sie rutschte tiefer, zupfte an seiner Shorts.

„Was machst du da?"

„Wofür hängen die vielen Spiegel da? Was bist du nur für ein eitler, schöner Kerl!" Dieser Kuß landete nicht auf seinen Lippen.

„Damit ich nicht schief ziehe, drücke. Sonst sähe ich aus wie Quasimodo. Anna! He! Boh!" Mit bemerkenswerter Selbstbeherrschung nahm er dem großen Mädchen den Lutscher ab, „Geht's noch!", rutschte mit ihr von der Bank, zog sie hoch, schob sie ungestüm gegen einen der mannshohen Spiegel, „Und zu mir Ferkel sagen!", drehte sie um, drückte sie an das kalte Glas, schob ihr das Sommerkleidchen hoch. „Was willst du hier? Hm? Einem verschwitzten Kerl beim Sport zugucken? Dicke Muckis anfassen? Mich aus der Fassung und gänzlich um den Verstand bringen? Jetzt kommt *mein* Dank für die schöne Party!"

Sie schaute ihm durch den Spiegel in sein hübsches Gesicht. „Fatme hat mir gestern dermaßen Zeugs mitgegeben", hauchte sie, „Falafel und…", er stieß hart zu, „oh…", der Spiegel beschlug, „ich hab alles aufgefahren, dachte du hättest vielleicht Hunger…"

„Hunger? Und wie! Aber bestimmt nicht auf Falafel!" Er packte sie bei den Handgelenken, schob ihre Hände den Spiegel hoch. Anna betrachtete ihn, meinte für einen Augenblick, ein anderer liebe sie. Dunkel, gefährlich, wild, furchtlos, draufgängerisch.

„Du weißt überhaupt nichts von mir!", hauchte sie gedankenlos und war sich sicher, seine Antwort darauf zu kennen.

„Ich war zwölf Jahre lang Soldat."

Heiße, begehrliche Küsse an ihrem Hals, sein starker, warmer, fester Körper dicht an sie gedrückt, sanftes Flüstern in ihr Ohr.

Ich weiß genau, wer du bist! Du schreist nur so nach Liebe! Jedes Wort von dir, jeder Schritt von dir, jeder Blick von dir!

Liebevoll strich er ihr das Haar aus dem Nacken, küßte sie auf den Hals, hielt sie fest und sicher, blickte ihr durch den Spiegel tief in die Augen.

„Ich weiß ganz genau wer du bist! *Du* bist die Erfüllung all meiner Träume! Ich liebe dich, Anna. Mehr als mein Leben!"

„Siehst du gut aus!"

„Danke!"

„Da, auf den Fotos! In der schicken Uniform der Bundeswehr. Wie alt bist du da?"

„Dreißig. Und ein ziemlich wilder Draufgänger. Jetzt bin ich zahm, fast ein alter Knacker", scherzte er.

„Dir sind die Mädels doch scharenweise nachgelaufen, was? Zahm? Komm! Hör auf!", empörte sie sich spaßeshalber, „Du bist so…" Sie kuschelte sich fest an ihn.

„Was?"

„…unanständig.“

„Weil wir in meinem – eigentlich ist das mein Keller – am Boden auf einer Fitneßmatte liegen?“

„Nein. Deine Liebe ist so hemmungslos, unverdorben, ungeniert… archaisch.“

„Ok.“

„Ich kenne sowas nicht.“

„Was kennst du denn? He? Schämst du dich vielleicht? Eben noch die wilde, unbeherrschte Raubkatze und jetzt ein lammfrommes, schnurrendes Schmusekätzchen. Na sag schon!“

„Das ganz normale Geschiß, daß man eben macht, wenn man… sich den Abend freinehmen, chic machen, Essen gehen, Kerzenschein, schmalzige Musik, stundenlanges baggern und turteln… fummeln.“

„Und auf sowas stehst du?“, schmunzelte er.

„Nein. Aber das habe ich erst gemerkt, als ich dich kennenlernte. An jenem Sonntag, als ich das erste Mal bei dir war. Weißt du noch? Wir waren ein bißchen bekifft, und es lief dieses Lied, diese total abgedrehte Ballade von Queen … du wirktest brutal, gefährlich … da schon wollte ich mich um ein Haar völlig gehen lassen. Als hättest du etwas düsteres, dunkles, wildes in mir geweckt …“

„Ich mags eben gern handfester, wollte wissen, wie weit du zu gehen bereit bist. Und du gehst ganz schön weit … Aber für dich zünde ich auch Kerzen an und leg schmalzige Mucke auf.“

„Ich…“, Anna setzte sich auf, streichelte ihm über die Wange. „Ich bin mir fremd geworden, Raphael. Ich habe das Gefühl, daß ich Anna verliere und eine Andere Besitz von mir ergriffen hat. Als hätte ich mich aus einem Kokon befreit.“

„Da schlüpfte aber ein heißer Schmetterling.“ Er drückte sie liebevoll, zog sie vom Boden hoch. „Na komm, Kleines, gehen wir was essen.“

„Der schnurrt wie ein Kätzchen!“, begeisterte Anna sich am Samstagmorgen, als sie mit dem Cabrio auf dem Weg zum Winter Palace waren.

„Kommt gut, hm?“

„Ja! Macht irre Spaß!“ Anna band das Kopftuch fester und hielt die Nase in den Wind. „Warum hältst du? Ist dir doch zu klein, was? Sitzt ein bißchen gequetscht hinterm Steuer.“

„Ist doch dein Auto. Hopp, ab!“ Sie tauschten die Plätze. „Wart mal, bevor du losfährst“, er legte seine Hand auf ihre am Schaltknüppel. „Ich bin nicht die zweite Besetzung! Klar?“

„Was meinst du?“

„Erzähl mir nichts! Ich hab euch gesehen. Wenn er dich nochmal abknutscht, garantiere ich für nichts."

„Und das sagst du mir jetzt? Er hat es einfach gemacht, Raphael. Ich konnte das nicht abwehren. Er war ein wenig melancholisch..."

„Sollte ich uns gestern vielleicht die zuckersüße verliebte Stimmung vermiesen? Hm? Seine Melancholie interessiert mich einen Scheiß. Wenn er dich noch einmal so ansieht..."

„Wie soll er mich ansehen?"

„So guckt einer nur, wenn er verliebt ist, und man legt nur dann seine Hand so an die Taille einer Frau! Reize mich nicht, Anna, überleg es dir beim nächsten Mal lieber zweimal."

„Eifersüchtig?"

„Nein, aber ich laß mich nicht zum Trottel degradieren!"

Anna knallte den Gang rein, hoppelte mit dem Käfer zurück auf die Straße, jagte schweigsam über die Brücke, hielt an seinem Büro.

„Ich muß ans Hotel, mein Schatz, schon vergessen?"

„Nein."

„Sauer?"

„Stinksauer! Ich will nicht zwischen zwei Kerlen stecken! Er hat mich damit überfallen! Ich habe ihm gesagt, daß ich das nicht will. Er..." Raphael unterbrach die Tirade mit einem Kuß.

„Ans Hotel, Süße, ich hab alles dabei, was ich brauche."

„Ohne Hund?"

„Karim hatte Henry mit auf Nachtschicht, beide haben längst wohlverdienten Feierabend."

„Du hättest Chica mitnehmen sollen."

„Jetzt aber! Wir sind doch nicht im Krieg."

Anna fädelte sich wieder in den Verkehr, brauste durch den Kreisel, machte gegenüber vom Winter Palace langsam, fand einen Parkplatz.

„Was macht der hier?" Raphael wies auf Georg, der gerade auf dem Weg zu einem Taxi war.

„Woher soll ich das wissen? Hey, Schorsch."

„Moin, Anna. Schickes Auto! Niedlich! Machst du bescheiden einen auf Understatement?"

„Ich polier dir noch deine vorlaute große Fresse!"

„Ach, komm runter, Herkules! Ist doch nur Blödsinn. Schönes Auto, echt! Hast ihr damit eine Wahnsinnsfreude gemacht."

„Wo willst du hin?" Anna zog sich das Kopftuch runter, schüttelte das Haar.

„Nach El Gorf, treffe mich mit einem Hausbesitzer der Luxuswohnungen an deutsche Dauergäste vermieten will. Hört sich vielversprechend an."

„Paß auf dich auf, und handle mit dem Taxifahrer den Preis vorher aus."

„Bin ja nicht zum ersten Mal hier. Und du, Anna?"

„Ich hab Raphael hergefahren, frühstücke im Hotel und fahre anschließend zurück in sein… Ich wohne bei *ihm*, Georg, kapiert?"

„Ich bin ja nicht blöd."

„Laß dich drücken!" Sie nahm ihn in den Arm.

„Mach's gut, Anna." Georg stieg in sein Taxi, Anna angelte nach ihrer Tasche auf dem Rücksitz, wollte über die Straße.

„Schlüssel! Schussel!" Raphael schubste sie zart.

„Ups!" Anna schnappte sich den Zündschlüssel, ging noch einmal bewundernd um den Käfer rum, ließ einen Radfahrer vorbei, der sich im aberwitzigen Tempo durch die Leute auf der Promenade schlängelte, hakte sich bei Raphael ein, guckte nach dem Verkehr, ein Wahnsinn heute morgen, ein Unding, flott über die Straße zu kommen …

„Fotze!", hörte sie es hinter sich zischen. Sie meinte gerade, ihr gefriere das Blut in den Adern.

„Komm, hör da nicht hin!"

„Dreckige Fotze!"

Sie spürte regelrecht wie Raphael sich aufpumpte.

„Hör *du* da nicht hin!"

„Du räudige Hure! Armseliger Bastard einer räudigen, dreckigen Hure!", raunte es boshaft.

„Das reicht!" Raphael drehte sich um. Der alte, schmierige Bettler stand da. In Anna machte sich die altbekannte kopflose Panik breit, die sie stets befiel, wenn ihr dieser Widerling auf mehr als ein paar Schritte Abstand begegnete.

„Laß ihn! Komm weg."

„Hat sie dich eingewickelt, das Dreckstück? Und hurt noch mit dem anderen rum! So kenne ich sie! Hat sie immer noch so gemacht!"

„Raphael, hör nicht auf den Sauhund!"

Doch er schob Anna seitlich hinter sich, packte den Penner wutentbrannt bei seiner dreckigen, miefigen Galabiya, zog ihn an sich.

„Halts Maul, du Drecksack!"

„Oder was? Hat sie dich nicht rangelassen? An ihre stinkende, ranzige Möse!"

„Raphael! Nicht!"

Anna wollte ihm in den Arm fallen, denn er ballte die Faust um zuzuschlagen, hielt aber doch für einen Moment entgeistert inne, schaute dem Alten ein paar Herzschläge lang in sein fies grinsendes Gesicht. Stieß ihn dann grob von sich weg, zog seine Waffe, schoß ihn wie einen räudigen, tollwütigen Hund gnadenlos nieder.

„Was machst du denn?", kreischte Anna zu Tode erschrocken. Tumult ringsum, Touristen wie Einheimische warfen sich entweder auf den Boden, rannten kopflos umher, schrien alle um Hilfe. Voller Entsetzen schaute Anna auf den alten Mann am Boden, blickte verständnislos zu Raphael hin, der unbewegt dastand, aschfahl im Gesicht, Tränen in den Augenwinkeln, die Waffe kraftlos in der rechten Hand, die andere an der linken Hüfte. Blut quoll auf sein weißes Hemd, unter seiner Hand, zwischen seinen Fingern hervor, tropfte auf den Boden.

„Was ist das? Sein Blut? Um Gottes Willen, was hast du nur gemacht?"

Die Sirenen eines Polizeiwagens jaulten plötzlich auf, die Leute schlurften vorwitzig näher. Welch ein Spektakel! Da war ja mal richtig was los!

Raphael ließ die Waffe achtlos auf den Boden fallen, sank stöhnend auf sein Knie.

„Scheiße… Anna… der hat mich erwischt!"

„Raphael!", schrie Anna entsetzt, beugte sich zu ihm hinunter, riß seine Hand von seinem Bauch. Im Nu waren ihre Hände, ihr Kleid voller Blut! Fahrig riß sie ihm das Hemd aus der Hose, drückte ihm hastig das Kopftuch auf den blutigen Leib, sah nicht einmal, woher das viele Blut kam, kippte ihre Handtasche aus, suchte mit blutverschmierten Fingern in all dem jetzt unnützen, belanglosen Krempel nach ihrem Handy.

„Halt durch, Liebster! Ich rufe die Rettung!"

„Leb wohl, Schönheit…" Raphael sank vollends auf den Boden, suchte nach ihrer Hand.

„Nein!", schluchzte sie verzweifelt, drückte das Tuch fester, versuchte umständlich mit einer Hand die eingespeicherte Nummer der Ambulanz zu wählen. Jemand kniete auf einmal neben ihr, riß ihr entschlossen das Handy aus der zitternden Hand.

„George! Gib mir das Telefon!", schnauzte sie ihn an. Doch er zog sein Jackett aus, legte es Raphael unter den Kopf.

„Krankenwagen kommt gleich. Ich hab die Rettung angerufen." Er tätschelte Raphaels Gesicht:

„Halt bloß durch, Nachtwächter! Bleib wach!"

„Paß auf sie auf!"

„Tu ihr das nicht an, du Idiot!"

„Verdammt, mir wird ganz kalt…"

KEMET, UASET

1386 v. Chr.

In der Jahreszeit des Schemu, im Monat Pa en inet

„Du wirst schon nicht verbluten! Stell dich nicht so an!"

Bent geriet in Zorn. „Du bist nicht die einzige Frau, die ein Kind unter Schmerzen gebiert!", schnauzte Bent die Gebärende an, drückte ihre Unterarme fester auf deren Bauch, wartete bis die Wehe vorbei war.

„Bent!", erboste sich Kara, „Mäßige dich!"

„Dieses Gejammer! Hat sie's bald?"

„Noch einmal pressen, komm, gleich hast du es geschafft!"

Tatsächlich plärrte das Neugeborene bald darauf den ganzen Raum zusammen.

„Jetzt kommt ihr auch ohne mich zurecht! Ich habe zu tun!" Bent verließ die Kammer, ging hinüber zu ihrer eigenen, wusch sich im Baderaum, setzte sich aufgewühlt auf ihr unordentliches Bett, stand wieder auf, kramte den alten Spiegel aus, richtete ihr Haar, das schlichte Kleid, trat hinüber in ihren Schreiberraum. Von dort wartete sie ab, blickte über den Innenhof, betrachtete den Lotos in dem Wasserbecken. Da kam er! Groß, schön, stark. Bereit, die erste Wache am Morgen zu übernehmen.

„Ranofer! Warte!"

„Herrin?"

„Komm herein."

„*Tju.*"

„Ich will, daß du deinen Dienst zum Neujahrstag hier aufgibst!"

Ranofer starrte sie entgeistert an. „Mit was, Herrin, habe ich deinen Unmut erregt?"

Mit was?

Schau mich nicht so an! Mit diesen schönen, freundlichen Augen! Ich ertrage es nicht, dich Tag für Tag zu sehen! Begegnest mir mit aller mir zustehenden Ehrerbietung, die der Herrin des Hauses zukommt. Ich ertrage weder deine Höflichkeit noch deine Freundlichkeit. Ich ertrage es nicht, deine Liebe verloren zu haben! Ich ertrage deine kühlen Blicke nicht, deine Gleichgültigkeit mir gegenüber. Mein Herz blutet und hört nicht damit auf! Es schmerzt ohne Unterlaß. Ich liebe dich, Ranofer, und du hast unsere Liebe vergessen! Du kannst nichts dafür, ich weiß! Sachmet hat meinen inbrünstigen Schwur nicht vergessen und sich allzu grausam in Erinnerung gerufen. Und ich bin Isis auf ewig dankbar für dein Leben. Aber ich ertrage deinen Anblick nicht mehr. *Das* hat meinen Unmut erregt!

„Ich kann eine so große Schar Wächter nicht mehr unterhalten. Das Haus steht bald vor dem Ruin. Ich muß sehen, daß ich unnötige Kosten einspare."

„Unnötige Ko… Warum schickst du nicht ein paar andere weg? Ein, zwei unfähige sind darunter, die ich liebend gerne…"

„Am Neujahrstag, Ranofer!", blaffte sie barsch.

„Samut und Montju werden nicht bleiben. Sie werden mit ihrem Hauptmann gehen."

„Dann soll es so sein!", raunte sie zornig.

Er blieb stehen, faßte sich an die Narbe an seinem Hals, schaute zu ihr hin, als wolle er etwas fragen, sagen, als forsche er in seinen Gedanken nach einem längst vergessenen Traum, salutierte. *„Tju, Herrin. Am Neujahrstag!"*, zischte er aufgebracht und verließ die Schreibkammer.

Bent schaute ihm nach, bebend, voller Schmerz, verkniff sich die Tränen. *,Ist dies das wahre Leben'*, hämmerte es sinnlos in ihrem Kopf, wie ein Lied, daß sich tief in die Gedanken eingräbt und nicht mehr verschwinden will, *,oder nur Einbildung? Ein Erdrutsch reißt mich mit sich, es gibt kein Entkommen vor der Wirklichkeit …'*

Ich habe deinen liebevollen Antrag angenommen, Ranofer! Und wir sind den Bund miteinander eingegangen! Du bist mein Gemahl, mein Gatte! Wenn auch nur für ein paar kurze, glückliche Tage. Ich bin deine Frau, mein Liebster… Sie schlug hart auf die Tischplatte. Ich bin eine Hure! Die Liebe hat mir nicht unterzukommen…

Kara betrat die Schreibkammer, gewandet mit ihrem besten Kleid, in ihrem Haar steckte eine Lotosblüte.

„Bist du fertig?"

„Wofür?"

„Mesechnets Beisetzung. Das *Heb em per djet*. Wo hast du bloß deine Gedanken? Geht er mit? Hast du ihn gefragt?"

„Wen?"

„Unsern Hauptmann."

„Das weiß ich nicht."

„Gehen die anderen Wächter mit? Die Köchin will wissen, für wieviele sie Essen einpacken soll, damit genug da ist für das *Fest im Haus der ewigen Zeit*. Was ist denn mit dir los?"

„Mir ist nicht gut heute."

„Mir auch nicht. Mesechnet fehlt mir. Sie fehlt uns allen. Oh, Bent. Ich bin furchtbar traurig."

„Komm, wir gehen. Es wird ein langer Tag werden, und ich bin jetzt schon müde, weil ich dir die halbe Nacht bei der Gebärenden geholfen habe."

„Willst du dich denn nicht zurecht machen?"

„Wozu?", fragte Bent tonlos.

Besteht dazu irgendein Anlaß? Wozu sich aufputzen, wenn es niemand sieht? Warum sich schön machen, wenn es keinen gibt, der es bewundert?

„Bist du Sahu-Re?", giftete Kara, „oder die trotzige Bent, die ständig mies gelaunt rumläuft? Reiß dich gefälligst zusammen und zieh was Würdevolles an. Das bist du Mesechnet schuldig! Die Männer haben ihren Sarg bereits auf die Barke gebracht. Und drüben steht der Ochsenkarren bereit. Es ist alles vorbereitet. Wir wollen ihr ein schönes *Fest im Haus der ewigen Zeit* bereiten. Das hat sie mehr als verdient. Und wie schön, daß wir drei ihrer Kinder und die Enkel ausfindig machen konnten. So können sie wenigstens würdevoll von Mutter und Großmutter Abschied nehmen." Kara kramte nach dem Tüchlein in ihrer Rocktasche, schneuzte sich hingebungsvoll.

„Hör mit dem Geplapper auf, Kara! Und hör auf zu flennen! Du weißt, daß ich das nicht ertrage!"

Später schaute Bent zu, wie die Priester das kleine Grab verließen, die Köchin Speisen und Bier herrichtete. Sie wedelte mit ihrem Fächer um den Weihrauchduft zu vertreiben. Der Duft war ihr zuwider, alle feinen Düfte waren ihr zuwider, alles Getue, alles Geschiß war ihr zuwider. Sie wünschte sich selbst in ein Grab, tief unter der kühlen Erde, dort im Dunkeln, dort, wo kein Geräusch hinkam, dort, wo niemand sie ansehen konnte. Sie war genauso tot und kalt wie Mesechnet! Am selben Tag gestorben. Warum wandelte sie noch auf Erden?

Jemand hielt ihr einen gut gefüllten Teller mit Speisen vor die Nase.

„Herrin. Ich möchte, daß Ihr meiner Mutter die Speisen bringt. Diese Ehre hat sie verdient." Mesechnets Tochter stand vor Bent, erinnerte sie mit ihrem Aussehen schmerzvoll an die rüstige, alte Frau, die qualvoll und sinnlos sterben mußte. Bent dachte an den Tag im Garten, als Mesechnet sie in die Beete schubste und wegen ihrem Tintenschmuck und ihrer Dummheit auslachte. Sie hatte ihr die Hoffart ausgetrieben, die Eitelkeit, und nicht auch zuletzt die Dummheit. Mesechnet brachte ihr bei, wie man die geheimnisvollen Mächte der Mandragora nutzt, wie man *Heka Achu* einsetzt, wie und wann man die Kräuter aussäte und erntete. Diese dicke Frau vor ihr, mit ihrem gewaltigen Busen und dem runden Gesicht, trieb Bent ehrliche Tränen in die Augen.

„Gerne. Natürlich."

„Oh, ich werde Euch auf ewig dankbar sein!"

Wärest du noch dankbar, wenn erführest, daß *ich* deine Mutter auf dem Gewissen habe? Du würdest mich anspucken! Deine Schlappen nach mir werfen, mich für alle Zeiten verfluchen. *Ich* habe sie angespuckt! Ihr mein verfaultes, giftiges Blut ins Gesicht gespuckt. Ich habe ihr die Pest gebracht! Wegen mir ist sie krepiert! Ich bin schuld! Ich ganz alleine!

Bent stand auf, griff nach dem Teller, betrat das kleine Grab, stellte ihn auf die Schwelle, legte ihre Hand auf den Sarg, flüsterte: „Verzeih mir", betrachtete draußen das felsige Gelände. Niemand sonst wurde heute beigesetzt. Dabei waren so viele gestorben. Damals, vor über zwei Monaten, vor siebzig Tagen. Qualvoll, grausam. Herausgezerrt aus ihrem Leben, hastig in einem großen Loch mit vielen anderen verscharrt. Ihnen blieb die Ehre verwehrt, nach siebzig Tagen der Trauer und anständiger Mumifizierung in einem ordentlichen Grab mit einer erhabenen Feier beigesetzt zu werden. Man brachte sie Hals über Kopf, ohne säumen unter die Erde, damit die Seuche nicht weiter um sich griff. Oh, was habe ich getan? Diese Schuld! Wie kann ich mit dieser Schuld leben? Wir konnte ich mich, den Schwur vergessen? Warum nur, warum?

Sie schaute Mesechnets Tochter ins Gesicht, erkannte, was sie fragen wollte. Ich hab in meinem Leben so sooft gelogen, da kommt es auf diese eine barmherzige Lüge auch nicht mehr an.

„Sie starb friedlich im Schlaf", log Bent und versuchte den Schmerz in ihrer Kehle zu mißachten. „Wechselte von einem süßen Traum in einen anderen. Sie ist im gelobten Land angekommen! Im *Verbotenen Land der Lebenden*, dem Ort des Lichtes, *Ta Djeser*. Dort im *Sechet Iaru* [1] erwartet sie keine Mühsal, sie hat ihre Uschebtis bei sich. Dort kann sie ausruhen."

„Wie schön", schluchzte die Tochter. „Wie mich das beruhigt. Ich machte mir solche Gedanken, daß sie vielleicht leiden mußte."

Sie krepierte elendiglich fieberglühend an schwärenden, schmerzenden, schwarzen Eiterbeulen.

„Sie hat nicht gelitten, sei unbesorgt."

Bents Blick schweifte über das Gräberfeld, blieb an einem *Benben* hängen. Darunter, eiligst verscharrt, acht verbrannte, namenlose Tote. Das *Benben* gab ihnen ein wenig ihrer Würde zurück. Das Grab ihres Kindes!

Wie ich mich hasse! Wie ich diese Lügen hasse! Wie ich dieses Leben hasse! Ich sollte hinaufgehen! Ein Stück diesen Weg entlang, ein wenig weiter weg von diesem Platz. Dort ist eine Felsenkammer, dort ist Dunkelheit. Dort ist Ruhe. Dort steht eine Statue von mir. Dort sollte ich mich ihr zu Füßen auf den Boden legen und sterben! Mein Herz ist tot. Mein Leib hat es nur noch nicht gemerkt und wandelt unstet umher. Er sollte umfallen, nicht einherschreiten wie eine Königin. Sollte verfaulen, verwesen, vergehen, damit endlich dieser furchtbare Schmerz aufhört. Oh ihr Götter, was habe ich getan, daß ihr mich straft?

„Ihr habt sie wohl sehr geliebt? Eure Tränen zeigen mir, wie sehr der

---

[1] *Ta Djeser* ist das Lichtland in der Duat, die zugeteilte Gegend für die Verstorbenen, deren Herz geprüft, gewogen und leicht befunden wurde.
Sechet Iaru, die *Gefilde der Binsen* ist dort eine paradiesische Landschaft. Der Verstorbene bewohnt *Sechet Iaru*, bestellt ein Feld mit *sieben Ellen hoher Gerste und Dinkel, damit er sich Brot und Kuchen daraus mache.*

Verlust Euch schmerzt."

„Sie war mir wie eine Mutter." Bent stand auf, trat aus dem Pavillon auf den Weg, machte den ersten Schritt. Ich komme, Bek. Dann ist deine Kammer wahrlich das Grab deiner Liebe. Ich werde mich dort hinlegen und sterben …

Sie fand den Weg, wußte mit Sicherheit, daß dies der Ort war, den sie bisher lediglich in einem Tagtraum gesehen hatte. Lange stand Bent vor der Tür der Felsenkammer. Eine schlichte Holztür. Kein Schloß hinderte sie einzutreten. Sie faßte nach dem Riegel, betrat die winzige Kammer. Ein leerer Raum, ein paar Tonkrüge, Teller, ein zwei tönerne Becher, eine Bastmatte. Was war das? Saß Bek hier vielleicht und… Nicht doch! Sie nahm einen der Becher in die Hand, spürte Beks Anwesenheit, seine Hand, seine Lippen. Es war sein Becher … Unzweifelhaft saß er öfter hier.

Sie trat durch den Durchlaß in die eigentliche Vorkammer. Hier ging es nicht weiter, gegenüber des Einganges eine verputzte bunte Wand. Es war zu düster, um genau zu erkennen, was auf der Wand geschrieben stand. Bent ging hin und öffnete die Tür ganz weit, betrat den Raum ein zweites Mal, blinzelte mit den Augen. Meist konnte sie, wenn sie sich richtig konzentrierte, wie eine Katze im Dunkeln sehen, und auch jetzt gelang ihr dieses Kunststück. Sie stellte sich näher an die Wand, erkannte die *Medu Netjer*, konnte sie lesen:

…Bek, Baumeister, Bildhauer, im Amt des Herrn, der mich berufen hat und mich zu dem gemacht, was ich heute bin, habe diesen Raum geschaffen. Der Baumeister Amenhotep, der Vetter, den ich verachte, hat schändlichen Verrat begangen. An mir und meiner Liebe. Ich klage ihn an! Ich hasse ihn! Er hat sie mir genommen! Amenhotep, Sohn des Hapu, für alle Zeiten verfluche ich dich! Du bist schuld an meinem Elend! Möge dein Geist niemals Ruhe finden! Millionen von Jahren sollst du umherirren. Keinen Frieden sollst du finden. Denn du hast zerstört, was eben erst gewachsen ist. Dies hier habe ich für sie gemacht, für die, der der Gott sich nähert. Für die Tochter der Blüten…

Bent wich zurück, betrachtete die gesamte Wand. Diese grauenvollen Worte! Die hatte sie schon einmal gelesen, in ihrem Tagtraum, vor langer Zeit. Sie waren also wahr! Sie waren tatsächlich niedergeschrieben. Sie trat wieder näher, legte die Hand auf Beks Namen.

Oh, mein Liebling. Was hat er uns nur angetan?

Hörte sie hinter der zugemauerten Wand plötzlich verzweifelte Schreie? Da grölte sich doch jemand aus den Tiefen der Zeit, aus der finstersten Duat, dem dunklen Totenreich, heraus voller Angst die Seelen aus dem Leib!

„Ist da jemand?", rief Bent, bekam aber keine Antwort.

Möge dein Geist niemals Ruhe finden wisperte es im Abendwind. Bent überlief eine schaurige Gänsehaut und sie machte, daß sie schleunigst aus der Kammer kam.

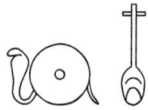

Am nächsten Morgen legte sie gewaltig Wert auf ihr Äußeres. Schminkte sich sorgfältig, zog ihr gutes Kleid mit den Stickereien an, legte sich die Kette mit der geflügelten Isis um, tupfte von ihrem guten Parfüm an den Hals, setzte die Krone auf, ließ durch Baket Pesechet zu sich in den Schreiberraum rufen.

„Was?", schnauzte diese als sie durch die Tür trat, betroffen stehenblieb. „Wen willst du *damit* beeindrucken?", setzte sie schnoddrig noch obendrauf.

„Du kennst meinen Namen? Sprich ihn aus."

„Bent", schnaubte Pesechet, „und ich frage mich…"

„Lies!" Bent hielt ihr einen alten *Qahet* hin. Pesechet griff nach dem Schreiben.

Wenn ich nach dieser Nacht nicht mehr bin, Kara, dann wirst du dafür sorgen, daß Bent, Die Tochter der Löwin, Die Tochter der Blüten, jene Bent, die wir hier im Hause gesund gepflegt haben, als meine Nachfolgerin meinen Posten einnimmt. Mit allen Pflichten die mit diesem Posten verbunden sind. Uneingeschränkt und unwiderruflich. Sie wird ab heute Sahu-Re genannt! Lehrt sie alles was sie wissen muß. Ich will daß du sie liebst, wie du mich geliebt hast; daß du ihr treu zur Seite stehst wie mir. Das ist keine Bitte, Kara, das ist mein Wille und Der großen Mutter, unser aller geliebten Göttin Isis' Gesetz.

„Du wirst verstehen", grollte Bent, „daß ich dich unter den gegebenen Umständen bitten muß, dieses Haus zu verlassen."

„Was für Umstände?", tobte Pesechet aufgebracht.

„Du hast die Herrin dieses Hauses in den Dreck gestoßen! Erinnere dich! Nach mir gespuckt und mir deine Schlappen an den Kopf geworfen! Ich holte mir blutige Schrammen! Aufgeschürfte Knie und Hände!"

„Das ist ewig her! Da kannst du mir doch heute keinen Strick draus drehen!"

„Ich sagte, wenn das hier vorbei ist, dann kannst du was erleben. Mesechnet ist beerdigt, alles *ist* vorbei. Dein Tag ist heute gekommen. Man stößt eine Hohepriesterin der Isis, von der Göttin selbst auf diesen Posten gesetzt, nicht ungestraft zu Boden! Pack dein Zeug zusammen und verschwinde! Sofort, innerhalb dieser Stunde. Hau ab, bevor ich mich vergesse!"

Pesechet blieb unbeweglich stehen, kalkweiß im Gesicht.

„Hast du mich nicht verstanden?", zischte Bent unheilschwanger.

„Wo soll ich hingehen?"

„Das ist mir völlig schnurz!"

„Das kannst du doch nicht mach…"

„Du weißt sehr wohl, daß ich das kann!"

„Das hier ist mein Zuhause!"

„*Das hier* ist *mein* Reich!", brüllte Bent, schlug zornig mit der Faust auf den Tisch. „Das *war* mal dein Zuhause. Doch du bist anmaßend, tust als würde das Haus dir gehören! Alles soll sich dir unterordnen. Ich bin deine Mißachtung satt! Hinaus!"

„Hexe!", zischte Pesechet, verließ wütend die Kammer, knallte die Tür hinter sich zu. Bent setzte sich aufgewühlt hinter ihren Schreibertisch, rückte und richtete die Schriftrollen darauf, die Skarabäen, die Pinsel und Schreiberpaletten. Abermals öffnete sich die Tür.

„Ich habe alles gesagt…"

„Herrin, *Nebet!"* Samut! „Ich habe von Ranofer gehört, er soll am…"

„Er wird am ersten Tag des neuen Jahres das Haus verlassen!"

„Ich werde meinen Dienst aufgeben, Herrin. Er ist mein Hauptmann. Wo er hingeht, gehe auch ich hin."

„Das steht dir frei."

„Warum tut Ihr das? Warum seid Ihr hart gegen ihn? Was hat er Euch getan?"

„Was geht es dich an?"

„Verzeiht. Ihr habt Recht. Das geht mich gar nichts an."

„Ich kann", sagte sie mit versöhnlichem Ton, „mir keinen Offizier aus dem *Großen Haus* mehr leisten. Dieses Haus muß sparen, Samut. Unser *Guter Gott* ist umsichtig und gütig. Keine Not kommt über die Menschen, sie sind satt, glücklich und vor allem gesund. Und da dies ein Haus der Heilung ist, haben wir deshalb weniger Einnahmen. Das verstehst du doch."

„*Tju*, Herrin. Aber es bleibt dabei. Am Neujahrstag bin auch ich nicht mehr hier."

„Ich habe es vernommen."

Er verließ die Kammer, die Tür blieb offen, Bent schaute hinaus, erblickte Pesechet, die einen großen Weidenkorb über den Hof zu ihrer Kammer neben der Pforte zerrte. Bent hob die Krone ab, legte sie vorsichtig auf den Tisch, spuckte in die Tinte ihrer Schreiberpalette, verrührte die Farbe mit dem Pinsel, versenkte sich in die Schriften der Buchführung. Zwei Gäste im Haus! Die junge Mutter und ein alter Mann, der bald sterben würde. Letzten Monat ein einziger Gast. Davor überhaupt keiner. Sie griff mißmutig nach der anderen Rolle, betrachtete die lange Liste der Vorräte. Sie schrumpften immer mehr. Am Ende des Jahres würde nichts mehr übrigbleiben …

„Ich gehe nun", hörte sie leise von der Tür her. Bent hob den Kopf, betrachtete Pesechet wütend. „Falls du Sachen für die letzte Reise im Keller hast kannst du sie später holen kommen!"

„Würdest du", flüsterte die sonst so resolute Hebamme, „würdest du eine ernsthafte und ehrlich gemeinte Entschuldigung von mir annehmen? Ich möchte Abbitte leisten. Ich hätte das nicht tun dürfen, hatte solche Angst, war so wütend an diesem furchtbaren Tag... Bent, bitte, entschuldige ..."

Bent schaute sie lange an, schnauzte dann kalt: „Mein Name ist Sahu-Re! Wenn du gehst, schließ die Tür hinter dir!" Zwei Tränen rannen Pesechet über die Wangen. „Ja, Herrin. *Em Hotep*, Sahu-Re." Leise fiel die Tür ins Schloß, Bent starrte das dunkle Holz an, wartete ein paar Atemzüge, rollte die Schriften zusammen, verstaute sie in dem Regal, verließ die Kammer und begab sich auf die Dachterrasse, eilte zum Dach des *Bechenet*. Von oben erblickte sie Pesechet, die zusammengesunken wie ein Häufchen Elend auf der obersten Stufe der Treppe, die zum Anleger führte, saß. Um sich herum zwei kleine Körbchen und der große Weidenkorb. Sie heulte herzzerreißend wie ein kleines Mädchen.

Wieviele Tränen habe *ich* in meinem Leben geweint! Wie oft mußte *ich* mein vermeintliches Zuhause verlassen! Ich kann es schon gar nicht mehr zählen. Ich kann dich nicht bedauern! Meinetwegen kannst du dir die Augen ausheulen!

Bent ging wieder hinunter, zog in ihrer Kammer das gute Kleid aus und einen Kittel über, wischte die Schminke aus dem Gesicht, schlüpfte in ein Paar Strohlatschen, verließ ihre Wohnung, schritt über den Hof, öffnete die Pforte, ging über die Straße, setzte sich neben die schluchzende Pesechet.

„Was denkst du", krächzte Bent heiser, „wieviel Angst *ich* an diesem Tag hatte? Und an dem Tag, als ich Mesechnet das Blut ins Gesicht spuckte. Was denkst du, wieviel Wut in meinen Seelen herrscht? Weißt du, daß ich *mein* Zuhause bereits fünfmal verloren habe? Kannst du dir vorstellen, wie ich mich dabei fühlte?"

„Ja", schluchzte Pesechet.

„Wird dir dies eine Lehre sein?"

„*Tju!*"

„Ich nehme deine Entschuldigung an und wenn du willst, dann nimm deine Sachen und komm nach Hause."

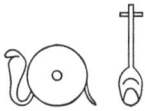

„Wir müssen mehr Parfüm machen!", rief Bent heiser in die Runde. Sie saßen ein paar Tage später abends gemeinsam oben auf dem Dach, versuchten, den lauen Frühlingsabend im Monat *Pa en Inet* zu genießen.

„Wozu?", nölte Kara. „Wir haben doch ein neues Scheunentor."

„Wir haben keine Einnahmen! Wir verdienen nichts! Und somit kann ich am Neujahrstag schon wieder keine Löhne auszahlen. Ich kann nicht schon wieder das Haus für Gläubige öffnen. Nicht, daß uns jemand dabei verpfeift. Stellt euch bloß vor, die Königin würde uns dabei erwischen…" Bent schaute zu Ranofer hin, der etwas abseits auf der Brüstung saß, Bier trank und anscheinend gelassen wartete, daß Tachut hinuntergetragen werden wollte. Mit seinem Messer schnitzte er an einem Holzstückchen rum, griff in seine Rocktasche, entnahm ihr ein kleines braunes Klümpchen, schob es sich in die Backentasche, spuckte hier und da über die Brüstung. Bent stand auf, ging zu ihm hin.

„Hast du für mich auch ein wenig davon?"

Er reichte ihr eins der gerollten Blättchen. „Paß aber auf Herrin, davon kann einem schwindlig werden, wenn man's nicht gewohnt ist."

„*Dwa Netjer ink.*"

„*Hasti*!" Er spuckte verächtlich über die Brüstung.

„Es tut mir leid, Ranofer, aber ich kann nicht anders handeln."

„Schon gut. Wann will die alte Dame hinunter? Wenn's noch länger dauert, gehe ich runter und komme später wieder."

„Wir müssen einiges klären. Es wird wohl dauern."

„Dann warte ich solange in der Küche. *Em Hotep*, Herrin."

„*Em Hotep*, Ranofer." Ich liebe dich …

Sie setzte sich wieder auf ihre Liege.

„Hast du Stänkerei mit ihm?", fragte Tachut.

„Wieso?"

„Neulich kam's mir noch vor, als mögest du ihn."

„Das war neulich!"

„Brauchst nicht grantig werden!"

„Wir haben nicht genug *Baqet*-Öl für das Parfüm", warf Pesechet ein.

„Geht es auch mit dem billigen *Degem*-Öl?"

„*Tju*!", bestätigte Uadja. „Genausogut."

„Wir machen Parfüm!", beschloß Bent. „Und Neschon wird es für uns verkaufen."

„Dafür brauchst du Glasflaschen. Die sind teuer."

„Hm?" Bent schaute geistesabwesend Baket ins Gesicht, die Ranofer nachschaute, wie er die Dachterrasse verließ.

„Ein Tongefäß tut's auch!"

„Dann kauft es aber keiner! Schon gar nicht für vierzig Deben!" Bent warf wütend ihren Fächer von sich. „Das ist nicht zu fassen! Kommen wir hier denn nie mehr auf einen grünen Zweig? Und dann diese miese Ernte im letzten Jahr! Wir müssen Das Geheimnis der Isis nochmal zusammenmischen, mehr davon, viel mehr, und es verkaufen. Ich sehe zu, daß ich zu einem Töpfer gehe, der mir schöne Flakons macht, die genauso teuer aussehen wie die aus Glas und nur ein wenig kosten."

„Du mußt zu Schesemu beten! Der ist zuständig für das Parfüm!", warf Uadja dazwischen. „Hast du das gemacht? Und auch immer schön Isis mit dem *Kyphi* gesalbt und für sie geräuchert?"

„Jaja!", brummte Bent. Kara meinte leutselig: „Kümmert der nette Gott sich nicht auch um die Weinpressen und die Salben? Da hat er aber alle Hände voll zu tun!"

„Um die Balsamierung kümmert er sich auch, Kara. Bent, wir haben doch alles, was wir brauchen?", warf Tachut gelassen ein. „War es nicht gut, als ich dir damals riet, mehr Getreide anzubauen? Brot und Bier und Saatgut ist gesichert."

„Ja, aber deswegen haben wir jetzt nicht genügend Flachs für die Leintücher und Binden."

„Unsere Wäschekammer ist doch gut gefüllt."

„Warum willst du denn unbedingt Reichtum scheffeln?"

„Ich sagte dir schon einmal, Pesechet, daß wir den gleichen Gegenwert unserer Vorräte auch in Deben haben sollten, sonst kann das Haus sich nicht tragen."

„Was, wenn wir Schülerinnen aufnähmen? Mit ihrem Lehrgeld kämen wir doch weiter."

„Und wer soll sie lehren? Mesechnet fehlt an allen Ecken! Baket, wie weit bist du? Was hast du alles bei ihr gelernt? Wieviel von ihrem *Schesau* [2] hat sie an dich weitergegeben?"

„Sie sagte zu mir, am Neujahrstag könnte ich soweit sein, daß ich mit dem Grundwissen fertig wäre und Heilerin sein könnte. Weil in letzter Zeit so wenig los ist hatte ich viel Zeit zum Lernen."

„Sag auf, was in den Schriften steht, wenn einer untersucht wird. Wie gehst du vor?"

„Da steht: *Wenn du untersuchst.* Und dann mache ich das."

---

[2] Kundig machen, kundig sein. Die Absicht, das Wissen um die Krankheitslehre und die Heilkunde weiterzugeben

„Weiter!“

„*Und wenn du findest dies oder das.*“

„*Tju!*“

„*Dann sollst du dazu sagen du hast dies oder das.* Dann sage ich: *Eine Krankheit, die ich behandeln werde,* oder: *eine Krankheit, mit der ich kämpfen werde,* oder: *eine Krankheit, die nicht behandelt wird.*“

„Da fehlt noch was!“

„*Dann sollst du machen.* Und zwar eine Arznei oder einen Verband, ein Klistier, was immer erforderlich ist. Bei einem ungewöhnlichen Befund steht: *Wenn du aber findest…*“

Uadja schnaufte aufgebracht, knallte ihren Becher mit dem Bier auf den Boden. „Hast du nicht etwas wichtiges vergessen?“

„Isis um Beistand anflehen?“, fragte Baket kleinlaut.

„Das ist doch selbstverständlich!“, schnauzte Uadja. „Was hast du vergessen?“

„Hör doch auf, das Mädchen anzumaulen!“, schimpfte Kara. „Denk nach, Baket, was machst du bevor du den Kranken anfaßt? Und danach, wenn du damit fertig bist?“

„Die Hände waschen! Mit Seife. Am besten in einem heißen Sud der Minze.“

„Genau!“, trumpfte Uadja auf. „Niemand sonst macht das, mögen andere darüber lachen. Aber bei uns sterben die wenigsten Leute.“

„Bei uns stirbt überhaupt niemand! Weil gar keiner da ist!“, spottete Bent.

„Kennst du das Geheimnis der Mandragora?“, fragte sie Baket. „Hat sie dir *Heka Achu* beigebracht?“

„*Tju.*“

„Wie gehst du vor, wenn du eine klaffende Fleischwunde versorgst?“

„Nachdem ich sie gesäubert habe, lege ich ein Stück frisches Fleisch auf, versorge die Wunde später mit einem Salbenverband.“

„Was tust du, wenn du einen offenen Knochenbruch behandelst.“

Baket schaute aufgewühlt in die Runde, überlegte anscheinend zu lange.

„Sie kann uns Mesechnet nicht ersetzen, Bent!“, warf Uadja schnaubend ein. „Du siehst doch…“

„Ich behandele die Wunde, verbinde die Wunde, gebe dem Kranken viele *Pechret*, tröste ihn und sage, das ist alles nicht schlimm und bald abgeheilt. Das sage ich auch den Angehörigen, sofern welche da sind. Ich werde ihm die Schmerzen lindern und ihn friedlich sterben lassen. Denn das ist eine Krankheit, die nicht behandelt wird und wir sind machtlos.“

„Sie kann Mesechnet sehr wohl das Wasser reichen!“, schniefte Kara stolz. „Sie hat Herz! Sie ist schlau! Uadja! Natürlich kann sie nicht Mesechnets Platz einnehmen, aber siehst du nicht, welches Wissen sie sich bereits angeeignet hat! Siehst du nicht ihre Güte? Ihr Mitgefühl? Wir sind immer noch stark! Sie kann nachrücken."

„Kara hat Recht. Baket, das hast du gut gemacht. Was ist mit Nodjmet?", fragte Bent.

„Sie ist nicht ganz so weit."

„Und was verschweigst du mir über sie?"

„Ich will nicht tratschen."

„Sag es!"

„Sie ist zu zart besaitet, Herrin. An dem Tag als im *Ipet Resit* das Unglück geschah, konnte sie nicht richtig helfen. Sie kann kaum Blut sehen und leidet mehr als die Kranken. Sie bliebe besser Wehmutter, das kann sie."

„Für eine fünfte Hebamme ist in diesem Haus kein Platz. Sie wird am Neujahrstag gehen müssen. Soll sie draußen sehen, wie sie zurechtkommt. Ich werde es ihr morgen sagen."

„Und wenn wir Unschuldsbekenntnisse verkaufen würden? Das wäre doch viel einfacher, als die aufwendige Prozedur mit dem Parfüm."

„Und wer soll sie schreiben? Ich habe dafür keine Zeit. Und niemand sonst von euch kann das richtig und gut, außer Pesechet. Aber sie hat eine Sauklaue, schön geht anders. Außerdem kommt doch niemand ins Haus! Wer soll sie kaufen?"

„Das liegt auch daran, daß die Leute sich nicht aus dem Haus trauen. Wegen der Morde und wegen der Seuche!"

„Ist noch einer umgekommen?", kreischte Kara mit entsetztem Gesichtsausdruck.

„Nein!", schnauzte Bent, die überhaupt nicht an diese Sache erinnert werden wollte. Sie sind alle gerichtet! Alle! Diese Schweine können nichts Böses mehr tun. Parser hat sie alle…

„Aber die Seuche. Oh, was für ein Unglück. Habt ihr gehört, daß mehr als das halbe Dorf da südlich der Stadt hinweggerafft wurde?"

„Es wird schon die Richtigen getroffen haben!", knurrte Bent verächtlich. „Nichts als Gesindel lebt dort. Tagediebe, Säufer, Huren die es für ein Stück Brot treiben…"

„Heute kommen wir nicht mehr weiter, Kinder. Ich gehe zu Bett", rief Tachut in die Runde und angelte nach ihrem *Medu*.

„Baket! Geh Ranofer rufen. Er wartet in der Küche."

„Aber warum ich…"

„Mach, was ich dir sage!"

„Ja, Herrin."

Als alle vom Dach verschwunden waren, *Re-Atum* sich mit goldenem Glühen hinter dem Gebirge auf seine Nachtfahrt vorbereitete, trat Bent an die Brüstung, blickte durch die Wedel der Dattelpalmen über Uaset und *Iteru*, hielt krampfhaft heiße Tränen im Zaum. Bast hüpfte mit einem eleganten Sprung zu ihr hoch, schnurrte, stupste Bent mit der Nase, rieb ihr Köpfchen an Bents Armen, spielte mit dem Pfötchen zart in den Holzspänen.

Auch Bents Finger spielten mit den Holzspänchen, fanden das Holzstückchen, an dem Ranofer eben noch herumgeschnitzt hatte. Ein Pfeifchen. Es war nicht fertig, und anscheinend schnitt er sich dabei, denn der blutige Abdruck seines Fingers war zu erkennen. Bent hielt es an die Lippen, entlockte ihm einen leisen, mißtönenden, klagenden Laut.

„So unfertig wie unsere Liebe, Ranofer!", flüsterte sie traurig, steckte das Pfeifchen ein und ging hinunter.

Diese schlaflosen Nächte! Dieses Herumwälzen in den Kissen und Laken. Wann hört das auf? Kann ich denn nicht wenigstens in der Nacht vergessen?

Bent schnappte ihre Decke und das Kissen, huschte über den dunklen Hof hinüber in das Allerheiligste, öffnete die Tür, zündete die Lampe an, verschloß die Tür von innen, setzte sich auf den steinernen Thron, betrachtete die wunderschönen, farbenprächtigen Bilder der Göttin Isis.

„Wann hast du Ruhe gefunden, Herrin? Wie lange dauerte es, bis du wieder schlafen konntest, nachdem Seth deinen Gatten ermordet hat? Oh, Isis, Königin des Himmels, wie oft schon saß ich flehend zu deinen Füßen? Steh mir bei, laß mich doch endlich Ruhe finden!"

Ich muß dieses Haus am Laufen halten. Wie soll ich das nur alles schaffen? Die gepachteten Felder sind gerade groß genug um uns alle zu ernähren und auch um die Pacht und die Steuern zu zahlen. Was wir erwirtschaften, brauchen wir alles selbst. Kann nichts für schlechte Zeiten zurücklegen. Nichts zu verkaufen, nichts zu handeln. Keine wohlhabenden Gäste im Haus, denen ich Wucherpreise abknöpfen könnte… Und der Händler kommt bald. Ich hasse dieses Leben!

Bent zog die Decke über sich, richtete das Kissen, pustete das Lämpchen aus.

Pharaos Segen! Als er mit den doppelten Löhnen seinen Dank ausdrückte! Und Mesechnets Lohn, den sie nun nicht mehr braucht! Ach! Pah! Das reicht hoffentlich um den Händler auszuzahlen und der Rest hält nicht ewig, gerade für dieses Jahr. Ich muß eine andere Einnahmequelle finden, eine ständige. Von der ich sicher bin, daß Vermögen ins Haus kommt, regelmäßig … wie damals, als ich noch meinen Leib den Männern anbot …

Bent setzte sich auf, warf die Decke von sich.

„Sie kommen immer wieder … wie immer wieder gestorben und geboren wird. So wird auch immer wieder Liebe verkauft …"

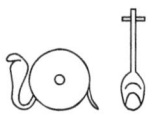

Tage später machte sie sich zu Fuß zu ihrem Haus auf. Schritt wehmütig am Kanal entlang, erblickte von weitem die Akazien und Weiden gegenüber des Hauses, sank schließlich müde in ihrem Schatten auf das Mäuerchen, daß den Kanal einfaßte, zog verschwitzt den Rock über die Knie, betrachtete grübelnd und zögernd die Eingangstür.

„Na schönes Kind!", der Fußgänger grinste anzüglich, „So alleine, schöne Frau? Und so traurig? Soll ich dich trösten? Ich habe das nötige Rüstzeug immer dabei!", griff sich selbstsicher in den Schritt.

„Mach dich ab!"

„Aber, aber! Wer wird denn kratzbürstig sein?"

Bent sprang auf, griff nach ihrer Rute neben sich und zog sie ihm gründlich um die Ohren. „Verschwinde, du Schwein!"

„Dreckiges Miststück!" Der Kerl spuckte ihr vor die Füße und verschwand. Bent sank bebend auf die Mauer zurück. Was für eine Unverschämtheit! Auf offener Straße! Am hellichten Tag! Haben die Leute denn keine Manieren mehr?

Du lebst gefährlich! Eine alleinstehende Frau, in diesem großen Haus. Niemand da, der auf dich aufpaßt. Mein Herz, meine Liebste, nimm mich. Ich bin für dich da. Auf immer und ewig

„Oh, Ranofer!", schluchzte sie plötzlich, „Immer und ewig? Wie schnell war das vorbei!" Sie wischte trotzig die Tränen mit dem Rocksaum ab, schlug sich auf die Oberschenkel. „Feige? Seit wann bin ich feige? Du gehst jetzt da rein!" Mit klammen Fingern stocherte sie in dem Loch für den Schlüssel, öffnete die Tür, betrat ihr Haus.

Überall Staub und Spinnweben. Ein Saustall hier! Das zerwühlte Bett, das schmutzige Geschirr auf dem Tisch in der Wohnhalle, das vergammelte, verhutzelte, vertrocknete Obst in der Schale, das steinharte Brot, die gläsernen Weinbecher … Eine Maus huschte aufgeregt und aufgestöbert an der Wand vorbei hinaus ins Freie. Seit dem Tag als Ranofer ihr den liebevollen Antrag machte, sie inniglich bat, seine Gemahlin zu werden, war sie nicht mehr hier gewesen. Alles stand noch so da, wie sie es an diesem Tag verlassen hatten. Der Stuhl, auf dem sie saß, am Boden das achtlos beiseite geschobene Kissen … seinen Kopf in ihrem Schoß, sein weiches Haar, der leuchtende Sonnenstrahl darauf …

„Ich habe dir den Tod gebracht!", flüsterte sie. „Als ich deinen Antrag annahm! Ich hasse mich! Sagte ich nicht zu dir ‚Ich bringe dir Unglück! Werde dich ins Verderben stürzen!' Du wolltest nicht hören! Und jetzt hast du alles vergessen! Was bin ich nur für eine Gattin?" Schluchzend hielt sie die Hand vor den Mund, eilte durch die Halle, öffnete die Verbindungstür. Der muffige, beißende Gestank ihrer Kotze schien immer noch in der eleganten Halle zu hängen. Beinahe wurde ihr schlecht von dem Mief. Sie trat zu dem Sessel, hob das Kissen hoch, nahm den Brief an sich, warf einen zornigen Blick darauf.

Geschenke!

„Pah!" Sie zerknüllte den *Qahet* wütend in ihren Fäusten. Wie sinnlos! Ihr eifriges Streben nach Rache mit ein paar Zeilen zunichte gemacht! Das Haus und seine teure Einrichtung augenblicklich so unnütz wie eine Warze unter dem Fuß! Sie schleuderte den Papyrus zornig auf den Boden, wo er sich wieder ausrollte und entfaltete, schaute dem raschelnden Ding zu, konnte ein paar der *Medu Netjer* erkennen.

... Anführer der Mörderbande ziehen lassen muß ...

Monstrum! Sauhund! *Meiner* Rache wirst du nicht entgehen! Auch wenn Sachmet dich verfluchte und du das irgendwann einmal zu spüren bekommst. Doch Heute ist Heute und du machst weiter, wie immer. Hintergehst sogar deinen Gott! Du machst vor nichts halt! Wegen dir und deiner Machenschaften ist damals das Gerüst eingestürzt! Wegen dir und deiner Geltungssucht kamen Menschen ums Leben! Warum hat dir der *Gute Gott* deswegen nicht den Hals umgedreht? Nur er alleine wäre wahrscheinlich in der Lage, dein erbärmliches Leben zu beenden! Aber nein! Du schmeichelst ihm, gehst ihm um den Bart, baust für ihn sein großes *Hut net hehu em renput*, sein *Haus der Millionen Jahre*! [3] Setzt dir damit ein Denkmal, damit man auch in tausend Jahren sich noch deiner großen Taten erinnert, dich hofiert! Fehlt nur noch, daß er dich zum *Wedelträger zur Rechten des Königs* macht! Fehlt nur noch, daß man dich als Gott verehrt! Doch irgendwann, Amenhotep Sa Hapu, irgendwann werde *ich* mich rächen!

„Ich bin Bent und ich vergesse nicht!"

Zornig bis ins Mark ging sie in ihr Wohnhaus hinüber, packte den Teller mit dem Brot und dem Obst, öffnete die Tür. Mit Schwung flog der ganze Gammel samt Teller in den Kanal. Mit einem Wumms knallte sie die Tür hinter sich zu, suchte in der offenen Küche Kübel, Besen und Lappen, schöpfte am Brunnen den Kübel voll, kippte ihn in der vornehmen Halle über das eingetrocknete Erbrochene, schrubbte es weg, kippte das Dreckwasser ebenfalls in den Kanal, schrubbte so lange an den Fliesen, bis ihr die Finger bluteten, schrubbte so lange an ihrem Haus, bis alles wieder glitzerte und glänzte und auch das letzte Sandkorn und die letzte Spinnwebe daraus verschwunden war.

---

[3] Kom el Hettan, der Totentempel von Pharao Amenhotep III.

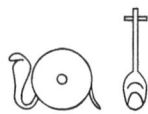

Der Monat *Pa en inet* machte dem *Pesdjenet Ipip* Platz. Als Bent von einem Besuch bei Neschon zurück zum Tempel kam, müde von den aufreibenden Verhandlungen über den Preis des Parfüms, trat ihr Pesechet entgegen.

„Ein Herr wartet auf dich. Ich habe ihn in die zweite Kammer da geschickt. Er will sich ausschließlich von der Herrin des Hauses behandeln lassen. Frag mich nicht was er hat, er sagte es mir nicht."

„Ich kümmere mich gleich, er soll solange warten."

„Wo warst du nur schon wieder?"

„Geht es dich was an?"

„Nein, entschuldige."

Bent betrat ihren Wohnraum, zog das verschwitzte Kleid über den Kopf, öffnete den dicken Zopf, ging sich waschen und kämmen, schaute unter dem Teller nach, was es zu essen gab, schlüpfte in ein sauberes Kleid, stopfte sich einen der Gänseschlegel zwischen die Zähne. Trat hinüber in ihren Schreiberraum, schnappte dort ihren Arzneikasten vom Tisch, betrat noch kauend die Kammer, in der der Gast wartete.

„Was fehlt dir? Mach schnell, es ist schon spät."

„Schließt die Tür, *Nebet*."

Bent ließ vor Schreck beinahe ihren Kasten fallen. Hastig warf sie den Gänseschlegel in den Hof, schloß die Tür, fiel bebend untertänigst auf ihre Knie, streckte die Arme vor, „Mein Herr! Mein Gott!", flüsternd.

„Steh auf, *Nebet*, setz dich!"

Gehorsam setzte Bent sich auf den zweiten Stuhl in dieser Kammer, schaute schweigend zu Boden. Der Herr sagte kein Wort, viele Atemzüge lang blieb es still in der Kammer. Schließlich knurrte er: „Neferrenpet. Sonst faßt mich niemand an. Nur der *An den Händen Reine* beim *Ritual des Morgenhauses*. Allein ihm ist es erlaubt meinen göttlichen Leib zu berühren."

Ich kann dir keine Antwort geben, Herr, du hast mich nichts gefragt. Und so schaue ich weiter demütigst auf den Boden.

„Du mußt mir helfen, *Nebet*."

„*Tju, Neb*."

„Sieh mich an, wenn ich mit dir rede!"

„Ja, Herr."

„Isis wacht über *Uaset*. Wacht sie auch über mich?"

„Davon gehe ich aus. Ich bete täglich zur Herrin. Habt Ihr es nicht geschafft, daß die üppigen Felder im segensreichen Nordwind wogen! Die kommende Ernte…"

„Die Felder. Ja. Ich habe es geschafft. Es werden goldene, satte Jahre kommen. Die Speicher sind voll und werden dieses Jahr noch voller. Hilf mir!"

„Bei was, Herr?"

Er schaute sie mit funkelnden Augen an, den Ellenbogen auf der Armlehne des Stuhls, das Kinn zwischen Daumen und Zeigefinger gestützt. Unmerklich tippte er mit dem Daumen auf seine Wange.

„Laßt Ihr mich schauen?"

„Nein."

„Darf ich…" Bent hob beide Hände.

„Nein."

„Wie soll ich dann helfen?"

„Laß dir was einfallen!"

„Ich habe die Gabe des Sehens. Wenn ich meine Hand an Eure Wange legen dürfte, wäre mir damit schon geholfen."

Er überlegte eine kleine Weile, meinte großherzig: „Du hast auch die Gabe nicht zu buckeln und zu schmeicheln. Mach! Du hast meine Erlaubnis."

Bent warf sich das lange Haar über die Schultern, klemmte es hinter die Ohren, legte zögernd die Hand an Pharaos Wange, schaute ihm betroffen tief in die dunklen Augen. Wenn auch seit mehr als drei Monaten jegliches Gefühl in ihr gestorben war, schaffte sie es dennoch mitleidvoll, „Oh, ich spüre Euren Schmerz! Wie haltet Ihr das bloß aus?", zu fragen.

„Gar nicht. Deswegen kam ich her."

„Laßt mich sehen. Dann kann ich Euch sagen, ob ich helfen kann."

„Ich denke, Ihr seht schlecht? Eure Augen sind nahezu blind. Was willst *du* schauen?"

„Rufen sie mich nicht Hexe in der Stadt? Ich sehe mit dem Herzen. Wenn ich nahe genug komme, sehe ich genügend."

„*Du* willst einem Gott in den Mund schauen?", erboste er sich. „Wie dreist bist du?"

„Genau so dreist wie Ihr! Kommt einfach alleine hier her. Das erfordert jede Menge Dreistigkeit! Ich frage mich, wie Ihr Eurem Hofstaat entwischt seid?"

In seinem Gesicht erschien ein übermütiges, schelmisches Lächeln. „Durch den Kücheneingang", feixte er spitzbübisch.

„Ihr grinst wie ein Lausebengel dem ein Streich geglückt ist!"

„Du vergißt, wer vor dir sitzt!", schnauzte er mit ernsthafter Strenge.

„In keinem Augenblick! Der Gott in dir besitzt den Mut mich aufzusuchen, dann sollte auch der Mann in dir den Mut besitzen, mich sehen zu lassen!"

Er hob seine Hand, strich Bent über die vernarbte Tintenzeichnung. „Ich sehe, Ihr huldigt Sachmet. *Das* erfordert Mut. Du greifst der mächtigen Tochter des Re wohl selbst noch in den Rachen!"

Bent zuckte zurück, beherrschte sich, ihm nicht auf die Finger zu schlagen.

„Niemand faßt das an!", fauchte sie unbeherrscht.

„Genau wie mich keiner anfaßt!", setzte er zornig einen drauf.

„Dann müßt Ihr gehen, *Neb*. Dann kann ich nicht helfen."

Er schaute ihr wütend ins Gesicht, zog schließlich mit dem kleinen Finger seine Oberlippe hoch. Bent betrachtete geschockt die dicke eitrige Beule hinten in seinem Zahnfleisch.

„Ich könnte das aufschneiden. Das *Metu* [4] muß frei werden, nur so fließt der schlechte Eiter ab, der Schleim muß aus deinem Körper, der innere Strom kann dadurch wieder fließen und der Schmerz wäre besiegt. Doch der *Menet* wird immer wieder kommen, bohrend, stechend, wird zu *Meret* [5], wie ich das sehe. Eure Zähne sind dort hinten ganz schwarz." [6]

„Aufschneiden?", grollte er, stand auf, packte sie erbost an den Schultern. „Du besitzt die Frechheit *mir* zu sagen, daß du mit einem Messer und deinen blinden Augen in meinem göttlichen Mund herumschneiden willst?"

Sie schaute ihm frechweg ins Gesicht, genau wie vor zwei Jahren, als er sie einlud, mit ihm auf der königlichen Barke zu fahren. Welch ein stolzer Gott! Was für ein Kerl! Stark, männlich. Diese Augen! Wachsam. Er ist gewitzt, schlau, manchmal verschlagen … Und auch jetzt glaubte sie nicht, was sie da in seinen Augen erblickte … das kann er nicht meinen, nicht schon wieder! Er schäkert … für einen kurzen Wimpernschlag…

„Seid Ihr hergekommen um mit mir zu zanken? Wie ein kleiner Junge? *Heqa Uaset*, wenn Ihr nicht wollt, daß ich Euch helfe, dann geht! Wenn ich Euch helfe, dann so wie es richtig ist! Man kann es aufschneiden. Es ist eine harmlose *Djua*! [7] Dafür brauche ich nicht einmal das *Hemem*. Ihr nehmt einen Betäubungstrunk. Ihr werdet kaum was spüren. An den schwarzen Zähnen kann niemand was machen. In die Lücken zwischen den Zähnen kann man goldene Zähne mit Draht befestigen, damit das essen leichter fällt. Wollt Ihr Euer Leben im Schmerz verbringen, bloß weil Ihr stolz auf Eure unantastbare Göttlichkeit seid?"

Was sagte Teje damals?

Er ist so wild! So ungestüm! So unbeherrscht! In seiner Liebe wie in seinem Schmerz

Auch in deiner Wut? Wahrscheinlich! *Du* wirst mein Werkzeug sein! Mit dir möge es gelingen! Was, wenn ich dich richtig reize, aufstachele, wütend mache? Was wirst du tun?

---

[4] Metu =Kanal, Gefäß

[5] Menet = leidender Schmerz, Meret = stechender Schmerz

[6] Durch das Mahlen des Mehls auf Steinen und des draus resultierenden Steinabriebs der dadurch ins Brot und die Kuchen gelangte, waren schlechte Zähne im alten Ägypten weit verbreitet.

[7] Messerbehandlung

Unwirsch machte sie sich aus seinem Griff frei, funkelte ihn mit ihren leuchtenden Augen an, fauchte heiser: „Packt Eure unendliche göttliche Wut ein, Herr! *Mir* könnt Ihr damit nicht drohen! In mir *lebt* Sachmet! Ihre göttliche Wut steht selbst über deiner!"

„Wie redest du mit deinem Gott? Ich könnte dich mit einem einzigen Griff an deine Kehle in die ewige Dunkelheit der Duat schicken, Weib!"

„Ich rede wie es mir beliebt! Ihr habt mich etwas gefragt und ich gab Euch ehrliche Antwort! Mach es doch, Amenhotep! Schick mich in die Duat! Dann bin ich endlich tot! Dann ist mein unwürdiges, grauenvolles Leben endlich vorbei! Mach, Herr! Es wäre mir eine Ehre!"

„*Wie* nennst du mich?"

„Amenhotep!"

Mit unbeherrschter Wut schnellte seine Hand an ihren Hals, drückte ihr brutal die Luft ab, flink und geschickt, wie ein Löwe einer Gazelle das Leben aushaucht.

„Nur eine", zischte er und zog ihr Gesicht nahe an seins, „eine einzige wagt es *mir* die Stirn zu bieten! Was bildest *du* dir ein?" Schon berührte sein Mund ihre Lippen, noch weniger Luft, noch mehr Wut. Bent hielt demütig still, schaute ihm in die feurigen Augen. Das Letzte, was sie in ihrem Leben sehen würde. Gleich, gleich ist es vorbei, ist dieses erbärmliche Leben ausgehaucht, hinweggefegt von Pharaos Gnade und Barmherzigkeit. Konnte man ehrenvoller sterben? Doch er ließ ihre Kehle los, riß sie an sich, küßte sie.

„Sachmet?", knurrte er zwischen zwei heftigen Atemzügen. „Ich werde *Der Mächtigen* zeigen, *wer* hier der Herr ist!"

„Das wirst du nicht wagen *Ka nacht Heqa Heqau*!" Bent, nicht mehr Herrin ihrer Sinne, gab ihm eine schallende Ohrfeige. Doch er drückte sie grob auf das Bett, hielt sie an den Armen fest. Unwirsch riß sie sich los, griff mit beiden Händen in sein kurzes, schwarzes Haar. „Ich bringe den Männern die mich lieben Verderben! Ich werde dir den Tod bringen!" Schon spürte sie das Jucken des Tintenschmuckes, schon kochte ihre unbändige Wut, gepaart mit heißer, lodernder Leidenschaft hoch, fauchend und beißend riß sie ihm das Hemd aus dem Schurz und mit ihren Krallen den Rücken auf.

„Männer?", lachte er abfällig, schob ihr das Kleid hoch. „*Ich* bin ein Gott, *Mächtige*! Starker Stier! Herrscher der Herrscher! Genau wie du! Damit kannst du *mir* nicht drohen!"

Mit bebenden Fingern richtete Bent das Kleid und ihr offenes Haar, schaute ihm zu, wie er seine Kleidung richtete, mit den Fingern durch sein Haar fuhr. Sie forderte ihren Tod von ihm, doch weckte sie mit ihrer Kratzbürstigkeit seine hitzige Leidenschaft. Vor ihrem geistigen Auge erblickte sie den kleinen, arroganten Jungen von damals, als sie ihn bei dem Umzug das erste Mal schaute. Erkannte jetzt den erwachsenen Mann, den Gott! Er war genauso alt wie sie, in der Blüte seiner Jahre. Sie schaute seine unglaubliche Macht, seinen unbeugsamen Willen, seine maßlose Stärke. *Amenhotep Netjer Heqa Uaset! Amenhotep, Gott! Herrscher von Uaset.* Über tausend Frauen nannte er sein Eigentum – jede einzelne davon gewiß schöner und vornehmer als Bent es jemals sein konnte – und doch schien er nicht zufrieden. Schien nie genug zu bekommen.

„Welcher Mann", er packte ihr langes Haar im Nacken, schlang sich den dicken, schwarzen Strang ums Handgelenk, hielt sie fest wie ein Kater die Katze um sie gefügig zu machen, zog Bent ein wenig zu sich hin, „kann sich schon rühmen, die wilde, unzähmbare Sachmet geliebt zu haben! Sie hat das Aussehen einer liebreizenden Jungfrau und die sicheren Hände einer erfahrenen Frau! Ihr seid tatsächlich eine Hexe, Sahu-Re! Eine unersättliche Hexe!"

„*Tju, Neb.* Und jetzt die Hure des gesamten Landes!", grollte sie gereizt.

„Schneide, wenn deine zitternde Hand es noch schafft!"

„Was?", krächzte sie entgeistert, er schüttelte sie. „Mach!"

„Dazu brauch ich mein eisernes Messer und Wein. Beides ist nicht in dieser Kammer."

„Dann geh es holen!" Er ließ ihr Haar los, schubste sie.

Bent öffnete die Tür. „Baket!", brüllte sie über den Hof. „Mein Messer! Den Wetzstein! Und einen Krug Wein! Einen der kleinen Kupferkessel! Ein Büschel Minze! Bring auch eine größere Lampe! Sofort!"

„Ja, Herrin!"

„Ihr macht nicht viel Federlesens um einen heißen wilden Beischlaf", zischte er, als er ihr zuschaute. „Ihr geht schnell zu Eurem Tagesgeschäft über."

„Ich bin es gewohnt, nicht viel Federlesens zu machen, Herr."

Du bist ein Mann wie jeder andere! Heißblütig, leidenschaftlich, solange bis du hast, was du willst. Wenn du fertig bist, stehst du auf und gehst. Mir sind genug Männer in meinem Leben begegnet, du bist darin keine Ausnahme!

Mit möglichst ruhiger Hand hielt sie den Kessel über die Flamme der Lampe, erhitzte den Wein, rührte mit Sorgfalt ein wenig Schlafmohn und, vorsichtig auf ihrer *Mechat* abgewogen, die feingemahlene Wurzel der Mandragora, der Weidenrinde und weitere Arzneien hinein. Reichte ihm ein paar Blätter der Minze. „Stopft es auf die schmerzende Stelle, solange bis das *Pechret* fertig ist. Die Minze kühlt und wird den Schmerz für eine Weile dämpfen."

„Und die Zeremonien? Die Gebete? Das Räucherwerk? Der Weihrauch? Kommt Ihr ohne *Senetscher* aus? Ohne Sistren? Ohne Gesang? Wie soll Isis da helfen?" In seiner drohenden Stimme schwang gleichwohl Neugier. Bent griff nach dem eisernen Messer – das Erz von den Hethitern aus der Erde gegraben und geschmiedet, dem Händler abgeschwatzt – und dem Wetzstein.

„*Meine* Zeremonie!", fauchte sie, hob das Messer hoch, flunkerte: „Das ist reines *Heka Achu*! Heiliges Eisen, von den Sternen herabgefallen! Sachmet ist die Schutzherrin der Heilenden! Vor Euch steht die Herrin des Isistempels! Wieviel göttlichen Beistand braucht Ihr noch? Zweifelt Ihr etwa an meinem Wissen? Wenn es Euch beruhigt, zünde ich den *Senetscher* an. Nur singen werde ich nicht. Meine Rabenstimme ist dafür nicht geeignet und würde Eure königlichen Ohren beleidigen! Soll ich hochtrabende, unverständliche Worte nuscheln? Federlesens machen? Soll ich Euch mit Ocker Zaubersprüche auf die Hand malen, die Ihr dann ablutscht, oder soll ich Euch möglichst schnell helfen?" Energisch schärfte sie dabei das Messer, rieb mit der Daumenspitze darüber, prüfte seine Schärfe an einem Blatt der Minze, wetzte es noch einmal, läuterte es in der Flamme der Kerze, spülte es mit dem Wein ab. „Ihr werdet über Nacht hier bleiben müssen. Zum einen ist es zu spät um überzusetzen, zum anderen will ich in Eurer Nähe sein."

„Meine Herrin ist eine kluge Frau", gab Pharao versöhnlich zur Antwort. „Die *Hemet Nesut Weret* hat sich wahrlich eine starke Freundin ausgesucht! Macht voran, Sahu-Re, ich will es hinter mir haben!"

Sie reichte ihm die fertige Arznei. „Ihr werdet nicht schlafen, bloß ein wenig benommen sein. Spült es auch ein wenig im Mund herum."

„Nur wenn Ihr davon zuerst probiert."

„Dann kann ich nicht mehr schneiden! Ich werde trunken sein."

„Trink!" Erbost schlug er mit der Faust auf den Tisch.

Bent tunkte ihren Zeigefinger in das Gebräu, lutschte ihn ab. „Das muß genügen! Ihr müßt mir vertrauen!"

„Vertrauen? Was soll das sein?", spottete er. „Meinst du, weil ich vertraue sitze ich schon so lange auf dem Thron?"

„Wollt Ihr schon wieder zanken?"

„Gib her!"

„Wirkt es?", fragte sie nach einer Weile.

„Woher soll ich das wissen? Anscheinend, ja, der Schmerz hat nachgelassen. Du kannst dir das schneiden sparen."

„Der Schmerz wird bald wiederkommen!" Sie reichte ihm ein Tuch, den Becher mit dem *Pechret*. „Wenn ich es aufgeschnitten habe, spült Ihr Euren Mund damit aus. Spuckt alles in den Kessel da." Bent griff nach dem Messer, hielt es ihm vors Gesicht. „Dann wollen wir beginnen."

Er zog seinen Dolch aus dem Gürtel, hielt ihn drohend Bent vor die Brust. „Paß ganz genau auf, was du tust!"

„Geht es?", fragte sie kalt, nahm ihm das Kesselchen aus der Hand.

„*Tju*!", knurrte er.

„Besser?"

„Ich könnte dich…", nochmals spuckte er stinkenden Eiter und Blut aus.

„Ich hole noch Wein. Mische ein neues *Pechret* an. Spült damit die ganze Nacht, sofern Ihr wach werdet. Und schluckt es nicht runter."

„Dann bring auch Wein, den man hinunterschlucken kann! Einen versiegelten Krug! Und jetzt verschwinde! Laß mich allein!" [8]

Wie von Dämonen gehetzt verließ Bent die Kammer, hastete über den Hof, öffnete die Tür zum Allerheiligsten, versperrte sie hinter sich, sank aller Fassung beraubt vor dem Thron auf die Knie, legte den Kopf auf die Sitzfläche.

„Warum!", schrie sie in die Stille, hämmerte mit den Fäusten auf den blanken Stein. „Warum tust du mir auch *das* noch an? Ist es noch nicht genug? Nun bin ich wahrlich eine Hure! Die Hure des gesamten Landes! Wie hätte ich mich gegen *ihn* wehren sollen? Er hat alles Recht auf Erden! Ich verfluche mich und meinen hitzigen Leib! Die Buhlschaft Pharaos! Was für eine Schande!", brüllte sie. „Wie soll ich jemals der Königin wieder unter die Augen treten? Ich wünschte ich wäre endlich tot!"

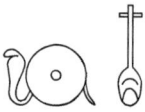

„Was ist nur mit dir los?"

„Hm?" Bent hob den Kopf, schaute Kara weiter beim essen zu.

„Seit Monaten geht das schon so! Sitzt dumm rum, wenn du dich unbeobachtet fühlst seufzt du, wirkst weggetreten! Und seit einigen Tagen ist es ganz schlimm. Warum bist du herübergekommen? Hm? Mit deinem Morgenmahl, daß du nicht einmal anrührst. Willst du mir was sagen?"

Ich komme nicht darüber hinweg, daß Ranofer mich und unsere Liebe vergessen hat. Todessehnsucht hat mich gepackt. Ich möchte nur noch sterben, alles vergessen, in gnädige Dunkelheit und ewigen Schlaf sinken.

„Ich komme einfach nicht darüber hinweg, daß ich Mesechnet den Tod brachte!"

„Ach, rede doch keinen Stuß! Die Seuche grassierte in der gesamten Stadt! Da wird sie es sich eingefangen haben. Was bedrückt dich noch?"

Pharao kam ins Haus, verlangte daß ich ihm helfe. Hat sein Recht als Herr

---

[8] Pharao Amenhotep III. starb an den Folgen schlimmer Abszesse und vereiterter Kiefer in seinem fünfzigsten Lebensjahr nach einer erfolgreichen und friedvollen Regierungszeit von achtunddreißig Jahren.

geltend gemacht! Hat mich gevögelt, weil er glaubte Sachmet flachzulegen und mir hat's Spaß gemacht. In diesem Augenblick war er kein Gott, Kara! In diesem Augenblick war er ein Mann! Und was für einer! Ich möchte *dein* Gesicht sehen, Kara, wenn ich dir davon erzählen würde.

„Nichts!"

„Wer's glaubt...". Kara schaute zu ihrer Tür. „Was ist, Baket?"

„Da ist ein Herr, für die Herrin."

„Schick ihn her!"

Ein kleiner, blasser Schreiberling betrat Karas Wohnstube. „Wer von euch ist die Dame Sahu-Re?"

Bent stand auf. „Was willst du von mir?"

„Ich soll das hier abgeben und auf Antwort warten. Und ich soll ausrichten, alles wäre zur vollsten Zufriedenheit. Man sagte mir, Ihr würdet verstehen."

Bent öffnete das wunderhübsch verzierte Ebenholzkästchen. Erblickte darin Gold! Ehrengold! Ein Schatz von unermeßlichem Wert. Entgeistert betrachtete sie die blinkenden Scheiben Goldes an der güldenen Kette.

Hurenlohn!

„Einen Augenblick!" Hastig lief sie in die Schreiberkammer, kam mit der *Mechat*, ihrer Schreiberpalette und einem *Qahet* zurück, öffnete das *Menchet*, das Gegengewicht der Kette, zog Scheiben im Wert von sechshundert *Schenati* [9] von den Gliedern der Kette, wog sie sorgfältig ab, packte den Rest mit Ehrfurcht zurück in das Kästchen. Setzte sich nieder, schrieb ein paar Worte, siegelte den Brief. „Nimm das alles wieder mit, ich habe lediglich genommen, was diesem Hause zusteht."

Der Mann grüßte und verließ schnell und leise wie er gekommen war Karas Räume. Die mümmelte weiter gelassen an ihrem Kuchen mit Datteln, Rosinen und übersüßen Erdmandeln, kippte obendrein noch Honig drüber, schaute Bent ins Gesicht.

„Nein!", fauchte diese.

„Ich hab doch gar nichts gesagt!"

„Aber du wolltest!"

„Ist das jetzt verboten? Was war das?"

„Mein Lohn für eine Behandlung!"

„Ach!" Kara schlug sich an die Stirn. „Neulich! Der Kerl, ja! Noch Kuchen?"

„Ja, gib her. Oh du liebe Güte ist das klebrig! Weißt du, wo Chemsit wohnt?"

„Sie zieht mit den Musikern umher. Hat ihre Wohnung aufgegeben. Sie wohnen alle in einem Haus unten am Hafen." Kara stellte das Geschirr in einen Korb, band den Gürtel ihres Kleides fest, griff nach ihrem beinernen Kamm, kämmte sich das kinnlange Haar.

---

[9] Golddeben mit einem Gewicht von 13,6 Gramm

„Wo genau?"

„Das weiß ich doch nicht. Das hat sie mir an dem Tag erzählt, als wir den *Großen Brand* feierten."

„An dem Tag hast du tatsächlich noch was anderes mitbekommen? Ich dachte, Samuts Muskeln und sein Tintenschmuck hätten dich völlig in ihren Bann gezogen", lästerte Bent boshaft. „Hat er dir schon erzählt, daß er am Neujahrstag das Haus verläßt?"

„Ach was? Warum denn?"

„Er geht mit Ranofer mit."

„Und wo geht der hin? Aber Bent. Ich dachte, du liebst..."

„Halt die Klappe, Kara!"

„Ach daher weht der Wind ... Ich war wirklich der Meinung du würdest mit ihm... Ja, schon gut. Hör auf mich so böse anzuschauen. Dann habe ich mich eben getäuscht. Trotzdem ... ihr hättet gut zusammengepaßt!"

„Das geht dich nichts an! Warum putzt du dich so auf?"

„Ich muß einen Besuch machen. Die Leute müssen zur *Stätte der Wahrheit.* Der alte Mann ist heute nacht gestorben. Und er sollte möglichst schnell aus dem Haus sein, es ist schon viel zu heiß. Mit ihm ist nun also unser letzter zahlender Gast entschwunden."

Am Hafen! Das Fischerviertel!

Bent schaute Kara grübelnd nach wie sie über den Hof verschwand, betrachtete deren Kammer mit all den Kissen und Decken, Fröschen und Kerzen, Firlefanz und Nippes ... lächerlich! Sie schubste griesgrämig die Schalen der *Mechat,* daß es gewaltig klapperte, pickte ein paar Datteln aus dem Kuchen.

Und dahinter das Armenviertel!

Dieses dreckige, verlauste, schmuddelige Dorf. Ich kenne es nur zu gut! Aus seinem Schmutz, aus seiner Verwahrlosung bin ich einst hervorgekrochen! Kam in die Stadt, ließ alles hinter mir... Oh, wäre ich doch bloß in der verkommenen Dummheit meiner Jugend geblieben! Was hat es mir gebracht? Dahin wollte ich nie mehr! Verflucht!

Bent stand auf, nahm ihren Teller, ging damit in die Küche, suchte und fand den Sohn der Köchin.

„Du tust mir einen Gefallen!"

„Ja, Herrin." Der Bub bekam einen knallroten Kopf.

„Du suchst Raneb, den Alten mit dem Eselskarren! Den kennst du doch, ja? Gut! Sag ihm, er soll mich morgen früh fahren. Geh, lauf, beeil dich."

Gekleidet in einen schlichten Kittel, mit einem Schleier um den Kopf, der eher einem Lappen ähnelte, saß sie am nächsten Morgen neben Raneb auf dem Eselskarren, betrachtete mißmutig die schmuddelige Gegend.

„Das ist kein Ort für eine vornehme Dame, Herrin. Ich hätte Euch nicht hierherbringen sollen! Und nun?", grummelte der Alte.

„Eine der guten Schenken suchen."

„Eine Schenke?" Empört spuckte er den Grashalm zwischen seinen faltigen Lippen aus. „Herrin, das geht zu weit! Ich bringe Euch doch nicht in eine der Schenken, voll von... naja, ungewaschenen Männern und..."

„Dirnen!", knurrte Bent. „Sprich es ruhig aus, ich bin nicht zimperlich! Da vorne die Kaschemme macht einen guten Eindruck. Warte bis ich wieder da bin."

Sie stieg vom Karren, betrat die Wirtschaft voller Hafenarbeitern, Bootsleuten, Bootsbauern, Fischern und... Huren!

„Verschwinde du Miststück!", zischte ihr eine der schmutzigen, derben Frauen im Vorrübergehen zu.

„Wer redet mit dir, Schlampe! Ich will bestimmt nichts von *deinen* klebrigen Freiern!"

„Das will ich dir auch geraten haben!"

Bent lehnte sich über den Schanktisch. „He! Kennst du die Musiker, die eine Tänzerin bei sich haben?"

Der Wirt hievte gerade einen gewaltigen Bierkrug hoch, drehte sich um. „Chemsit?" Das gewaltige tönerne Gefäß donnerte auf den Schanktisch.

„*Tju!*"

„Ein Stück weiter die Straße entlang. Das Haus auf dessen Tür eine Laute gemalt ist."

„*Dwa Netjer ink!*"

„Die werden noch schlafen, sind jede Nacht unterwegs."

„Ich werd' sie aufwecken!"

Eine ziemlich verschlafen aussehende Chemsit öffnete die Tür einen Spalt, erkannte Bent.

„Wie siehst du nur aus!", schimpfte Bent, schubste Chemsit grob ins Haus und durch den verwinkelten Eingang hinein in den Wohnraum. „Heruntergekommen! Verquollene Augen, und es kommt mir vor, als säufst du!" Vier Männer lagen schnarchend am Boden auf ihren Schlafmatten. An den Wänden lehnten die Instrumente, auf kleinen Tischen türmte sich schmutziges Geschirr, Reste von Essen, Fliegen schwirrten umher, saßen in Schwärmen auf den abgenagten Schweinerippen, unter den Tischen große Bier und Weinkrüge.

„Ich halt das nicht durch!", jammerte Chemsit, gähnte herzhaft, kratzte sich im Schritt. „Jede Nacht. Sie werden ständig gerufen, haben gute Arbeit. Aber ich schaff das bald nicht mehr. Jede Nacht durchtanzen, schau dir mal meine Füße an! Was willst du hier überhaupt? Brauchst du uns? Ich glaube, die nächsten zwanzig Tage ist nichts frei."

„Wenn sie so gut sind, warum hausen sie dann in dieser Hütte? Können sie sich keine bessere Unterkunft leisten? Essen billiges Schweinefleisch!" Bent schubste Chemsit schon wieder, gab ihr eine Ohrfeige. „Schämst du dich nicht? Jede Nacht durchtanzen? Wem willst du was vormachen? Du machst doch für alle vier die Beine breit! Und sie saufen wie die Löcher! *Dafür* geht ihr Verdienst drauf! Du wirst hier vor die Hunde gehen! Sieh dich doch an!"

„Maul halten! Ich will schlafen!", knurrte es aus einer Ecke. Bent warf dem Kerl einen der Knochen an den Kopf.

„Halt du dein Maul, sonst lernst du mich kennen! Ihr lebt hier wie in einem Stall! Schämen muß man sich, daß man solche Leute kennt! Chemsit, pack dein Zeug zusammen, wir verschwinden hier!"

„Spinnst du? Kommst daher und machst mir Vorschriften! Was fällt dir ein?"

„Willst du *so* leben?" Bent schaute ihr böse ins Gesicht. „Du kennst anderes! Feineres, vornehmeres! Warum lebst du in diesem Dreck?"

„Was soll ich denn machen? All mein Vermögen ist dahin! Ich kann nur nehmen was kommt!"

„Man kann sich aber auch selbst helfen, du dummes Mädchen!"

„Ranofer, ich brauche deine Hilfe."

„*Tju*, Herrin."

„Nimm Samut und Montju und zwei eurer Kameraden, zieht eure guten Schurze und Hemden an, die ich für den Besuch der Königin besorgt habe. Nehmt all eure Waffen mit und folgt mir."

„Ist das ein amtlicher Auftrag?", fragte Ranofer später, als er ihr auf Ranebs Karren half. „Ihr seid in Euer bestes Gewand gekleidet und tragt die Krone. *Anch Uda Seneb*, Dame Chemsit. Soll ich vorweg gehen?"

„Nicht notwendig", Bent nahm die Krone ab, legte sie in ihren Schoß. „Unterwegs erkläre ich dir alles, was du wissen mußt. Wenn wir dort sind, *dann* wird's amtlich! Chemsit, wo geht es lang?"

„Klopfe, Ranofer!"

Ranofer pochte an das Tor des vornehmen Hauses, ein mickriger Knecht öffnete.

„Sag deinem Herrn", blaffte Bent, „die Herrin vom Isis-Tempel steht vor seiner Tür! Sahu-Re selbst ist zu ihm gekommen." Dem Knecht blieb beim Anblick der prächtig anzusehenden Bent und der kriegerischen Truppe der Mund offenstehen. „Sofort!", grollte Bent böse.

„Kommt herein. Wartet da in der kühlen Halle. Ich rufe den Herrn!"

„Was geht hier vor?", polterte ein Mann in den mittleren Jahren aufgebracht. Hinter ihm neugierig die Gattin, an deren Rockschößen zwei Kinder klebten.

„Ist er das?", fragte Bent. Chemsit nickte.

„Was macht *die* hier? Hinaus mit ihr! Auf der Stelle!"

„Nicht ohne ihr Vermögen!"

„Ohne *was*?"

„Ranofer! Erkläre es ihm!"

Schon bekam der feine Herr eins auf's Maul.

„Hast du nun verstanden?"

Die Gattin kreischte das Haus zusammen, noch mehr Dienerschaft kam gelaufen, Magd, Koch, Gärtner, Kinder, alle am Kreischen. Samut und Montju plusterten sich ordentlich auf. „Ruhe!"

„Bist du nun so freundlich, nachdem du verstanden hast um was es geht, das Vermögen der Dame Chemsit, daß du dir unehrenhaft erschlichen hast, herauszugeben?"

„Ich rufe die Stadtwache!"

„Ranofer, erkläre es ihm bitte noch einmal! Du bist doch auf die Stadtwache ganz schlecht zu sprechen."

Es klatschte ein weiteres Mal, aber saftig.

„Aufhören! Bitte!", nuschelte der Hausherr durch die blutende Zahnlücke. „Iff habe kaum Deben im Hauf."

„Gib her was du hast, selbst den Schmuck deiner Dame und dann werden wir sehen, ob es reicht! Wenn es nicht reicht, nehmen wir gerne noch das Boot mit."

„Aber doch nicht meinen Schmuck!", jammerte die Dame des Hauses, schaute weinend Chemsit zu, die die aufgehäuften Schätze betrachtete. Die erkannte darunter viele ihrer Schmuckstücke, klaubte sie aus dem Haufen heraus, griff sich zudem zwei silberne Armreifen.

„*Deinen* Schmuck!", schimpfte Bent aufgebracht, schlug ihre Rute mit Wucht auf die Tischkante. „Dieser Schmuck gehört dir nicht. Den hat dein feiner Gatte dieser Dame abgeschwatzt! Sie um all ihr Vermögen gebracht! Sie betrogen und belogen, ihr Liebe vorgeheuchelt, ihr die Ehe versprochen!"

„Liebe? Ehe? Was hast du gemacht? Wie konntest du? Ich dachte, du hättest ein gutes Geschäft gemacht!"

„Fätzlein…"

„Wer ist diese Frau?"

„Diefe Frau ift eine billige Hure, Fätzlein! Du wirft doch nift glauben…"

„Uih!" Ranofer pfiff grinsend durch die Zähne, lobte anerkennend: „*Das* war die falsche Antwort!"

„*Was* hast du gesagt?", giftete die Dame entgeistert, zog sich den Schlappen vom Fuß, und ihn dem Gemahl ordentlich über. „*Du* gehst zu einer Hure? Du Drecksack, du gemeiner Schuft! Du kannst mir mit deinem Schätzlein mal im Mondschein…. Ich habe es geahnt! Ich hätte schon vor Jahren die Kinder nehmen sollen, zu meiner Mutter… Sie hat mich damals schon vor dir gewarnt…" Der Schlappen mußte einiges aushalten.

„Fätzlein, nift doch!"

„Das Boot, Bent!", unterbrach Chemsit das traute Familienglück, trat zu der Dame des Hauses, zog ihr das breite, mit Edelsteinen besetzte Armband vom Oberarm. „Das da ist gerade mal die Hälfte meines Schmuckes. Die Deben fehlen gänzlich! Damit hat er bestimmt das Boot bezahlt!"

„Dann nehmen wir auch das Boot!" Bent grinste. „Sowas kann man immer gebrauchen! Mit dem fahren wir zum Tempel zurück! Raneb, danke, du kannst nach Hause fahren."

„Könnt ihr segeln? Wie bekommen wir das durch den Kanal?" Bent stand grübelnd am Anleger, betrachtete argwöhnisch das Schiffchen.

„Wie es reingekommen ist, Herrin. Klar können wir das. Erst mal rudern, bis wir im *Iteru* sind, dann das Segel hissen. Haben wir nicht alle unser Leben lang den Fährleuten zugesehen? Das kann doch keine Kunst sein!"

„Da passen wir doch gar nicht alle rein."

Ranofer half den Damen in das schwankende Boot, widmete Bent dabei besondere Aufmerksamkeit, stakte es mit Samuts Hilfe vom Anleger weg. Die zwei anderen übernahmen die Ruder, Montju hielt sich am Mast fest, betrachtete das Tauwerk und das geraffte Segel.

„Juhu!", plärrte Chemsit und sprang übermütig hoch, als sie *Iterus* Fluten erreichten, der Nordwind ihr Haar durcheinanderbrachte und das kleine Boot von der Strömung erfaßt wurde.

„Nicht doch!" Bent war das schaukelnde Ding nicht geheuer.

„Na komm schon, Herrin!" Ranofer zog sie geschwind auf seinen Schoß. „Kommt gut, was?", strahlte er sie an.

„Laß mich los!", giftete sie.

„Sitzen bleiben, Herrin! Nicht, daß Ihr mir ins Wasser fällt."

„Wollen wir in die Mitte?", fragte Samut tollkühn.

„Auja!"

„Hört auf mit dem Unfug!"

„Ach, Herrin, ein bißchen Spaß! Nach der harten Überzeugungsarbeit von eben. Riecht doch den Wind. Ist das schön kühl auf dem Wasser!"

„Achtung! Der große Segler!"

In seinem Fahrwasser schwappte das kleine Schiffchen hin und her.

„Hoppla, schönes Kind!", schäkerte Samut und faßte Chemsit um die Hüfte. „Wenn ich dich jetzt nicht aufgefangen hätte. Sollen wir das Boot hier halten?"

„Ja! Oh, das macht Spaß! Bent! Guck doch nicht so grimmig!"

Bent machte sich unwirsch aus Ranofers umsichtigen Griff frei, rutschte auf den Platz neben ihn.

„Ein bißchen Lustbarkeit, Herrin. Was ist denn dabei?", meinte er. „Sie freut sich so. Und uns allen macht es Spaß."

Mit Mühe hielt Bent ihre heißen Tränen zurück. Wie gerne wäre ich mit dir gesegelt, wie liebend gerne hätte ich mit dir eine Ruderpartie gemacht. Und nun? Du siehst mich an und kennst mich nicht. Nimmst mich auf deinen Schoß aus Pflichtgefühl ... Oh mein Liebster ... nur ein paar köstliche Augenblicke mit dir! Schnodderig schnauzte sie: „Wir bleiben in der Mitte. Wenn ihr Kerle segeln könnt, laßt uns ein Stück nordwärts treiben!"

„Dann auf! Paßt auf ihr zwei da hinten, daß wir nicht in die Fahrrinne der großen Barken kommen!"

Aus Spaß auf *Iterus* Fluten rumdümpeln! Wo gibt's denn sowas? Pah! Bent krallte sich am Bootsrand fest, schaute ans Ufer, betrachtete die Stadt aus einem gänzlich anderen Winkel, fand beinahe Gefallen daran. Aber nur beinahe. Vielleicht wäre es einfacher, säße Ranofer nicht so dicht neben ihr? Vielleicht wäre es nicht so schwer, wenn Chemsit aufhören würde mit Samut zu schäkern? Die hatte nämlich seinen Tintenschmuck entdeckt und ließ sich von ihm alles ganz genau erklären.

Gestern standest du noch ohne Vermögen da, hast im größten Schweinestall mit vier klebrigen Kerlen gehaust. Jetzt strahlst du über beide Ohren und schäkerst was das Zeug hergibt als hätte es das Gestern nicht gegeben!

„Bogenschütze?", fragte Chemsit gerade, mit Augen wie ein Kind, dem etwas Süßes geschenkt wird. „Aus..." Sie beugte sich tief über Samuts mächtigen Oberschenkel, „Wie heißt das?"

„*Hut Ta Heri Ib*."

„Wo ist denn das?"

„Im Norden."

„Ich bin aus *Swenu*" [10], brummte Ranofer Bent zu. Aber das war wahrscheinlich nur dem Gefühl geschuldet, ein nettes Gespräch in Gang zu bringen.

„Ich weiß."

„Ach? Hatte ich das mal erwähnt?"

„*Tju*."

„Ihr findet nichts an Lustbarkeiten, was Herrin? Ihr seid so ernst, daß ein armseliges Gemüt direkt Angst vor Euch kriegen könnte. Die Leute werden in Eurer Nähe ehrfürchtig. Wenn ich es nicht besser wüßte..." Er packte eins seiner gerollten Blätter aus, reichte es ihr, kramte nach einem zweiten, stopfte es sich in die Backe.

„Was, Ranofer?" Ein Fünkchen Hoffnung, bitte! Lag Sehnsucht in deiner, meiner Stimme? Ach, verflucht, niemals! Meine klingt wie das Knurren eines Hundes... Sie schaute bitterböse zu Chemsit hin, die sich schamlos an Samut ranmachte, war geneigt, ihr eins mit der Rute überzuziehen.

---

[10] Atribis und Assuan

Ich kann das auch!

Bent zog tief die Luft ein, richtete sich auf, warf sich mit einer koketten Bewegung das Haar über die Schultern, schlug die langen, schlanken Beine übereinander, richtete den Rock, zog ihn ein bißchen hoch, spielte mit den Glöckchen an den Fußketten. Besser als die da! Besser als Chemsit es jemals könnte! Wenn es auch Millionen Jahre her ist, eine lange Ewigkeit, in einem anderen Leben... Mit den Augen klimpern! Schmeicheleien sagen! Die Männer um den Verstand bringen! Bin ich nicht prächtig herausgeputzt? Habe ich nicht ein schön gemaltes Gesicht? Sehe ich nicht aus wie eine junge Frau? Jene junge Frau, mit der du dein Leben verbringen wolltest? Kinder haben wolltest? Mit der du den Bund eingegangen bist? Sieh mich an, Ranofer! Schau doch hin!

Sie zauberte sich ein falsches, aber betörendes Lächeln ins Antlitz, fuhr sich mit der Zunge über die Lippen, klappte ihren Fächer mit den flauschigen Federn auf, hielt ihn vors Gesicht, schmachtete ihn mit glühenden, verliebten Augen an. Augen wie zum Duell entschlossen.

„Was weißt du, Ranofer?"

„Nichts." Er schaute sie mit seinen schönen Augen an – teilnahmslos, freundlich, höflich – rieb sich den kurzen Bart. „Manchmal wirkt Ihr, wenn Ihr euch unbeobachtet fühlt, aber wirklich nur manchmal, wie ein junges unschuldiges Mädchen. Und als wir den *Großen Brand* feierten, da hättet Ihr fast ausgelassen getanzt. Und Ihr habt Herz, Herrin, ein großes. Wenn Ihr es auch oft versteckt haltet. Aber ich sollte besser mein großes Maul halten. Das geht mich alles nichts an."

Sprich doch weiter, mein Liebster! Bitte! Für dich würde ich tanzen...

„Ich hatte Glück", brummte er nach einer Weile, spuckte ins Wasser. „Weißt du Herrin, es ist nicht leicht in diesen glorreichen Zeiten. Da braucht niemand einen Wächter. Schon gar nicht eine Handvoll dahergelaufener Söldner. Ich dachte schon, ich finde überhaupt keine Arbeit mehr. Doch vorgestern kam einer aus dem *Ipet Resit* zu uns ins Haus. Sie suchen Tempelwächter. Montju, Samut und ich können zum Jahresanfang dort Wache schieben."

„Wie schön! Oh, es tut mir leid..."

Du weißt ja nicht, daß ich die alten Amun-Priester aufgesucht habe. Sie waren mir was schuldig! Ha! Habe *ich* ihnen nicht geholfen, als das Gerüst einstürzte? Diese alten Säcke... Pah! Das war ein Leichtes... Warum nimmst du nicht einfach meine Hand? Warum schaust du zu denen hinüber? Diese lauschige Ruderpartie! Sowas läßt doch die Herzen aller Verliebten höher schlagen! Sieh mich doch an, mein schöner Mann! Ich vergehe vor Sehnsucht nach dir! Ich habe sie alle rumgekriegt! Alle! Nur dich nicht! Warum bleibst du so kühl?

Sie griff nach seiner großen, warmen Hand, schaute dem Mann ins Gesicht, in die Augen, ins Herz, erblickte Anstand, Ehrfurcht, Treue und Liebe! Reine, ehrliche, aufrichtige Liebe für die Herrin des Hauses. Für die Hohepriesterin der Isis. Er würde in Pflichterfüllung sie und das Haus sogar mit seinem Leben verteidigen. Doch die Liebe, die er einst für sie, für die Frau in Bent empfand, suchte sie vergebens. Hinter dem Fächer versteinerte ihr Lächeln …

„Schon gut, Herrin. Ich habe es ja verstanden. Ich habe mir mal angesehen, was ich für einen Lohn bekomme. Ganz schön viel. Hab's gar nicht gemerkt, gebe ja kaum was aus." Er stand auf, klatschte Samut zornig eine hinter die Löffel, zischte: „Mensch, du Idiot! Wenn du jetzt nicht aufhörst an diesem Mädchen rumzufummeln!"

„He!", empörte Chemsit sich. „Spinnst du?"

„Schämt der sich nicht?"

„Das ist so ein lieber Kerl! Und ihr habt mir geholfen! Da werde ich mich doch wohl ein wenig erkenntlich zeigen dürfen!"

„Ach?", maulte Bent von gegenüber, klappte den Fächer zu, linste an Montju und dem Mast vorbei, „Machst du es jetzt schon umsonst?"

„Halt die Klappe, Bent! Den spannst du mir nicht aus! Da kannst du dich noch so auftakeln wie eine alte Barke! Kommst daher, mit der lächerlichen Blechkrone, dem klimpernden Schmuck, dem Firlefanz! Meinst du, sie würden deswegen mehr zahlen? Das hast du immer noch so gemacht! Jeden geschnappt, der dir gefiel!"

„Halt dein vorlautes Maul, Chemsit!" Bent sprang hoch, Chemsit ebenso, das Boot kam ins Schlingern, Bent krallte sich an Ranofer, er hielt sie fest, nahm sie in den Arm, ihr Gesicht dicht vor seinem als wollten sie sich küssen. Für einen süßen, flüchtigen Augenblick spürte Bent seine unrasierte Wange an der ihren. Wie sie das an ihm liebte! Seine Unsitte, nicht täglich das Messer zu benutzen, der dunkle Schatten, der seinem schönen Gesicht so gut stand. Für ein, zwei Herzschläge lang hielt Bent sich an ihm fest, seinen starken Arm, seinen Duft genießend, schaute ihm in die leuchtenden Augen mit den dichten, dunklen Wimpern, war geneigt, ihre Lippen auf die seinen zu drücken.

„Das wäre beinah peinlich geworden, Herrin", schmunzelte er mit einem verlegenen, schon fast schüchtern anmutendem Lächeln, zog sie zurück auf die Sitzbank.

„Blöde Schlampe!", zickte Chemsit. „Meinst du, du bist was Besseres wie ich? Du bist auch nur eine Hure!"

„Ich werf dich gleich über Bord, Frau!", brauste Ranofer auf. „Du weißt nicht, wen du vor dir hast!"

„Du hast mir überhaupt nichts zu sagen, Kerl! Das ist Bent! Sie war im Tempel der Bastet die heißeste, geilste, durchtriebenste, verlogenste Hure, die du dir vorstellen kannst!"

Ranofer wich sämtliche Farbe aus dem Gesicht. „Das ist", zürnte er mit unglaublicher Beherrschung, „die Dame Sahu-Re, die Herrin des Isistempels,

Hohepriesterin der großen Göttin, von der Großen Mutter selbst auf ihren Posten gesetzt! Auf der Stelle entschuldigst du dich für deine ungeheuerlichen Behauptungen, Weib!"

„Was?" Chemsit sank kleinlaut auf die Bank. „Das war alles gar kein Brimborium vorhin? Bent? Stimmt das?"

„Ich könnte dir in deine vorlaute Fresse schlagen!", zischte Bent böse. „Natürlich ist das wahr!", tobte sie. „Meinst du, du hättest deinen Schmuck und all das zurückbekommen, wenn ich so getan hätte?"

„Oh ihr Götter! Oh heilige, gütige Isis, Herrin des Himmels! Entschuldige bitte, Bent. Ich wollte doch keine Lügen über dich verbreiten. Natürlich bist du die Herrin. Ich war bloß wütend." Chemsit stand auf, trat Ranofer keifend ans Schienbein. „Wegen dem da! Gehst mir den ganzen Spaß vermasseln!"

„He, he, Süßes!" Samut griff nach Chemsits Hand, „Der hat gar nichts vermasselt! Komm mal her", zog sie auf seinen Schoß, „wolltest dich doch erkenntlich zeigen. Wie ist das? Noch ein paar Küßchen? Hm?"

„Im Osten der Stadt", bemerkte Montju, „war vor Jahren mal ein Hurenhaus. Dort, an dem kleinen Markt. Meine Fresse! An der Tür stand ein grimmiger Nubier, da brauchte man ganz schön Mumm! Wenn dir bei seinem Anblick nicht vor lauter Bammel die Eier zusammengeschrumpft sind und du es geschafft hast, an dem dicken, riesigen, schwarzen Kerl vorbei reinzukommen, konntest du da drin vielleicht was erleben! Die heißesten Weiber! Eine hübscher und geiler als die andere! War zwei dreimal dort, ein ganzer Monatsverdienst ging jedesmal dafür drauf... aber es war die Sache wert. Da bist du morgens auf allen vieren rausgekrochen. Nur der dortigen Herrin durfte man nicht zu nahekommen! Die war was Besonderes! Lief immer rum mit einer Lederpeitsche mit goldenem Griff! Könnt ihr euch sowas vorstellen? Es gibt tatsächlich ein paar Idioten, die..."

„Es sind Damen an Bord!", grollte Ranofer.

„Es ist dann abgebrannt. Schade." Montju griff nach dem Seil am Mast, schaute hoch in das geraffte Segel, kratzte sich am Kopf.

„Es wird Zeit, daß wir zurückfahren!", schnaubte Bent aufgewühlt. „Wir sind lange genug auf dem Wasser gewesen."

„Ein guter Einfall, Herrin. Aber wie?"

„Was?"

„Keiner von uns kann segeln!"

Bent blieb die Spucke weg. „Was?", blaffte sie, „Seid ihr denn noch ganz bei Trost? Ihr blöden Angeber! Wie sollen wir..."

„Das wird ein Spaß!", lachte Ranofer.

„Ich glaub das jetzt nicht!"

„Zur Not rudern wir ans Ufer und gehen zu Fuß zurück."

„Du spinnst doch!"

„Ach", meinte Montju abwinkend, „kriegen wir hin! Die Damen brauchen nicht zu Fuß gehen. Was passiert, wenn ich an diesem Seil ziehe?"

Mit Poltern und Rumpeln entfaltete sich das Segel, mit voller Wucht blähte der Nordwind es auf, mit Schwung schoß das kleine Boot südwärts. Alle krallten sich schnell irgendwo fest.

„Ihr habt sie doch nicht alle, ihr Draufgänger!", kreischte Bent, krallte sich in Ranofers Arm fest. „Paßt auf, die Barke!"

„He, der hat Steine geladen! Wenn der uns erwischt, gehen wir baden!"

„Ihr Arschlöcher!", plärrte es von der großen Barke. „Seid ihr bekloppt? Nichts als Irre heutzutags unterwegs!"

Montju schaffte es, das Segel zu wenden, mit Schwung der großen Barke auszuweichen, das hochspritzende Wasser machte sie ordentlich naß, Bent schmiegte sich voller Angst an Ranofer, drückte ihr Gesicht an seine Brust. Er legte ihr beschützend den Arm um die Schultern, „Jie-ha!", brüllend, „Was für eine Gaudi!"

Wir werden untergehen! Alle ersaufen! Ich werde mit dir sterben, Ranofer, ertrinken, im Tode vereint, von *Iterus* kühlen Fluten umarmt. Halt mich, Liebster … im *Sechet Iaru* sehen wir uns wieder! Dann sind wir endlich wieder in unserer Liebe vereint.

„Keine Angst, Herrin. Gleich sind wir da, ich sehe schon die Fahnen am *Ipet Resit.*"

Ich würde bis *Swenu* mit dir segeln, wenn du mich nur halten würdest.

„Scheiße, wie bremst man das Ding?"

„Zieh das Segel ein, du Trottel!"

„Macht bloß nicht mein Boot kaputt!"

„Der Anleger! Mach voran, Montju! Laß das Seil los!"

Krachend donnerte das Schiffchen an den Anleger vom Isistempel.

„Meine Fresse, war das ein Spaß! Herrin, wir sind da, Ihr könnt mich getrost loslassen!"

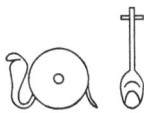

Bent entzündete die Lampe im Schlafzimmer ihres schönen Hauses, stellte das Räuchertöpfchen auf den Tisch neben das Waschgeschirr und der leeren Vase, griff nach dem silbernen Anch mit dem Elfenbeingriff, betrachtete ihr gemaltes Gesicht.

Eine Frau mit Hörnern auf dem Kopf, dazwischen ein Kringel

Eine vornehme Dame! Das lange Haar, glänzend schwarz, sanft gewellt, fiel ihr lose über den Rücken. Gewandet in ihr edles, schwarzes Kleid, geziert mit teurem, blinkenden Schmuck. So vollendet schön wie eine *Ta Schepsi,* in einem Raum, einem feudalen Haus, fast einem Herrenhaus gleich ... Das Gesicht im Spiegel der wohlbekannte Dämon mit feuchten roten Lippen, kalt und glatt, sie selbst giftig und gefährlich wie eine Natter ...

Vergebens suchte sie Bent in dem Spiegelbild. Jene Bent, die damals entflammt durch die Stadt des *Was*-Zepters, der Stadt des Königs, eilte um ihren Geliebten zu treffen. Jene glückliche, verliebte Frau, die voller Sehnsucht darauf wartete, daß er zu ihr kam. Wo war sie? Wo das Glück? Wo die Liebe? Hinweggefegt vom Schicksal, durch Sachmets gnadenlosen Haß vernichtet, in ihrem lodernden Feuer verbrannt ...

Bent schaute sich tief in die bleichen Augen unter der schwarzen Farbe des *Sedemet*. Ihr Blick wirkte geradewegs wie aus der dunkelsten, tiefsten Duat. Wie eine Tote! Längst erloschen das Feuer darin, verblaßt der lüsterne Glanz...

Es klopfte ...

Sie warf den Anch auf das Bett, griff nach der ledernen Rute mit dem goldenen Griff, wartete schon lange nicht mehr darauf, daß Kurru die Tür öffnen würde ...

„Meine Dame!"

„Ranofer!" Gleich wurden ihr die Knie weich. Was für ein schöner Mensch, was für ein Kerl!

„Ich mußte Montju nach dem Weg fragen, habe mich trotzdem verlaufen. Wartet Ihr schon lange?"

„Ich wartete nicht wirklich. Bin schon den ganzen Tag hier", habe mich verabschiedet, warte nur auf dich, „Komm herein."

Er pfiff anerkennend durch die Zähne, als er in die vornehme Halle mit ihren Säulen trat.

„Schön bei dir, Herrin!"

„Wein?" Sie legte die Rute neben den Sessel.

„Wasser! Es ist heiß draußen. Was kann ich für dich tun? Warum hast du mich herbestellt?"

Noch hoffe ich darauf, daß du dich erinnerst! Ich werde nicht aufgeben. Sieh dich doch um, kennst du es denn nicht mehr? Hier, meine Schlafkammer mit dem Baldachin aus wertvollem Ebenholz und den roten Vorhängen über dem Bett! Wir ließen ihn vor ein paar Monaten aufbauen. Ranofer, bitte, erinnere dich!

Sie reichte ihm einen Becher Wasser.

„Der Balken am oberen Ende des Bettes ist aus seiner Halterung gerutscht. Ich fürchte, der schwere Baldachin stürzt ins sich zusammen. Kannst du das flicken? Und ich wollte dir was zeigen."

„Natürlich, das haben wir gleich." Er legte seinen Gürtel mit dem Schwert und dem Messer auf dem Bett ab, rammte kurzerhand mühelos den Balken an seinen Platz, schaute sich suchend um, fand den dicken Nagel am Boden, stopfte ihn zurück in sein Loch, schlug einmal fest mit dem Schwertknauf zu. „Das wird halten, Herrin!" Fürsorglich richtete er zusätzlich noch die Lederriemen. Sie rutschte auf das Bett, richtete wieder die Laken und Kissen.

„Danke. Das ging ja schnell. Ach! Da ist er ja! Mein Anch! Schau, mit einem Griff aus Zähnen von Elefanten."

„Tatsächlich! Ich sah seinerzeit Elefanten als ich in *Nechen* war. Nein, wahrlich, das war eine Kleinigkeit, dafür hättet Ihr wirklich keinen Schreiner rufen sollen. Das habe ich gern gemacht, obwohl der Gärtner dafür eher zuständig ist. Ihr habt also das Grundstück gekauft und das abgebrannte Haus wieder aufgebaut. Ich erinnre mich, als Ihr hier die Zeremonie durchführtet um die Dämonen zu vertreiben. Und an den Pavillon auf dem unkrautüberwucherten Schuttberg. Das Haus ist schön geworden! Sehr vornehm, einer Hohepriesterin würdig!"

Dir würdig, mein Liebster! Wir wollten unser Leben hier verbringen.

„Ich…" Er stockte, als sei ihm entfallen was er sagen wollte, schaute auf das Bett, auf ihre Hand mit dem Spiegel. *„Das* wolltet Ihr mir zeigen?" In seinem Gesicht stand kurz Verwirrung.

„Nein!" Bent versuchte ein verlegenes Lachen, legte den Spiegel weg, zog ihren Umhang fester. „Das Haus, ich wollte dir das Haus zeigen, den Rat eines erfahrenen Mannes einholen. Deshalb habe ich auch nicht unseren wackeren Gärtner gefragt. Willst du mit in die Halle kommen und mit mir speisen? Ich brachte gebratene Tauben, Fleisch vom Rind, Kuchen, Brot mit Anis, Granatäpfel, Melonen, Feigen, Datteln und Wein. Dazu eine scharfe Soße von den Feigen mit Pfeffer. Ich dachte, das wird eine schwere Arbeit, die viel Zeit braucht und du solltest nicht umsonst den weiten Weg gemacht haben. Ich konnte ja nicht ahnen, daß du so schnell damit fertig wirst. Und es soll eine kleine Widergutmachung sein, damit du nicht böse bist, wenn du den Dienst aufgibst."

„Nein, das bin ich nicht. Gerne bleib ich zum Essen. Das hört sich appetitlich an, ganz wie ein Festmahl. Und wer bin ich, daß ich Gastfreundschaft ausschlage?"

„So komm. Ich zeige dir das Haus."

„Mir scheint, Herrin, Ihr seid abgrundtief traurig", sagte er nach dem Essen, während er sich die Finger in dem parfümierten Wasser in der bronzenen Schale wusch. „Dazu habt Ihr gar keinen Grund. Wirklich, das Haus ist wunderschön, nein, macht Euch keine Gedanken, der Preis ist ausnahmslos gerechtfertigt. Ihr wurdet nicht über den Tisch gezogen. Allein die Bemalung in der Hohlkehle draußen über dem Eingang, sowas von elegant. Was steht da geschrieben?"

„Haus des Lotosgottes", hauchte Bent hinter ihrem Mundtuch. „Ich hatte mal einen kleinen Jungen, Ranofer. Er starb früh. Sein Name war Nefertem."

„Oh das tut mir leid, Herrin. Aus dem gleichen Grunde sind wohl auf diese Wand da gegenüber Lotosblüten gemalt."

„*Tju!*" Bents düsteres Gemüt spülte ihr heiße Tränen und immer mehr verzweifelte Lügen hoch. Nicht ein Augenblick, nicht ein Wort, nicht eine Geste erinnerten ihn an die schöne Zeit, die sie gemeinsam in diesem Haus verbracht hatten. „Mein Leben ist einsam seitdem, Ranofer. Es ist nicht leicht, in meiner Position... ohne Mann, ohne einen starken Mann an meiner Seite."

„Ist dein Mann, der Vater des Jungen, auch verstorben?"

„*Tju.*" Bent tupfte sich mit dem Mundtuch die Tränen aus den Augenwinkeln, „Der Mann, den ich liebe scheint tot", beugte sich zu ihm hin, hielt sich an seinem Hemd fest. „Würdest du bitte mal schauen? Ich möchte nicht mit verschmierter Augenfarbe vor dir sitzen."

Er nahm das Tuch aus ihrer Hand, tunkte einen Zipfel in die Schale, fuhr ihr damit vorsichtig unter dem rechten Auge vorbei. „So geht es wieder, man sieht nichts mehr. Laß mein Hemd los, Herrin."

„Entschuldige. Aber das kleine bißchen Fürsorge tat gut."

Er strahlte sie mit seinen schönen Augen freundlich an. „Was habt Ihr da für einen schweren Verlust erlitten! Nichts kann Euch darüber hinwegtrösten, kein Wort, keine Umarmung. Und ich sollte gehen. Ich will nicht in die Nacht kommen, hab keine Lampe dabei."

„Ich könnte dir eine mitgeben, falls du länger bleiben möchtest." Geh nicht Ranofer... es ist mein letzter, allerletzter verzweifelter Ausweg unsere Liebe zu retten... Und es wird sein wie in den traurigen, tragischen Liedern, die die Musiker singen. Die Stimme voller Wehmut, Sehnsucht und Herzschmerz. Sie müssen es doch wissen, sie singen ja ständig über die unglückliche Liebe... jemand muß ihnen davon erzählt haben, es wird gelingen...

Er stand auf, trat in das Schlafgemach um seinen Gürtel vom Bett zu holen. Bent sprang hoch, eilte ihm nach, hielt ihn am Handgelenk fest.

Vertreibe den Dämon mit Taten Ranofer! Bleib, ich bitte dich!

„Kann ich dich um einen letzten Gefallen bitten, bevor du gehst? Auch wenn es dir ungehörig vorkommt?"

„*Tju.*"

„Würdest du mich küssen?"

„*Was?*"

„Bitte." Sie hob ihr tränennasses Gesicht dem seinen entgegen, roch seinen Atem, süß vom Wein und den Granatapfelkernen. Sein sinnlicher Mund dicht an ihrem, seine Augen versanken in den ihren. „Laß mich nicht flehen. Mein Leben ist der großen Mutter verschrieben, einsam und... ja, keusch verbringe ich meine Tage, Ranofer. Nur ein Kuß! Was ist denn dabei? Ich möchte mich nur noch einmal daran erinnern, wie es ist eine Frau zu sein."

„Das gehört sich doch nicht Herrin."

Sie legte seine Hand um ihre Hüfte, sein starker, schlanker Leib an den ihren gepreßt, sie spürte seine Kraft, seine Muskeln, hörte, spürte den aufgewühlten Tanz seines Herzens. Oh mein Liebster, wie habe ich mich nach deiner Umarmung gesehnt! Bitte, küß mich! Ein letztes Mal, mein Liebling und dann … laß uns auf das Bett sinken, in einen süßen ewigen Traum, schlafen …

Ihre linke Hand faßte ihm um die Hüfte, streichelnd, suchend, fand ihren Weg weiter hoch. Laß es gelingen, es muß gelingen… schnell und schmerzlos, und laß diese dumme rechte Hand einmal im Leben etwas richtig machen…

Er küßte sie!

Fand ihre Lippen, zärtlich, sinnlich, stupste sie zart mit der Zunge, als wolle er zuvor höflich um Erlaubnis bitten …

Liebevoll, zärtlich, drückte er sie an sich. Die Tränen und der lange, hingebungsvolle Kuß raubten ihr den Atem und sämtliche Sinne. Und es war beinahe wie damals. Bloß daß diesem Kuß die heiße Glut der Liebe fehlte – Sachmets Werk vollendet grausam. Bents zitternde kalte rechte Hand mit dem ehernen Messer fand in seinem Rücken den Weg zu seinem Herzen …

In den *Gefilden der Binsen* werden wir wiedervereint sein, mein Schatz, küssend werden wir in *Sechet Iaru* eintreffen. Dann ist unsere Pein ausgestanden, dort im *Lichtland* werden wir unsere Liebe feiern … Wir werden unser Feld bestellen und in alle Ewigkeit glücklich sein. Dort kommt sie nicht hin, dort sind wir vor ihr sicher! Keinen Augenblick werde ich dich warten lassen, sei dir gewiß. Mein schmerzendes Herz wird nur noch einmal bluten, dann, wenn ich dir folge. Mögen sie unsere kalten Leichname finden und gemeinsam begraben. Ich habe alles niedergeschrieben, so wie ich es will, habe Chemsit dieses Haus vermacht. Ich brauche es nicht mehr …

Fast atemlos ließ er sie plötzlich frei, hielt sie weiter fest in seinen starken Armen, streichelte ihr die Tränen weg.

„Ihr dürft niemals vergessen, daß ihr eine Frau seid, Herrin! Und was für eine!" Mit zwei Fingern faßte er ihr unters Kinn, schaute ihr tief in die Augen. „Ich hätte mich nie gewagt, Euch zu fragen", flüsterte er dicht vor ihrem Mund, zart und sanft wie ein zweiter Kuß. „Das steht mir nicht zu, Ihr steht über meinem bescheidenen Stande. Und so fragte ich Baket. Sie geht den Bund mit mir ein, Herrin. Sie liebt mich. Und ich habe mich in sie verliebt. Was ich alter Trottel für ein Glück im Leben habe."

„Baket?", hauchte Bent entgeistert, bebend und zitternd. Ihre kalte Faust um das Heft des eisernen Messers geklammert, hocherhoben, zu einer letzten verzweifelten Tat bereit, sank kraftlos herab, unfähig die Umklammerung zu lösen.

Du wirst mich auch im Jenseits niemals mehr lieben!

Die Rache der Löwin war endgültig, grausam, vernichtend … Die Knie versagten ihr den Dienst, schwankend lag sie in seinem Arm, er hielt sie.

„Was ist Euch, Herrin?"

„Eine kleine Schwäche…" Zitternd barg sie die Hände unter ihrem weiten Umhang, während er sie auf das Bett niederdrückte, zurück in die Halle trat, Wein ausschenkte, den Becher ihr reichte.

„Ihr dürft nicht verzweifeln, Herrin. Sahu-Re? Bent!"

Sie sank auf das Laken, nahezu bewußtlos vor Anstrengung, bebend, voller Bestürzung keuchend, von kaltem Schweiß bedeckt, kaum fähig sich zu rühren. Er nahm sie fest in den Arm, tätschelte ihr die Wange. „Nicht doch! Kommt zu Euch! Ihr werdet wieder einen Mann finden. Einen starken, der weiß, wie er Euch zu nehmen hat. Der es wagt, sich Euch entgegenzustellen. Kein Feigling, kein Tölpel! Jemand der mit deiner Unnahbarkeit und deiner gnadenlosen Wut auf das Leben umgehen kann! Und irgendwann, Herrin, wird der Gott deine Seelen heilen, dessen bin ich mir sicher!"

Bent setzte sich auf, trank den Becher leer, schaute ihn an, als sei er ein Geist.

Diese Worte!

Klangen sie nicht wie Hohn? Sagte er nicht genau in diesem Bett nach einem heißen Liebesspiel einst ähnliche Worte? Jetzt klangen sie so anderes, gänzlich entseelt. Schluchzend stellte sie den Becher auf dem kleinen Tisch neben dem Bett ab.

Scheißkerl! Ich hasse dich! hörte sie ihre Erinnerung höhnen.

„Ich wage es nicht, zu gehen, Bent. Nicht, bis es dir wieder besser geht."

„Es geht schon wieder", krächzte sie aufgewühlt, bis ins Mark erschüttert, „danke."

„Ich denke, ich sollte die Nacht bei Euch bleiben. Es ist schon spät und… wenn Ihr einen Schlafplatz für mich hättet? Wollen wir ein wenig plaudern? Beim Wein? Und von dem Essen ist ja auch noch da. Vielleicht tröstet Euch ein wenig Gesellschaft über Euren tiefen Schmerz hinweg?"

Gib mir deine Kraft, Göttin des Blutes! Du Miststück! Reich mir wenigstens deinen Arm, damit ich mich wieder an dir aufrichten kann!

„*Tju*." Wie ein tonloser Hauch kam es über ihre kalten, tauben Lippen.

„Wißt Ihr noch, Herrin, unser lustiger Ausflug auf *Iterus* Wellen? Letzten Monat? War das ein Spaß! Na komm schon, Herrin, laß dich aufheitern! Und dieser Dummkopf, dem ich den Zahn ausschlug… Fätzlein!"

Bent gelang mit Mühe ein Schmunzeln. Mit seinem Messer säbelte er an dem Kuchen, „Nicht mehr lange", reichte ihr den Teller mit einem Stückchen von dem Spitzkuchen, „und der Stern der Isis wird das neue Jahr ankündigen. Ich habe ein Haus gekauft, Herrin, aber es muß noch daran gearbeitet werden, es ist noch nicht fertig. Und es muß noch geweißt werden. Möbel müssen hinein, Hausrat, Wäsche."

„Hm?" Bent hörte kaum hin, schaute ihm zu, wirkte, als sei sie bei der Sache, weilte in Wirklichkeit mit ihren Gedanken ganz woanders.

„Es soll fertig sein, wenn sie kommt. Nichts soll sie entbehren. Könntet Ihr mir einen Rat geben, was alles hineingehört?"

„Was bringt Baket?" Sie hörte sich diese Worte sagen, unwirklich, wie aus weiter Ferne, pickte an dem Kuchen rum.

„Sie besitzt nicht viel. Lediglich das, was sie in ihrer Kammer im Tempel hat. Ihr wißt doch, daß sie keine Familie, keine Angehörigen hat."

„Weiß ich das?" Es klang wie ein launischer Scherz. Unter Aufbietung all ihrer Kraft richtete Bent sich im Sessel auf, stellte den Teller ab, schenkte sich von dem Wein nach. „Sie ist unsere beste Schülerin, Ranofer. Sie ist eine freie Frau! Bald eine Heilerin! Sie wird eine Priesterin der Isis! Und wenn du ihr verbieten solltest, weiter bei uns zu bleiben, machst du dir in mir eine Feindin!" Bent gelang bei diesen Worten sogar ein Lächeln.

„Aber nein, Sahu-Re! Mitnichten! Sie wird eine gute Heilerin sein! Wie könnte ich ihr das abschlagen. Nein, nein, darüber haben wir geredet, sie wird bei euch bleiben! Das Haus ist ganz in der Nähe, nur über das vordere Feld, gleich hinter dem Haus unserer Wächter… Ich darf doch solange dort bleiben, bis mein Haus fertig ist?"

„Natürlich." Bent griff nach ihrem Fächer, klappte ihn auf, wedelte sich Luft zu, verbarg dadurch das Zittern ihrer Hand. „Bleib solange du willst und sei bei uns zu Gast sooft du willst."

Dwa Netjer ink, Nebet!"

„Und ich beglückwünsche dich zu deiner Wahl. Baket ist eine feine junge Frau. Du wirst glücklich mit ihr werden, das weiß ich. Ich wünsche euch das Allerbeste für eure Ehe."

Dein Leben ist mein Hochzeitsgeschenk! Ich habe ihre Blicke gesehen! Ich habe gesehen, wie sie bei jeder Gelegenheit deine Nähe suchte, ich habe gesehen, wie ihr Herz sich nach dir verzehrte … und ich schickte sie zu dir, sooft sich die Gelegenheit bot … Ich… kann kein Leben nehmen, wenn *sie* in der Nähe weilt … Ich werde Baket nicht zur Witwe machen noch bevor sie Gattin ist. Und du solltest nicht alleine durchs Leben gehen, an deine Seite gehört eine gute Frau, die dir Kinder schenken kann … Aber wer heiratet denn aus Liebe? Daß du dich auch in sie verliebst, damit habe ich nicht gerechnet …

„Danke."

„Ich werde mich nun schlafen legen. Nimm dir irgendeine der Kammern, es ist genug Wäsche in den Truhen und auch Decken. Du kannst dich hier im Haus umsehen, die Lampen, Vasen, die Möbel, die Wäsche in den Truhen. Das Geschirr… sieh dir alles an, dann weißt du, was in einen ordentlichen Hausstand gehört. Die Möbel sind vom Schreiner Ineni. Seine Werkstatt hat er im Osten der Stadt, aber am großen Markt hat er eine Bude. Doch paß auf, er haut einen gern übers Ohr. Verkauft dir teures Elfenbein, dabei sind's nur Knochen. Elfenbein hat eine Maserung, Knochen nicht."

„Ich danke dir für deine guten Ratschläge."

„Gute Nacht, Ranofer."

„Habt schöne Träume, Herrin."

Bent sank in ihrem Schlafraum auf's Bett, leer, hohl, ausgebrannt, jenseits allen Herzschmerzes. In ihrem *Henetep* nicht ein Gedanke, auch er leer wie eine ausgehöhlte Kalebasse. Ihre nervösen Finger krallten sich in die Bettdecke, sie zog sie sich über die Knie, schlotternd vor Kälte, die ihrem Herzen entströmte. Es klirrte, etwas fiel auf den Boden. Das Messer! Welches sie vorhin hastig unter den Decken versteckte. Gewetzt, geschärft, so scharf, daß es mühelos Ranofer zwischen die Rippen und in sein Herz geglitten wäre. Er hätte nicht gelitten, keinen Schmerz verspürt, wäre tot gewesen noch ehe er auf das Bett gesunken wäre. Doch auch dieser absurde Traum nun hinfällig! Keine Erlösung, keine Befreiung von ihrem Schmerz, auch nicht im Jenseits. Einsam würde sie dereinst, wenn sie den *Merencha* [11] überquert hatte, dort umherwandeln, verloren, einsam und niedergeschlagen bis in alle Ewigkeit. Sollte das die erwartete Glückseligkeit sein? Diese Aussicht war schlimmer als das, was sie hier auf Erden erwartete.

Nein!

Nur die dunkelste Duat konnte Rettung bedeuten! Dort, im *Hetemit*, dort, wo alle Unwürdigen, alle Mörder, Gottesmörder, Selbstmörder gerichtet, vernichtet wurden, dort würde sie hingehen... das völlige Erlöschen im schwarzen Nichts, keine Wiederauferstehung im *Lichtland*, keine Wiedergeburt ihrer verfluchten Seelen...

Schon betrachtete sie ihre Handgelenke, dort, wo die blauen Kanäle dicht unter der Haut flossen, pochend den Tanz des Herzens zeigten. Es wird aufhören mit seinem unsinnigen Tanz! Jetzt! Sofort! Nichts hat mehr irgendeinen Sinn!

Heiß lief ihr das Blut über den Arm, kaum den Schmerz spürend, den die scharfe Klinge hinterließ ...

„Oh, Verzeihung, Herrin, ich irrte mich in der Tür... was in aller Welt..." Ranofer trat zu ihr, entwand ihr rasch die Klinge.

„Das ist", knurrte er heiser, erleichtert den kleinen Schnitt betrachtend, „das Kultgerät der großen Göttin! Ich nehme das an mich, Herrin, nicht, daß es abhanden kommt. Habt Ihr vielleicht ein Rasiermesser für mich? Nicht, daß ich morgen früh unrasiert aus dem Haus gehen muß."

„*Tju* ... im Baderaum", hauchte Bent tonlos, willenlos.

„Und den Spiegel – was hat der scharfe Kanten und spitze Hörner – nehm ich auch gleich mit. Gute Nacht, Herrin."

Du Scheißkerl! Ich hasse dich!

---

[11] Flußlauf, der die Duat mit ihren verschiedenen Welten umschließt

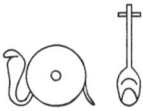

„Wart's nur mal ab!", unkte Kara.

Bent hievte den Korb auf die andere Hüfte, betrachtete Karas runden, saftigen Hintern, die vor ihr auf der Treppe zur Dachterrasse hochstieg.

Ich hätte ihn grundlos in die Dunkelheit der Duat gestoßen! Es hätte mich, die Mörderin, gleich nach *Hetemit* gerissen! Er dagegen wäre, strahlend wie ein *Benu*, ins *Lichtland* eingetaucht. Ich wäre ihm nie begegnet, drüben, dort wo alle hingehen, von wo noch nie einer zurückgekehrt ist... Was kam nur über mich?

„Liebe! Pah!", schnaubte Bent abfällig. „Kinder! Pah!"

„Doch!" Oben stellte Kara ihren schweren Korb schnaufend ab. „Was denkst du, wieviele Paare sich in trauter Zweisamkeit in ihre Schlafkammern zurückgezogen haben, als die Seuche grassierte und Pharao verbot, auf die Straße zu gehen. Du wirst sehen, bald kommen viele süße kleine Kinderchen auf die Welt! Und viele Frauen werden bei uns entbinden wollen."

„Unfug!" Bent schüttelte ein nasses Laken, wuchtete es über das Seil.

„Bent! Such dir endlich einen Mann! Du wirst immer unausstehlicher!"

„Liebe ist was für Träumer!", blaffte Bent. „Sie bringt nichts als Unglück und Herzschmerz!"

„Was redest du denn? Die Liebe ist etwas hehres, etwas reines! Und die Krönung einer Liebe ist ein Kind."

„Keine Ehe wird aus Liebe geschlossen, du dummes Ding! Liebe ist etwas, das in Liedern besungen wird! Das wahre Leben sieht anders aus! Da gehst du in einen fremden Haushalt, läßt dich von der Schwiegermutter umherscheuchen, die ihren verhätschelten Sohn nicht aus ihren klammernden Klauen läßt. Bis zu ihrem Tod bist du nichts anderes als eine bessere Magd! Und nach ihrem Tod bist *du*, wenn du Söhne hast, die Sklaventreiberin! Läßt deine Wut über dein verkorkstes Leben an der Schwiegertochter aus! Und der feine Herr geht zu Huren, um Spaß zu haben. Lern *mich* nicht das Leben kennen!"

„Du spinnst doch!"

„Mag sein!" Bent wuchtete das letzte Laken auf das Seil, schaute hinunter, über das flache Gebäude der Küche, über den Hof der Küche mit seinen gewaltigen Öfen, hin zu den Stallungen und den Unterkünften für die Mägde.

„Was ist da unten?"

„Hm? Äh... Chemsit. Die Tür ihrer Kammer ist immer noch geschlossen."

„Dann laß sie doch."

„Nein! Es ist genug! Es reicht!"

Bent eilte die Treppe hinunter, über den Hof, durch die Küche. Schlängelte sich draußen an den Öfen und Feuerstellen vorbei, scheuchte die Hühner auf, die gackernd nach allen Richtungen davonstoben, betrat die Kammer neben den Ställen und der Wohnung des Gärtners und der Köchin. Dort, weitab vom Tempelbetrieb, hatte sie Chemsit seit dem Tag der Ruderpartie einquartiert. Wütend zog sie ihr die Decke weg.

„Dieses Lotterleben hat jetzt ein Ende!"

„Spinnst du?", jaulte Chemsit, krallte sich an den Zipfel des Lakens.

„Gleich ist Mittag! Ich habe bereits mein halbes Tagewerk vollbracht, Wäsche gewaschen, aufgehängt, die Kammern geputzt. Man macht sich schon bereit um die Mittagsruhe einzuhalten, doch du liegst faul im Bett! Du stehst jetzt auf! Auch wenn du für deine Unterkunft hier bezahlst, kannst du noch lange nicht machen, was du willst! Hast du dich nun entschieden? Was ist, willst du hier arbeiten?"

„Nein! Ich denke, das ist nichts für mich. Kranke Leute, alte Leute – wenn auch augenblicklich keine da sind – Blut und Schleim, jammern und stöhnen, nein, brrr…"

„Dann mußt du gehen. Du hattest Zeit genug, dich zu entscheiden. Zeit genug, dir eine Unterkunft zu suchen."

„Wäre ich doch bloß bei Bastet geblieben!", zürnte Chemsit. „Ich bin es gewohnt, die Nacht zum Tage zu machen! Zu feiern, Spaß zu haben, beim Morgengrauen ins Bett zu schlüpfen. Von Kindesbeinen an. Warst du nicht dabei? Wenn wir zusammensaßen, die Freier gegangen waren und wir das Haus für uns hatten? Wenn ich die Laute gespielt habe, wir gesungen und getanzt haben? Wenn du auch nie mitgemacht hast, so hattest du doch deinen Spaß daran!" Sie ergriff Bents Hand, sagte dann mitfühlend aber vorwurfsvoll: „Was ist nur aus dir geworden, Bent?"

„Eine verbitterte, unausstehliche Frau." Sie sank zu Chemsit auf das Bett, zog sich das Laken über die Beine.

„Red doch keinen Stuß, Mädchen!" Chemsit zog sich den andern Zipfel des Lakens über, „Weißt du noch?", schmunzelnd, „Wie früher. Wenn wir nachts zusammensaßen, müde vom Feiern, kurz vor dem Einschlafen ein wenig tratschten? Hast du mal was von Tia und Idris gehört?"

Sie wurden vor meinen Augen vergewaltigt und erschlagen und nochmal vergewaltigt. Anschließend hat man ihre geschändeten Leiber abgefackelt und dabei gelacht …

„Sie sind tot."

„Was?" Chemsit entfuhr ein spitzer Schrei. „Bei allen Göttern, Bent! Wie konnte… Waren sie krank? Hat die Seuche sie dahingerafft? Und von Binaret, Nefer und Meret habe ich ewig nichts gehört. Wir waren doch immer zusammen! Was ist denn? Warum weinst du?"

„Sie waren alle in einem Haus, es brannte…"

Chemsit schlug sich fassungslos die Hand vor den Mund. „Nein! Sag das nicht! Das Haus an dem kleinen Markt? Vor Jahren… Ich hörte davon… konnte doch nicht ahnen, daß alle… oh Bent, wie schrecklich!"

„*Tju!*"

„Wären sie doch bei Bastet geblieben! Dann könnten sie noch leben!"

So wie ich. Glücklich und zufrieden bis ans Ende meiner Tage …

Bent krallte ihre Fäuste in das Leintuch.

„Es tut mir leid", sagte Chemsit nun, „daß ich dich auf dem Boot Hure nannte. Ich konnte doch nicht ahnen, daß du tatsächlich in diesem Hause die Oberpriesterin bist. Konnte es gerade noch abwürgen und deinen Hauptmann ablenken."

„Schon gut, ich hab's verstanden. Es hat ja auch niemand geglaubt."

„Er hätte mich ohne zu zögern ins Wasser geworfen! Dieser Mann liebt dich!"

„Halt deine große Fresse im Zaum, Chemsit!", brauste Bent auf.

„Lern *du* mich nicht die Männer kennen!"

„Na *du* kennst dich ja bestens mit ihnen aus!", spottete Bent verächtlich. „*Du* weißt ganz genau, wenn sie lieben! Gibst ihnen dann dein ganzes Vermögen!"

Chemsit warf Bent das Kissen an den Kopf. „Hast du noch nie geliebt? Nein! Dir ist das im Traum nicht eingefallen! *Du* haßt die Männer! Glühend heiß und verachtend. Ich wollte, *ich* wäre so! Kalt wie ein Fisch, bösartig wie ein Dämon! Ich habe dich immer bewundert! Deine Kälte, deine Stärke! Dir macht keiner was vor!"

„Chemsit! Hör auf!", schrie Bent verzweifelt in Tränen ausbrechend.

„Nicht doch! Was ist dir?"

„Die Erinnerung an Idris und…"

„Ja, oh, entschuldige, sie war deine engste Freundin. Hier, nimm das Tuch, schneuz dich."

Eine Weile herrschte Schweigen unter den beiden Frauen. Bis Chemsit zu Bent rutschte, ihr das Haar aus den Augen strich, hinter die Ohren klemmte, ihr über den Scheitel streichelte.

„Wie siehst du nur aus, Mädchen? Hm? Kein Putz, ein billiger Kittel, keine Schminke, das Haar nicht frisiert. Das war doch früher nicht so. Komm, wir machen uns hübsch, danach geht es dir besser. Aber erst sollte ich mal…" Chemsit zog den Nachttopf unter dem Bett hervor, plätscherte in aller Seelenruhe vor sich hin. „Von deinem Parfüm kannst du mir gerne ein zwei Flakons verkaufen. Das riecht fein! Und es ist sehr hochherzig von dir, mich eine Weile hier wohnen zu lassen. Im Mond *Hut heru* werde ich endlich versuchen, daß ich im *Ipet Resit* als Tänzerin unterkomme. Dann bist du mich los." Sie stellte den Pott vor die Tür, goß aus dem Krug Wasser in das Waschgeschirr, wusch sich das Gesicht, zog ihren Schlafkittel aus, schrubbte sich mit dem Waschlappen überall ab.

„Du bist immer noch bestechend hübsch, Chemsit", lobte Bent, als sie ihr dabei zuschaute.

„Danke."

„Kannst du rechnen?"

„Was glaubst du denn! Natürlich."

„Kannst du einen Haushalt führen?"

„Was soll die Fragerei? Willst du die Ehe mit mir eingehen?", spaßte Chemsit übermütig. Bent lachte mit. „Ich hatte mal einen, falls dir das entfallen ist!", spottete Chemsit gutmütig. „Wäre ich nicht auf diesen Drecksack hereingefallen, ginge es mir immer noch gut. Es wurmt mich, Bent, auf deine Gnade und Barmherzigkeit angewiesen zu sein!"

„Kannst du lesen und schreiben?"

Chemsit lachte ordinär, klatschte den Lappen in die Schüssel. „Schreiben? Bent, machst du Späße? Wer soll mir das gezeigt haben? Ha! Lesen? Ja, gerade mal das allernötigste. Die Zahlen auf jeden Fall!"

„Kannst du Befehle geben? Leute beauftragen?"

„Du meinst herumscheuchen?"

„Meinetwegen herumscheuchen. Kannst du sowas?"

„Dazu brauch *ich* keine Rute!"

„Blöde Gans!" Bent griff nach Chemsits Kamm. „Halt still! Zopf oder offen?"

„Zwei Zöpfe! Schminkst du mich? Dann kann ich sicher sein, daß es gut aussieht. Mit den Spiegeln ist das so eine Sache."

„Gerne."

„Zufrieden?"

„Aber ja. Bent?" Chemsit legte den Anch beiseite. „Ohne deine Hilfe wäre ich... danke nochmal!"

„Sei still! Sind wir nicht Schwestern? Lebten wir nicht das gleiche Leben? Und jetzt du, mach!" Sie streckte Chemsit das Gesicht entgegen.

„Richtig oder unauffällig?"

„Richtig! Ich muß dir was zeigen! Nachher, wenn die Mittagsruhe rum ist und wir hier fertig sind."

„Malachit?"

„Ja!"

Chemsit bemalte flink Bents Lider, plauderte, sagte lachend: „Die vorne an der Pforte wohnt, die liebt dich auch!"

„Hast du sie noch alle?", entgegnete Bent entgeistert.

„Hat sie mir gesagt! Neulich..."

Bent fiel beinahe der Spiegel aus der Hand, „Pesechet?", giftend. „Die würde mir am liebsten den Hals umdrehen!"

Chemsit schüttelte den Kopf. „Nein. Wenn sie könnte, wie sie wollte…"

„Was heißt *neulich*?"

„Nachts. Es war herrlich wonnetrunken, eine wunderbare heiße Nacht."

„Was?" Bent sprang vom Stuhl hoch. „Was bildest du dir ein? Wirfst meinen Haushalt über den Haufen, schläfst mit einer meiner Frauen… Das ist doch die Höhe! Hier ist der Tempel der Großen Mutter, kein Hurenhaus!"

„Stell dich doch nicht so an! Sind uns nicht alle Spielarten der Liebe vertraut? Sag bloß, dir ist das nicht aufgefallen?"

„Nein!"

„Rötel?"

„Ja! Mach! Baket!", plärrte Bent, die draußen bei den Öfen was hörte.

„Ja, Herrin?"

„Ruf den Kleinen der Köchin her! Und bring mein schwarzes Kleid aus meiner Kammer!"

„Da bin ich…" Der Bursche verstummte augenblicklich, als er die Kammer betrat, sein Kopf glühend wie das Holzkohlebecken in der Nacht.

„Geh Raneb suchen, Junge!"

„…!"

„Hast du unterwegs deine Stimme verloren?"

„…hmpf…"

„Dafür hat er was anderes gefunden, Bent", gluckste Chemsit, „es wohnt unter seinem Schurz."

„Ich glaub's nicht!"

„Ich kann ihm helfen."

„Laß doch den Bub in Ruh! Habe ich dich nicht gerade eben wegen…"

„Bub? Komm rein, Kleiner! Wenn *ich* mit dir fertig bin, wirst du nie mehr ins Stottern geraten, wenn du eine nackte Frau siehst. Und das laß ich mir doch nicht entgehen! Eine unschuldige kleine Seele! Bent? Würdest du uns für einen Moment entschuldigen? Das dauert nicht lang."

„Nicht zu fassen!" Bent stürmte aus der Kammer, entriß draußen Baket ihr Kleid.

„Was, Herrin?"

„Nichts! Danke!" Bent verschwand in ihren Räumen, wusch sich, zog sich um, wühlte empört in ihrer Schmucktruhe, klemmte den Schmuck mit den Türkisen an sich, schimpfte vor sich hin, mußte plötzlich lachen. Was besseres als die lebenslustige Chemsit konnte dem schüchternen Jungen auf dem Weg zum Mann gar nicht passieren …

Sie betrachtete ihr gemaltes Gesicht in ihrem Spiegel …

… der wohlbekannte Dämon! Feuchte, rote Lippen, die Lider dunkel geschminkt, kalt, giftig und gefährlich wie eine Natter!

Bentsachmet!

Da bist du ja! Wird auch Zeit, daß du zurückkehrst! Wird Zeit, ein neues Leben zu beginnen! Haben mir die Männer je etwas bedeutet? Pah! Ich bin eine Hure! Noch immer gewesen!

Sie griff nach der Rute auf dem Sims neben dem Bett, schlug damit schallend in die Luft, „Zeit aufzuräumen!", knurrend, verließ die Kammer und knallte die Tür zu.

„Wie vornehm!" Chemsit staunte beeindruckt und ließ eine der feinen, wollenen, bunten Decken durch die Hände gleiten, bewunderte das hübsche Kissen auf dem prächtigen Sessel, holte eine der prächtigen Alabasterlampen in die Hand, staunte über die prunkvollen Säulen. „Hat dir ein wohlhabender Freier dieses Haus hingestellt? Damit ihr hier ungestört seid? Fernab seiner Gattin? Warst du seine Geliebte?"

„Dieses Haus gehört mir allein! Und ich habe es von meinem eigenen Vermögen bezahlt", säuselte Bent.

„Nein!" Chemsit sank baff in den Sessel zurück. „Ging es dir so gut? Ich kann dich nur bewundern!"

„Ja! Wer hat schon Säulen und Hohlkehle am Eingang, wer hat schon Möbel aus Ebenholz? Und Truhen mit Elfenbeinverzierung? Mir ging es prächtig!", log Bent. „Aber irgendwann wurde es mir zuviel. Immer nur Männer zu Diensten sein… irgendwann ist Schluß, dann geht es nicht mehr."

„Wem sagst du das! Und wir werden nicht jünger. Schon bald sind wir schrumpelig und der Busen hängt, genau wie der Hintern. Wer will das sehen?"

Bent gelang ein Schmunzeln. „Niemand!" Weil es klopfte erhob sie sich, ging die Tür öffnen. Ein Bursche vom Markt brachte das Gewünschte: gebratene Tauben, kleingeschnittenes, gebratenes Fleisch vom Rind, Feigen, Datteln, Wein, Brot, Kuchen.

„Wir speisen zusammen und du hörst mir jetzt zu", bestimmte Bent, als Teller und Gläser bereitstanden.

„So ernst?"

„*Tju!*" Bent nahm eine der Tauben, riß das Flügelchen ab, wies damit zu Chemsit. „Ich werde auch *deine* stutzen! Bis zum *Hut heru* wirst du schreiben können! Zumindest das Wichtigste."

„Sag mal, was fällt dir eigentlich ein? Tauchst in meinem Leben auf und willst über mich bestimmen! Hast *du* mir was zu sagen? Ich denke, ich schlage deine Gastfreundschaft aus und gehe!"

„Setz dich wieder!", fuhr Bent sie an. „Du kannst hier auf Lebenszeit wohnen, leben und viel Vermögen machen. Überleg es dir gut, meine Gastfreundschaft auszuschlagen!"

„Vermögen?"

„Dies war ein Hurenhaus! Mein eigenes! Vom Feinsten! Und es sollte wieder seiner Bestimmung zugeführt werden. Willst du dies für mich übernehmen? Als zweite Herrin des Hauses, denn ich habe mich von diesem Geschäft zurückgezogen. Du wirst es für mich betreiben und auf die Mädchen achtgeben, ohne selbst die Beine für Männer breit zu machen!"

„Ein Hurenhaus?"

„Es hat vier Schlafkammern und einen großen Baderaum, wie du gesehen hast. Ohne weiteres kannst du bis zu zwanzig Mädchen beschäftigen, wenn du die wohlhabenden Freier hier in der Halle warten lassen kannst, sie mit erlesenen Speisen und teurem Wein bewirtest, ihnen Musik und pikanten Tanz bietest. Sie sich in Ruhe aussuchen können, mit welcher Schönheit sie die Nacht oder auch bloß eine Stunde verbringen wollen. Auch können sie sich hier in der Halle vergnügen, wenn gewünscht ist, daß andere zusehen sollen."

„Wie hoch wäre die Pacht?"

„Oh, ich sehe du bist du geschäftstüchtig! Ich verlange keine."

„Was dann?"

„Ich bekomme von jedem Freier die Hälfte. Die andere Hälfte teilst du mit den Mädchen. In welchem Verhältnis ist mir schnurz, solange du sie nicht übers Ohr haust. Ich werde deine Buchhaltung prüfen und fragen, wie es den Mädchen geht."

„Welchen Mädchen?"

„Die, die wir von der Straße holen, bevor das Leben sie endgültig versaut!"

„Die Hälfte ist völlig inakzeptabel!", grollte Chemsit. „Lächerlich. Damit kommt man auf keinen grünen Zweig!"

„Die Hälfte oder gar nichts, Chemsit! Dies ist nicht verhandelbar!"

„Was soll ich mit zehn oder zwanzig Deben pro Freier anfangen? Da müßtest du fünfzig, sechzig Mädchen anschaffen lassen. Das geht so nicht! Dann machen sie es ja umsonst!"

„Der Preis für einen Freier, für eine Nacht in diesem Hause kann bis zu sechshundert Deben einbringen!"

„Sechs…" Chemsit fiel das Stückchen Brot mit dem aufgepickten Rinderbraten aus der Hand. „*Was?*"

„Es war ein feines Haus, ein äußerst vornehmes sogar. Die Mädchen auserlesen, obwohl frivol, in Tanz und Poesie gebildet, die Freier ehrenwert und vor allem reich! Die Hälfte, Chemsit! Wenn du einverstanden bist, setzen wir einen Kontrakt auf. Ich werde einen vertrauenswürdigen Mann finden, der als Wächter am Eingang für Ordnung sorgt, der mir Bericht erstattet, mir ergeben ist. Alles andere liegt in deiner Hand."

„Ruf einen Schreiber! Ich bin einverstanden!"

„Das brauchen wir nicht, ich bin des Lesens und Schreibens kundig!"

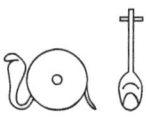

„Was geht hier vor?", brüllte Bent eines Abends von sinnlosem Gekreische angelockt, knallte böse die Rute auf den großen Tisch. Die Mägde, auf der langen Bank stehend, an die Wand gedrückt, krakeelend, Scherben, verschüttetes Bier, verschüttete Milch überall, die Köchin stand mit einer großen Pfanne bewaffnet da. Ranofer prügelte sich in der großen Küche mit einem der Wächter. Samut, Montju, der Gärtner, seine Söhne und ein paar andere der Wächter feuerten ihn begeisternd brüllend an. Schließlich warf Ranofer ihn voller Wut zur Tür hinaus.

„Schmeiß ihn raus, Herrin! Wenn ich was zu sagen hätte…"

„*Ich* habe hier das sagen!"

„Er ist nicht loyal! Schläft im Dienst, säuft, verspätet sich…"

„Hat er deine Belehrung verstanden?"

„Das weiß ich nicht", schnaufte Ranofer, versuchte die brutale Mordlust in seinen Augen zu unterdrücken, sein Blick kalt und unbeherrscht, gefährlich, voller gnadenloser erbarmungsloser Wildheit. „Ich werde in gut zehn Tagen nicht mehr hier sein, Herrin. Du mußt für einen Hauptmann sorgen, dem du vertrauen kannst! Dem die Männer vertrauen, sonst hast du hier über kurz oder lang eine Herde wildgewordener Bullen die um die Vorherrschaft kämpfen!"

„Hast du einen Vorschlag zu machen?" Bent bemühte sich um einen klaren, kalten Tonfall.

„Djer, Herrin, der wäre der Richtige." Auch Ranofer versuchte seine Wut zu beherrschen. Bent schaute zu Samut und Montju hin. Die nickten, brummten zustimmend.

„Ich werde deinen Rat überdenken, Ranofer. „Und ihr", an die Mägde gewandt, „seht jetzt zu, daß diese Küche wieder in Ordnung kommt!"

„Bring frisches Bier, Köchin!", brummte Ranofer, setzte sich auf seinen Platz an dem großen Tisch, fegte die Scherben von Teller und Becher beiseite. „Und Becher. Ich zahle dir das zerdepperte Geschirr, Herrin. Zieht es von meinem Lohn ab, wenn ich gehe."

„Dessen kannst du dir sicher sein! Rutsch ein Stück! Was fällt dir ein, deine Herrin stehen zu lassen!"

„Verzeiht!" Ranofer machte ihr Platz, Bent setzte sich neben ihn auf die Bank.

„Komm, Köchin!" Bent zog sie an der Hand auf die andere Seite der Bank. „Laß deine Mädchen für Ordnung sorgen. Für heute ist Schluß mit der Arbeit. Wollen wir in Frieden ein wenig zusammensitzen."

„Er hat Recht, Herrin", giftete die Köchin. „Das ist kein feiner Mann! Pöbelte auf einmal hier rum, wie in einer dreckigen Spelunke. Griff einem meiner Mädchen, als sie den Tisch abräumten, zwischen die Beine."

„Das geht nicht!", grollte ihr Gatte von der anderen Seite des Tisches. „Das ist ein anständiges Haus! Sie wollte das nicht, hat ihn nicht dazu aufgefordert, hat deutlich nein gesagt! Wo kommen wir denn hin, wenn Maats Gerechtigkeit mit Füßen getreten wird, alle Ordnung über den Haufen gefegt wird! Ihr habt gut getan, Herrin, daß Ihr dazwischengegangen seid. Und Herr Ranofer hatte Recht, ihm auf's Maul zu schlagen! Werft ihn raus! Das ist ein Stänkerer! Mit so einem wollen wir nichts zu tun haben. So einer will meine Frau nicht in ihrer Küche haben!"

„Ich werde darüber nachdenken."

„Denk schnell, Herrin!", knurrte Ranofer, fuhr sich durch den kurzen Bart, rieb über die Narbe an seinem Hals.

„Wo hast du sie her?", fragte Bent scheinheilig.

„Die Narbe?"

„*Tju.*"

„Von…?" Ranofer hielt inne, schaute Bent ein paar Herzschläge lang grübelnd an.

Du weißt es nicht! Kannst dich nicht erinnern! In meiner Kammer, nachts, du lagst im Sterben, wolltest dich von deiner Pein erlösen …

„Aus dem Krieg mit den Nubiern!", schnaubte er. „Von hinten kam einer mit seinem Schwert. Konnte mich gerade noch mit meinem Messer verteidigen… Genau wie das hier!" Er stand auf, zog sein Hemd aus dem Schurz, wies auf die große Narbe an seiner Hüfte. „Zwei Pfeile, Herrin! Ich habe unsere teure *Schwarze Erde* treu mit meinem Leben verteidigt!"

„Hör bloß nicht auf den alten Aufschneider, Herrin!", lachte Montju. „Wenn er anfängt, von früher und seinen geschlagenen und gewonnenen Schlachten zu erzählen, hört er nicht mehr auf!"

„*Ich* will es aber hören!", rief der Köchin Jüngster mutig laut in die Runde.

„So, du Pimpf! *Du* willst was von Schlachten hören?"

„Ja! Von Heldentaten und Soldatenmut. Von fernen Ländern und Abenteuern! Ich will auch Soldat werden!"

Alle lachten.

„Du, Kurzer? Du wirst Gärtner, wie dein Vater! Und wie sein Vater! Ist es nicht so in unserem schönen *Schwarzen Land*, daß der Sohn das Erbe des Vaters antritt! Hat dir das noch keiner gesagt?"

„Nein! Ich will das nicht!" Der Trotz stand dem Jungen ins Gesicht geschrieben. Chemsit hatte ganze Arbeit geleistet! „Ich will werden wie du, Herr Ranofer! Ein Held!"

Sein Bruder nahm ihn gutmütig in den Schwitzkasten, rubbelte ihm über den Gedankenkasten. „Du Blödmann! Hör auf mit dem Unsinn! Du wirst, was *It* ist und was wir sind, fertig!"

Der älteste seiner Brüder, ein ruhiger, bulliger, großer Kerl wie sein Vater, schaute grimmig drein, gab dem Kleinen eine Kopfnuß. „Halt die Klappe!"

„Unter dem glorreichen Merimose", fuhr Ranofer fort, „dort im heißen Kusch, als wir die Nubier schlugen, im fünften Jahr der Regierung unseres *Guten Gottes*, Kleiner. Da holte ich mir die Narben. Wir besiegten sie! Und der edle *Vorsteher der südlichen Fremdländer* Merimose ist heute noch *Sa Nesut en Kusch*!" [12]

Die Köchin grummelte vor sich hin, schenkte Bent und sich Bier aus, schob die Schale mit den Datteln vor sie hin. „Diese Greueltaten! Diese Geschichten! Und diese Kinder! Herrin, seid froh, daß ihr keine habt. Sie bringen einen um den Verstand. Manchmal danke ich abends sämtlichen Göttern, daß ich keinen von ihnen tagsüber erschlagen habe! Ich bin so froh, daß die Großen vernünftig sind, gehorsam tun, was der Vater verlangt, nachdem ich ihnen mit dem Schlappen drohte. Aber der da! Nichts als Unfug im Kopf! He, Mädchen! Kehr ordentlich, sonst lernst du mich kennen! Und denk an die Schalen mit Milch für die Katzen! Die gingen eben auch zu Bruch. Ein Held! Herrin, hört Euch nur diesen Unsinn an!"

„Er ist", sprach Bent versonnen und pulte den Kern aus einer Dattel, „nur ein wenig älter als mein Junge jetzt wäre, der allzu früh gestorben ist. Laß ihn doch, Köchin, er ist ein lieber Kerl. Und er wird einmal ein feiner Mann." Und er erinnert mich an Bek, als er jung war. Dieses liebe Gesicht, mit dem Flaum auf der Oberlippe, den großen, dunklen Augen, das verwuschelte kurze Haar…

„Ja Bent", die Köchin legte mitfühlend ihre Hand Bent auf den Arm, „der arme kleine Kerl! Ich erinnere mich noch gut, als wir seine Beerdigung feierten, als du das *Benben* aufstellen ließest."

„Ranofer!"

„Ja Herrin?"

„Ich *habe* nachgedacht! Schon morgen früh wirst du den anmaßenden Kerl aus dem Haus weisen! Und er bekommt bloß elf Monde Lohn. So einer hat alles Recht verwirkt, da wird nicht bis zum Neujahrstag gewartet! Eine solche Ungeheuerlichkeit dulde ich nicht in meinem Hause! Wo kommen wir hin, wenn einer Frau nicht der nötige Respekt gezollt wird? Wenn jeglicher Anstand verlorengeht! Zollen wir Frauen euch Kerlen nicht auch Respekt? Welche Frau macht je so etwas? Keine! Keiner käme es in den Sinn, einem Mann in den Schritt zu fassen! Und wenn sowas nochmal vorkommen sollte, oder schlimmeres, werde ich nicht zögern, den Halunken der Stadtwache zu übergeben! Habt ihr Männer das verstanden?"

„*Tju*, Herrin!"

---

[12] Vizekönig von Kusch/Nubien

„Und, Ranofer, schon morgen früh nimmst du diesen Jungen, bis du gehst, unter deine Fittiche! Soldat kann er niemals werden, aber er wird einst der mutigste und heldenhafteste Hauptmann der Wächter dieses Tempels sein! Wie heißt du überhaupt? Steh auf, wenn ich mit dir rede, Kerl!"

„Ich habe ihn beim Aufgehen des vollen Mondes geboren!", warf die Köchin stolz ein, „Und sein Vater sagte: *Iah ist geboren!*"

„Ahmose!", rief der Jüngling aufspringend und versuchte irgendeine Haltung anzunehmen. „Mein Name ist nicht Pimpf! Nicht Kleiner! Nicht Bübchen! Mein Name ist Ahmose!"

„Willst du zu mir kommen? Hinüber, in das Haus der Wächter?"

„Ja, Herr Ranofer! Danke Herrin! Ich preise Gott für dich!"

„Sahu-Re!" Der Köchin Kinn zitterte, gleich würden Tränen kullern. „Wie soll ich Euch dafür danken? In Euch wohnt tatsächlich die gütige Isis, gepriesen sei die Große Mutter!"

„Hör auf zu flennen, Weib! Sehnte sich sein Herz nicht danach? Warum soll ihm sein Wunsch verwehrt bleiben? Ich will keinen Dank!"

Die Köchin schnaubte sich ergriffen in ihren Rocksaum, goß sich nochmals Bier in den Becher, zuckte zusammen, als ihr Ältester wütend mit der Faust auf den Tisch schlug und die Küche verließ. „Vier Söhne, Herrin", stöhnte sie. „Und du hast noch nicht mal einen... Die Welt ist ungerecht!"

„Es wird alles seinen Grund haben, Köchin. Hätte ich Söhne und einen Gatten, wäre ich nicht hier Herrin. Und du mußt sehen, daß du anständige Schwiegertöchter für dich findest!"

„Was denkst du?", prustete die Köchin grinsend, „Ich ziehe mir hier nicht nur gute Mägde!" Bent gelang ein Lachen. „Da, die zwei da, sie werden bald meine Schwiegertöchter. Wenn der Große sich endlich entschieden hat!", grollte sie aufgebracht. „Weigert sich eine Frau zu nehmen, sagt seiner Mutter ins Gesicht, er wolle nicht unter der Fuchtel einer Frau stehen. Hat man da noch Worte? Will seine Freiheit, mault er, will sein Leben leben, wie er will. Wie der Herr Ranofer, oder der Herr Samut. Nicht zu fassen." Sie trank von ihrem Bier, plapperte weiter. „Und die kleine Ipuet, die geht zum neuen Jahr in einen feinen Haushalt! Da vorne, wo die Fähren ablegen, gleich neben dem *Ipet Resit* kann sie bei der Hauswirtschafterin im Hause des Men anfangen. Eins *meiner* Mädchen!" Sie klopfte sich resolut auf die Brust. „Das ist ein vornehmes Haus, Herrin! Die nehmen nicht jede! Der Herr Men ist der oberste Gärtner bei Hofe! Was hast du? Du bist ja plötzlich ganz bleich."

„Nichts. Ist Satet noch in dem Haus?"

„Ja, ja, ich fragte sie. Ich kenne sie schon lange, weißt du, vom Markt und so, man kennt sich, trifft sich, tratscht ein wenig."

„Dann bin ich beruhigt."

„Satet ist eine feine Frau!"

„Dessen bin ich mir sicher."

„Die Milch ist sauer und dick geworden! Will jemand davon? Mit Honig drüber?"

„Bring her, Frau!", rief der Gärtner.

„Ipuet, hörst du schlecht? Bring die Schüssel mit der Dickmilch! Und Löffel und Näpfe! Und den Honig!"

Einer der Wächter packte eine kleine Flöte aus, spielte eine süße Melodie. Draußen sang eins der Mädchen beim Teller schrubben mit ihrer klaren Stimme das Lied dazu. Bent schaute geistesabwesend über den Tisch, hörte das Geklapper der Schüsseln, das Gemurmel der ruhigen Gespräche, bemerkte Montju, der mißmutig grübelnd, anscheinend mit sich hadernd in sein Bier starrte, schaute dem Gärtner zu, der mit dem jüngsten seiner Buben plauderte, ihm liebevolle Backpfeifen verabreichte und ihm gute Ratschläge über gutes Benehmen eintrichterte, obwohl der gar nicht richtig zuhörte, stattdessen einem der Mädchen nachschaute. Ranofer starrte ebenso schweigend in sein Bier, Samut schäkerte mit einer der Mägde. In der behaglichen Stimmung knallte Montju plötzlich seinen Becher laut auf den Tisch. „Verzeih Ranofer! Herrin?"

„Was?"

„Würdet Ihr meine Entlassung aus Euren Diensten für nichtig erklären? Würdet Ihr mir gestatten, hier zu bleiben und die Aufgaben des Hauptmanns zu übernehmen? Ich will hier nicht weg! Das ist mein Zuhause geworden! Weder Djer noch sonst ein anderer ist würdig genug, dieses Haus zu beschützen und zu verteidigen!"

„*Was*? Soll ich mein Gesicht verlieren!", zürnte Bent gereizt. „Eine gültige Abmachung über den Haufen werfen? Und du! Spiel gefälligst weiter!" Aufgebracht warf sie eine Dattel nach dem Flötenspieler.

„Nein, natürlich nicht, verzeiht."

Alle am Tisch schwiegen betreten. Bent pulte Kerne aus einer Handvoll Datteln, aß sie auf, trank ihren Becher leer, betrachtete dabei ihre Leute.

Zeit, ein neues Leben zu beginnen? Pah!

Mit wem? Wer stand an ihrer Seite? Ihr zur Seite? Kara vielleicht? Die schnatternde Köchin? Die alle da saßen und grinsend ihre Milch löffelten? Ranofer würde gehen und für immer aus ihrem Leben verschwinden. Bent war alleine, es war noch nie anders gewesen. Ohne Mutter und Vater aufgewachsen, von Kindesbeinen daran gewohnt, das Leben selbst in die Hand zu nehmen. Aufzustehen, wenn man auf die Schnauze fiel, weitermachen.

Etwa mit *diesen* Menschen?

Die Köchin scheuchte die Mägde umher, obwohl die Küche bereits wieder blitzblank war. Der Junge, vor Stolz schier platzend über seine Zukunft. Sein Vater, anspruchslos, ohne irgendeine Bildung, ein Gärtner eben, aber dafür mit ganz viel Herz. Montju, der Unmögliches verlangte… Zu den

Amunpriestern in den *Südlichen Harem* gehen und alles rückgängig machen! Was für eine Anmaßung! Wie stehe ich denn da?

Wer steht mir zur Seite? Hilf mir doch einer!

Bent schaute in die Runde. Wer steht mir zur Seite?

Alle diese Menschen!

Sie lieben mich, achten mich! Sorgen dafür, daß dieses Haus seinem guten Ruf gerecht wird. Daß jeder satt, zufrieden, gut beschützt ist. Sie in sauberen Kammern leben können, in Betten, nicht auf Matten am Boden schlafen, in sauberer Wäsche umherschreiten können. Sie tun es nicht nur für die Große Mutter! Sie tun es auch für mich! Wollen mir gefallen, es mir gerecht machen! Denn näher als an mich kommen sie der großen Göttin niemals! *Ich* bin ihrer aller Mutter! *Ich* bin Isis für sie. Ich nähre sie, gebe acht auf sie, lenke, leite und behüte sie. Und sie stehen mir alle treu zur Seite, denn ich bin ihre Herrin die sie lieben, achten, auch wenn sie es nicht wagen zu sagen!

Ranofer hob eine der Katzen auf den Schoß, kraulte der schnurrenden, tretelnden Miu hingebungsvoll das weiche Fell.

„Bast geht sonst zu niemanden!", grollte Bent.

„Zu mir kommt sie ständig."

"Montju!"

„Herrin?"

„Du bist ab den neuen Jahr hier Hauptmann!", schnauzte sie. „Allerdings mit dem gleichen Lohn wie bisher, denn du bist kein Offizier aus Pharaos Armee."

Ranofer stieß einen erleichterten Schnaufer aus, klatschte Montju ins Genick. „Du Dummkopf! Da hast du einmal in deinem Leben was richtig gemacht! Hör auf zu flennen, Kerl!" Alle klopften Montju die Schultern, beglückwünschten ihn, dankten Bent, freuten sich über ihre weise Entscheidung.

„Hört auf!", fauchte sie. „Holt lieber mehr Bier!"

Kurz darauf stand Bent auf, ging um den Tisch, setzte sich zu dem Jungen.

„Na geh zu ihr!", flüsterte sie ihm zu. „Sie ist fertig mit ihrer Arbeit."

„Nicht doch!" In seinen Augen die reine Konfusion.

„Geh hin und frag sie!"

„Was denn?"

„Ob sie einen lauschigen Spaziergang mit dir machen will, am Ufer von *Iteru*, damit ihr seinem Plätschern zuhören könnt, dem Rauschen der Palmen im Wind, dem Zirpen der Grillen. Damit ihr euch stotternd Unsinniges erzählen könnt. Euch unter dem aufgehenden Mond küssen könnt."

„Niemals!"

„Wie heißt sie?"

„Nuthotep!"

„Sie ist niedlich, was?"

„Süßer als Honig."

„Wirst du ihr Blumen bringen?"

„Einen ganzen Arm voll... äh... *Nein!*", maulte er überrumpelt, „Das machen echte Männer nicht."

„Und ob sie das machen! Jetzt trau dich!"

„Und du, Herrin?" In seinen Augen kindliche Tränen, die er mannhaft unwirsch abwischte.

„Ich bin nur ein Traum, Ahmose. Mehr nicht! Geh, lauf zu ihr. Laß dein Glück nicht ziehen, pack die Gelegenheit beim Schopf, deine große Liebe zu finden!"

Er kratzte sich am Kopf, grübelnd, verlegen, umarmte Bent plötzlich stürmisch. „Ich hab dich lieb, Herrin!", rannte übermütig, fast stolpernd hinaus, „Nuthotep, warte mal!", brüllend.

„Was war denn das?", lachte Ranofer.

„Männer!", schnaubte Bent kopfschüttelnd und stand auf. „Ihr seid doch alle gleich! Gute Nacht, ich habe noch etwas Arbeit vor mir."

Bent schritt eilig über den von Lampen erleuchteten Innenhof, klopfte an die Tür, trat ein, ohne abzuwarten, fand Pesechet bei einer kleinen Funzel lesend über einen Papyrus gebeugt.

„Ich kann das nicht!", schnauzte sie.

„Was, Herrin?" Pesechet ließ erschrocken die Schrift fahren, stand auf.

„Es erwidern!"

Pesechet entglitten die ewig mürrischen Gesichtszüge. „Ich habe ja auch nichts verlangt", flüsterte sie entgeistert.

„Wirst du aufhören, mich so anzugehen? Wirst du mit deiner unmöglichen Wut auf mich aufhören? Wirst du dich zukünftig anständig benehmen? Ich weiß um deinen Schmerz, ich weiß um deine unglückliche Liebe. Aber so können wir hier nicht arbeiten und der Großen Mutter dienen. Ich kann und werde dir nicht geben, was dein Herz sehnlichst wünscht. Lebe damit oder gehe für immer."

„Ich kann hier nicht weg, es ist mein Zuhause!"

„Auch mein Herz wurde gebrochen. Ich verlor meine große Liebe. Ich lebe noch! Und versuche, das Beste daraus zu machen. Tu du es auch! Wenn es dir ein Trost ist, laß uns Freundinnen sein. Mehr kann ich dir nicht anbieten. Und such dir eine, die dir gerecht wird. Niemand wird dich deswegen verurteilen."

„Wie soll ich eine finden, die *dir* gerecht wird?"

„Das brauch sie nicht! Sie brauch dich bloß zu lieben! Gute Nacht, Pesechet."

„Gute Nacht, Sahu-Re."

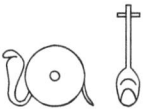

„Nein!", maulte Bent, sank fassungslos auf den Sessel in ihrem Garten vor dem Wohnhaus. „Chemsit! Dieser Tolpatsch stolpert ja über seine eigenen Füße!"

„Aber sie ist hübsch!"

„Außerordentlich sogar. Man kann es fast ahnen unter all dem Dreck! Du gehst jetzt da in den Kanal und wäscht dich! Dann kommst du wieder her!"

„Ja, Herrin."

„Hast du noch mehr solcher Überraschungen, Chemsit? Wenn ja, gehe ich."

„Noch zwei."

Ein anderes Mädchen kam um die Ecke, man meinte die Sonne ging auf.

„Nein!"

„Aber Bent!"

„Nein! Ihr Herz, viel zu unverdorben, nein!"

„Geh nach Hause Mädchen."

„Wieviele haben wir?"

„Drei."

„Nur mit jungen Mädchen kommen wir nicht weit. Es müssen auch ein zwei ältere junge Frauen dabei sein. Um die zwanzig, gerne ein paar Jahre älter. Die jungen Dinger würden uns sonst auf der Nase rumtanzen…"

„Suchst du eine Magd, Herrin? Das Mädchen sagte, ich soll mich anstellen. Ich kann das, ich…"

„Habe ich dir erlaubt, *meinen* Hof zu betreten? Das Wort an *mich* zu richten?", brauste Bent auf und betrachtete bestürzt die junge Frau, die da ihren Hof betrat. Beladen mit zwei proppenvollen Leinenbeutel, aus einem lugte eine Bastmatte, Sandalen baumelten an einer Schnur angebunden daran herunter.

Hetep!

So triefäugig, so…

„Nein, verzeih." Die Frau verneigte sich höflich. „Ich suche Arbeit, eine anständige. In einem guten Haus. Ich würde alles machen, wenn ich nur von der Straße käme."

„Eine Magd wäre nicht schlecht in dem großen Haus", warf Chemsit ein. „Wer soll alles sauber halten? Soll ich das vielleicht alles allein machen?"

„Das mußt du wissen. Der Lohn ginge von deinem Anteil ab." Lautes Geplärre vor dem Gartentor unterbrach das Gespräch.

„Was ist das?", schnauzte Bent scharf.

„Mein Kind", flüsterte die junge Frau. „Sie haben mich aus dem Haus geworfen. Meinten, sowas sei untragbar für ein ehrenwertes Haus. Der Galgenstrick hat mich verführt und dann sitzen lassen. Ich brauch dringend Arbeit, Herrin. Wollt Ihr es nicht mit mir probieren? Seit fünf Tagen schon lebe ich auf der Straße... Das arme Kind..."

„Kannst du kochen? Auftragen? Ein Haus sauber halten?"

„Ich habe nichts anderes gemacht seit ich fünf Jahre war."

„Hol das Kind von der Straße! Auf der Stelle! Hast du es etwa dort in den Staub gelegt?"

„Ich wollte nicht... Ja, Herrin, sofort."

„Chemsit! Nimm das Kind! Und du gehst rein, dort ist eine Küche. Bring mir Bier, Kuchen, Obst, ich will sehen, was du kannst. Kannst du aufgetragen?"

„Natürlich."

Geschwind brachte sie das Gewünschte, stellte es geschickt und hübsch angerichtet vor Bent auf den Tisch, schenkte das Bier aus, reichte Bent sogar ein feuchtes Mundtuch, hatte anscheinend ihren Fächer gefunden, brachte ihn mit.

„Wie heißt du?" Bent klappte erleichtert den Fächer auf, wedelte sich die Hitze aus dem Gesicht.

„Ich?" Die Verblüffung stand der Frau im Gesicht. „Was soll *ich* für einen Namen haben? Ich heiße was ich bin, man ruft mich *Bakt*, Dienerin."

„In wessen Haus hast du gearbeitet?"

„Im Haus des Anwaltes Neferka. Kennt Ihr ihn vielleicht?"

„Nein. Aber du kannst dir gewiß sein, daß ich dort nach dir fragen werde. Einen Deben pro Tag, Baket!"

Mit dem Mut der Verzweiflung entgegnete Bakt: „Zwei, Herrin! Ich weiß, was mir zusteht!"

„Höchstens fünfzig im Monat, Frau! Mehr steht dir nicht zu! Einen und einen *Qedety* [13] für den Anfang! Dazu freie Kost und Unterkunft. Du würdest in der Küche schlafen, wie jede Magd."

„Ich würde selbst in dem Stall da schlafen, bekäme ich Arbeit! Seit ich denken kann war ich in dem Haus, tat alles für meine Herrschaft, liebte sie, verwöhnte sie. Hatte sogar meine eigene kleine Kammer hinter der Küche. Und nun das... Vergaßen einfach alles Gute was ich für sie tat..."

„Da! Nimm das!" Chemsit drückte den schreienden, etwas streng riechenden Säugling der Mutter in den Arm. „Du gehst jetzt in den Stall da! Still endlich dein Kind! Und wechsle ihm die Windel. Der Mief ist ja nicht zum Aushalten. Meinetwegen kannst du dort wohnen, er ist neu, Vieh wurde darin noch nicht gehalten. Ich brauch ihn nicht, habe nicht vor, Vieh zu halten. Und wenn du mich übers Ohr haust, dir irgendwo deine Finger drin

---

[13] Zehnteldeben

wäschst, mich bestehlen solltest... mich austratschen solltest... Du weißt, welche Strafe darauf steht?"

„Stockschläge. Ich habe mir noch nie was zu schulden kommen lassen!"

„Was ist das?"

„Ein Knabe, Herrin."

„Mach einen ordentlichen, anständigen Mann aus ihm! So sei es, dann bist du ab heute hier Magd!"

„Oh! Danke Herrin!" Bakt fiel weinend vor Chemsit auf die Knie. „Sei dir gewiß, ich werde dich nicht enttäuschen!"

„Sie rührte dein Herz, was?", fragte Chemsit und schaute Bakt nach, die glückselige Tränen weinend in dem Stall verschwand.

„Deins doch auch! Mach mir nichts vor! Ich stand auch zweimal so da, Chemsit. Mit einem Leinenbeutel, darin nicht einmal das notwendigste. Und mir begegneten gütige Frauen, denen das Schicksal eines jungen Mädchens nicht gleichgültig war. Warum sollen wir anders handeln? Warum nicht eine verlorene Seele retten?"

„Und sie wird ihr Kind nicht auf den Stufen eines Tempels ablegen", grollte Chemsit aufgewühlt, „weggeworfen wie Müll, es seinem Los überlassen; damit man, wie aus mir, eine Hure aus ihm macht... und..."

„Wir tragen alle unsere Narben, Chemsit."

„Ja, Bent, und das Leben hat uns gelehrt stolz darauf zu sein!"

„Was issn jetzt?", plärrte es schnodderig vom Eingang her. „Ich bin sauber, wollt ihr mich?"

„Uh!" Chemsit betrachtete das Mädchen eingehend. „Wo warst du so lange?"

„Mein Zeuch holen, bevor's jemand klaut."

„Wie heißt du?"

„Nefer."

„Ach nein!" Chemsit zog spöttisch eine Augenbraue hoch. „Wie machst du einen Freier heiß?"

„Ich heb den Rock, was für'ne blöde Frage! Willsde gucken, wie ich das mach?"

„Oh ihr Götter!", stöhnte Chemsit und rieb sich die Augenbrauen. „Laß den Rock unten! Und hör auf, an den Nägeln zu kauen! Oh du liebliche Bastet, wo sind nur deine reizenden Töchter abgeblieben?"

„*Wer*?"

„Wie alt bist du?"

„Weiß nich. Siebzehn?" Sie hob die Hand, spreizte die Finger, blaffte fordernd: „*Soviel* krieg ich von jedem Kerl, mindestens! Drunter mach ich's nich!"

„Du kannst gleich eins hinter die Löffel kriegen, du vorlautes Gör!

„Sie ist bildhübsch!" Bent zog Chemsit am Arm. „Mach was aus ihr! Sie alle müssen schnell lernen. Bring ihnen bei, wie man sich benimmt, sich anmutig, zierlich, lieblich gibt. Vor allem darf niemand merken, daß wir sie aus der Gosse holten."

„Das ist knallharte Arbeit, Bent."

„Ja, aber es wird sich lohnen!"

„Ich habe das Haus noch nicht bezahlt! Stell dich nicht so an!"

„Bent ich habe keine Zeit! Ich arbeite mit an Pharaos Grab. Und an meinem eigenen. Ich habe zu tun!" Bek schaute über den Nil, über das Getümmel an den Fähren, wo Bent ihn abgefangen, nickte zu seinem Haus hin. „Komm mit hinein und wir erledigen das dort, wenn du unbedingt heute dein Vermögen schmälern mußt!"

„Dieses Haus, mein Freund, betrete ich nie mehr! Wann hast du denn Zeit? Warum willst du denn jetzt nicht mitkommen?"

„Meine Gattin wartet. Seit acht Tagen! Du weißt doch, daß die Arbeiter am *Ort der Weltordnung* [14] nur dann zwei Tage frei haben. Das *Set Maat* ist abgesichert, ich kann nicht kommen und gehen, wie es mir beliebt. Sei vernünftig, mein Mädchen, laß mir meine freie Zeit. Jedenfalls für heute abend. Willst du, daß ich morgen zu dir in den Tempel komme? Wenn auch Titji nicht gefallen wird, daß sie mich ein paar Stunden entbehren soll."

„Ja", maulte Bent, pusselte an einem Faden am Kleid. „Sag mir, was dir zusteht und ich lege alles parat hin. Einer meiner Wächter wird dich dann nach Hause begleiten. Denn mit diesem Vermögen in der Tasche laß ich dich nicht alleine auf die Straße. Was fällt dir ein, mich so lange warten zu lassen, keine Rechnung zu schicken?"

„Ich bin doch nicht darauf angewiesen, Liebes. Ich komme morgen, versprochen! Gleich nach der Mittagsruhe."

Zappelig wartete Bent tags darauf, daß er käme.

Bek!

Ach, wie habe ich dich vermißt! Deine ruhige Art, dein tröstendes Wort, deine guten Ratschläge…

Sie sprang hoch, als an die Pforte geklopft wurde, schaute einmal mehr prüfend in den Anch, richtete das sorgfältig frisierte Haar, strich das Kleid

---

[14] Deir el Medine

glatt, richtete Teller und Gläser auf dem Tisch, betrachtete den Kuchen, die Feigen, den Honig. Ja, alles angemessen.

„Baumeister Bek, Herrin!"

„Danke Pesechet, sorge bitte dafür, daß uns niemand stört. Komm rein Bek!"

„Was für eine Hitze!", stöhnte er, ließ sich erledigt in den Sessel fallen.

„Dabei haben wir gerade erst den Mond *Djehuti*, es wird noch härter kommen", schmunzelte Bent, reichte ihm kühles, mit Honig gesüßtes Wasser und ein feuchtes Tuch. „Noch nicht mal das neue Jahr hat angefangen. Werdet ihr schön feiern? Oder magst du saures Bier?"

„Das Wasser genügt, danke. Bei dem guten Gott, der über meine Handwerkskunst wacht! Bei dem gütigen Ptah, aber ja feiern wir!" Bek zog seine schicke Perücke aus, rieb sich mit dem Tuch über den Kopf, den Nacken und durch das Gesicht. „Drei Tage haben wir für die Feier eingeplant, in fünf Tagen, wenn das neue Jahr kommt. Bent, im Gebirge ist es noch heißer. Da steht die Hitze an den Felswänden. Ich wäre froh, Pharaos Grab stünde endlich vor seiner Fertigstellung. Ist meine Schminke noch gut oder hab ich jetzt mein *Sedemet* verschmiert? Hast du vielleicht einen Kamm?"

„Nein, alles gut. Aber da darfst du doch nicht drüber reden!" Sie kramte in der Lade nach dem beinernen Kamm, reichte ihn ihm.

„Du bist keine die tratscht, Bent", scherzte er, wies auf den anderen Tisch. „Uh! Das ist alles für mich?"

„Natürlich!" Sie strubbelte ihm über den Kopf, weil er sich das kurze Haar allzu glatt und brav gekämmt hatte.

„In Silber?"

„Nicht alles, es sind auch ein paar Goldscheiben dabei." Bent hielt einige hoch, zeigte sie ihm, griff nach einem Armband. „Und Schmuck aus Lapislazuli. Nein, es ist echter *Chesbedj*, kein *Tjehenet* Nimmst du den? Ja, nicht wahr! Der *Chesbedj* wird Titji zum Vorteil gereichen mit ihren blauen Augen. Dazu zwei Ballen Leinen. Und drei Säcke Getreide, vier große Krüge Bier und zwei große Krüge Wein. Bester Wein! Echter *Irep Maa*! Sag nicht, ich kann nicht rechnen, das Haus ist damit bezahlt!" Sie packte alles wieder ordentlich zusammen, legte das Tuch darüber, schloß den schlichten Korb.

„Ja, ja, ich sah draußen alles auf dem Karren."

„Raneb wird dir das alles bringen. Raneb!", plärrte sie und der Alte kam herein, nahm das auf dem Tisch gestapelte mit sich, sagte: „Der Herr Montju und der Herr Djer begleiten mich. Sie warten draußen an meinem Wagen."

„Ja, seht zu, daß ihr alles ordentlich der Dame Titji übergebt! Ich will keine Klagen hören! Und schließ die Tür!"

„Da sind Scheiben von Ehrengold darunter gewesen!", warf Bek verblüfft ein, als der alte Mann Bents Räume verlassen hatte.

„*Tju*!" Bent richtete sich stolz im Sessel auf. „Pharao und seine Gattin gehen hier ein und aus!" Sie schenkte Wein aus, bemerkte nicht ohne Stolz: „Das ist übrigens auch Echter *Irep Maa!*"

„Nicht wahr?" Bek blieb der Mund offen stehen. „Also das mit Pharao!"

„Wenn ich's dir sage!"

„Du machst kein Federlesens, Süßes! Kommst sofort zur Sache."

„Ich will es erledigt wissen, Bek."

„Die Seuche und manch anderes hielt mich einfach davon ab."

„Natürlich. Jetzt sind wir quitt, ja?"

„*Tju*, mein Schatz."

„Es tut so gut, dich zu sehen!"

„Mir geht es ebenso", strahlte er sie an, schaute ihr eine Weile tief in die Augen, betrachtete sie, griff nach ihrer Hand. „Du wirkst unglücklich, Bent. Bist du krank? Du wirkst dünn, wie ausgezehrt. Fast schon verhärmt."

„Das ist aber keine Schmeichelei, die man einer Dame sagen sollte!", versuchte Bent zu scherzen, „Sowas will keine Frau hören!"

„Soll ich lügen, Freundin?"

„Nein!" Sie zog ihre Hand weg.

„Was ist denn los?"

„Ich dachte, es wäre eine Liebschaft von Dauer. Doch hat er mich sitzen lassen", schwindelte Bent, wedelte mit ihrem Fächer.

„Hauptmann Ranofer?" Bek fiel die Kinnlade runter. „Ich hätte ihm gründlicher auf seine schöne Fresse schlagen sollen!", schmunzelte er.

„Nicht doch!"

„Du hast mich ja nicht gelassen! Kipptest mir einen Kübel kaltes Wasser über."

Bent gelang ein Lächeln. „Bist *du* wenigstens glücklich mit ihr?"

„Bent! Sie ist eine stolze, schöne, gebildete, liebenswerte Frau, die mir einen Sohn geboren hat und mein Haus mit Würde und Eleganz führt. Ich habe keinen Grund unglücklich zu sein. Da brauchst du dir keine Gedanken machen."

„Wie schön! Und dein Vater? Geht es ihm gut?"

„*Tju.* Obwohl, er ist alt geworden, ich fürchte... Nein! Daran will ich nicht denken! So schön auch die Gräber sind und wir alle uns nach dem *Sechet Iaru* sehnen."

„Und dein..." Das Monstrum, der Sauhund! Nicht mal in Gedanken kann ich diesen verfluchten Namen aussprechen „...Vetter? Lebt er noch in des Onkels Haus?"

„Amenhotep? Ha!", lachte Bek gehässig. „Nein! Er wohnt... bei allen Göttern, Bent!", grollte er. „Es gibt Menschen, denen gelingt einfach alles, nur weil sie rücksichtslos über alles hinwegtreten, was sich ihnen in den Weg stellt. Er wohnt in einer der vornehmen Villen die zum Palastgelände gehören. Und er darf sich einen Totentempel hinter Pharaos *Haus der*

Millionen Jahre bauen! Angeberisch zeigte er mir seine Pläne dafür. Zweihundertzwanzig Ellen lang, neunzig Ellen breit, mit einem fünfzig auf fünfzig Ellen großen Wasserbecken. Drei Heiligtümer! Sogar Bäume läßt er pflanzen. Man meint, er sei größenwahnsinnig! *Mein* Haus betritt er jedenfalls nie mehr! Dafür habe ich gesorgt."

„In Pharaos Nähe? Hinter seinem Tempel?", warf Bent entrüstet und voller Wut ein. „Das ist doch…"

„Nicht, Bent, laß es. Wollen wir von anderem, schönem reden!"

„Gerne! Hier, nimm von dem Wein."

„Ich arbeite an meinem Grab! Danke. Unserem Grab, Titji wird natürlich mit einst darin wohnen. Und der Sohn. Welch eine Ehre, Bent, inmitten der Großen, die Pharao dienen! Menna, der Feldschreiber, Userhat, der Vorsteher des Harems, Senaa, er ist der Großen Königlichen Gemahlin Palastvorsteher… reich mal die Feigen."

„Senaa?"

„Cheruef!"

„Ah, ja, den kenn ich! Auch Kuchen?"

„Nein danke. Und Chaemhet, er nennt sich Mahu, der Vorsteher der Kornspeicher der *Beiden Länder*. Welch eine erlesene Gesellschaft, in der ich mich eines Tages befinde!"

„Wie schön für dich! Du kannst stolz auf dich sein!"

„Soll ich dir was erzählen?" Bek vergewisserte sich, daß die Tür ja fest verschlossen war. „Ich arbeite an Pharaos Sarg!", flüsterte er verschwörerisch.

„Sei still!"

„Bin ich ja, es hört doch keiner!", wisperte Bek. „Komm näher, sowas hast du noch nie gehört!"

Bent stand auf – sie kannte ihre Leute nur zu genau, irgendeiner platzte meistens rein – legte vorsichtshalber den Riegel ihrer Tür vor, rutschte mit ihrem Stuhl neben ihn, schenkte nochmal Wein aus.

„Erzähl!", flüsterte sie aufgeregt.

„Es geht hundertsechzig *Meh Nesut* [15] in die Tiefe! Kaum ein anderes Grab ist größer. Nach zwei Treppen und einem gefährlich tiefen Schacht geht es nach sechzig Ellen links herum, dann kommst du in eine grandiose Pfeilerhalle! Von dort führen nochmal zwei Treppen in die Tiefe, dann rechts herum kommt eine zweite Pfeilerhalle. An deren Ende führt eine weitere Treppe in die Grabkammer."

Bent hörte mit offenem Mund zu. Wann bekam man sowas schon zu hören? Und natürlich … niemals durfte auch nur ein Wort hiervon nach außen dringen, genauso wie sie nie auch nur ein Wort darüber verlieren durfte.

„Ich schweige!", sie nickte eifrig, „Ich schwöre! Erzähl weiter!"

---

[15] Königselle, 0,52 Meter

„Die Todesstrafe, Bent, denk dran, darauf steht die Todesstrafe! Du mußt vergessen, was ich dir erzähle!"

„Jaja!"

„Der Schacht, der Vorraum und die Grabkammer haben meine Arbeiter unter den Augen des Vorarbeiters Cha bereits ausgemalt."

„Wie haben sie dort Licht? Es ist doch gewiß dunkel."

„Sie haben Lampen, gefüllt mit Öl und Salz, damit es nicht rußt. Gemalt mit Szenen aus dem *Amduat*. Farben, Bent! Sowas hast du noch nie gesehen! Sie leuchten, so kraftvoll und lebendig sind sie! Ich gab mir die allergrößte Mühe sie anzurühren und zusammenzumischen; verwendete nur Eier von Amuns heiligen Gänsen und das Wasser aus dem heiligen See. Und sogar echten, gemahlenen *Chesbedj*! Ganze Tage verbrachte ich damit, das richtige Mischungsverhältnis und die Trocknungszeit zu berechnen, probierte erst alles im hellen Sonnenlicht, damit das Ergebnis... Was ist? Interessiert dich meine Arbeit nicht?"

„Doch! Was zeigen die Bilder?"

„Das Grün und Blau und Rot – als es trocknete und die Farben in all ihrer Pracht erschienen, schien es mir wie ein wahr gewordener Traum! Wunderschön, Mädchen. Ähnlich den Farben in deinem Allerheiligsten. Wo war ich... Ah! Die Bilder! Sein Vater, Osiris Djehutimes – also seine *Ka*-Seele – umarmt ihn, ehe er den Sohn ins Jenseits begleitet. Die Göttinnen Hathor und Nut begrüßen ihn freundlich lächelnd. Aber der Sarg, paß auf... ja, schenk nach. In seinen Deckel", er trank einen Schluck, „er ist aus rotem Granit aus *Swenu*, gravierte ich ein Paar *Udjat-Augen*! Das mache ich selbst. Da laß ich niemanden anderen ran. Direkt wo seine eigenen Augen einmal hinsehen werden, wenn er denn dereinst darin liegt. Der Gute Gott wird in den Himmel blicken können, Bent! Unter dem rechten Auge schrieb ich: *Ich habe deine Augen für dich geöffnet*!"

„Du?"

„*Ich* doch nicht! Bent! Du bist wirklich sagenhaft...", flink scheuerte sie ihm eine, „...dumm! Aua! Die Göttin Nut, über den beiden Augen, sagt das zu ihm!" Schuldbewußt rieb er sich die Backe.

„Bin ich nicht hier Herrin?", giftete sie trotzig. „Ich bin nicht mehr das kleine dumme Küchenmädchen, das du in deinem Garten verführen wolltest!"

„Ja, schon gut, entschuldige! Ich gab ihr Geierflügel! Sie wird ihn damit umarmen und beschützen können! Es sieht wunderschön aus! Und er ist ein Kenner und Liebhaber neuartiger Kunst, erkannte mein Können durch die Bilder, die ich in der Königin Palast malen durfte. Auch dort malte ich Göttinnen mit Flügel. Und er mag die mächtigen Geier, weißt du. Die Frauen in seiner Nähe tragen sogar die Krone der Geiergöttin, die Krone der Göttin Mut, Amuns Gattin. Selbst über seinem Bett, im *Herzen des Palastes* durfte ich die Geiergöttin an die Decke malen! So ließ er mir freie Hand bei dem Sarg! So schrieb ich neben die Göttin: *So spricht Nut: Ich bin gekommen, um mich über dir auszubreiten, damit dein Herz leben möge. Ich umgebe dich, Neb-Maat-Re, und erleuchte deine Augen!"* [16]

„Oh wie schön!"

„Du darfst kein Wort darüber verlieren!"

„Natürlich nicht! Für was hältst du mich? Ich tratsche nie! Gib mal mein Glas rüber."

„Das weiß ich. Sonst hätte ich den Mund gehalten."

„Was hast du für ein Glück, mein Freund! Ich gönne es dir von Herzen!"

„*Dwa Netjer ink*, Bent. Und du? Hast dir bestimmt bereits eine prächtige Grabstelle besorgt, läßt daran arbeiten?"

Sie schaute ihm lange schweigend ins vertraute, liebgewordene Gesicht, nippte erst an dem Wein, trank das Glas ganz leer.

Ich werde mich in der Kammer mit dem Fluch an der Wand auf den Boden legen und sterben.

„Bisher versäumte ich diese wichtige Angelegenheit."

„Dann wird es aber Zeit, Mädchen. Wir sind nicht mehr die Jüngsten."

„Was ist nur aus uns geworden, Bek?" Mit Mühe hielt Bent plötzlich heiße Tränen zurück.

„Feine Leute, Bent! Vornehme Leute!" Letzteres kam mit einem leisen Vorwurf.

„Zu welchem Preis?"

„Was fehlt uns denn, Liebes? Geht es uns nicht gut?"

Ich bin tot, Bek, spürst du das denn nicht? Das Herz wurde mir aus der Brust herausgerissen! Es wurde von den Dämonen der Duat in der dunkelsten, gefährlichsten Stunde der Nacht mit glühenden Messern und Zangen aus meiner Brust gerissen und verspeist. Ich durchwandere die lichtlose Nacht, und meine Tage sind dunkel, denn *meine* Sonne ist untergegangen. Nie mehr werde ich ihre Schönheit sehen.

„Nichts, mein Freund. Schreiten wir nicht einher, satt, zufrieden, können unsere Köpfe des Nachts unbesorgt auf die Kissen sinken lassen? Unser *Guter Gott* sorgt für uns, nichts müssen wir entbehren." Bent schluchzte plötzlich haltlos, die Tränen flossen wie ein Sturzbach aus den Bergen über ihre Wangen; hilflos und erschüttert reichte Bek ihr eins der Mundtücher auf dem Tisch.

„Eine Frauensache?"

„Ja!", heulte Bent aufspringend, kaum zu beruhigen.

---

[16] Wer auch immer die unbekannten Künstler waren, die Amenhoteps Palast, den Sarkophag und sein Grab ausschmückten; sie haben Erstaunliches geleistet. Bek und seine Arbeiter haben das natürlich nicht getan, das habe ich ihm angedichtet.

„Nicht doch, mein Liebes!" Er stand auf, griff nach dem anderen Tuch, tupfte ihr Tränen von den Wangen, streichelte ihr Haar, nahm ihre Hand.

„Halt mich!"

„Aber ja!" Liebevoll drückte er ihr Gesicht an seine Brust, „Sind wir nicht Freunde? Laß dich gehen, ich bin ja da. Ich bin immer für dich da, das weißt du doch."

„*Tju!*", schluchzte sie haltlos. Er ließ sie weinen, wiegte sie ein wenig, strich ihr übers Haar, plapperte sinnloses, beruhigendes Zeug. „Sch, sch, mein Blütenmädchen, es wird doch alles gut!"

Sie klammerte sich an ihn, streichelte ihm über den Rücken, die Brust, über das Gesicht, zart, liebevoll, schaute ihm, auf Trost und irgendeinen Beistand hoffend, tief in die dunklen, sanften Augen, krallte sich in seine Arme.

„Beruhige dich doch Liebes, sei nicht so traurig! Ich will dich wieder fröhlich sehen. Und ich weiß auch genau, wie das geht!", hauchte er, raubte ihr unverhofft einen hemmungslosen, heftigen, leidenschaftlichen Kuß, den sie zögernd erwiderte.

„Was machst du?", hauchte sie entgeistert.

„Was machst *du* denn, du verrücktes Weib?"

Er küßte sie nochmal feurig, faßte ihr um die Hüfte, schob Bent küssend und kosend auf das Bett. „Weißt du, wie lange ich sehnsüchtig auf einen solch süßen Augenblick gewartet habe? Seit annähernd fünfzehn Jahren, Bent, warte ich darauf, daß du mich wieder küßt. Als säßen wir unter dem duftenden Geißblatt, Tochter der Blüten! Als wären wir jung und unbeschwert. Weißt du wie grausam du bist? Weißt du überhaupt wie schön du noch immer bist! Glaubst du ich bin kalt wie ein Fisch?"

Sie fühlte sich nur für einen kleinen Augenblick völlig überrumpelt. Genoß seine Küsse, seine Liebkosungen wie Balsam auf ihren geschundenen Seelen, ein Trost nach all dem Schrecklichen. Und doch … er war so ganz anders als Ranofer mit seiner wilden, ungestümen Unbeherrschtheit, seiner heißen, flammenden Leidenschaft, die ihrer eigenen brutalen, wilden Gier nach Liebe, ihrem inneren lodernden Feuer, ihrer gnadenlosen Hitze, so entgegenkam. Bek dagegen sanft, zärtlich, zurückhaltend, beinahe schüchtern.

„Hör auf damit!" Sie schlug ihm auf die streichelnden Finger.

„Geht man nicht liebevoll mit einer Frau um?"

„Ich will das nicht!"

„Entschuldige." Bek machte Anstalten vom Bett zu rutschen. Sie jedoch packte ihn bei den Schultern, drückte ihn zurück in die Kissen, zog unwirsch an seinem Hemd, zerrte seinen Schurz beiseite, riß an seiner Wäsche, setzte sich schier rasend vor Schmerz und Sehnsucht nach dem Freund, voller Leidenschaft rittlings auf seinen Bauch, zerrte sich das Kleid über den Kopf, krallte sich in seine Brust, seine warme Haut.

„Was bist du für ein schöner Mann geworden! Ich kenne nur Bek, den

Jungen. Als wir in *Iterus* Fluten schwammen, Spaß hatten, unbeschwert unsere Tage waren." Wild drückte sie seine Hände auf ihren Busen, rieb sich zärtlich wie eine Katze küssend und beißend an ihm. „Den Mann Bek kenne ich noch nicht!" Schon schlug sie ihm lustvoll ihre Krallen in sein Fleisch, „Greif doch zu!", fauchend. „Laß dich doch nicht vertreiben! Ich bin nicht Titji! Ich bin nicht Bastet! Ich bin nicht sanft und niedlich! Ich bringe den Männern die mich lieben Schmerz und Verzweiflung! Ich werde dich ins Verderben stürzen, Bek!"

„Bent! Hör auf! Ich vergesse mich!"

„Dann vergiß dich! Vergiß Titji! Vergiß, daß du mich liebst! Stoß zu! Mach endlich!"

„Hier!" Mit kalter, ruhiger Hand reichte sie ihm das Mundtuch, welches sie in der Schale mit dem parfümierten Wasser ausgewaschen hatte, als hätte es den wilden, heißen Rausch eben nicht gegeben.

„War es das", fragte sie bissig, „was du wolltest? Was du dir ersehnt hast? Hab ich dir gefallen? Bist du nun zufrieden?"

„Bent!" Seine Verwirrung stand ihm im Gesicht. „Was…?"

„Sei still! Wir wären niemals glücklich geworden, Bek. Das hättest du nicht ausgehalten, nicht dein Leben lang. Gib das Tuch her, da sind noch blutige Striemen. Ich gebe dir nachher eine Salbe mit, damit es schnell abheilt. Wir gehören nicht zusammen. Unsere Herzen schlagen nicht im gleichen Takt. Du hättest mich niemals zähmen können."

„Ich liebe dich, Bent, ich hätte *alles* ausgehalten!"

„Du bist ein Träumer, Bek. Ein liebenswerter, gutherziger Träumer. Immer gewesen. Nein! Ich hätte dich zerbrochen! Du wärest an mir zugrunde gegangen! Es ist gut so wie es ist. Und zu all den Verfehlungen meines Lebens kommt jetzt Ehebruch hinzu! Titji darf hiervon niemals erfahren! Hast du das verstanden?" Sie schlüpfte in ihr Kleid. „Wie willst du das vor ihr verbergen? Sitzt das Kleid richtig?"

„Ja. Nein, warte, da ist noch eine Falte." Er zupfte daran, griff nach seinem Glas, schüttete sich den Wein über das Hemd, füllte es nochmal und trank es aus. „Ich schlafe heut nacht jedenfalls nicht bei meiner Gattin!", schmunzelte er. „Den volltrunkenen Gatten, der aus der Schenke wankte, wird sie nicht in ihrer Nähe haben wollen. Morgen bin ich für die kommenden fünf Tage verschwunden. Bis dahin ist alles abgeheilt. Und ansonsten werde ich es tief in meinem Herzen wahren. Es wird unser beider Geheimnis bleiben, Süßes."

Schweigend zog er sich wieder an, sank am Tisch in seinen Sessel, schenkte ihnen beiden einen letzten Wein aus, reichte ihr das wertvolle Glas.

„Ich liebte dich von dem ersten Augenblick an als ich dich sah", sagte er mit einem verlegenen Lächeln. „Weißt du noch? Unter dem Geißblatt?" Liebevoll strich er ihr eine Haarsträhne aus dem Gesicht. „Du bist so erschrocken, als ich dich dort erwischte, du verbotenerweise unseren Garten betreten hast. Du warst so... mutig. Du hattest dort überhaupt nichts verloren; nur weil du in den Garten gucken wolltest, verstecktest du dich dort. Und der Umzug!", lachte er. „Als unser *Guter Gott* seine Braut heimführte, du dich frech ganz nach vorne drängeltest um etwas zu sehen, du auf den Sockel der Widder-Statue geklettert bist. Und ich brachte dir, du Vorwitznase, das Schreiben bei und auch das Lesen. Hat es dir nicht zum Vorteil gereicht? Siehe doch, in welch einer erhabenen Position du heute stehst ... du warst so unschuldig ... liebenswert, erfrischend ... Du bist so eigensinnig, mein wildes Mädchen! So dickköpfig, ich liebe es, hast dich nicht ein bißchen verändert."

„Er hat mir mein Leben gestohlen, Bek", flüsterte Bent tonlos und stierte in das Glas. „Er hat mich vergewaltigt, geschwängert..."

Mein Kind umgebracht, mein Haus abgefackelt, meine Liebsten erschlagen.

„Er konnte dir, deinen Seelen, nichts anhaben!"

Bent lachte bitter. „Er hat ein Monstrum aus mir gemacht, wie er selbst eines ist!"

„Nein, Bent, nein! Er hat..."

„Bek!", giftete sie ihn an. „Hör auf zu träumen! Ich bin eine Hure geworden! Letztendlich alles wegen ihm! Abgestorben, abgestumpft, kalt und verdorben, empfindungslos jegliches Gefühl verleugnend. Ich habe meine Liebe verloren, meine Zärtlichkeit, den Glauben an alles Gute! In meinem Leben sind mir hunderte Männer begegnet – die meisten mir verfallen... sie sind, waren mir gleichgültig, kalt blieb mein Herz, wenn sie von Liebe sprachen! Und du kommst daher, willst mir weis machen, ich hätte mich nicht verändert!"

„Du bist immer noch mein wildes Mädchen! Immer noch meine Freundin! Unsere Herzen *schlagen* im gleichen Takt, Frau! Hast du das denn immer noch nicht gemerkt? Wenn auch in den Kissen der Takt anders klingt, so lieben wir uns doch! Erinnere dich an unseren ersten Kuß! Daran mußt du festhalten, alles andere zählt nicht, kann dir nicht wehtun!"

„Diese Bent gibt es nicht mehr!", brauste sie zornig auf.

„Nein, das stimmt", entgegnete er ruhig. „Denn du bist kein Küchenmädchen mehr, du bist die Herrin dieses Tempels, Bent. Die Hohepriesterin der Isis. Du bist Sahu-Re! Du bist eine heilige Frau! Eine Weise, eine Heilerin."

Für einen Herzschlag lang blieb ihr vor Verblüffung über diese treuherzige Gutgläubigkeit der Atem aus.

„Pah!", schnaubte Bent abfällig, sprang vom Sessel hoch.

„Du weißt anscheinend nicht, wie ehrfürchtig in *Niut Resit* [17], hier in Uaset,

---

[17] Uaset, das heutige Luxor, Theben: *Die Stadt des Was-Zepters. Niut Resit, Die südliche Stadt.* Im Gegensatz dazu die westlich des Nils gelegenen Stadtteile, heute Westbank genannt: *Imentet Waset* oder *Imentet Niut, Die westliche Stadt*

von dir geredet wird? Dein Ruf eilt dir voraus, selbst drüben, in *Imentet Niut,* weiß man von dem guten Ruf, den Sahu-Re hat! Man verehrt dich!"

„Mich?" Ungläubig warf sie das Mundtuch nach ihm. „Ist das wahr?"

„Dich! Die *Henut,* die Herrin! Natürlich ist das wahr! Glaubst du, die Menschen haben deine gute Taten vergessen? Erinnere dich, als du vor zwei Jahren, während wir alle darauf warteten, daß *Iterus* Fluten steigen mögen, deinen Tempel für Gebete öffnetest. Die innigen Bitten der Gläubigen rührten Isis' Herz und sie begann endlich zu weinen, damit Hapi anschwellen konnte! Und als im letzten Jahr das große Unglück auf Pharaos Baustelle passierte. Warst du es nicht, die mit überlegener Ruhe dafür sorgte, daß alle Verletzten unter den Schutz von Isis gestellt wurden, daß viele überlebten, ihre furchtbaren Verletzungen ausheilten? Heute noch höre ich die Maler und Steinmetze ehrfürchtig von dir reden! Bist du nicht an jenem Tage, als ich dir dein fertiges Haus zeigen wollte, an ihr Lager getreten und hast jeden einzelnen von ihnen getröstet? Ihnen Mut zugesprochen? Sie werden im Leben nicht vergessen, wie die große Hohepriesterin der Isis mit ihrer güldenen Krone vor ihnen stand und tröstend ihre Hand nahm! Ich bin stolz auf dich! Du mußt vergessen, was war! Was er dir antat! Du bist damals nicht daran zerbrochen, warum solltest du heute, nach all den Jahren daran zerbrechen? Du bist Bent! Und du bist stark! Sehr stark, auch wenn das Schicksal dir schlimme Wunden geschlagen hat. *Du* läßt dir nichts gefallen, läßt dich nicht unterkriegen." Er stand auf. „Ich sollte nun gehen, es ist schon spät."

„*Tju*, mein Lieber. Deine ehrlichen Worte zeigen mir, daß du ein wahrer Freund bist. Ich hab dich lieb, und es war schön, daß wir Zeit miteinander haben durften."

„Ich bin immer für dich da, Mäuschen."

„Mäuschen?", lachte Bent. „Das sag aber keiner anderen Dame! Die springen beim Anblick von Mäusen nämlich auf Schemel und kreischen!"

„Siehst du! Kannst ja wieder lachen!" Er stupste sie auf die Nase, machte ihr lässig ein freches Petzauge, öffnete die Tür.

„Guten Abend, die Herrschaften!" Ranofer, anscheinend auf dem Weg die Tore abzuschließen und die Abendwache zu übernehmen, ging gerade vorbei, grüßte freundlich, indem er mit dem Finger an seine Stirn tippte. „Baumeister Bek!"

„Du Arschloch!", ging Bek wütend auf ihn los. „Ich hätte dir deine Fresse anständig polieren sollen!"

„He, he! Bek! Nicht doch!" Bent hielt ihn am Handgelenk fest, bevor er Ranofer tatsächlich eine langen konnte. „Es ist alles gut, er hat nichts falsches getan!"

„Hat er dir nicht weh getan!"

„*Was*? Herrin? Hat der einen Sonnenstich? Besoffen ist er auch! Soll ich ihn rauswerfen?"

„Nein! Er verwechselt was", sie trat Bek ans Bein, „nicht wahr?"

„Mag sein!", grollte Bek und öffnete die Pforte unter dem großen *Bechenet.* *Em Hotep*, Bent, bis wir uns wiedersehen."

„Ja, Bek, gehe in Frieden, bis wir uns wiedersehen."

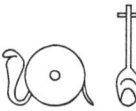

„Danke Baket, du kannst gehen!" Bent schaute ihr nach, bis sie die Schreiberstube verlassen hatte.

„Das ist aber lieb von den beiden", freute Kara sich. „Uns alle einzuladen! Zu ihrer Heiratszeremonie übermorgen. Da macht man doch normal kein Geschiß drum. Man legt seine Haushalte zusammen, schreibt den ganzen Krempel auf, läßt es von Zeugen beglaubigen und fertig. Die wollen das richtig feiern! Gleichzeitig mit dem Fest zum neuen Jahr und ihrer Ernennung zur Heilerin. Was guckst'n schon wieder so sauer? Bent?"

„Hm?"

„Was hast du denn jetzt schon wieder? Was paßt dir diesmal nicht in den Kram? Sei doch froh, daß Baket einen guten Mann abbekommen hat. Der Herr Ranofer ist ein feiner Mann! Ich hätte ihn auch genommen, aber mir ist meine Freiheit wichtiger."

„So ein Unfug!", grollte Bent.

„Und was haben die zwei Ballen Leinen hier zu suchen? Warum stapelst du das nicht in der Wäschekammer? Und der Wein gehört in den Keller, was ist das hier nur immer für eine Unordnung…"

„Das ist *Secheru Nesut*! Feinstes Königsleinen von Neschons Tochter!", fauchte Bent unwirsch. „Und der Wein *Irep Maa*! Das ist *mein* Hochzeitsgeschenk für die beiden. Wenn du jetzt nicht aufhörst mich zu löchern!"

„Kara, laß diese verbiesterte alte Schrulle doch in Ruhe!" Tachut knallte ihren Stock auf den Boden. „Siehst du nicht, daß…"

„Und du bist auch still!"

„Du hast mir gar nichts zu sagen, Mädchen!" Tachut stocherte mit dem Stock in Bents Bauch.

„Hau ab damit! Unfug sage ich! Warum bei ihnen in dem kleinen Haus feiern? Und des Nachts stolpern wir alle trunken vom Wein und dem Bier über den Acker nach Hause."

„Wenn sie uns doch eingeladen haben…"

„Warum feiern wir nicht in unserem Festsaal?"

„Achso!"

„Ja! *Achso!*", äffte Bent. „Das ist doch ein viel würdigerer Rahmen, als daß wir uns alle in das Häuschen quetschen. Selbst die Köchin und ihre Männer sind eingeladen. Die Wächter, die Männer unserer Barke… Wie will Baket die alle bewirten? Wer soll ihr helfen?"

„Was für eine große Ehre!" Schon traten Kara Tränen in die Augen.

„Jaja!", schnauzte Bent. „Sind wir nicht Bakets Familie? Hat Ranofer uns nicht treu gedient? Sind wir ihnen nicht was schuldig! Hör auf zu flennen, Weib! Geh und ruf sie zurück!"

Bibbernd als hätte sie was angestellt, stand Baket gleich darauf wieder in der Schreiberstube.

„Herrin?"

„Tachut, Kara und ich haben uns gründlich beraten …", Kara schnaufte abfällig, zog eine Schnute, „und sind zu der Überzeugung gekommen, daß wir dir und Ranofer für euer großes Fest unseren Festsaal überlassen. Wenn du einverstanden bist, rufe ich die Köchin und wir können über das Essen und die weitere Planung reden."

Baket blieb verblüfft der Mund offen stehen.

„Hast du dir schon Gedanken über die Bewirtung gemacht?"

„Ich dachte an Kuchen und Brot und Fleisch."

„Was für Fleisch?"

„Das weiß ich nicht. Ich weiß nicht, für wieviele ich welches Fleisch… Oder lieber Fisch? Ich dachte, daß vielleicht eine Garküche…"

„Still! Ruf mal eine die Köchin!"

„Das bin ja wohl wieder ich!", maulte Kara und verschwand abermals.

Die Köchin hörte sich gespannt Bents Plan an.

„*Garküche?*", empörte sie sich. „Soll ich dem Mädchen eins hinter die Löffel geben, Herrin? Das kommt gar nicht in Frage! Schweine!", schnauzte sie forsch. „Ich habe zwei, denen geht es sowieso für die Neujahrsfeier an den Kragen. Die werden wunderbar schmecken! Gut mit Honig und Bier eingepinselt, auf dem Drehspieß, kroß gebackene Schwarte, saftig und… oh, man könnte sie mit Zwiebeln, Lauch, Feigen und der scharfen Feigensoße füllen. Dazu gutes Brot, mit Zwiebeln und Knoblauch gebacken, was meint ihr?"

In der Stille hörte man einen Magen laut rumoren.

„Na also!"

„Aber das kann ich doch nicht annehmen!", jammerte Baket kleinlaut.

„Warum denn nicht? Wir wollen doch alle das neue Jahr feiern."

„Aber nur, wenn ich dir in der Küche helfen darf, Köchin."

„Ja, ja, das kriegen wir hin. Und jetzt entschuldigt mich, ich habe zu tun! Ich muß schließlich eine Feier ausrichten!"

„Ich sollte das erst mal mit Ranofer besprechen, oder?"

„Ha!", lachte Tachut laut und stupfte den Stock auf. „Fang bloß nicht so an! Nachher will er, daß du immer erst alles mit ihm beredest. Nein, nein, laß dir da mal nicht reinreden!"

„Aber er will doch gewiß mit mir alleine sein, am Tag unserer Heirat."

„Alleine?", schnaubte Tachut. „Mit dem Haus voller Gäste?"

„Ihr wißt schon... des Nachts." Bakets Ohren wurden glühendrot, genau wie Bents Ohren. Auf einmal wurde es Bent unter ihrem Kittel glühendheiß.

„Bist du noch Jungfrau?", fragte Tachut ungeniert.

„Aber ja!"

„Oh heilige Bastet steh ihr bei!", ächzte Bent aufgewühlt.

„Was hat denn Bastet damit zu tun? Hathor muß sie anrufen, will sie um eine glückliche Ehe bitten. Bastet ist für was andres zuständig..." Die alte Dame machte eine unanständige Bewegung mit den Hüften.

„Tachut!"

„Ich mein ja nur! Also Mädchen, wenn du den Rat einer alten Frau hören willst..."

Baket wand sich verschämt, schaute zu Bent hin.

„*Ich* kann dir nicht helfen, da mußt du alleine durch! Erklär es ihr, Tachut, ich muß etwas wichtiges erledigen!"

Bent hastete durch den Innenhof, verschwand durch das Tor der Waschküche, eilte über den Feldweg hinüber in das Haus der Wächter, riß die Tür zu Ranofers Kammer auf. Er war gerade dabei, seinen Kram zusammenzusuchen und in Körbe zu verstauen.

„Ich muß mit dir reden!"

„Meinst du nicht, Herrin, dies ginge ein bißchen zu weit? Ihr habt hier nichts zu suchen. Das ist meine Schlafkammer!"

„Sei still!" Schnaufend versuchte Bent ihre Aufregung zu unterdrücken. „Dies ist mir peinlich, aber es muß geklärt werden!"

„Dann nehmt Platz!"

Du wirst sie zerstören! Du wirst sie mit deiner Heißblütigkeit zerreißen, hinwegfegen, kaputtmachen, du wirst sie zermalmen... Du wirst in deiner Ehe unglücklich sein! Wie ich mit Bek unglücklich gewesen wäre. Sie wird dir nicht geben können, was dein Herz, dein Leib, deine unbeherrschte Leidenschaft begehrt. *Ich* konnte es! *Ich* konnte mich deiner Wildheit entgegenstellen...

Das kann ich ihm doch nicht sagen!

„Mir kam gerade zu Ohren, daß deine zukünftige Gattin... Sie ist eine junge Frau, Ranofer, gänzlich unerfahren..."

„Und?"

„Ich gehe davon aus, daß du ein erfahrener Mann bist, was Liebesdinge anbelangt."

„Was soll das werden, Herrin?"

„Baket steht unter meinem Schutz, unter dem Schutz des Tempels. Sie hat niemanden, keine Mutter, die ihr über Dinge die in einer Ehe geschehen, Auskunft hätte geben können. Ich fühle mich verantwortlich!"

„Das ist sehr hochherzig von dir. Aber deswegen hättet Ihr nicht herkommen brauchen. Ich werde ihr ein guter, liebevoller Gatte sein."

Du wirst dich dein Leben lang verstellen müssen. Wie in der Nacht, als ich dich damals in meine Kammer, auf mein Bett zog. Als du sanft und zärtlich mir Liebe schenktest, weil ich verzweifelt war. Und schon da dauerte es nicht lange bis ich deine ungestüme fordernde Hitze erkannte und merkte, daß sie der meinen so ähnlich war…

„Liebevoll, Ranofer! Das ist es, was eine Frau glücklich macht. Verstehst du?"

„Nein."

Bent machte mit einem spitzen Schrei einen Satz vom Stuhl hoch. In dem Korb neben ihr bewegte sich was unter dem Tuch, schaute heraus, hüpfte heraus.

„Was ist das!", fauchte sie erschrocken. Ranofer packte das schwarze, pummelige, tapsige Hündchen im Nacken, hob es auf den Arm, kraulte ihm die Ohren.

„Das ist doch bloß ein Hundekind! Kein Grund zur Aufregung. Ein kleiner Windhund, ein *Tjesem*, Herrin. Meint Ihr, ich lasse mein neues Haus unbewacht, wenn ich nicht da bin? Meint Ihr, ich lasse meine Gattin alleine, wenn sie darin weilt, und ich am *Ipet Resit* Dienst schiebe? Sie braucht einen Namen. Wie soll ich sie rufen?"

„Was weiß denn ich! Ich hab's nicht so mit Hunden! Nimm das weg, ich werd's nicht kraulen! Ruf es meinetwegen Frau, Schwester, Tochter, Mädchen wenn es schon eine Hündin ist. Es wird dir bestimmt was einfallen."

Ranofer setzte sich Bent gegenüber, knuddelte das verspielte, fröhlich an seinen Händen knabbernde Hündchen genauso liebevoll wie Bast, wenn sie ihm auf den Schoß sprang.

„Ich werde Euch vermissen, Herrin. Ich gehe nicht gerne."

Könntest du nur bleiben! Ranofer, bleib da! Ich will dich nicht noch einmal verlieren…

„Sehe ich Tränen, Herrin?"

„Ach was!", versuchte Bent ein grimmiges Lächeln. „Und so wie du mit dem Hündchen umgehst und mit meiner Katze, mußt du mit Baket umgehen, versprich mir das!"

„Meint Ihr nicht, mein Liebesleben ginge Euch nichts an?"

„Natürlich nicht. Ich versuche mich nur in mütterlichen Ratschlägen. Sieh es mir nach, ich habe da keine große Erfahrung", scherzte sie verlegen. „Und ich fühle mich schon ganz wie die garstige Schwiegermutter. Ich habe nämlich beschlossen, daß ihr in unserem Festsaal feiert! Nein! Keine Widerrede! Die Köchin tischt uns Schweine auf, knusprig auf dem Drehspieß gebacken und wie ich sie kenne, wird sie auch noch Kuchen und..."

„Wer soll das zahlen? Ihr schickt mir die Rechnung! Darauf bestehe ich!"

„Jaja! Bakets Ernennung zur Heilerin muß doch würdig gefeiert werden! Und wenn sie weiter fleißig lernt, kann sie im nächsten Jahr Priesterin der Isis werden – wie Kara und Uadja und all die anderen. Und dein Abschied... warst du dem Haus nicht viele Jahre treu? Genau wie Samut, der alte Draufgänger...", schloß sie mit einem schiefen Grinsen.

„Danke! Ich preise Gott für dich! Ein solch prächtiges Fest hätte ich ihr dem Haus nicht bieten können. Ich befürchtete schon, die vielen Gäste auf dem Feldweg bewirten zu müssen." Er setzte den Hund auf den Boden, wusch sich die versabberten Hände in seiner Waschschüssel, setzte sich wieder, hielt inne, schaute ihr tief in die Augen, dachte anscheinend verwirrt über etwas nach, daß ihm einfach nicht in den Sinn kommen wollte.

„Ihr macht Späße, wo Euch doch gar nicht danach ist", flüsterte er freundlich. „Dies ist Euer Abschied, Herrin, nicht wahr? Du wirst nicht wiederkommen. Wir werden uns nicht wiedersehen? Jedenfalls nicht alleine, schon gar nicht in dieser Kammer?"

In dieser Kammer? Wo wir einen leidenschaftlichen, ungestümen, wilden Morgen verbrachten? Du mich fragtest, ob wir uns wiedersehen? Ich mich in diesem Augenblick unsterblich in dich verliebt habe? Schau mich doch nicht so an! Mit diesen schönen, leuchtenden, freundlichen Augen...

„Nein", hauchte Bent mit Verzweiflung in der heiseren Stimme. Eine einzelne Träne rann über ihre Wange. Er zog seinen Stuhl neben sie, streichelte ihr sanft über das Tintenbild.

„Ich war zehn Jahre lang Soldat", schnurrte er, die Umrisse der mächtigen *Medu Netjer* nachmalend. „*Nebet Sedau! Ich* weiß genau, wer du bist! Wie stark du bist. Doch wo sind die, die *du* vergebens liebst, Herrin der Schlacht? Sag es mir. Wen liebst du, Unglückliche? Niemand ist für dich da."

„Hör auf! Laß mich los!" Schon wieder sind deine Worte völlig entseelt, entstellt! Es hört sich so falsch an!

„Ich bin nicht mehr da, Herrin! *Niemand* steht dir zur Seite! Hilft dir mit diesem alten Haus, mit den alten Frauen! Mit all dem Elend, daß hier ein und aus geht! Und mit dem du ganz alleine fertig werden sollst. Du mußt stark bleiben, Bent!" Unverhofft faßte er ihr unters Kinn, gab ihr einen liebevollen, innigen Kuß. „Damit ich von dir träumen kann, Schönheit!"

„Ranofer!", schluchzte sie.

„Nicht weinen! Wir werden uns wiedersehen, es ist doch kein Abschied auf ewig."

„Wirst du kommen, wenn ich dich brauche?"

„Natürlich." Und dann scherzend: „Falls du wieder Forderungen an jemand hast, bin ich zur Stelle, Fätzlein."

Es gelang ihr mit einem Kiekser den Schluchzer zu unterdrücken.

„Und falls du noch einmal", sein Tonfall ernst und nachdrücklich, „vorhaben solltest, das eiserne Messer in einer Weise zu benutzen, die nicht angemessen scheint, dann…"

„Sei still!"

„Ich werde Baket jeden Tag nach dir fragen! Sie wird auf dich aufpassen!"

„Ich werde es nicht mehr gegen mich richten, versprochen."

„Dann bin ich beruhigt! Oh, ich werde sie *Sat* nennen!"

„Tochter?"

„Wenn ich sie rufe, denke ich an Euch! Heißt Bent nicht *Tochter* in der Sprache der Mitannier?"

„*Tju*."

„Wäre ich nicht so feige gewesen, Bent", abermals faßte er ihr unters Kinn, blickte ihr tief in die Augen, „hätte ich *Euch* gefragt, ob Ihr den Bund mit mir eingehen wolltet. Ich traute mich nicht, glaubte es stünde mir nicht zu. Der Wächter und die Herrin! Ihr seid eine *Ta Schepsi*! Nein, das geht doch nicht! Doch ich habe einen Fehler gemacht, Schönheit. Einen gewaltigen Fehler! Ich kann aber nicht zurück, kann mein Wort nicht brechen. Das macht man nicht, das gehört sich nicht. Ich wäre aus Pflichtgefühl bei dir geblieben, damit du mit diesem Haus nicht alleine da stehst. Und jetzt stehe *ich* da; sehe deine Verzweiflung, spüre, daß du es erwidert hättest, sehe Baket, die auf ein glückliches Leben mit mir hofft. Ich…"

Schnell legte sie ihm den Finger auf die Lippen.

„Still, Ranofer, sprich nicht weiter. Du hast Recht, es ist keine Liebe, lediglich Treue und Verantwortung hätten dich zu diesem Schritt bewegt. Geh zu Baket, werde glücklich!" Ein letztes Mal streichelte sie ihm über die Wange.

„Ich schwöre dir, Bent", er hielt ihre Hand fest, drückte sie an sein Gesicht, hauchte einen Kuß auf ihren Handrücken, „bei dem gütigen Gott, dessen Schönheit mein Name preist: eines Tages wird er deine verletzten Seelen heilen! Du wirst einen Mann finden, der dich liebt, auf Händen trägt, dir alles gibt, was dein Herz ersehnt, dir treu zur Seite steht. Das verspreche ich dir!"

Meine Liebste, nimm mich. Ich bin für dich da. Auf immer und ewig! Das schwöre ich dir! Bei dem allmächtigen huldvollen Gott, dessen Schönheit mein Name preist! Fühlst du es? Mein Herz schlägt nur für dich!

Bent kam es plötzlich vor, als säße sie in einer vornehmen Schenke, hörte jemanden ein trauriges Lied vom Vergehen der Zeit singen, davon, daß einzig die Liebe bleibt und …

Erinnere dich daran: ein Kuß ist immer noch ein Kuß …

„*Tju*, Ranofer!", sie stand auf, zitternd, herzbebend bitterliche Tränen zurückhaltend, „Eines Tages, irgendwann", hauchend, rieb sich über die

Augen um dieses verworrene Bild aus dem Kopf zu bekommen. „Ich muß nun gehen. Wir sehen uns bei der Neujahrsfeier."

„*Tju*, Herrin, dann wollen wir auf ein glückliches, neues Jahr trinken, auf die Zukunft, die uns hoffentlich Gutes bringen wird."

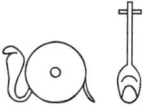

Chemsit ließ es sich nicht nehmen einen reizvollen, gewagten Tanz der Nacht zu zeigen. Und sie hatte die Musiker überreden können, bei der Feier aufzuspielen. Gerade machten sie eine Pause, denn einer von ihnen blies heftig in die *Scheneb* – der schrille Ton der blechernen Trompete ließ alle verstummen – und ihr Anführer sprang mal wieder wie wild kämpferisch in die Mitte des Saales, laut rufend: „Ich kann nicht hungrig singen, nicht die Harfe halten zum Gesang, wenn ich nicht satt vom Biere bin!"

„So singe doch!", riefen alle, um den groben Spaß mitzumachen.

„Wo ist das Zeug? Meine Kehle ist trocken wie Stroh!"

„Sogleich könnt ihr Tjenemit danken! Die Göttin des Bieres, *Die das Bier herbeibringt,* ist auf dem Weg!" Schon huschten die Mägde herbei, brachten weitere Krüge mit Bier und Wein, schenkten aus, schäkerten ein wenig, klopften den allzu forschen Kerlen auf die Finger.

„Wie hast du denn das fertiggebracht?", fragte Bent vom Wein beschwingt, vom Mitklatschen erhitzt, als Chemsit schnaufend in den Sessel neben ihr sank.

„Ich habe ihnen gedroht!", lachte Chemsit, kippte durstig einen Becher Wein in ihre Kehle, wedelte mit ihrem Fächer, „Daß ich sie überall schlecht mache, sie keine Aufträge mehr bekommen, wenn sie nicht zu dieser Neujahrsfeier spielen und daß ich sie verfluche."

„Ach Unsinn!", lachte Bent, der eigentlich zum Heulen zumute war, mit aufgesetzter Fröhlichkeit.

„Nein, natürlich nicht. Sie waren mir was schuldig. Was für eine schöne Feier, Bent!"

„Nicht wahr!" Bent schaute zu Kanofer und Baket hin, die offensichtlich glücklich und verliebt turtelten, kippte einen weiteren Becher Wein hinunter. Nur so ließ sich das wehe, blutende, gebrochene Herz betäuben. „Ich muß noch zu ihnen, Glück wünschen und so…"

„Sie ist richtig stolz auf ihren Gatten. Das ist aber auch ein hübscher Kerl! Wollen wir ihnen das allerbeste wünschen! Und sie ist wirklich eine der besten Schülerinnen, die das Haus je hatte?"

„*Tju*! Sie ist…"

„Herrin!"

„Was gibt es, Samut?"

„Ich habe kurz die Wache übernommen – wir wechseln uns alle ein bißchen ab nach dem schrecklichen Vorfall von vor einem halben Jahr, weißt du, der Tote auf den Stufen…"

„Ja! Komm zur Sache."

„Draußen wartet jemand, er hat sich böse an der Hand verletzt, sieht schlimm aus, und fragt höflich, ob man ihm helfen könnte. Ich habe ihn in die erste Kammer gebracht. Ich hoffe, das war nicht anmaßend von mir?"

„Nein, schon gut." Bent schaute sich um, alle feierten, genossen die heiße Nacht, ließen Bier und Wein strömen, lachten, sangen, tanzten. Sie griff nach ihrer Rute, stand auf. „Ich kümmere mich. Entschuldige mich, Chemsit."

Bent holte ihren Arzneikasten aus dem Schreiberraum, öffnete die Tür der Kammer.

„Was fehlt dir?" Laut zog sie die Tür hinter sich zu, stellte den Arzneikasten auf den Tisch, legte die Rute daneben. „Mach schnell, wir feiern alle das neue Jahr!"

„Verzeiht daß ich störe. Doch wo um diese Zeit Hilfe finden? Man empfahl mir dieses Haus, obwohl ich es ungerne betrete, denn mir deucht, in seinen düsteren Korridoren wandelt ein Geist. Ich habe mich an der Hand geschnitten. Eine ausschweifende Feier bei Bekannten, ein Glas ging zu Bruch und es blutet furchtbar …"

Bent blieb wie versteinert stehen.

Diese Stimme!

Diese widerliche, säuselnde, einschmeichelnde, freundliche Stimme! Augenblicklich lief ihr kalter Angstschweiß über den Rücken. Bebend trat sie näher, schaute dem vornehm herausgeputzten Mann im Licht der kleinen Kerze ins Gesicht.

Das Monstrum!

Der Sauhund!

Fast hätte sie sich übergeben. Warum nur wollte der Atem stocken, das Herz aussetzen? Drückte ihr jemand die schmerzende Kehle zusammen? Unfähig auch nur einen Ton herauszubringen stand sie vor ihm, schaute auf das blutdurchtränkte Tuch um seine Hand.

Du verdammtes Miststück! Wo bist du, *Nebet Sedau*? Jetzt bräuchte ich dich! Einmal in meinem Leben könntest du mir helfend zur Seite stehen, doch du hast dich verkrochen! Bist nichts als eine feige, alte, eifersüchtige, räudige Katze!

„… Dabei ist mir nichts so wichtig wie meine Hand, meine Dame. Ich bin, neben vielen anderen wichtigen Posten, die ich innehabe, auch Schreiber müßt Ihr wissen. Es soll nicht Euer Schaden sein, wenn Ihr mir helft. Geist hin oder her", versuchte er ein tapferes Grinsen und hob sich umständlich das geflochtene, bunte, hübsche Lederband von der Schulter, legte die wertvolle elfenbeinerne Schreiberpalette die daran gebunden war, auf den Tisch. Im Licht ihrer scharfen Augen erkannte Bent die *Medu Netjer* darauf.

Amenhotep Sa Hapu

„Oh? Kennen wir uns nicht?", säuselte er mit freudiger Erwartung in der Stimme.

„Nicht daß ich wüßte!", krächzte Bent.

Ich bin der Geist, du Schwein! *Ich* bin dir begegnet! In einem schrecklichen, grauenerregenden Alptraum war ich es, die dir das Gesicht zerbiß! Für alle Zeiten ist deine überhebliche Fresse gekennzeichnet, damit jeder sieht, was du bist!

Das Messer!

Mach! So eine Gelegenheit kommt nie wieder! Schneid ihm die Kehle durch, ramm ihm die Klinge ins Herz, schneide es heraus und wirf es den Schweinen zum Fraß hin! Dann ist Ruhe! Selbst wenn sie dich verfluchte, niemals zu sterben, ohne Herz und Atem wird selbst dir das nicht gelingen!

Zögernd griff ihre kalte zitternde Hand in den Arzneikasten, faßte das Heft des Messers. Glühendheiß fühlte das heilige Eisen sich an, bereit sie endgültig von ihrer Pein zu erlösen, bereit Friede zu schaffen, bereit erbarmungslos brennende Rache zu nehmen …

Bent schluckte die gräßliche Angst wie ein bitteres *Pechret* herunter. Mit lodernder Wut stieg ihr die heiße, lustvolle Gier der Blutrache hoch. Gleichsam damit begann die Tintenzeichnung zu brennen, schon fühlte sie ihr reizbares Blut kochen.

„Und doch kenne ich dich!", züngelte er mit seinen falschen Tönen, schaute ihr genau ins Gesicht. Bent fühlte sich wie ein junges, dummes Mädchen, zitternd und vor unbestimmter Angst bebend unter einem blühenden Busch in einem prächtigen Garten … Fühlte sich zurückversetzt in jenen zugigen Korridor, als sie ihm, dem Fatzken, zufällig begegnete und er sie auf dem Abtritt auf's brutalste vergewaltigte und zusammenschlug … Erlebte im Geiste jene furchtbare Nacht, da er ihr schreiendes Kind packte, an die Wand schlug, damit es Ruhe gab … Noch einmal fühlte sie die lodernde Feuersbrunst, die ihr die Haut verbrannte, das Gesicht und die Hände zerstörte, während sie verzweifelt schreiend vergeblich versuchte, Nefertem aus dem Flammen zu zerren, bis ihr eigener Überlebenswille sie aufgeben und aus dem brennenden Haus stolpern ließ … Jene entsetzliche Nacht als Bentsachmet in den Flammen starb, ihr Haus mitsamt den geschändeten Leichen ihrer Freundinnen, dem Gesinde, ihres kleinen Jungen beinahe vollständig abbrannte …

„Aber ja doch …" Die Erkenntnis stand dem Monstrum augenblicklich im Gesicht. „Solltest du nicht längst verfault sein? Mitsamt deinem Bastard hast du doch im heißen Feuer deines billigen Hurenhauses gelodert! Bist doch herausgekommen? So schlimm kann's dann ja nicht gewesen sein! Was? Machst du jetzt hier den Handlanger…"

Weiter kam er nicht, denn sie machte mit dem scharfen Messer in der Hand einen schnellen Schritt auf ihn zu. Er, in seinem bisherigen Denken wahrscheinlich weder Gegenwehr duldend noch erwartend, sprang vom Stuhl hoch, wich Unheil ahnend zurück; die überhebliche Grimasse fallenlassend. Sein vernarbtes Gesicht zeigte Bent das Spottbild seiner abgrundtiefen Feigheit.

„Aber meine Dame! Nicht doch!"

Gleich pißt er sich in die feine Unterhose! Genau dort wollte sie ihn haben! Reglos, eingeschüchtert, angstvoll witternd wie ein Tier in der Falle. Genauso wie sie einst selbst, gelähmt vor Angst, bebend vor ihm gestanden war. Mit ihren bleichen Augen, die gefährlich glitzernd im Schein der kleinen Kerze leuchteten, starrte sie ihn unentwegt an.

„Es war doch keine Absicht, meine Dame! Die Saufkumpane… sie verloren die Beherrschung, sie… und als dann noch die Lampe umfiel! Was willst du denn? Das Haus kann man wieder aufbauen, um die dummen Nutten ist es nicht schade, und du findest bestimmt wieder jemanden, der dich vögelt und dir ein neues Kind macht…"

Bent glaubte ihren Ohren nicht zu trauen! Diese Überheblichkeit! Dieses herzlose Dreckschwein! Nicht ein Wort der Reue, des Bedauerns!

Augenblicklich kochte Sachmets maßloser Zorn in ihr hoch. Gänzlich hinweggefegt Bents lähmende Angst. Scharfe, beißende Hitze überflutete sie. Blutrünstige Wut beherrschte ihre Gedanken. Die mächtigen *Medu Netjer* auf ihrer Brust juckten und brannten, begannen zu bluten. Schon fühlte sie, wie heiße, blutige Tränen ihre Augen füllten, ihr über die Wangen liefen.

„Du Mordbrenner!", fauchte Bent. „Du Kindermörder! Du Vergewaltiger! Du Scheusal in Menschengestalt! Wenn du dreckige Ausgeburt der dunklen Duat glaubst, allein der gerechte Zorn einer Mutter käme in diesem Augenblick strafend über dich, dann irrt dein stinkendes Herz! Du stehst außerhalb der Maat! Sieh mich an, Amenhotep, Sohn des Hapu! Siehe in diese meine Augen, du Unwürdiger, und verzweifle!"

Sie riß den Arm mit dem Messer hoch, trat auf ihn, der vor Angst starr wie ein Kaninchen vor der Schlange dastand, zu.

„Ich bin Sachmet!" Worte wie Donnerhall! „Dame des roten Tuches! *Nebet Sedau! Machtvolle Tochter des Re! An meiner Seite Wille und Bestimmung! Wahrlich! So spricht das Ta medjat imit Duat! Ich, die Wütende, welche die Hinterhältigen schlachtet! Ich bin die Herrin der Barke, die den Widersacher abwehrt bei seinem Hervorkommen! Dein Körper soll gestraft werden mit dem strafenden Messer! Deine Seele vernichtet, dein Schatten zertreten, dein Kopf abgeschnitten sein! Das Feuer der Schlange ,Die Millionen verbrennt' ist gegen dich! Die Glut der*

Göttin ist gegen dich! Das Messer der Göttin ist in dir, verstümmelt dich, metzelt dich nieder!" [18] Vor dir steht meine Tochter, Sahu-Re, die mächtigste aller Zauberinnen, die allein mit den Worten ihrer Lippen die Dämonen vertreibt! Ihr allein gebührt das Recht der Blutrache! Ich führe ihre furchtlose Hand! Ich läutere das Messer! Ich beschwöre Ammit, die Große Fresserin! Solltest du nicht bereuen, Abbitte leisten, soll sie dies, dein faules, niederträchtiges, verderbtes Herz ins dunkelste *Hetemit* reißen und verschlingen am Ende aller Zeiten!"

Mit leidenschaftlicher Wut, einer wilden Feuersbrunst gleich, rammte Bent ihm die für Ranofer bestimmte, geschärfte Klinge mitten in sein ruchloses, schändliches, ehrloses Herz, im selben Atemzug schlug ihr jemand kurzerhand heftig auf den Arm und der tödliche Schlag ging fehl.

„Kann ich dir helfen, Bent?"

Pesechet stand da, außer sich, unglaublich beherrscht. Amenhotep grunzte wie ein abgestochenes Schwein, rutschte an der Wand herunter auf den Boden, drückte sich die unverletzte Hand mit schmerzverzerrtem Gesicht stöhnend auf die Brust.

„Zeig her!" Pesechet beugte sich zu ihm runter, riß ihm das Hemd auf, „Hör auf zu jammern!", schnauzend, „Das ist bloß ein kleiner Kratzer! Bist du ein Mann oder ein kreischendes Weibsbild? Ich dachte, ich könnte helfen, Bent, als Chemsit mir sagte, du müßtest einen Verletzten versorgen. Was ist mit seiner Hand? Griff er in das Messer?"

„Abhacken sollte man sie ihm! Verrecken soll er!", wütete Bent. „Elendiglich krepieren! Genau wie mein Kind! Genau wie meine Freunde! Du widerliches Scheusal!"

„Was... Bent?" Pesechet krallte sich in Bents Arm. „Was hat er dir angetan?"

„Der kann *mir* gar nichts mehr antun!", geiferte Bent bösartig, die linke Hand auf ihrem blutenden Tintenbild, mit der anderen schlug sie Pesechets Hand weg. „Das ist lange vorbei! Mir, der Herrin des Isistempels! Mir, die unter der Königin Schutz steht! Mir, die ich unter Isis' und Sachmets Schutz stehe! Mir, Sahu-Re, von der großen Göttin selbst auf ihren Thron gesetzt, vom Volk von Uaset verehrt, kann *er* nichts mehr anhaben!"

Schwankend kam er auf die Füße, betrachtete argwöhnisch seine Brust, das wenige Blut, daß aus dem winzigen Schnitt hervorquoll.

„Hetemit?", schnaufte er abfällig, rieb sich die kleine Wunde, richtete Hemd und Perlenkragen. „Mir scheint", keuchte er mit ungläubigen Grinsen und maßloser Überheblichkeit in der Stimme, griff nach seiner Schreiberpalette,

---

[18] Aus dem *Das Buch von dem, was in der Duat ist*, Amduat. Sachmet eignet sich die Namen der zehnten und elften Nachtstunde an und spricht den Fluch der über die Verdammten, Sünder und Frevler gelegt wird.

trat zur Tür, „Euer Messer ist noch nicht einmal scharf genug für *diese* Welt! Nicht scharf genug für mich! Das wirst du noch bereuen! Du wirst niemals vor mir sicher sein! So schnell wirst du mich nicht los! Ich werde noch hundertzehn Jahre alt, darauf kannst du Gift nehmen!"

„Hundertzehn?", lachte Bent gehässig, fühlte sich von einer erdrückenden Last befreit, der Schmerz verblaßt, das Leid erträglich, die Angst vor ihm besiegt. Voller Ingrimm faßte sie ihre mächtigen *Medu Netjer* an, heiß brennend floß Sachmets Blut über ihre Haut, zwischen ihre Brüste, über das Kleid. Sie fing es auf, trat auf ihn zu, hielt ihm die blutige Hand vor die Nase.

„Weißt du, was das ist?", zischte sie bösartig. „Soll ich den Wind beschwören? Die Heuschrecken rufen? Erinnerst du dich? An unsere letzte Begegnung in diesem heiligen Haus? Hat sie dir nicht Schönes prophezeit? Hat sie dich nicht geküßt? Dir ihren heißen Atem eingehaucht? Hundertzehn? Pah, was ist das schon!", höhnte sie abfällig, holte aus und schlug ihm mit voller Wucht ihre blutige Hand mitten in sein überhebliches, widerliches Grinsen.

„Du *bist* längst tot!", fauchte sie. „Eine leere, seelenlose Hülle! Sachmets Blut in deinem Gesicht! Sachmets Fluch über dich! *Die Mächtige* hat dich verdammt auf ewig zu wandeln unter Nuts Himmelsgewölbe! Ich verdammte soeben dein verderbtes Herz! Du! Pah!" Sie spuckte ihm voller Verachtung vor die Füße, griff nach ihrer Rute, hielt sie ihm vors Gesicht. „*Du* bist ein Niemand! *Ich* bin Bent! *Ich* bin Sahu-Re! *Ich* bin die Herrin! Verschwinde aus meinem Haus und wage es nicht noch einmal, seine heiligen Mauern zu betreten! Samut!"

„Herrin?"

„Komm her, pack diesen unwürdigen Wurm beim Genick! Schmeiß in raus, wirf ihn in den Staub der Straße! Pesechet! Wir zwei gehen jetzt zu unserem schönen Fest zurück! Ich bin hier fertig! Endgültig fertig! Sie hat mir noch einmal ihren Arm gereicht!"

Bent ließ die Rute knallend durch die Luft sausen, verließ die Kammer.

„Zeit ein neues Leben zu beginnen!"

ÄGYPTEN, LUXOR

Samstag, 14. Mai 2011 A.D.

LUXOR, EL CORNICHE
IM DRECK DER STRASSE

Die Sirenen von Ambulanz und Polizei heulten durch den Morgen. Neugierige und Besserwisser schlurften näher. Anna, weinend auf ihren Knien, hielt abwechselnd Raphaels Hand, streichelte durch sein Gesicht, hielt mit der anderen Hand das Tuch.

„Gleich kommt Hilfe, Liebster! Ranofer, bleib da! Bleib wach! Ich will dich nicht noch einmal verlieren."

Seine Angestellten, von dem Tumult angelockt, kamen von gegenüber gelaufen, „Boß? Ey, this is our Boß! Miß Anna, was ist los?", hielten mit dem Beamten der Touristenpolizei die aufdringlichen Gaffer auf Abstand.

„Ich hab es genau gesehen! Jemand auf einem Fahrrad hat ihm im Vorrüberfahren sinnlos ein Messer in den Bauch gerammt!"

Anna hob ungläubig den Kopf. Diese Stimme! Diese widerliche, säuselnde, einschmeichelnde Stimme. Diese unglaublich dreiste Lüge! Lag er eben nicht tot auf dem Pflaster? Niedergestreckt von Raphaels Schuß? Ich habe es doch gesehen! Ein Schuß, gezielt, mitten in die Brust! Mitten ins Herz. Und du Schwein hattest noch das Messer in der Hand oder was immer das war.

„Er hat seine Waffe gezogen und nach ihm geschossen, ohne Warnung, vergebens, Herr Polizist. Ich warf mich schnell genug zu Boden, sonst hätte er mich erwischt. Da kann man froh sein, daß nicht mehr passiert ist. Wenn er nun einen unschuldigen Touristen getroffen hätte." Anna glaubte ihren Ohren nicht zu trauen. „Dann wäre Luxor und Ägypten aus den weltweiten Schlagzeilen gar nicht mehr herausgekommen! Darf ein Ausländer denn überhaupt bei uns eine Waffe tragen, Herr Kommissar?" Anna entdeckte entsetzt das kleine, fransige Loch in seiner Galabiya, doch er packte den Zipfel seines schmuddeligen Schals, zog ihn fest vor seiner Brust zusammen.

„Lassen Sie mich mal schauen?", fragte jemand freundlich. Anna drehte sich um und schaute einem Sanitäter ins Gesicht.

„Helfen Sie doch!", flehte sie und drückte Raphaels Hand fester. „Sprechen Sie englisch?"

„Ein bißchen. Beruhigen Sie sich. Der Doktor kümmert sich und ich. Kommen Sie, Sie haben alles richtig gemacht, können nichts mehr tun. Setzen Sie sich doch dort auf die Bank, lassen Sie uns unsere Arbeit machen."

„Anna! Komm, die Herren wissen, was sie tun." Georg sammelte die Waffe und Annas Zeug vom Boden, reichte ihr die Hand, gab ihr den Shopper.

„Wo kommst du nur her, Georg?" Sie konnte ihren Blick nicht von dem Geliebten lösen, der im Dreck der Straße wie ein armseliges, abgeschlachtetes Tier verblutete.

„Ich saß noch im Taxi. Wollte gerade mit dem Fahrer den Preis klären, als mein Telefon läutete. Da sah ich, daß was passiert ist und rief sofort den Notarzt. Anna, Schatz, beruhige dich, sieh nicht dorthin, es wird alles gut, nicht weinen!"

„Er verblutet!", schluchzte sie verzweifelt, betrachtete entsetzt ihre Hände und das blutverschmierte Kleid.

„Anna, so schnell verblutet man nicht."

„Erzähl mir noch so eine barmherzige Lüge und ich glaube sie dir!"

„Sie waren dabei?", fragte eine scharfe Stimme. Anna hob den Kopf, der Polizist von eben. „Give me your ID Card, Madam, Passport, please. Sir? Are they Eyewitness?"

„No."

„Er hat ihn einfach abgestochen!" Anna wies mit der zitternden, blutigen Hand auf den schmierigen Nassauer, suchte in ihrer Tasche nach einem Papiertaschentuch, wischte mit mäßigem Erfolg Raphaels Blut von den Händen, kramte nach dem Ausweis. „Und behauptet jetzt, es sei ein anderer gewesen!", fuhr sie hoch. „Er hat mich grundlos beschimpft, beleidigt, hat ihn beleidigt und dann zugestochen."

„Der Mann hat geschossen. Auf einen Radfahrer."

„So hören Sie doch, was ich sage! Da war kein Radfahrer!" Sie schaute zu, wie ein anderer Polizist von Georg Raphaels Waffe verlangte und in eine Tüte packte, fühlte sich wie in einem schlechten Kriminalfilm.

„Anna! Ainsi soit-il. Arrête! Assois-toi! Parlez-moi à Français. Er braucht nichts verstehen. Laß es gut sein. Du bekommst sonst Ärger."

„Hör auf deinen Hurenbock", verstand Anna nun in einer Sprache, die niemand sonst hier verstand. Der dreckige alte Sack grinste auf's freundlichste. „Glaubtest du, du kommst damit durch? Mit deinem neuen Glück? Sagte ich nicht, komm mir nie wieder unter die Augen! Sagte ich nicht, so schnell wirst du mich nicht los! Ich kriege dich! Immer und überall! Nimm den Fluch von mir und ich vergesse vielleicht!"

„Yalla!", fuhr der Polizist den Alten an, schubste ihn grob zu Seite, wandte sich wieder Anna zu. „This Man has a Gun..." Das schrille Aufheulen des Martinshorns ließ ihn verstummen, Anna schaute verzweifelt zu, wie man Raphael auf der Trage in das Auto der Ambulanz schob, die Türen zuschlug und davonbrauste.

„Ich muß da mitfahren! Das ist Mister Ney. Er leitet den Wachschutz vom Winter Palace. Er darf die Waffe führen. Er ist mein Mann! Please! Bitte, lassen Sie mich gehen!"

„*Ihr* Mann?" Der Polizist schaute skeptisch auf die beiden Ausweise.

„Ja!"

Er steckte Annas Ausweis ein, reichte Georg seinen zurück, holte aus seiner Hemdtasche eine Visitenkarte, reichte sie Anna. „Sie melden sich bei mir! Wenn Sie… Sie wissen schon. Gehen Sie. Go!"

„Gib mir den Schlüssel, Anna."

„Hm?"

„Von dem Cabrio! Ich fahre dich."

Mit zitternden Händen reichte sie Georg den Autoschlüssel.

„Sie bringen ihn ins Internationale Krankenhaus", rief der Polizist ihm nach. „Das Luxor Medical Center hat noch nicht eröffnet. Finden Sie den Weg?"

„Ja!" Georg fädelte sich in den Verkehr, tuckerte in Richtung Brücke, bis zur Abzweigung. „Was ist das nur für eine Karre! Viel zu langsam!"

„Er hat es mir geschenkt…" Anna brach schon wieder in Tränen aus, „und selbst restauriert… ich bin eben das erste Mal damit gefahren…"

„Hör auf zu flennen, Weib! Links oder rechts herum?"

„*Dein* Mann?", schnaubte Georg leise und schüttelte ungläubig den Kopf. Sie hatten Sara Bescheid gegeben, ihr ein Taxi geschickt, saßen nun im Krankenhausflur auf unbequemen Stühlen und warteten. „Anna! Weißt du, wie *ich* mir dabei vorkomme?"

„Ich hasse es!", weinte Anna. „Ich hasse Krankenhäuser, das stundenlange Warten, Hoffen, Bangen. Ich kann keine Wartezimmer, Krankenhausflure mehr sehen… Alle die ich liebte… Vater, Mutter, Schwester… vergebens… dieses Warten und Bangen macht mich ganz krank!" Anna schlug verzweifelt mit den Fäusten auf die Sessellehnen, stand auf, trat zu dem Fenster, schaute hinaus ohne wirklich etwas zu sehen.

„Der wird das überstehen! Das ist ein riesiger, kräftiger, kerngesunder Kerl. Hör auf, dich verrückt zu machen. Da kommt Sara."

„Oh, Sara!"

Raphaels Mutter nahm Anna in den Arm. „Habt ihr Neuigkeiten?"

„Nein. Sie operieren noch."

Jemand umarmte Anna von hinten liebevoll, „Mommy!", flüsternd.

„Ahmed!" Anna drehte sich weinend um. „Mein Schatz!"

„Mama!" Er drückte sie fest an sich. „Wenn ich ein Held wäre, Mama, und eine Armee hätte… ich würde ihn niedermachen! Niemand, keiner, nicht einer darf meiner Mommy ungestraft jemals Böses tun, wehtun!"

„Oh mein Liebling!", schluchzte Anna, „Du *bist* doch mein Held! Mein einziger! Mein allergrößter!"

Schweigend saßen sie und warteten gefühlte unendliche qualvolle Stunden.

Irgendwann an diesem schrecklichen Tag trat ein Arzt auf sie zu, Anna meinte gerade, jemand schlage ihr einen Hammer in die Kniekehlen. Dieser ernste Gesichtsausdruck! Völlig auf schlechte Nachrichten eingestellt, tastete sie nach Ahmeds Hand, erhob sich von dem Stuhl.

„Das war verdammt knapp! Aber er wird das schaffen. Und auch wieder ganz gesund werden!"

Anna sank, das Hirn wie in Watte gepackt, auf Knien aus Wackelpudding auf den Stuhl zurück, hörte wie aus weiter Ferne Sara dem Arzt danken und Georg, der einen erleichterten Schnaufer ausstieß.

„Fahren Sie in ihr Hotel, oder wo immer Sie in Luxor untergebracht sind. Ruhen Sie sich aus, sammeln sie Ihre Kräfte. Sie können momentan nicht zu ihm, wir haben ihn auf der Intensivstation unter Beobachtung. Morgen dürfen Sie vielleicht kurz zu ihm. Mister Ney ist gut versorgt, es besteht kein Anlaß, sich weiter Sorgen zu machen."

Anna betrat am Sonntagvormittag das überwachte Aufwachzimmer, zog den Gürtel von dem grünen Umhang fest, überhörte geflissentlich die leise piependen Monitore, beugte sich über ihn, streichelte seine Wange. Er blinzelte, erwachte aus seinem Dahindämmern. Wo waren seine strahlenden, frischen, wachen Augen geblieben?

„Aber jetzt bin ich im Himmel?", flüsterte Raphael leise und heiser.

„Hey mein Schöner! Nein!", lachte sie unter Tränen und schüttelte den Kopf, küßte seine Hand, seine Stirn, fuhr ihm durchs Haar. „Du bist immer noch in Luxor! Und so schnell kommst du hier auch nicht weg!"

„Immer wenn ich aus einem ungewöhnlichen Traum erwache, sitzt ein Engel an meinem Bett! Anna, Süße! Nicht weinen! Komm her, setz dich auf die Bettkante." Sie legte sich vorsichtig halb neben ihn, er versuchte sie in den Arm zu nehmen. „Au! Scheiße! Laut lachen wird nächste Zeit nicht drin sein."

„Hauptsache, du wirst wieder gesund! Ich darf nicht lange bleiben. Deine Mom will ja auch zu dir."

„Dann sollten wir die Zeit nutzen, Schönheit. Es bleibt uns sowieso nicht mehr viel davon. Reich mal den Tee, ich hab einen ganz trockenen Hals."

„Was redest du denn! Der Doktor sagt, alles wird gut! Spätestens übermorgen kannst du aus diesem überwachten Zimmer in ein normales Krankenzimmer."

„Wenn ich hier raus bin, werde ich wohl in den Bau einfahren...", brummte er heiser, gab Anna die Tasse mit dem Strohhalm zurück. „Leichtsinnig einen Menschen erschießen und dann tun, als wäre nichts, funktioniert auch in Ägypten nicht. Es war eindeutig Notwehr, viel Schlimmes wird hoffentlich nicht auf mich zukommen."

„Du hast ihn nicht getroffen", flüsterte Anna und blickte zu dem Mensch im

Nachbarbett hinüber. Doch der lag schnarchend in seinem Narkosetraum. Raphael ließ Anna los, sie setzte sich auf, er zog scharf die Luft ein, richtete die ein bißchen verhedderten Schläuche der Infusionsflaschen und die Schnüre von EKG und Blutdruckmessung, versuchte unter Schmerzen sich ein wenig aufzurichten.

„Ich habe noch *nie* nicht getroffen!", knurrte er. „Ich weiß, was ich tat, Mädchen. Brauchst mir nicht heile Welt vorspielen."

„Er sagte der Polizei und jedem der es hören wollte, er hätte sich auf den Boden geworfen, damit du auf den flüchtenden Radfahrer schießen kannst, der dich niedergestochen hat."

„Was für ein Radfahrer? *Er* stach auf mich ein. Hierhin Anna!" Mit schmerzverzerrtem Gesicht stupste er Anna auf das Herz, das schnelle Piepen der Geräte vermeldete seinen steigenden Blutdruck. „Ich zielte und traf!"

„Nein! Du hast danebengeschossen!" Sie schüttelte den Kopf, tupfte sich Tränen aus den Augen.

„Ich zielte und traf!", stöhnte er unter Schmerzen. Sie küßte seine Hand, hielt sie vor ihrem Mund fest, flüsterte: „Du hast getroffen, Liebster. Ja! Doch die Sau stand wieder auf!"

„*Was*? Boh! Ah! Verdammt, sag das nochmal!"

„Ich habe das Loch in seiner Kutte gesehen. Hier, ins Herz. Er deckte es zu, als er dem Polizisten seine Lügen auftischte. Das kann aber doch nicht sein, Raphael!"

„Was ist das für eine Scheiße?", krächzte er und griff nochmal zu der Teetasse. „Er hat provoziert, das war geplant! Trug er vielleicht eine Schutzweste unter seinen Lumpen? Und da war tatsächlich ein Radfahrer…", grollte er, „Als wir über die Straße wollten…"

„Ja! Und alle dabeistehenden Gaffer bestätigten das auch noch."

„So sind nun mal Zeugenaussagen…", er stöhnte schon wieder, „nicht zu gebrauchen, jeder sieht, was er sehen will. Vielleicht ein Glück für uns." Ein Pfleger betrat den Raum, nickte Anna grüßend zu, schaute nach Raphaels Monitor, begutachtete den aufgezeigten Wert, fand ihn anscheinend in Ordnung. „Are you ok, Sir?"

„Yes." Daraufhin schaute der Pfleger nach dem Patienten im Nachbarbett, überprüfte sämtliche Infusionen und verschwand wieder.

„Ich gehe, mein Schatz. Sara will dich sehen, und du solltest dich nicht anstrengen. Ich wohne im Moment in meinem Zimmer im Hotel, dann hab ich es nicht so weit bis hierher. Du solltest dir keine Sorgen machen. Der Polizist sagt, daß das wohl alles im Sande verläuft. Du sollst, wenn es dir besser geht, eine Aussage machen. Sie schicken jemanden zu dir." Sie beugte sich zu ihm hinunter, küßte ihn zart auf die Stirn.

„He, he! Bin ich ein Invalide? Gib mir einen richtigen Kuß, Lady, so daß ich von dir träumen kann!"

LUXOR, EL CORNICHE, VOR DEM WINTER PALACE
MONTAG, 16. MAI 2011

„Ibrahim!" Anna zwängte sich an zwei Hotelgästen vorbei an die Rezeption. „Lassen Sie bitte meinen kleinen grauen Koffer aus dem Aufbewahrungsraum holen?"

„Natürlich Madame, sofort!" Er rief nach einem Pagen, hörte sich von den Herrschaften ihre Wünsche an, versprach sie zu erfüllen, wünschte ihnen einen schönen Tag, wandte sich Anna zu, die auf ihren Koffer wartete um ihn von dem jungen Mann in das Cabrio bringen zu lassen.

„Wie geht es Käpt'n Ney, Anna? Oh, Allah, was sind das für Zeiten! Das Haus hat ihm Blumen schicken wollen, einen Obstkorb, man darf es nicht auf die Intensivstation bringen, nur die Karten. Wir haben alle unterschrieben. Ich bete jeden Tag für ihn und seine Genesung."

„Das ist lieb aber sprich mich nicht drauf an, Ibrahim! Sonst breche ich in Tränen aus. Es geht ihm besser, deine Gebete haben bestimmt geholfen. Und er kann diese Woche sogar Besuch bekommen."

„Nimm du die Blumen und das Obst und sag ihm einen lieben Gruß von Fatme und mir, wenn du ihn besuchst."

„Natürlich! Das wird ihn freuen. Ist Georg schon zurück?"

„Nein. Er wollte heute nach Qurna und erst am Nachmittag zurück sein. "

In Raphaels Wohnung wuchtete Anna den Koffer auf's Bett, packte ihn aus, legte alles parat vor sich. Band sich das Haar zusammen, schlüpfte in die ausgebeulte Hose, das Tank-Top, zog eine Hemdbluse drüber, zog den Gürtel stramm, bückte sich nach den Stiefeln. Es dauerte eine Weile, bis sie die Schnürsenkel durch die Krampen gezogen hatte, betrachtete sich im Spiegel des riesigen Schrankes. *Lara Croft oder was?* hörte sie Raphael lachen und wie aus weiter Ferne Georg lästern, der sich vor vielen Jahren über ein ähnliches Outfit lustig machte:

… Dir fehlt nur noch der Patronengürtel mit dem dazugehörigen Maschinengewehr, dann könntest du glatt an einer Modenschau für Guerillakämpferinnen teilnehmen …

Du könntest in gewisser Weise recht behalten, Georgy!

Sie stampfte hinüber in das Wohnzimmer, holte aus einem kleinen Gefach unter der Schreibtischplatte einen Schlüssel, ging damit in den Raum gegenüber vom Bad, dort wo die Waschmaschine stand. Der kleine Schrank an der Wand sah aus wie ein Medizinschrank …

Sie öffnete ihn.

Raphaels Waffenschrank!

Nahm die Pistole, die ein Polizist gestern zurückbrachte, und die Munition in die Hand.

Scheiße! Wie funktioniert das?

Habe ich ihm nicht ein paarmal zugesehen, wenn er das Ding putzte? Und was sagte er? *Du hast einen messerscharfen Verstand*! Dann nutz ihn auch, du dumme Nuß. Ah, so geht das!

Sie steckte das schwere Ding hinter den Gürtel, verließ das Haus, brauste zum Tempel von Amenophis. Dort suchte und fand sie Andrea unter einem Zelt beim Sortieren kleiner Bruchstücke von Statuen, klatschte ihr den Schlüssel vom Käfer hin.

„Gib mir den Schlüssel vom Defender!", schnauzte sie.

„Dir auch einen schönen Tag!"

„Mach!"

„Wie siehst du denn aus? Kommst du doch arbeiten?"

„Wie eine Guerillakämpferin! Jetzt gib mir den Schlüssel!"

„Wie geht es deinem Freund?"

„Sehr gut!", spottete Anna giftig. „Wie es einem eben geht, der eine zwanzig Zentimeter lange Klinge in den Bauch gerammt bekam!"

„Ja! Schon gut! Blas dich doch nicht so auf."

„Bis später!"

Zornig bis ins Mark lenkte Anna den schwergängigen Geländewagen bis zu den Fähren. Welch ein Glück! Die *Ali Baba* legte gerade an.

„Ali!"

„Miß Berger!", freute er sich. „Friede sei mit Ihnen! Wollen Sie übersetzen?"

„Ich suche den alten Bettler, weißt du? Den Geist."

„Oh, Allah!" Er griff nach Fatimas Hand an seinem Hals, küßte sie.

„Ali, Allah hat damit nichts zu tun! Hast du ihn gesehen?"

„Er wird drüben sein um diese Zeit. Nur des Nachts geistert er auf der Westbank umher. Stromert in den Ruinen von Malkatta herum. Oder an den Memnonkolossen. Wandert schlaflos, ruhelos zwischen den Orten umher, wie ein Teufel der Nacht."

„Danke Ali."

Sie donnerte mit der schweren Karre zurück nach Luxor.

„Mit mir nicht!", grollte sie während des Fahrens. „Jetzt ist Schluß! Das ist nicht *meine* Angst! Die suggerierst du mir ein. *Ich* bin Anna! *Ich* kenne keine Angst, ich kann mich wehren! Seit Jahren stellst du mir grundlos nach. Damit ist ein für alle Mal Schluß!"

Auf der Corniche schlich sie im Schrittempo, ignorierte die empörten Einheimischen, die hupend und schimpfend an ihr vorbeifuhren, versuchte durch die üppig blühenden Oleanderbüsche zu linsen, suchte den dreckigen Wichser, erspähte ihn durch all das Grünzeug auf dem Mittelstreifen an seinem üblichen Platz gegenüber vom Hotel. Bretterte am Winter Palace vorbei, durch den Kreisel am Luxortempel zurück, hoppelte über die hohe schwarz-weiße Bordsteinkante zwischen zwei Birkenfeigen auf die breite Promenade am Ufer des Nils vor den Kreuzfahrtschiffen. Mit dröhnendem Motor, aufgeblendetem Fernlicht und hupend lenkte sie den alten Defender durch die wenigen Spaziergänger, hielt auf ihn zu, gab Gas und machte vor ihm und kurz vor dem Zaun eine Vollbremsung. Er machte einen Satz, drückte sich mit dem Rücken an den Zaun, hielt sich mit den Händen an einem der Pfosten fest. In seinem narbenzerfressenen, dreckigen Gesicht nichts als verschlagene Feigheit.

„Hier ist das Fahren verboten!", keifte er. „Das ist ein Bürgersteig! Sie haben mich um ein Haar überfahren! Sie haben das doch gesehen!", wandte er sich greinend an die Fußgänger. Niemand kümmerte sich darum. Anna sprang aus dem Wagen, ging wutentbrannt auf ihn los, machte über den riesigen dunklen Fleck am Boden einen großen Schritt.

„Du Dreckschwein!", fauchte sie. „Das wirst du mir büßen!" Sie hielt ihm, im Schutz des Defenders mit seiner offenen Tür und des leeren Kreuzfahrers, mit eiskaltem Zorn die Waffe an den Kopf. „Niemand wird *dir* helfen! Wir zwei reden jetzt mal Klartext! Verstanden!"

„Aber gnädige Frau, was wollen Sie…" Wie eine Ratte, eine dreckige räudige Ratte blickte er sich um, hoffend auf irgendeinen Beistand.

„Ich benutze sie, wenn du weiter so plärrst!"

In seinem narbenzerfressenen Gesicht erschien ein fieses Grinsen. „Noch einmal? Oh, Madame, ich bitte Sie … was soll das bringen?"

„Was willst du von mir, du Schwein?"

„Meinen Tod!", grollte er und für einen Augenblick bekam Anna den Eindruck, dieser Drecksack meinte es ernst.

„Das kannst du gerne haben! Schneller als dir lieb ist!" In Anna kochte die weiße, eiskalte Wut schäumend hoch.

„Schießen Sie, Mylady", säuselte er mit seiner fiesen Lache. „Sie haben gesehen, was passiert. Und ich werde es immer wieder tun! In deinem Leben aufkreuzen, dir nehmen, was dir lieb ist. Solange, bis du den Fluch zurücknimmst!"

„Du kannst mich mal am Arsch lecken mit deinem vermaledeiten Fluch! Du bist doch komplett irre!", brüllte Anna aufgebracht, rammte dem Alten wutentbrannt das kalte Eisen in die Stirn, hielt entsetzt über sich selbst inne, steckte die Waffe weg. Der Drecksack ließ sich entkräftet auf die niedrige Mauer mit der der Zaun eingefaßt war sinken.

Was tue ich hier? Das ist alter, kranker, verwirrter Mann!

Nein! Das ist ein Dreckschwein!

Ein Monstrum! Ein Sauhund!

„Was denken Sie sich überhaupt?", schnauzte sie, „Warum stellen Sie mir seit Jahren nach?", kratzte sich unwirsch unter dem Träger des T-Shirts.

„*Jahre*?", schnaubte er. „Was bedeuten schon Jahre?" Mit seinen dreckigen Fingern schob er die lange Weste über der schmuddeligen Galabiya zur Seite. An einem Lederband über seiner mageren Brust baumelte an seiner Hüfte ein rechteckiges, langes, elfenbeinfarbenes, abgenutztes Ding.

Eine Schreiberpalette!

Anna überlief eine schaurige Gänsehaut. Karens Schreiberpalette!

„Mein Eigentum!", schnaufte er. „Wie es mir abhanden kam, weiß ich nicht mehr. Alle Dinge, die ich einst besaß, wurden mir geraubt, entwendet oder von mir eingetauscht. Gegen Essen, eine Matte zum Schlafen … Armselig mußte ich mein Dasein fristen. Hauste in den Ruinen meines Tempels, bis er endgültig zerfiel. Und das alles wegen dir! Erst im Laufe der *Jahre*", er spuckte das Wort förmlich aus, „als die, die mich einst kannten nicht mehr waren, und die, die danach kamen, mich nicht kennen konnten, wurde mein Leben wieder einigermaßen erträglich. Und in den letzten Jahren – als die Flugzeuge, Telefone und Eisenbahnen und endlich sogar das Internet erfunden waren – konnte ich mein Eigentum in aller Welt ausmachen und Teile davon zurückkaufen!" Er spuckte auf den Boden. „Jahre!", schnaubte er verächtlich.

„*Wer* sind Sie?"

„Deine Freundin wollte sie mir einfach nicht geben", schwatzte er, als habe er nicht verstanden. „Nicht zu dem vorher ausgehandelten Preis." Er fummelte an der Palette, zog einen der Pinsel aus dem dafür vorgesehenen Loch. Aber das war kein Pinsel! Das war ein langes dünnes Messer mit einer doppelten Klinge, scharf wie ein Skalpell, mit einem Griff aus Elfenbein. „Kreischte und plärrte herum. Wollte feilschen über etwas, was längst ausgehandelt war, wollte schließlich sogar alles rückgängig machen. Schrie letztendlich sogar laut um Hilfe. Wie dumm!", er lachte geschmacklos. „Wollte das verkaufen. Für einen Luxusurlaub! Eine Überraschung für den überarbeiteten Gatten. Dumm nur, daß die gierige Antiquitätenhändlerin, die noch mehr von meinem Eigentum hortete, mich erkannte und drohte, dem Gatten von mir zu erzählen."

„Was hast du Karen angetan, du Sau!", zischte Anna mit Tränen in den Augen. Er stand auf, mühsam, krumm und bucklig, von Gicht und Arthritis zerfressen, stützte sich an Zaun und Pfosten, kam mit der erhobenen Klinge auf Anna zu. Die machte einen Schritt zurück, bereit jeden Moment in den Defender zu springen.

„Was hast du *mir* angetan, du Miststück!", grollte er bösartig, dann huschte das widerliche Grinsen in sein Gesicht zurück. „Nein!", plauderte er, sie anzüglich betrachtend, steckte in aller Seelenruhe die Klinge zurück. „Doch nicht du! *Dich* brauch ich noch! Zum Spielen! Es war schön in deinem kleinen Land! Wirklich! So gastfreundliche Menschen. Nette Freunde, nette Nachbarn! Und die prächtige Hauptstadt in deinem Deutschland! Dein Gatte, sein Geschäft, seine neue Frau mit dem kleinen, süßen Kind … und erst hier! Dein neuer Hurenbock! Und der liebe Junge! Seine Familie, die netten Abdallas. Und jetzt hat er auch noch eine kleine Freundin…"

In Anna brodelte es vor gerechtem Zorn, die kalte, wallende Wut wandelte sich in heiße, brutale Mordgier, kochte über. Das Tattoo juckte und brannte zum wahnsinnig werden, abermals kratzte sie dort. „Wie sind *Sie* nach Deutschland gekommen?", erboste sie sich.

„Ach, Madame!", erzählte er im Plauderton, als würden sie zusammen beim Tee sitzen. „Ich lebe schon so lange hier. *Ich* weiß, wo die Gräber sind! *Ich* weiß, wer korrupt ist. Manch wertvolles Schmuckstück wechselte den Besitzer, manch schöne Antiquität fand durch mich ein neues Zuhause. Manch Beamter stellte mir ohne dumme Fragen Reisepaß und Visa aus."

Das Tattoo machte sie schier rasend mit seinem heißen Brennen. Wieder machte sie einen Schritt auf ihn zu, fuhr sich dabei unter den Träger, fühlte mit tollwütiger Bosheit hervorquellendes Blut und abscheulichen Juckreiz.

„Würde es doch nur aufbrechen!", geiferte sie. „Das Blut dich ersäufen und dich stinkende Brut in die Hölle aus der du kamst, hinabziehen!"

„Ich habe die dunkle Seite der *Duat* gesehen; deine Hölle kann *mich* nicht schrecken! Ich lebe in ihr seit mehr als dreitausend Jahren! Was für ein Glück dir wieder zu begegnen. Welch eine Fügung des Schicksals. Als ich dich das erste Mal hier in Luxor sah, glaubte ich meinen Augen nicht zu trauen! Glaubte mich im *Ipet Sut* in dem zugigen Korridor, auf dem Abtritt. Erinnerst du dich?", säuselte er mit falschen Tönen, „Ich habe *dich* und deine winselnden Schreie nie vergessen! Nie! Sowas Schönes kann man nicht vergessen! Die holde Jungfrau! Selbst heute ergötze ich mich manchmal daran. Und ich vergesse erst recht nicht den Tag im Tempel der Isis, als die Königin dort weilte. Als du, die ich tot glaubte, mir abermals in einem Korridor begegnetest und mir *das hier* antatest! Du bist es! Wie auch immer du das gemacht hast, mit welcher dämonischen List du auf dieser Schwarzen Erde wandelst! Aber du wirst den Fluch von mir nehmen oder du wirst mich richtig kennenlernen!"

„Sag mir, wer du bist!" Anna zog die Waffe aus dem Gürtel, bereit ihn niederzuknallen wie einen tollwütigen Hund, gleichgültig, auch wenn sie dafür ins Gefängnis käme. Sie machte einen weiteren Schritt auf ihn zu, streckte den Arm aus, krümmte den Finger mit eiskalter Berechnung. „Oh nein! Das brauchst du gar nicht! Ich weiß genau wer du bist! Solche Typen wie du kenn' ich zu gut! Du bist eine linke Bazille! Einer der kleine Kinder schubst, einer der Tiere quält, einer der den Freund in den Dreck stößt und ihm freundlich aufhilft, einer der Frauen unter den Rock schaut! Du bist ein sadistisches, heuchelndes, niederträchtiges, skrupelloses Dreckschwein! Einer der nach oben buckelt und nach unten strampelt, Kollegen in die Pfanne wichst! Ziehst dich mit dreisten, schmeichelnden Lügen aus allen Affären! *Du* lügst *mir* nicht die Hucke voll! Sag mir, wer du bist!"

„Wer ich bin? Habe ich mich dir nicht vorgestellt? Oh, verzeiht einem alten Mann, meine Beste." Spöttisch legte er die rechte Hand auf sein Herz, legte den Kopf schief, machte eine kleine höhnische Verbeugung. „*Ich beaufsichtige die Herstellung der Bilder des Königs! In jedem harten Stein, fest wie der Himmel! Ich leitete die Arbeit an seiner Statue, die weit wie der Himmel war! Niemals habe ich nachgeahmt, was man früher gemacht hat! Seit der Gründung der beiden Länder hat es niemanden wie mich gegeben*! Ich sage dir, wer ich bin, Weib! Ich, der Sohn des Hapu! Der Neffe des Men! Der Vetter von Bek, deinem kleinen Scheißer! *Ich* bin Amenhotep Sa Hapu!", knurrte er hypnotisch. „Ich war Pharaos Baumeister! *Tjai chu her wenemi Nesu!* [19] *Iripat, Rindervorsteher des Amun in Ober- und Unterägypten, Sem-Priester im Goldhaus. Vermögensverwalter der Sat Nesut Sitamun!* Und das was du da auf der anderen Straßenseite siehst, habe ich gebaut! Und die Säulenhalle in dem großen *Ipet Sut*! Und den Tempel in dem du wie eine Sau im Dreck wühlst!" [20]

Amenhotep Sa Hapu?

Ipet Sut?

In Anna stieg plötzlich unkontrollierte Panik hoch. Sie meinte gerade, jemand drehe ihr den Arm auf den Rücken, trat ihr in die Rippen, glaubte dieser Mensch hätte absolute Gewalt über sie, könne mit ihr alles machen, ja selbst sie umbringen. In einer rasenden Feuersbrunst verbrennen lassen…

Sie schaute dem Alten ins Gesicht, erblickte gleichzeitig ein schönes, junges Männergesicht mit einem falschen Lächeln auf den Lippen. Das Bild flackerte und zuckte wie ein schlecht eingestellter Fernseher. Ihre Hand begann zu kribbeln, das Jucken des Tattoos machte sie beinahe komplett irre. Sie glaubte, zitternd und vor Angst bebend auf den Boden zu rutschen, ihn um Gnade anflehen zu wollen, doch bitte das schreiende Kind loszulassen… Bitte! Ich mach auch alles, was du willst…

Ihr Arm mit der Waffe sank kraftlos herunter, die Knie wurden ihr weich, nachgiebig. Bitte! Hör auf, nicht! Laßt mich doch los… ich flehe dich an, laß mein Kind los!

Mama! Hilf mir…

Lautes Hupen auf der Straße riß Anna aus diesem grauenvollen Alptraum, aus dieser beklemmenden Lähmung, mit Wucht kehrte die rasende Wut und ihre Selbstsicherheit zurück!

---

[19] Wedelträger zur Rechten des Königs

[20] Titel und Taten von Amenophis, Sohn des Hapu (Der *Iripat*/Fürst ist allerdings nicht gesichert und seine Verwandtschaft zu Bek und seinem Vater Men habe ich ihm angedichtet.) Seine Mutter hieß Itu und er wurde in *Hut ta heri ib*, dem heutigen Athribis, in der Regierungszeit von Pharao Thutmosis III. geboren

Das ist die Corniche!

Ich knie nicht!

Ich stehe hier!

Ich bin nicht dein Opfer!

Ich bin Anna!

Und du bist nichts als ein alter, verwirrter Mann dem die Sonne das Hirn ausgetrocknet hat!

„Du hast meine Freundin erstochen!", brüllte sie außer sich vor Zorn, riß abermals die Waffe hoch, hielt sie ihm an den Kopf. „Und was noch viel schlimmer ist, du hast meinen Gefährten umbringen wollen! Das wirst du mir büßen, du irres Schwein!"

„Nicht!", schnurrte es sanft. Jemand legte ihr besänftigend die Hand auf den ausgestreckten linken Arm. „Ich reiche dir auch heute meinen Arm! Es sind andere Zeiten, Tochter, andere Sitten. Siehst du nicht seine Angst? Riechst du sie? Er hat mich doch tatsächlich erkannt! Dieser unnütze Wurm wird sich von dir fernhalten, will er nicht noch einmal meine Rache spüren. Du kannst ihm nichts anhaben, du machst dich nur unglücklich. Er ist es nicht wert. Du kannst ihn höchstens auch in *diesem* Leben verfluchen. Irgendwann, am Ende aller Tage und Zeiten, wird er einst in *Hetemit* [21] vernichtet werden. Nimm das runter, Tochter der Sachmet, bevor jemand aufmerksam wird."

Anna hörte nicht wirklich hin, starrte diesem Monstrum unentwegt ins Gesicht, hatte das Gefühl neben einer blutgierigen, grausamen, mächtigen Bestie zu stehen, hörte wie aus weiter Ferne das heisere Grollen und tief bis ins Mark reichende kollernde Rufen eines Löwen. Die überhebliche Miene des alten Bettlers wich einer grotesken Fratze voller Panik. Stand da Angst in seinen dreckigen Zügen? Pure feige Angst?

„Was?" Als wäre sie wieder zu sich gekommen, zurück in der wirklichen Welt, ließ Anna den Arm sinken, schaute neben sich. Die schicke Dame aus dem Winter Palace. Und ihr triefäugiger Begleiter …

„Guten Abend! *Anch Uda Seneb*", grüßte die Dame freundlich, lächelte Anna an. Ihr perfekt schönes strahlend weißes Lächeln zeigte Anna kleine spitze Eckzähne. „Welch eine Freude, Sie hier zu treffen, Madame Berger. Wir würden uns freuen, wenn Sie mit uns den Sundowner auf der Terrasse genießen würden. Und wollten Sie mir nicht etwas geben? Ich warte immer noch."

„Sundowner?" Anna steckte die Waffe hinter den Gürtel, deckte sie mit der

---

[21] *Hetemit* bezeichnet in der ägyptischen Mythologie den in der Duat liegenden Ort der Vernichtung. Ein geheimer Platz im Jenseits, wo Feinde der Götter und der Verstorbenen gerichtet, bzw. vernichtet werden. Sie erfahren den zweiten Tod. Ein Übertritt der Seele nach *Sechet Iaru* (das Paradies) wird dadurch unmöglich.

Bluse zu, schaute sich um, sah, wie der feige alte Sack sich rasch unter die wenigen Fußgänger mischte und aus ihrem Blickfeld verschwand. „Ein andermal", raunzte sie. „Ich bin nicht in der Stimmung für einen Absacker."

„Höre, Sahu-Re!" Der zarte Griff um Annas Handgelenk, sanft, beschwörend, machte sie nahezu willenlos, gefügig. „Der Bettler, der Mörder, der alte Mann... Das ist eine verlorene, verdorbene, verfaulte Seele, von *Sechem Me t.* geküßt. Dazu verdammt niemals zu sterben und ruhelos auf Erden zu wandeln, bis ans Ende der Zeit! *Nebet Sedau* hat ihn verflucht und gerichtet!" Anna wich vor der Frau zurück, griff in das offene Fenster des Defenders, hielt sich an dem Rahmen fest. „Er hat dich erkannt, Bent! Er weiß wer du bist und sein verdorbenes Herz sinnt auf Rache."

„Rache? Wofür?"

Leben sollst du!, hörte Anna in ihrem Geiste, und es hörte sich an wie ein grausamer Donnerschlag. *Leben! Erbärmlich leben! In alle Ewigkeit. Du hast den Kuß des Todes erhalten, aber du wirst niemals sterben! Auf ewig sollst du den Tag verfluchen, der dein Todestag sein sollte. Sachmet hat dich geküßt und verflucht ...*

„Niemals sterben?", schnauzte Anna. „Was für eine unvorstellbare Grausamkeit! Aus welchem Horrorfilm haben sie diese bescheuerte Idee geklaut? Was muß ein Mensch Schreckliches tun, um eine solche Strafe zu erleiden?"

„Daran wirst du dich nicht erinnern wollen!", fauchte es. „Er ist ein Mörder! Steht daher außerhalb der Maat. Ich bin zu unglaublich erbarmungsloser Rache fähig, wenn man mich reizt! Der Bann ist ausgesprochen und wird nicht zurückgenommen! Es sei denn, er bereut aus tiefster Seele seine Taten und leistet Abbitte."

„Das wird er niemals tun!", bemerkte der Typ. „Seine Niedertracht hat sein Herz zerfressen. Selbst ich halte mich von ihm fern. Er bot sich mir an; das lehnte ich ab. Das Schwein hat keinerlei Ehre im Leib. "

„Was für eine gequirlte Scheiße! Der gehört doch zu Ihnen! Sie stecken mit dem doch unter einer Decke! Lassen Sie mich los! Nehmen Sie ihre Hand da weg! *Erbarmungslose Rache?* Ha! Die ging ja wohl gründlich daneben! Er mordet doch immer noch! Hat es allein im letzten Jahr zweimal getan!", zürnte Anna wutentbrannt. „Es vor kurzem ein drittes Mal versucht und mir weitere Greueltaten angedroht! Von Reue keine Spur! Er gehört hinter Gitter. Oder in eine Anstalt! Oder einen Kopf kürzer gemacht! Dieses Schwein darf nicht ungestraft..."

„Man wird ihm nichts anhaben können."

„Wenn Sie mich nicht sofort loslassen, rufe ich die Polizei!" Anna entdeckte einen Beamten von der Touristenpolizei, der auf sie zu kam.

„Madame Berger! Auch für Sie ist das Parken auf der Promenade nicht erlaubt!"

„Entschuldigen Sie, ich bin schon weg!" Unwirsch riß Anna ihren Arm aus der sanften Umklammerung, stieg in den Defender, schlug krachend die Tür zu, wendete und fuhr zügig von dem Trottoir herunter.

LUXOR, WINTER PALACE, ANNAS ZIMMER
DIENSTAG, 17. MAI 2011

„Hetemit!" Anna schlug kopfschüttelnd mit der Faust auf den Tisch. „Sie sagte Hetemit. Da muß man schon gewaltig Ahnung von der Materie haben um einen solchen Ausdruck zu verwenden. Und Anch Uda Seneb und Nebet Sedau und Tochter der Sachmet!", schnaubte sie aufgebracht. „Was für ein Stuß! Und er sagte Duat! Allmählich habe ich die Schnauze voll! Ich habe mich gestern dermaßen aufgeregt, daß ich nur mit einer Schlaftablette schlafen konnte. Die wollen was von mir! Setzen mich so unter Druck! In der Statue sei etwas, was ich ihnen bringen soll. Das ist doch eine abgekartete Sache! Irgendeine mafiöse Struktur, die sich angstverbreitend dem Antiquitätenschmuggel verschrieben hat." Und wenn du wüßtest, daß ich dem Alten eine Wumme an den Kopf gehalten habe, würdest du nicht mehr so ruhig und gelassen bleiben.

„Jetzt beruhige dich doch!" Georg griff nach seinem Weinglas und schaute über die Corniche. Sie saßen nach dem Essen in Annas Zimmer auf dem Balkon, hatten sich noch eine Flasche von dem guten Rotwein bringen lassen. „Das haben wir gestern und eben beim Essen doch schon alles dreimal durchgekaut. Sag mir lieber, wie es ihm geht? Wenn ich ihn auch auf den Mond schießen könnte – sowas hat kein Mensch verdient."

„Gut!", zischte Anna aufgewühlt und blickte über den Nil. „Was heißt gut? Schwachsinn! Es geht ihm beschissen! Miserabel! Er hatte unglaubliches Glück, sagte der Arzt. Wäre er nicht so groß und muskulös, wäre dieser Stich tödlich gewesen, hätte wahrscheinlich bis ins Herz getroffen. So knapp, Georg, so knapp an einer Arterie und der Milz vorbei. Was noch alles kaputt ging, will ich gar nicht genau wissen! Und diese Blutkonserven, Transfusionen... was auch immer das war... Jedenfalls half es, denn er wurde heute morgen in ein normales Krankenzimmer verlegt. Muß nicht mehr Intensiv überwacht werden. Oh, wenn ich daran denke, was das alles nach sich zieht. Er wird Monate daran zu knabbern haben, sich klein halten müssen, auf seinen Sport verzichten müssen... Seine Arbeit nicht machen können. Sein Betrieb, sein Personal... Wie soll das gehen? Tut mir leid, Schorsch, aber ich konnte nicht mehr im Restaurant sitzen bleiben. All die Leute, das ging mir auf den Nerv."

„Ist voll in Ordnung. Hier sitzt es sich gut. Mein Zimmer geht zum Garten raus, wenn er auch wunderschön ist, diese Aussicht ist zehnmal besser. Was für eine Ruhe. Keine Kaleschen, kein Brummen der Schiffsdiesel. Schon ein seltsames Gefühl, diese Stille." Der letzte Satz ging nahezu radikal in wildem

Gehupe unter.

„Was hast du gesagt?", scherzte Anna und legte die Hand hinters Ohr.

„Siehst du, kannst ja wieder lachen."

„Wollen wir uns gleich reinsetzen? Hier draußen rauche ich eine nach der anderen."

„Solltest es dir abgewöhnen."

„Wenn das so leicht wäre…"

„Ausmachen, aufhören."

„Auf eine solch glorreiche Idee kann nur ein Nichtraucher kommen. Droht mir! Georg! Ich kann es immer noch nicht fassen!"

„Mit was will denn dieser alte, verwahrloste Mann drohen?"

„Der ist doch total irre! Macht mir weis, er lebe seit über dreitausend Jahren… und ich glaube diesen Quatsch auch noch… Wenn ich mir vorstelle, daß er einfach im vorrübergehen mit diesem scharfen Messer einem meiner Lieben in die Rippen sticht… Du mußt auf dich aufpassen!"

„Aber ja doch! Anna, meinst du nicht, du verrennst dich da in etwas? Ja, wir sollten hineingehen. Es ist schon spät und die Gäste in den benachbarten Zimmern brauchen unser Gespräch nicht mitbekommen."

„Die Zimmer neben meinem stehen leer."

„Karens Tod und der Mord an dieser Antiquitätenhändlerin - Anna, ich bitte dich. Das kann er unmöglich gewesen sein." Er griff nach den Gläsern und der Flasche, stellte alles drin auf den Tisch, zog die Sessel bei. „Hast du jetzt bei der Polizei eine Aussage gemacht?"

„Ja. Ich… eigentlich hatte ich nichts zu sagen, habe ja nichts gesehen. Raphael selbst stand mir ja im Blickfeld…. Ach, komm, es ist gut", meinte Anna, „ich streich diesen Mist für heute aus meinem Gedächtnis. Lassen wir es gut sein. Erzähl mal lieber von Berlin."

„Alles noch da", sagte er lächelnd.

„Hast du eigentlich eine gute Vertretung für Frau… wie heißt sie nochmal?

„Letizia? Sander."

„Hm… gefunden?"

„Ja. Einen jungen Typen", er verdrehte die Augen, „stockschwul, ein feiner Kerl. Völlig aufgedreht, aber in seinem Beruf perfekt."

„Dann braucht die liebe Tizia ja *keine* Angst haben…"

„Hör auf, Anna!"

„Und der Kleine?"

„Gesund und munter."

„Wie kannst du das nur ertragen?"

„Er ist niedlich… er ist perfekt, Anna. Etwas, das ich gemacht habe…"

„Etwas, zu was *ich* nicht fähig war… Wenigstens hast du jetzt deinen Kronprinzen", knurrte sie bitter, stand auf, drückte die Zigarette aus. „Die Zukunft deines Imperiums gesichert."

„Nicht doch! Keine Vorwürfe! Du hattest zwei Fehlgeburten, es war genug, was du dir damals zugemutet hast."

Sie schaute ihn an, an ihm vorbei, hinüber zum Luxortempel, irgendwo hin in ihre Jugend, irgendwo in die jungen Jahre ihrer Ehe. In ein anderes Leben, längst vorbei, fast schon vergessen.

Versonnen spielte sie an der Spange, die ihr Haar zusammenhielt, zog sie heraus, schüttelte den Kopf.

Ich bin Anna! Ich habe auch das durchgestanden!

„Ich muß mal auf's Klo. Und ich glaub ich hab einen kleinen Schwips." Anna betrat ihr Zimmer, nestelte sich unterwegs aus dem luftigen Einteiler, verschwand im Bad, öffnete kurz drauf die Badezimmertür, blieb in ihr stehen, hielt die Haarbürste in der Hand, striegelte das lange, dunkle, gewellte Haar bis es knisterte. „Übrigens, ich hab die Abrechnungen meiner Mietshäuser bekommen. Alles bestens. Wie jedes Jahr. Der Verwalter schrieb, niemand habe seine Wohnung gekündigt. Wie schön, wenn meine Mieter sich wohlfühlen. Das gibt mir ein gutes Gefühl."

„Ok, Anna." Sein Blick ging ihr durch und durch.

„Ist was?"

„Nö."

Sie trat wieder ins Bad, kruschte dort rum, ging zurück, setzte sich mitten auf's Bett, ihm gegenüber, verteilte von ihrer Creme im Gesicht, verrieb den Rest in den Händen. Er schaute sie schon wieder perplex an, füllte die Gläser.

„Dann ist deine nächste Saison im Winter Palace ja gesichert", scherzte er liebevoll lächelnd.

„Oh, Gott sei Dank. Was bin ich froh, daß ich mit den Häusern meinen Lebensunterhalt bestreiten kann. Ich will dir nicht auf der Tasche liegen. Nun gut, hier verdiene ich nicht schlecht und die Tantiemen... was ist?"

„Nichts."

„Die Tantiemen von dem Film können sich auch sehen lassen. Warum siehst du mich die ganze Zeit so an?"

Er zuckte mit den Schultern. „Nur so."

„Gib mal den Wein rüber."

Er reichte ihr das Glas, wartete bis sie getrunken hatte, nahm es ihr ab.

„Kannst du mal gucken? Nicht daß das eine Allergie von den Tätowierfarben ist. Das hat geblutet wie ein Schwein und gejuckt, daß es nicht zum Aushalten war."

Er kniete sich zu ihr auf das Bett, betrachtete das Tattoo, streichelte sanft darüber, „Da ist nichts", schaute ihr tief in die Augen, liebkoste ihren blanken Busen, riß sie in seine Arme, raubte ihr einen hemmungslosen, heftigen, leidenschaftlichen Kuß.

„Was machst du?", hauchte sie entgeistert.

„Was machst *du* denn, du verrücktes Weib?" Er küßte sie nochmal feurig, faßte ihr um die Taille, schob Anna küssend und kosend ein Stück weiter auf das Bett. „Gehst ins Bad, ziehst dich aus, gedankenlos, legst dich nackt ins Bett, als wäre nichts gewesen! Als wären wir noch glücklich miteinander. Weißt du wie du aussiehst? Weißt du wie grausam du bist? Weißt du überhaupt wie schön du bist! Glaubst du ich bin aus Eis?"

Sie fühlte sich nur für einen kleinen Augenblick völlig überrumpelt. Genoß seine Küsse, seine Liebkosungen wie Balsam auf ihrer geschundenen Seele, ein Trost nach all dem Schrecklichen. Und trotzdem! Wie unbedacht! Sie hätte sich ohrfeigen können! Ohne nachzudenken, eine so alltägliche, banale, gewöhnliche, allabendliche Routine! Und jetzt seine Hände! Seine Zärtlichkeit! Sein Körper! Wie damals, so vertraut, so gewohnt. Seine Küsse liebevoll … Und trotzdem durch und durch anders als Raphaels wilde, unbeherrschbare, zügellose Leidenschaft.

„Greif doch zu!", fauchte sie lüstern, schob seine Hände auf ihren vollen Busen. „Ich bin nicht aus Zucker! Bin ich ein Porzellanpüppchen?" Sie schubste ihn, „Ja! *Dein* Püppchen! Mausi, Schätzchen, Schnuckelchen!", klatschte ihm eine zärtliche Backpfeife, drückte ihn rückwärts in die Kissen.

„Anna!"

„Hör auf damit!" Sie setzte sich rittlings auf seinen Bauch, hielt seine Handgelenke fest, beugte sich über sein Gesicht. „Teenagergefummel! Damit kannst du vielleicht deine Titji beeindrucken, mich nicht mehr! Ich bin nicht sanft und niedlich! Noch nie gewesen! *Du* wolltest das so! Das brave Hausfrauchen, züchtig und bieder! Du wußtest nie, wie du mich zu nehmen hast! Ich will das nicht mehr! Nie mehr!"

„Du hast definitiv zuviel Wein intus!"

„Halt die Klappe! Jetzt hole ich mir *meinen* Spaß!" Sie krallte sich wie toll in sein Hemd, Stoff zerriß, die Knöpfe flogen klackernd durchs Zimmer. „Oh, glattrasiert! Wo ist dein schöner Pelz hin? Mal ganz was Neues! Bestimmt auf ihrem Mist gewachsen! Dressiert das kleine Miststück dich? Schickt dich ins Sonnenstudio, ins Fitneßstudio. Seit wann bist du so durchtrainiert?" Sie griff in seine nackte, warme Haut, forderte kratzend, beißend und küssend mehr und härter. Zog ungestüm an seinem Gürtel, zerrte an seinem Reißverschluß, rieb sich zärtlich wie eine Katze an ihm.

„Anna! Hör auf!"

„Nein!"

„Ich vergesse mich!"

„Dann tu es doch!", giftete sie vor Lust stöhnend. „Tu es endlich! Vergiß dich! Laß dich gehen! Hör auf mit deiner scheißvornehmen Zurückhaltung! Das hat mich noch immer genervt! Ich brauch keinen Gentlemen im Bett! Mach die Hose weg! Stoß zu! Mach!"

„Du bist wahnsinnig, Weib!"

Keuchend lagen sie ein paar Augenblicke später befriedigt in den Kissen. „Kurz und schmerzlos", versuchte Anna zu scherzen. *„Das* war ja mal ein Quicky!"

„Bist du von Sinnen?", schnaufte er entgeistert, betrachtete die Striemen auf seinem flachen Bauch, seiner glatten Brust, zog das zerfetzte Hemd aus, hielt es ihr unter die Nase. „Du hast mich in der Luft zerrissen. Und *das* war ein…"

Sie riß ihm unwirsch das Hemd aus der Hand, feuerte es in den Raum. „Wage es ja nicht, mir Marke und Preis dieses Hemdes zu nennen!", fauchte sie gefährlich leise, krallte sich in seine Brust. „Ich zahl's dir."

„Anna, wo ist deine Zärtlichkeit? Deine sanfte…"

„Sei still!"

„…Zurückhaltung? Das bist doch nicht du! So kenne ich dich nicht."

„So war ich noch immer. Doch du hättest das nie zugelassen. Wolltest das nicht wissen!"

„Warum hast du nie etwas gesagt?"

„Die Zeit, Georg, in der wir aufwuchsen, und das Dorf, tiefste Provinz! Wir sind nicht die Jungen von heute, die frei, jenseits aller Regeln und Vorschriften aufwachsen. Man hat uns Schamgefühl anerzogen, falsche Maßstäbe gesetzt, uns weiß gemacht, eine Frau habe keine Bedürfnisse, uns – o heilige Missionarsstellung – mit Himmel und Hölle gedroht, uns im Spießertum ertränkt und mit biederer Anständigkeit unseren eigenen Willen erstickt!"

„Ich kenne dich nicht mehr! Dein Zynismus ist nicht mehr zu überbieten!"

„Deshalb sind wir auch getrennt."

„Doch nicht deswegen!"

„Sehr wohl deswegen! Jahrelang fügte ich mich oder meinte mich fügen zu müssen. Ich habe mein halbes Leben lang rebelliert! Wußte noch nicht einmal, wogegen! Ich habe alles verloren aber endlich meine Freiheit gefunden! Und meine eigene Sinnlichkeit, meine Lust."

„Lust? Ist *er* auch so…"

„Das geht dich einen Scheiß an, Schorsch!"

„Du bist meine Frau, Anna!"

„Ich gehöre niemandem!", brauste sie auf. „Ich gehöre mir alleine! *Du* hast mich in den Wind geschossen! Schon vergessen? Und ich mußte da durch, um den Mumm zu finden, die geistige Freiheit und Größe um zu sagen und zu fordern was ich will! Mir meine eigenen Bedürfnisse zu erfüllen, meine Wünsche! Ich lebe jetzt mein eigenes Leben! Ich gehöre dir nicht mehr! Ich habe dir nie gehört! Doch du hast mich gehalten wie eine prächtige, wertvolle Rassekatze. Hast mich bewundert, verhätschelt, verwöhnt und das Raubtier dahinter gänzlich ignoriert! Du hast mich eingesperrt, Georg, hinter offenen Fenstern, mit Fliegengittern verhängt, damit ich nicht in die freie Wildbahn gelange! Mir die Welt gezeigt aber mich nie daran teilhaben lassen!" Sie schlug ihm eins der kleinen Kissen um die Ohren. „Ich bin mein Leben lang davor davongelaufen und du tatest nichts, rein gar nichts, um mich zurückzuhalten!" Anna schleuderte schluchzend das Kissen von sich, Georg nahm sie in den Arm.

„Verzeih, Anna."

„Halt mich!"

„Warum haben wir nicht eher über diese Dinge geredet?"

„Was weiß denn ich? Zuwenig Zeit, ständig war etwas anderes. Alltagstrott. Unser ewiger Zoff."

„Da müssen wir zwei erst mitsammen fremdgehen, hm, Süße?" Er küßte ihr Haar, drückte sie fest an sich. „War eher ein bekanntgehen", scherzte er vorsichtig. „Das behalten wir für uns, ja?"

„Ja." Sie setzte sich auf, schaute ihm ins Gesicht. „Bist du wenigstens glücklich mit ihr?"

„Ja", knurrte er, den Bruchteil einer Sekunde zögernd, und für den Bruchteil einer Sekunde huschte über sein Gesicht ein Hauch von Kümmernis. Sein enthusiastisches Lächeln kam einen Tacken zu spät…

„Oh!" Anna entwischte ein Grinsen. „So kurz angebunden? Wohl doch nicht das Wahre! Jetzt sag bloß…"

„Sei still, Anna!"

„Macht sie einen Deppen aus dir? Versucht, den jugendlichen Liebhaber aus dir herauszukitzeln?"

„Hör jetzt auf! Ich hab genug von deiner schonungslosen…"

„Hat sie dich reingelegt?"

„… Offenheit!"

„Mit ihren blauen Augen? Oh Chef, Sie sind genau der Mann auf den ich mein Leben lang gewartet habe… Hat sie dich drangekriegt, Schorsch? Drängt auf deine Scheidung, will die Ehe mit dem reichen, prominenten Makler, hä? Fordert, was? Verdonnert dich zum Babysitten und geht auf die Pirsch! Biegt und zerrt so lange an dir rum, bis du passend bist, bis sie einen zahmen Affen aus dir gemacht hat, sie hat, was sie will!"

„Woher willst *du* das wissen?"

„Willst *du* mich eine Frau kennenlernen?", Anna lachte boshaft und stand von dem Bett auf. „Du bist zu alt für so eine Scheiße! Und sie ist beinahe halb so alt wie du! Bist du deswegen hier aufgekreuzt?"

„Ich will expandieren, das sagte ich doch…"

„Red doch keinen Stuß! Die Welt ist groß genug, da mußt du doch nicht ausgerechnet dort Immobilien suchen, wo ich arbeite. Sei ehrlich. Du bist ihr auf den Leim gegangen?"

„Nein", grollte er, stand auf, suchte sein Zeug zusammen.

„Einen Toast auf deinen unbeugsamen Stolz!", höhnte Anna, griff nach dem Glas auf dem Tisch, hob es hoch. „Auf deine unglaubliche Ritterlichkeit! Aber es dauert nicht mehr lange, dann wirst du merken, daß *sie* eine Fehlinvestition war! Dann wird auch *sie* endlich deine kaltschnäuzige Impertinenz kennenlernen. Deine ewige Besserwisserei! Lang hältst *du* diese geheuchelte Galanterie nicht durch! Schade nur, daß ich ihr in diesem Augenblick absoluter Erkenntnis nicht ins Gesicht schauen kann!"

Georg zog das zerfetzte Hemd über, schlüpfte in die Hose und das Jackett, knöpfte es zu.

„Ich geh in mein Zimmer, Liebes. Das ist mir genug Zynismus für einen Abend. Gute Nacht."

„Gute Nacht, Georgy."

LUXOR, WESTBANK, RAPHAELS HAUS
MITTWOCH, 18. MAI 2011

„Alles klar?" Raphael setzte sich vorsichtig im Bett auf, sie küßte ihn.

„Nein!" Anna stellte die Tasche ab, ließ sich mißmutig auf der Bettkante nieder. „Natürlich ist alles klar, mein Liebling. Wie geht es dir. Besser? Wie schön! Ich ertrage es einfach nicht mehr! He! Du hängst ja nur noch an zwei Flaschen! Super. Bald entwöhnen sie dich ganz."

„Kleiner Spaßvogel, was? Du hast doch was."

„Katzenjammer."

„Na! Hast du einen gezwitschert?"

„Hab mit Georg eine Flasche Rotwein niedergemacht und mich mit ihm in der Wolle gehabt."

„Wenn er mir ins Gehege pißt... dann kann er was erleben!"

„Hör doch auf damit! Was ist denn das?", bewunderte Anna lachend den riesigen Teller voll mit Obst und Möhren.

„Mein Mittagessen!" Es gelang ihm ein bitterböses Grinsen. „Gesponsert vom Hotel. Sara war heut morgen schon da. Ich weiß nur nicht, ob Rohkost im Moment das Wahre ist. Warum gehst du denn nicht mal zu ihr rüber? Warum verbringt ihr nicht mal einen netten Mädels-Abend zusammen? Oh, Mann", stöhnte er, „ich ertrage den Lärmpegel in diesem Zimmer nicht mehr!" Eine Großfamilie, vom Urenkel bis zum Urahne, bewaffnet mit allerlei Plastikdosen voller Essen, die Arme voll raschelnder Nylontüten, stürzte schnatternd und lachend in den Raum, umringte das Nachbarbett. Anna zog den Vorhang dazwischen zu.

„Ich schlafe doch im Hotel, Schatz. War gestern kurz in deinem Haus, suchte zusammen, was du brauchst und packte ein paar meiner Sachen um." Sie strahlte ihn an. „Hab meine Lara-Croft-Ausrüstung bei dir geparkt. Und das bei dir gefunden. Dann machst du eben deinen eigenen Lärm."

„Oh Gott, mein alter Discman", lachte er. „He! Sogar an CD's hast du gedacht!"

„Queen! Sonst fehlt dir ja was. Hat Sara sich beschwert?"

„Natürlich nicht."

„Vielleicht mach ich das heute mal."

Der Pfleger kam gutgelaunt herein. „Bleiben Sie, ich wechsle schnell das Pflaster." Anna schaute zu, wie er vorsichtig und geschickt den Verband wechselte, betrachtete voller Entsetzen Raphaels mißhandelten Leib. Die große Narbe quer über der linken Hüfte mit den zehn schwarzen Fäden und der Drainage für das Wundsekret, die vom Desinfektionsmittel orange gefärbte Haut, den gewaltigen, fast schwarzen Bluterguß der sich über seinen flachen Bauch bis in den Rücken zog, die beiden jetzt zugenähten Löcher, die das Stilett brutal in seine Haut gerissen hatte.

„Wenn ich hier raus bin, Anna", grollte Raphael voller Wut, als der Pfleger wieder verschwunden war, „wenn ich hier raus bin, das schwöre ich dir, beißt einer ins Gras! Dann dreh ich diesem Schwein höchstpersönlich den dreckigen Hals um!"

Anna klopfte an die Verbindungtür der beiden Wohnungen, öffnete sie.

„Sara?"

„Komm rüber, Mädchen!", hörte sie Sara irgendwo aus der Tiefe ihrer Wohnung rufen. „Durch den langen Flur, ich bin im Wohnzimmer." Anna war noch nie hier drüben, genauso wie sie Sara in den paar Monaten ihrer Bekanntschaft mit Raphael nie bei ihm zu Gesicht bekommen hatte. Nur hier und da mal im Garten. Sie betrat das kühle, weite Wohnzimmer, das sich nach Osten wie ein Wintergarten zu einer großen, überdachten Terrasse hin öffnete.

„Oh, wie schön!", bewunderte Anna den mit wehenden Seidenvorhängen und Zimmerpflanzen geschmückten, halb verdunkelten Raum voller Bücherregale, zwei gemütlichen Sofas, Sesseln und niedrigen Tischen. Irgendwo plätscherte ein Zimmerspringbrunnen, im Hintergrund hörte sie Vivaldi und ein zartes Glockenspiel im Wind. Chica kam aufgeregt gerannt, rutschend und mit allen Vieren auf den terracottafarbenen Fliesen rudernd.

„Mach doch langsam, Mädel! Nein! Du weißt, daß ich dich nicht anfasse! Sitz! Hau ab! Laß mich doch vorbei!"

„Und was soll sie zuerst machen?", meinte Sara lachend. „Chica! An deinen Platz! Setz dich Anna. Tee? Ich habe gerad einen Earl Grey gemacht."

„Gern. Was ist das bei dir gemütlich! Schön! Ich hab's nicht so mit Hunden. War über Mittag bei Raphael. Langsam wird er zappelig."

„Der soll sich mal schön auskurieren!", rief Sara aus der Küche, kam mit Tasse, Untertasse und Löffelchen zurück. „Mit Nichtstun hat er es nicht so, Stillstand ist die Hölle für ihn. Nicht verkehrt, daß er mal ein paar Tage liegenbleiben muß. Seit Jahren weder Urlaub oder sonstwas, nur malocht. Na setz dich doch. Stopf dir die Kissen ins Kreuz oder wirf sie auf den Boden. Ich liebe Vivaldi, er war so herrlich mutig! Was für ein Draufgänger. Wußtest du, daß er Priester war? Und dafür sorgte, daß viele Frauen ein unabhängiges Leben führen konnten? Oder willst du das nicht hören?"

„Alles gut."

Sara schenkte Tee aus, reichte Anna die Tasse.

„Sara?"

„Hm.

„Ich habe gestern mit meinem Mann geschlafen…"

„Dein gutes Recht. Aber meinst du nicht, das ginge mich nichts an?"

„Natürlich geht es dich nichts an. Ich sage es dir trotzdem. Ich werde es Raphael nicht sagen und es wird nicht wieder vorkommen. Ich will nicht, daß du denkst, ich wolle ihm das Herz brechen oder so. Das mit meinem Mann ist vorbei – gestern lediglich zwei Flaschen Rotwein und alten, wehmütigen Zeiten geschuldet. Ich will daß du mich verstehst. Du hast mitbekommen, wie er mich bei den Abdallas geküßt hat. Einfach so, aus falsch verstandener Sehnsucht. Ich will nicht, daß du schlecht von mir denkst."

„Ich bin mit drei anderen", Sara stellte ihre Tasse ab, nahm sich einen Keks aus der Schale auf dem Tisch, „in den frühen Siebzigern, wie viele andere auch, auf einem ziemlich bunten Selbstfindungstrip mit einem Bully quer durch die Welt gereist. Über Afghanistan, durch Indien bis nach Goa. Ließ meinen kleinen Jungen herzlos und eigennützig in der Obhut meiner Eltern zurück. Heute weiß ich um meine egoistische Verantwortungslosigkeit. Doch damals war mir meine Freiheit wichtiger. Ich bin weiß Gott die Letzte, die schlecht von jemandem denkt, bloß weil er Spaß hatte. Mein Leben war auch einmal voller Spaß."

„Aber hier geht es um deinen Sohn."

„Allerdings."

„Ich liebe ihn. Und ich möchte mein weiteres Leben mit ihm verbringen."

„Du hättest mir gar nichts sagen brauchen."

„Ich weiß von Raphael daß du ein bißchen, na sagen wir hellsichtiger als andere bist, Sara. Ich glaube nicht an sowas, aber ich vermute, du würdest es erkennen. Und ich will, daß nichts zwischen uns steht."

„Und ich sagte bei unserer ersten Begegnung *machst einen patenten Eindruck.* Ich habe mich nicht getäuscht. Bist du immer so ehrlich?"

„Nein, Sara. Ich bin eine Heuchlerin! Es gibt Dinge in meinem Leben die niemanden etwas angehen, über die ich niemals rede. Und ich bin weder religiös, noch verstehe ich irgendeine esoterische Spinnerei. Ich mag nicht viele Menschen, die mir begegnen und ich sage jedem meine unverblümte Meinung mitten ins Gesicht." Anna stellte resolut ihre Tasse ab. „*Dich* mag ich!"

„Da hab ich aber Glück!", gluckste Sara schmunzelnd.

„Ich brauch deine Hilfe! In Bezug auf esoterischer Spinnerei. Einerlei wie ich zu solchen Dingen stehe. Du bist geerdet, machst kein Geschiß. Ich vertraue dir."

„Ach?"

Anna hielt Sara ihre Handfläche hin. „Was hast du damals gesehen? Als wir uns das erste Mal trafen und uns die Hand gaben."

„Was hast du denn da gemacht? Hast du dich verbrannt?"

„Was hast du gesehen?"

Sara stellte ihre Tasse auf den Tisch, griff nach der Schale mit den Keksen, bot Anna davon an, „Nein, danke", schaute ihr tief in die Augen.

„Einen alten Innenhof, Anna. Mit einem Wasserbecken in dem Lotos blühte. Säulen, ganz ähnlich derer, wie sie gegenüber am Tempel zu finden sind. Roher Stein, keine Bemalung, eingravierte… wie heißen die? Hieroglyphen? Ich sah meinen Tod, Anna, denn ich sah die Pest. Ich sah dich dort stehen mit einer Krone… Ich hörte einen Löwen grollen und ich spürte Shaktis Kraft mit voller Wucht. Du hast es gespürt, nicht wahr? Du hast auch etwas gesehen."

„Den gleichen Hof, Sara. Und dich. Mich. In ein Gespräch vertieft. Wohlwollend, fürsorglich, wie zwischen Mutter und erwachsener Tochter oder Tante und Nichte. Doch das war nicht ich… das war… Und später sah ich Raphael dort! Er war…" Fürchterlich entstellt, sterbend… Sie hielt abermals ihre Handfläche hin. „Was siehst du, wenn du in meine Hand schaust?"

Sara griff nach Annas Hand, schloß ihr zart die Finger zur Faust, drückte sie auf Annas Knie zurück, tätschelte sie, „Meinst du, das funktioniert wie ein Fernsehgerät?", schmunzelnd. „Dazu muß ich schon in der richtigen Stimmung sein."

„Brauchst du einen Joint? Oder Glaskugeln und ausgestopfte Fledermäuse?", spaßte Anna und nahm von ihrem Tee.

„Nein!", Sara lachte herzlich, „Ein Knusperhäuschen und eine schwarze Katze auf dem Buckel."

Anna mußte laut mitlachen.

„Und *jetzt* verstehe ich, was *er* an dir findet!", flüsterte Sara liebevoll, strich Anna über die Wange, griff nach ihrer Hand.

„Hm?"

„Deine Energie! Deine Kraft! Deine Lebensfreude! Deine Aura! Von dir geht eine starke Anziehung aus. Oh, *das* ist die richtige Stimmung! Zeig her!"

Anna hielt still, lauschte Vivaldis *L'estate*, Sara betrachtete genau ihre Handfläche. „Du bist nicht immer du selbst. Du weißt etwas. Tief in dir drin weißt du wer du bist. Das da", sie fuhr über die kleine, runde, rote Narbe, „ist Blut, heißes Blut, verborgen, tief in deiner Brust. Man wird es rauben… Oh, es ist auch der rote Mond! *Er* ist hier, Bent! Oh!" Sara krümmte sich, als hätte ihr jemand Schmerz zugefügt. Tränen traten in ihre blauen Augen. „Er sucht nach dem Herz, er sucht nach der Gattin! Und er wird *mich* finden!"

„Sara!" Anna sprang besorgt hoch, ließ Saras Hand los. „Was ist?"

„Er wird mich finden, Anna!"

„Du hast ja Angst! Du zitterst richtig, beruhige dich doch. Wer wird dich finden?"

„Der Rote!", zischte Sara, während Vivaldis dramatisches Sommergewitter losstürmte, „Wer ist das, zum Teufel?", grollend, „Ein Blutmond! Es bleiben nur achtundzwanzig Tage... Und ich warnte schon einmal davor! Gib deine Hand her! Ja! Du bist... Du mußt ihn aufhalten!" Sie legte ihre andere Hand Anna auf die Brust. „Da steht ein Name! Ein mächtiger Name! Und du bist von Gott begnadet, eine, der der Gott nahe ist, Tochter!"

„Mein Tattoo, Sara. Das ist jetzt aber gewaltig aufgebauschte Dramatik. Könntest glatt auf dem Jahrmarkt damit auftreten!"

„Du bist eine Hure!", setzte Sara noch einen drauf.

„Und ich hätte besser das Maul gehalten!", erboste sich Anna lautstark, schlug unwirsch Saras Hand weg und mit der flachen Hand auf den Tisch, so daß die Tassen klirrten. Chica sprang jaulend von ihrem Platz hoch und verschwand mit eingezogenem Schwanz im Garten.

„Und Shakti beherrscht dich!"

„Hör auf, Sara!", fauchte Anna wütend. „Ich brauch keinen Hokuspokus, Tachut! Kein Brimborium! Ich muß mich von dir nicht beschimpfen lassen!"

Sara stand aufgewühlt von dem Sofa auf, öffnete einen Schrank, packte eine Flasche Cognac aus, schenkte zwei Gläser voll. „Das war kein Hokuspokus, Anna. Das war..." Sie schwieg, schaute betroffen hinaus in den Garten, flüsterte: „Ich habe es gesehen, gespürt... Samsara..."

„Ich bin keine Nutte, Sara! *Das* war gewaltig *unter* der Gürtellinie!", tobte Anna aufbrausend. „*Das* muß ich mir von dir nicht bieten lassen!"

„Du hast mich doch darum gebeten. Ich kann dir nur sagen was ich gesehen habe. Ich habe dich nicht beschimpfen wollen!"

Anna lehnte sich grollend in den Sessel zurück, versuchte ihre Wut zu beherrschen, sich zu beruhigen. „Das war das allerletzte, Sara!"

Für eine Weile herrschte unbehagliches Schweigen unter den beiden Frauen. Schließlich knurrte Anna: „Wer ist Shakti?"

„Sie ist im Hinduismus die weibliche Energie, die Urkraft des Universums."

„Damit kenne ich mich überhaupt nicht aus. Was ist Samsara? Raphael erwähnte es auch einmal."

„Der Kreislauf der Wiedergeburten, der ewige Zyklus des Seins, des Werden und Vergehens, um Nirwana zu erreichen."

„Nirwana? Wie Kurt Cobain?"

„Nirwana wie das selige Erlöschen allen Leidens, das Heraustreten aus Samsara."

„Wenn ich dir was von den alten Pharaonen erzählen würde, verstündest du genauso viel", lästerte Anna gehässig. „Es gibt einen Mann, hier im Ort", giftete sie. „Ich glaube, vermute und ahne seit Jahren, daß er ein Geheimnis mit sich herumträgt. Ich mache mir weis und bilde mir ein, er lebt seit über dreitausend Jahren und er kennt mich…" Anna schlug nochmal wütend mit der Faust auf den Tisch. „*Er* hat Raphael das Messer in den Bauch gerammt! Und ich hätte ihn vorgestern deswegen beinahe erschossen! Einen alten, armseligen, verwirrten, kranken Mann! Ich bin eine vollkommen unberechenbare Irre! Ich dachte, du könntest mir vielleicht helfen, aber du nennst mich Hure!" Annas Faust hieb voller Wucht und unbeherrschter Wut abermals auf den Tisch, sie schaute Sara dabei ungläubig ins Gesicht. „*Bent?* Nanntest *du* mich eben Bent?"

„Hab ich das?"

Ein Mädchen mit Namen Bent …

Die Tochter der Blüten …

Amenhotep Hapu …

Millionen von Jahren sollst du umherirren. Keinen Frieden sollst du finden!

Verflucht, Bent, hilf mir, mir wird kotzübel …

Er hat dich erkannt, Bent …

„Gib den Cognac her, Sara! Das hält mein rational denkender Verstand nicht aus! Warst du mal in Raphaels Büro?"

„Einmal für einen Moment warf ich einen Blick hinein. Als er hier anfing. Warum?"

„Nur so!"

Aufgewühlt fuhr Anna zurück ins Hotel, kleidete sich um, speiste mit Georg im Restaurant. Brummig und schweigsam gab er den uncharmanten Tischherrn.

„Bist *du* gesprächig!", maulte sie. „Ich bin richtig froh, daß das Essen vorbei ist. Jetzt rauche ich auf der Terrasse eine und gehe dann zu Bett. Ich bin todmüde."

„Ich kann nicht vergessen, was du gestern abend…"

„Das solltest du aber ganz schnell! Und ich gebe dir den guten Rat: sollten wir uns tatsächlich scheiden lassen, laß dich nicht auf eine Ehe mit dieser Frau ein! Wenn, dann nur mit einem knallharten Ehevertrag. Sie zieht dich sonst nackig! Ibrahim? Was machst du denn hier?"

„Anna, an der Rezeption fragte eben eine Dame nach dir. Normalerweise tue ich das nicht, gebe keinerlei Auskünfte über unsere Gäste. Aber die Dame wußte, daß du hier wohnst. Sie machte es sehr eindringlich, bat mich inständig, dir mitzuteilen, daß sie sich sofort mit dir treffen möchte. Ich sagte ihr, daß du beim Dinner bist, sie ließ sich nicht abwimmeln, sagt, sie warte gerne und ich habe den Eindruck, es ist von äußerster Wichtigkeit. Ich habe die Dame in die Royal-Bar geschickt."

„Ist es die, die mir schon seit ein paar Tagen nachläuft, diese aufgedonnerte

Russin?"

„Es weilen im Moment keine Russen unter unseren Gästen. Ah, nein, ich weiß wen du meinst! Nein, diese Dame ist es nicht. Kein Gast unseres Hauses." Ibrahim machte, daß er aus dem Restaurant verschwand, Georg machte Anstalten, sich zurückzuziehen.

„Einen Barbesuch habe ich heute nicht mehr eingeplant. Kommst du mit?"

„Nein", grollte er.

„Dann laß es und spiel weiter den Beleidigten! Gute Nacht!" Sie griff nach ihrer Clutch und rauschte aus dem Raum, eilte über den Flur, durch die Lobby, raus auf die große Terrasse, auf das Podest. Lehnte sich dort an die geschwungene Brüstung, zündete eine Zigarette an, schaute über die Corniche, über den Nil, hinüber zur Westbank, betrachtete den Vollmond und das Licht- und Farbenspiel der Beleuchtung im Westgebirge. Seit heute abend – waren sie doch auf Grund der Januar-Revolution abgeschaltet worden – brannten die imposanten Lichter wieder, tauchten den geheimnisvollen Berg in ein mysteriöses, beindruckendes Meer von Farben und Schatten.

Hure!

Abermals stieg ihr bösartige Wut hoch.

Eine Frechheit! Mir deine Meinung hintenrum auf diese Weise ins Gesicht zu klatschen! Hätte ich nur meine Klappe gehalten!

„Good Evening, Ma'am", grüßte einer von Raphaels Angestellten freundlich aber zurückhaltend. „How is Mister Ney doing? Is the Boß ok?", fragte er besorgt.

„Er wird wieder gesund! He's getting healthy again."

„Fine!"

„You can visit him! He would be happy."

„Ok, Ma'am, i do this!"

Anna drückte ihre Zigarette aus und ging wieder hinein.

Sie beugte sich über die Theke. „Emad? Jemand wartet hier angeblich auf mich. Weißt du, wo die Dame sitzt?"

„Yes, Ma'am. Follow me." Er führte sie zu einem der Tische mit den silbernen Tabletts und den gemütlichen, grün gestreiften Sesseln in der Ecke hinter dem breiten Durchgang. Dort saß eine bildschöne Frau, um die dreißig, zierlich, klein, gekleidet in ein weißes Leinenetuikleid mit blau gemustertem Schal. Das lange, seidig schwarze Haar zu einem Knoten gebunden. Die zarten Füßchen steckten in blauen Sandalen mit spitzem Absatz. Vor ihr perlte Champagner in einem hohen, schlanken Glas.

„Madame Berger!", grüßte sie freundlich. „Wie schön! Bitte, nehmen Sie Platz."

„Für mich bitte auch einen Champagner, Emad", bat Anna den Barkeeper und ließ sich abwartend in dem zweiten Sessel nieder.

„Sie ist nicht sonderlich diplomatisch, eher unverblümt. Verzeihen Sie ihr die kleinen Überfälle auf Ihre Person. Aber Sie müssen ihr das Herz zurückgeben!"

„*Was* muß ich?" Anna, immer noch stinksauer wegen Georgs schlechter Laune und Saras Worten, traute ihren Ohren nicht. „*Ich* muß gar nichts! Was bilden Sie sich ein! Dieses Gespräch ist beendet, bevor es angefangen hat! Gute Nacht!" Anna stand erbost auf, wollte die Bar verlassen.

„Bitte! Es ist wichtig!", flehte die Dame.

„Ich diskutiere nicht über diese Sache!"

„Nehmen Sie doch Platz, Madame Berger. Man schaut schon zu uns herüber. Bitte, hören Sie mich an."

Irgendwie kam Anna die Frau bekannt vor. „Wir sind uns doch schon einmal begegnet? Kennen wir uns?"

„Flüchtig!"

„Sie sind aus Luxor?"

„Wir haben uns während einem ihrer Aufenthalte hier schon getroffen, das stimmt."

„Aber Sie sind keine Einheimische?", bemerkte Anna mit Blick auf den Champagner.

„Ich kann trinken was ich will. Ich bin frei von jeglichen Konventionen. Und ich wiederhole meine dringende Bitte: Sie müssen das Herz herausgeben! Die Maat ist im Ungleichgewicht. *Isfet* [22] hat die Macht übernommen."

„Ja", unterbrach Anna ohne groß nachzudenken, „Unrecht und Gewalt regieren." Sie schaute sich in der kaum besetzten Bar um und entdeckte die andere Dame mit ihrem unsympathischen Begleiter. Beide nickten ihr freundlich grüßend zu. Anna fühlte sich in die Enge getrieben, setzte sich dennoch in den Sessel. „Sie gehören also zu denen?", schnauzte sie, bekam aber keine Antwort auf ihre Frage. Als hätte ihre Tischnachbarin nicht zugehört, fuhr diese fort: „Dann können Sie nachvollziehen, daß ihr das Wertvollste wieder gebracht werden muß. Sie ist unvollkommen und deswegen böse! Auch weil die Schriften wieder mit dem Standbild vereint sind. Sie müssen die Figur zerschlagen und ihr das Herz aus Glas geben!"

„Was für Schriften?" Anna beugte sich vor, zischte wutentbrannt: „Sagen Sie, was denken Sie sich eigentlich? Wie kommen Sie bloß dazu, etwas so Unmögliches zu verlangen. Geht es hier um eine besondere Form des Antiquitätenschmuggels? Meinen Sie allen Ernstes, mich mittels dieser Leute und dieses alten Mannes unter Druck setzen zu können? Meinen Sie allen

---

[22] Gegensatz zur gerechten Weltordnung und dem Gleichgewicht der Maat; Unrecht und Gewalt

Ernstes, *ich* sei in der Lage und willens, ein archäologisch unendlich wertvolles Fundstück in tausend Stücke zu zerschlagen, damit Sie und die Anhänger ihrer... ich weiß nicht, was sie sind... einen Teil davon mitnehmen könnten?" Anna schwieg einen Moment, weil Emad ihr Getränk brachte.

„Sie ist unglaublich kostbar!", fauchte sie als er verschwunden war und trank einen großen Schluck.

„Sie ist aus Holz. Und aus Gips, Tochter. In ihrem Innersten sind Stroh und Leinen. Was, Anna, ist davon wertvoll? Wertvoller als jedes Leben?"

„Sie ist über dreitausend Jahre alt!", erboste sich Anna über dieses Unvermögen, den Wert eines antiken Stückes zu erkennen. „Und ihr Schöpfer war ein Künstler von Gottes Gnaden! Wer sind Sie überhaupt?"

In der Bar herrschte unheimliche Stille, als sei jedes Gespräch verstummt, jegliches Leben eingefroren. Lediglich das Ticken der großen Uhr war zu hören. Die Dame gab keine Antwort, richtete einen unschuldigen Blick in Annas Augen. Ein Blick, der Anna tief ins Herz traf. Traurig, schmerzerfüllt, als wäre die Dame von aller Welt vergessen. Ein Blick aus wunderschönen, jetzt tränennassen Augen, tiefblau, leuchtend, offen, ehrlich und voller Güte. Sie schauten Anna bis auf den Grund ihrer zerrissenen Seele.

„Er ist seit über dreitausend Jahren tot, es interessiert ihn nicht mehr im Geringsten!" Zwei Tränen rannen aus den herrlichen blauen Augen und Anna überkam das absurde Gefühl, der Champagner in den Gläsern beginne zu schäumen.

„Wie die Tränen der Isis!", flüsterte Anna, irritiert über diese nahezu utopische Erkenntnis, stellte entgeistert fest, daß die Gläser plötzlich wieder voll waren! Meinte auf einmal, ihr bliebe das Herz stehen und mit ihm die Zeit. Hörte aber mit unglaublicher Klarheit die große Wanduhr ticken. Ein Gefühl unendlicher Weite machte sich in Anna breit, während ihre Hand wie eingeschlafen kribbelte und pulsierte.

Das Hochplateau in der Silvesternacht ...

Ein blaues Licht ...

... Daraus tönte eine monströse Stimme, gewaltig, mächtig, so alt wie die Erde selbst. Die stillen Felsenwände lauschten gebannt und die Welt hielt den Atem an. Es klang wie ein ferner Donner, wie das Rauschen eines Wasserfalles... Und eine Frau, die Anna energisch bei der Hand packte, damit sie nicht in den Abgrund stürzte ...

... Ich werde gehen, nicht mehr für euch da sein. Ich sehe kaum Hoffnung mehr für diese Welt ...

„Ich sehe, du erinnerst dich an mich!", flüsterte die Dame.

„Sie sind nicht fortgegangen?", hauchte Anna ungläubig in die Lautlosigkeit des Raumes.

„Wegen der Kinder! Die reinen, kleinen Seelen. Ich habe es nicht fertiggebracht. Niemand kann unschuldige Seelen im Stich lassen. Ich sagte zu Dir, die Hoffnung stirbt zuletzt. Aber die Kinder sind unsere Hoffnung, ein ewiger Kreis des Lebens. Gib ihr die Phiole, Anna. Sie braucht sie. Darin ist ihr Herzblut, ein Teil von ihr. Sie ist schon so lange gefangen. Die Herrin des Südens und des Nordes bannte sie mit einem Zauber. Laß sie gehen, gib ihr die Freiheit zurück. Sie muß die Maat zurechtrücken, sie muß für einen guten Herrn sorgen. Einen *Guten Gott*! Der Weltenbrand, der entfesselt wurde, wird um sich greifen. Sieh dich doch um in dieser aus den Fugen geratenen Welt. Es herrscht nur noch Chaos! Und es wird nicht aufhören, denn *Der Rote* ist bereits auf dem Weg…" Der Schmerz in diesen blauen Augen war echt, tief, abgrundtief. Die bittersten Tränen flossen aus den göttlich blauen Augen. Als würde sie um all das Elend dieser Welt weinen. „*Ihn* wird niemand aufhalten können, denn ihre Macht ist erschöpft! Er wird Krieg entfesseln! Zwietracht säen! Mit dem kommenden Blutmond wird er seine Macht ausspielen, einem Tyrannen den Weg ebnen! Die Länder im Osten werden kämpfen. *Nehern* [23] wird fallen, Millionen werden auf der Flucht vor einem unglaublich grausamen Krieg mit hunderttausenden von Toten sein und vergebens Herberge suchen. Abertausende werden im Meer ihr nasses Grab finden, beweint von den Eltern, verscharrt von Fremden, geopfert und vergessen von den Mächtigen. So viel Schmerz! Solch unermeßliches Leid. Alle diese Kinder! Er muß aufgehalten werden! *Sutech* will *Masr* ins Chaos stürzen! Glaubt immer noch, es stünde *ihm* zu! Zerschlage die Statue, Anna. Gib ihr das Herz. Sie muß ihre Macht zurückerhalten, damit sie sich ihm entgegenstellen kann. Damit wenigstens in *Masr* wieder ein *Guter Gott* herrscht! Hilf ihr!"

„Wer ist *sie*?"

„Meine Base. Meine Schwester. Ein Teil von mir. Da kommt sie." Die andere trat zu ihnen an den Tisch. „Sie weiß es nicht, Mächtige!", hauchte die Dame in dem weißen Kleid, „Sie weiß nicht, was das Herz und die Schriften bedeuten!"

„Dann werde ich ihre Erinnerung wecken!"

„Nein! *Sat Re*! Sie wird daran zerbrechen!"

„Sie ist stark, schon immer gewesen!"

„Es muß auch anders gehen. Ihr wurde einst genug Leid zugefügt!"

„Es wird gehen, wie *ich* es will!" Worte wie Donnerhall.

Die Uhr tickte hypnotisch beruhigend. Wie ein sicheres Zeichen dafür, daß Anna noch lebte. Ansonsten war diese Situation völlig surreal, einem Traum, einem Rausch gleich. Anna hörte kein anderes Geräusch – weder das Gemurmel der anderen Gäste, kein Klappern der Gläser, nicht einmal das Surren der großen Kaffeemaschine.

„Du brauchst lediglich den Gips an der Unterseite wegzubrechen. Brauchst

---

[23] Mitanni. Das ungefähre Gebiet des heutigen Syrien

sie nicht zerstören. Die Tochter hat es gut gemeint, aber sie hat einen Fehler gemacht. Sie hat das Herz in ihrer Brust vergraben, nachdem die Herrin des Südens und des Nordens starb. Und *Nebet Sedau*, die Herrin der Angst, hat mit ihren letzten Kraftreserven die Statue zum Bluten gebracht. Um aufzurütteln, auf sich aufmerksam zu machen. Um dich zu rufen! Du hast sie gehört, bist hergekommen! Also hilf ihr! Nur du kannst es! *Wir* können nicht in die Keller der Museen einbrechen um wertvolle Antiquitäten zu verwüsten! Sie sind euch wichtig. Zerstören können einzig Ignoranten und dumme Menschen!"

Diese Uhr … dieses hypnotische Ticken …

Sie hörte sich an, wie die Uhr früher im Wohnzimmer der Mutter, wie zu Hause. Damals, als Anna klein war! Beruhigend und gewohnt wie der eigene Herzschlag.

Tick

Tack

Emad trat gutgelaunt an den Tisch: „Was darf ich den Ladys bringen?"

Anna schaute ihn ungläubig an, ihre Begleitung rief beschwingt: „Ich nehme ein Glas Champagner! Und Sie, meine Liebe, doch auch?"

Wie vom Donner gerührt blickte Anna über den leeren Tisch, schaute zu den Wänden mit den schönen Bildern der Vogelmotive in ihren goldenen Rahmen, suchte vergebens die tickende Wanduhr.

Hier hing noch niemals eine Uhr!

„Du bist eine Maat! Eine *Mechat*, geboren in ihrem Zeichen. Deine Waagschalen müssen im Gleichgewicht sein. Und nur du verstehst es und kannst helfen. Nur deshalb rede ich mit dir, Sahu-Re!

„Ich kann Ihnen darauf keine Antwort geben! Es ist unmöglich was Sie da von mir verlangen!" Anna richtete den Träger ihres Kleides, verhinderte dadurch einen weiteren Blick auf ihr kleines Tattoo, stand auf, verließ eilig die Bar.

LUXOR, LUXOR-MUSEUM
DIENSTAG, 24. MAI 2011

„Was sagt er?" Anna wartete geduldig, bis der Direktor des Museums die Meldung im Radio gehört hatte. Sie verstand zwar einiges auf arabisch, aber noch lange keine flott verkündete Ansprache.

„Die Oberstaatsanwaltschaft erhebt Anklage gegen Husni Mubarak. Er wird der Mittäterschaft an der Tötung von mehr als 800 Demonstranten beschuldigt."

„So ist es richtig! Ungestraft darf er nicht davonkommen! Kann ich nun hinunter? Sie sind am Tempel bei unserer Abteilung mit der Drainage fertig, das Areal ist trockengelegt und die Ausgrabungen können endlich weiter gehen. Frau Meinfeld kann deshalb in nächster Zeit nicht an den Papyri arbeiten und hat mich darum gebeten. Wenn ich auch gerade nicht zum arbeiten hier bin und nicht alle nötigen Papiere bei mir habe. Aber es ist wichtig für unsere Ausgrabung, daß wir sie weiter entrollen und ihren Sinn entschlüsseln. Der Fundort gibt uns Rätsel auf und wir wollen nicht an der falschen Stelle graben und eventuell etwas zerstören, was da liegen könnte. Außerdem habe ich im Augenblick genügend Zeit."

„Madame Berger! Ich habe gehört, was passiert ist. Das ist eine Schande! So etwas darf nicht vorkommen in unserer schönen Stadt. Wie geht es ihrem Bekannten? Ich hoffe doch für ihn, daß er…"

Anna wuchtete den schweren Shopper auf die andere Schulter.

„Es geht ihm gut, danke. Ich möchte nicht darüber reden. Lassen mich zu den Papyri?"

„Madame! Kennen wir uns nicht schon lange? Natürlich dürfen Sie an den Papyri arbeiten! Sind sie nicht eine Koryphäe hinsichtlich alter Texte? Alleine Ihre Übersetzungen haben manch rätselhaften Worten erst einen Sinn gegeben. Ich gebe Ihnen eine Karte, die Sie zu allem berechtigt, und auch eine Schlüsselkarte. Damit können Sie ungehindert kommen und gehen. Wollen Sie jetzt noch hinunter? Es wird bald dunkel."

„Ja! Danke!" Anna nahm die Karten entgegen und machte sich durch das Gebäude auf den Weg in den Keller, kam dabei im Eingangsbereich an der Statue des Tut-Anch-Amun vorbei, grüßte gedankenverloren ‚Hallo mein schöner Wilder'.

In dem temperierten Raum im Keller – was für eine Wohltat – angekommen, knipste sie alle Lampen an, schloß die Tür hinter sich, stellte die schwere Tasche ab, zog sich ein paar Baumwollhandschuhe über, ignorierte geflissentlich die blutbesudelte Statue, trat zu dem Tisch mit den rätselhaften Papyri.

Weil die Schriften wieder mit dem Standbild vereint sind?

Welche Schriften? Diese?

Meisterin bin ich des heiligen Wissens und der magischen Worte

Ja! Du scheinst wahrlich eine Meisterin zu sein! Wollen wir mal sehen, *wer du bist*! Das andere kann warten …

Sie legte Stift und Papier bereit, griff nach einer Pinzette, begann am Anfang des Papyrus …

… *Die Prinzessin aller Frauen, Die Herrin des Südens und des Nordens, Teje, Hemet Nesut Weret, große Königliche Gemahlin unseres Großen Hauses Amenhotep Mer Chepesch, Heqa Uaset, Neb Maat Re, Hohepriesterin der Sachmet, ist dies, die das schreibt …*

… *es ist wichtig zu kennen die Wesen der Unterwelt, die geheimen Wesen, die Tore und Wege, auf denen der große Gott wandelt. Zu kennen, was getan wird, was in den*

Stunden ist und ihre Götter. Zu kennen den Lauf der Stunden und ihre Götter, zu kennen ihre Verklärungssprüche für Re, zu kennen, was er ihnen zuruft, zu kennen die Gedeihenden und die Vernichteten ...

„Ta medjat imit Duat! Das Buch von dem, was in der Duat ist!", flüsterte Anna in die Stille des Raums. „Amduat! Und die Herrin des Südens und des Nordens! *Du* bist das! Was hast du gemacht, meine Königin? Zaubersprüche aufgeschrieben?" Sie betrachtete weiter konzentriert die alte Schrift, hob einen großen Schnipsel mit der Pinzette an, schaffte es vorsichtig, eine weitere brüchige Wicklung aufzurollen. Anna griff nach der großen Lupe, begann den Text zu übersetzen und sich Notizen zu machen:

Wahrlich, ich habe dem Tempel der schreckenerregenden Sachmet gebracht was mein Herr – gegeben sei ihm der Himmel, gegeben sei ihm die Erde – wünschte. Sie zu bannen, sie für meinen Herrn zu haben ... Wahrlich, ich bin die Hüterin des geheimen Wissens, des Himmels Stürme halte ich im Zaume, möge die Macht, die ihr innewohnt ... *Achu, Heka Achu* ... zu Füßen des Gottes, ihrem Gemahl, dem göttlichen Bildner ...

„Au!"

Anna rieb sich die linke Hand, das abgeheilte Brandmal tat auf einmal höllisch weh. Die Klimaanlage knackte und rauschte, eine der Neonröhren flackerte hier und da mit einem leisen plip-plip, eine Motte flatterte immer wieder gegen das Licht. Anna fühlte sich auf einmal in dem beinahe verlassenen, riesigen Gebäude ein wenig mulmig. Allein schon bei dem Gedanken an die Mumien von Ahmose I., Ramses I. und eines Wesirs im Haus überlief Anna eine Gänsehaut. Käme Arnold Vosloo geradewegs zur Tür herein, sie würde schreiend davonlaufen. Und jetzt fühlte sie auf einmal einen bohrenden Blick in ihrem Nacken. Schaute ihr jemand über die Schulter...?

Ein gruseliges Gefühl, denn hier unten war sonst niemand. Anna legte die Lupe beiseite, packte die große Pinzette wie eine Waffe, drehte sich langsam auf dem Bürostuhl um.

Die Statue!

Sie stand da, blutig, still und stumm, mit geneigtem Kopf, den angewinkelten, vorgestreckten Armen, den erhobenen Händen mit den nach oben gedrehten Handflächen, als wolle sie Anna ermuntern.

Komm her

Nein!

Ich lag schon einmal zu deinen Füßen! Wie ein wimmerndes Kind! Ich will es nicht wissen, nicht wahrhaben! Ich will keine Alpträume mehr! Seit ich dich gefunden habe ist mein Leben aus den Fugen geraten! Du hast mich verhext! Mit deinem Gesicht, mit deinen Armen, die mir hochhelfen wollen, mit deiner...

Sie trat zu dem Standbild, umrundete es, betrachtete das Gesicht mit den schönen geschminkten Augen, dem vollen Mund ausgiebig, riß schließlich ihre große Tasche vom Boden hoch, zerrte das dicke Badetuch heraus. Klimpernd und scheppernd fiel darin eingewickeltes Handwerksgerät zu Boden; das laute Scheppern hallte gespenstisch endlos durch das lange Magazin. Fluchend sammelte Anna die kleine Säge, den Meißel, Schraubenzieher und den Hammer ein, legte alles auf den Tisch, betrachtete abermals die Statue.

Was verbirgst du? Ich soll dich zerschlagen! Ich kann das nicht! Du bist perfekt, einzigartig! Bis auf die wenigen kleinen Stockflecken auf deinem Kleid und ein paar Eckchen abgeblätterter Farbe bist du vollkommen. Und bis auf diese blutige Sauerei … Jemand hat dich aus Liebe gemacht, mit vollendeter Handwerkskunst gefertigt, und ich soll dich umbringen? Aber wenn ich es nicht tue, wird noch jemand wegen dir sterben. Er wird nicht aufhören mit seinem sinnlosen Morden … Sie werden mich immer mehr unter Druck setzen … Es tut mir leid, aber ich kann nicht anders …

Anna zog die Handschuhe aus, griff zögernd, darauf bedacht nicht mit dem Blut auf der Figur in Berührung zu kommen, denn sie hatte vom letzten Mal noch die Nase voll, nach den ausgestreckten schlanken kalten Händen, ihren eigenen so ähnlich …

„Das bin ich nicht!" hörte Anna sich schimpfen. „Nie im Leben sah ich so aus!"

„Du sahst so aus, glaube mir. Und du siehst heute noch so aus, wenn man sich die grauen Haare und die paar Fältchen wegdenkt. Du bist so schlank wie damals und auch genauso groß!"

Ach, Georg! Halt doch die Klappe! Ich bin eine vollkommen unberechenbare Irre! Untendrunter ist Gips! Und sie ist innen hohl!

„Wir streiten wie ein altes Ehepaar!", hörte sie ihn kichern und ihre maulende Antwort darauf: „Stroh! Wie bei einer Mumie!"

Was ist das? Aufhören!

Anna ließ die Statue los, hielt sich die Hände an die Ohren, schüttelte den Kopf, schlug sich an den Kopf, sank entsetzt über sich selbst auf den Stuhl, betrachtete entgeistert die blutbesudelte Skulptur, „Jetzt verliere ich endgültig den Verstand!", flüsternd. Sie griff nach ihrer Wasserflasche, schraubte den Deckel ab, trank, rieb die juckende, schmerzende Handfläche über das Knie, ließ die Statue nicht aus den Augen.

Ich kann dich nicht kaputtmachen! Ich habe dich gefunden!

Gefunden

Wie ein Echo hallte das Wort in Annas Kopf. Wahnsinn! Gefunden! Wo war das nur? Wer hat das gesagt? Letztes Jahr! An der Ausgrabung? Ein Picknick? Nein! Es war als sie Raphael Kom el Hettan zeigte und Andrea ihm ein Bild der Statue …

‚Wahnsinn! Das hast du gefunden?', hörte sie Raphael bewundernd sagen, ‚Die sieht aus wie du!'

Blödsinn!

Und doch…

Anna stellte die Plastikflasche auf den Tisch, stand auf, ging abermals um die Statue herum.

Was hast *du* gesehen, mein Liebling, was bisher niemandem sonst aufgefallen ist?

Hastig wühlte Anna ihre Tasche durch, suchte und fand den kleinen Taschenspiegel, stellte sich damit neben die Figur, hob tapfer die Hand mit dem Spiegel. Zwei Gesichter, eins glatt, makellos, aus Gips mit bunter Farbe, das andere…

Das gepflegte Gesicht einer reifen Frau, ein paar klitzekleine unmerkliche Fältchen um die Augen, die Haut nicht mehr ganz so prall, einzelne graue Fäden in der dunklen Haarpracht…

Aber *du* bist keine Frau! Du bist ein Mädchen! Höchstens zwanzig, eher sechzehn, siebzehn. Damals, ja, damals magst du bereits erwachsen gewesen sein. Heute jedoch wärest du höchstens ein Teenager.

Ein Blutstropfen rann langsam zu ihrem Handgelenk herunter, tropfte auf den Boden. Verdammter Mist, jetzt blutet es auch noch!

„Das bin ich nicht!", fauchte Anna, „Schwachsinn!", holte aus der Tasche ein Papiertaschentuch, wischte das Blut in ihrer Handfläche ab, griff nach ihrem Portemonnaie, wühlte in dem angesammelten Krempel, fand das alte Foto von sich. Nach der Abiturfeier, als Papa ihr den alten Käfer schenkte… ein Mädchen, mit langem schwarzem Haar, strahlte in die Kamera…

Mit zitternden Fingern kramte Anna aus ihrem kleinen Kosmetiktäschchen den Kajalstift, zog sich um die Augen einen dicken Lidstrich bis fast an die Schläfen, schaute nochmal verstört, voller Ungläubigkeit in den Spiegel, betrachtete das gemalte Gesicht der Statue, das alte Foto und ihr Gesicht.

Das *bist* du!

Wie ein Spiegelbild! Schau sie dir doch an: Du bist sie und sie ist du! Sie ist dein Spiegelbild aus den Tiefen der Zeit!

Was ist das für eine teuflische Scheiße?

Samsara

Anna schaute abermals in den Anch, zog sich mit bebenden, kalten Fingern einen Mittelscheitel, strich sich das stufig geschnittene lange Haar glatt und aus dem Nacken, ließ es über die linke Schulter fallen, neigte den Kopf ein wenig, fuhr sich gedankenlos über das Dekolleté, verschmierte das Blut auf ihrer Hand darüber…

Sechem Me t. wisperte es unheimlich im Raum und sie glaubte gerade, sie verbrenne sich die Finger an ihrem eigenen heißen, schmerzenden Fleisch.

Damit du nicht vergißt, raunte es in Annas Kopf und das Blut an der Statue begann zu rinnen…

„Was machst du denn noch hier?"

Anna fuhr zu Tode erschrocken mit einem Schrei auf den Lippen zusammen. „Spinnst du!", schnauzte sie Andrea an, stopfte hektisch Foto und Spiegel in die Hosentasche, krallte sich in die Hemdbluse, machte den obersten Knopf zu. „Mich so zu erschrecken!"

„Machst'n da?"

„Dachte, ich könnte was sehen. Sie kleckert schon wieder. Und ich habe mir den Papyrus näher angeschaut. Das ist ein Text von Königin Teje aus dem Amduat. Und anschließend kommen anscheinend Zaubersprüche."

„Sowas vermutete ich auch schon."

„Warum kommst *du* so spät her?"

„Wann soll ich es denn sonst machen?"

„Ich fragte den Direktor, ob ich mich um den Papyrus kümmern darf. Du hast keine Zeit, und ich hab im Moment zuviel davon. Dieses untätige rumsitzen und auf Raphaels Genesung warten macht mich irre. Darf ich? Vom Direktor kamen keine Einwände."

„Meinetwegen."

„Dann mach ich morgen weiter. Komm, wir verschwinden. Wollen wir zusammen was trinken?"

„Jo! Bist du cool geschminkt! Sieht gut aus."

TEMPEL VON KARNAK
DONNERSTAG, 26. MAI 2011

Anna löste am Ticketschalter ein Billett, achtete nicht auf die drückende Sommerhitze, eilte wie beflügelt vorwärts. Da, die Allee mit den Widdern! Schienen sie nicht wie echte Böcke? Bereit von ihren Sockeln zu springen um sie am vorwärtskommen zu hindern?

Anna spazierte die Sphingenallee hoch zu dem ersten Pylon, durchschritt das gewaltige Tor, betrat den imposanten Tempel des Amun-Re und den ersten Hof.

Und jetzt? Was mache ich hier? *Ipet Sut!* Was ist damit? Was hat der Drecksack damit gemeint? Vollkommener Ort! Ha! Er kann nur den Karnak-Tempel gemeint haben. Das ist der einzige vollkommene Ort, den ich in *Imentet Uaset* kenne.

Überall im Schatten drängten sich kleine Grüppchen von Touristen mit ihren Führern. Die allgegenwärtigen Japaner und Chinesen, eingemummelt als ginge es auf Nordpolexpedition, ängstlich mit Mundschutz, Schirm und Handschuhen bewaffnet, als würde ein Sonnenstrahl sie zu Staub zerfallen lassen. Schulklassen, das ganz normale Brimborium an einer gut besuchten Touristenattraktion, die im Moment mal nicht total überlaufen war. Anna wich einem pennenden Hund aus, der mitten im Weg lag, machte um die zottelige Ziege mit ihren zwei Lämmern einen Bogen. Die verschwand hurtig und meckernd hinter der von Ramses usurpierten Statuengruppe von Tut-Ench-Amun und dem Reichsgott.

Nein! Keine Ziege, mein schöner Wilder! Es war ein Schaf! Erinnerst du dich? *Ksanamu!*

Verdammt!

Anna blieb abrupt stehen, rieb über ihre Stirn, wedelte sich mit dem Sonnenhut Luft zu!

Hör auf! Irgendwann stecken sie dich in die Klapse!

Sie wanderte weiter über den ersten Hof zum zweiten Pylon hin, betrachtete die altehrwürdigen Ruinen mit anderen Augen, versuchte irgendein anderes Verständnis als das der Archäologin dafür aufzubringen. Konnte es ihr gelingen mit den Augen eines alten Ägypters diese imposanten Mauern wahrzunehmen? Zwischen den mächtigen Säulen der großen Kolonnade überkam sie dermaßene Ehrfurcht vor dem Können der damaligen Baumeister, daß sie sich die Zeit nahm, auf eine der Bänke zu sinken um alles in Ruhe auf sich wirken zu lassen. Die hundertvierunddreißig gigantischen Säulen des majestätischen Hypostyls mit ihren, in der Kolonnade offenen und im Hypostyl geschlossenen Papyrusdolden wirkten auch heute noch wie der Ursumpf.

Zwecklos. Sie war aufgewühlt wie seit Ewigkeiten nicht mehr. Und dazu diese unerträgliche Hitze! Mit einem Papiertaschentuch wischte Anna sich den Schweiß von der Stirn, nahm einen großen Schluck aus ihrer Wasserflasche. Schaute hoch zum luftigen Dach des Hypostyls mit seinen Gitterfenstern, bewunderte die Hieroglyphen und die Farben hoch oben auf den gewaltigen Architraven, bedauerte beinahe, daß sie das kleine Fernglas nicht dabei hatte.

„Foto Madame? Nur ein Euro!"

„Verschwinde, ich muß nachdenken!"

„Ein Euro, Madame! Ich mach dich schönes Foto!"

„Mach dich ab!"

„Foto mit Säule und dich Madame! Ein Euro!"

„Verflucht! Verschwinde!", brüllte Anna, griff neben sich als suche sie etwas, fand die Wasserflasche, tat, als wolle sie die Flasche dem lästigen Schnorrer an den Kopf werfen.

„Schlampe!", blaffte er und „Ich fick dich!", worauf er sich trollte.

„Nicht zu fassen!", grummelte Anna wütend vor sich hin, „Du lebst gefährlich, Mädchen! Eine alleinstehende Frau, in diesem großen... Niemand da, der auf dich aufpaßt. Wie Freiwild! Mensch, komm runter, Anna! Fahr die Krallen ein und... verdammt, dieses Arschloch... Man sollte ihm eins überziehen! Gleich platz ich..."

Die Leute guckten Anna im Vorbeigehen schräg an, einer blieb sogar stehen.

„Willst'n Foto? Dann kannste daheim noch gucken!", schnauzte sie den gaffenden Typen an.

Beherrsch dich, Weib! Raja Yoga! Pah! Raphael, ich kann Volkshochschul-Abendkurs-Yoga! Im Prinzip das Gleiche! Atmen und sich auf nichts konzentrieren! Los Anna! Mach dein dummes, spinnertes Hirn leer, vergiß diese Idioten, entspann dich, hör dem Geschilpe der Spatzen zu, dem Gemurmel der Touris, dem Sprachenwirrwarr der Führer und geh weiter.

Schließlich spazierte Anna mit dem Touristenstrom weiter durch die Reste des dritten Pylons, am *Wagit* vorbei, über den großen Hof hinüber zum Festtempel von Thutmosis III.

Ach menu! Wie erhaben ist das Andenken des Men Cheper Re und ich kann die Königsliste, Tachut!

Ja, klar kann ich die! Wäre peinlich, wenn ich als Archäologin die Pharaonen nicht kennen würde. Stimmen im Kopf, Anna! Schön! Jetzt bist du restlos neben der Spur! Ich hätte das konzentrierte Atmen lassen sollen, es ist schlimmer als vorher und ich hab dazu noch Kopfweh. Da vorne geht es zum *Ischeru*! Und hinter… ich kaufte eine Gans! Nichts als Nepp! In *Gem pa Aton… Ksanamu…* Hinter dem heiligen See, in dem Gewirr der Gebäude, war einst…

Abermals blieb Anna stehen, rieb sich kopfschüttelnd über die Augen. Jetzt bin ich endgültig gaga!

Von außen hätte ich einen einfacheren Weg gehabt, denn dort gibt es direkt ein Tor zur Straße hin…

…ein Schulhof! Lärmende Jungs, spielende Kinder, Lachen, Juchzen, jemand zwickte Anna in den Hintern. Ich verfluche den Einfall, hier aufzutauchen… aber ich will lernen…

Schwindel erfaßte Anna, sie taumelte in der gnadenlosen Hitze mehr als sie ging durch den Festtempel, weder die Säulen, noch die erhaltene Bemalung darauf sehend, zwängte sich durch die Leute. Nichts wie raus hier! Weg! Ich ersticke! Draußen widmete sie lediglich den Abbildungen des ‚Botanischen Gartens' einen interessierten, flüchtigen Blick. Hastete weiter durch die Ruinen, sank zuletzt, verschwitzt, ausgelaugt und völlig erledigt auf der Treppe die zur Aussichtsterrasse der Sound- und Light-Show führte, auf eine der Stufen, zog den Strohhut vom Kopf, zog die Leinenhose bis über die Knie hoch, nahm einen tiefen Schluck aus ihrer Wasserflasche. Stöhnend rieb sie sich die schmerzende Stirn, die kribbelnde Hand, kratzte sich im Ausschnitt fast blutig, stierte über den großen künstlichen See, die archäologischen Arbeiten außerhalb der Touristenwege. Die Baugerüste, die Baukräne, die sorgfältig aufgestapelten Steine, die halbfertig restaurierten Pylone. Scheiß Kopfweh! Zuviel nach oben gestarrt um die Säulen und Obelisken zu bewundern. Oder 'n Sonnenstich!

Ipet Sut

Vollkommener Ort

Du wirst die vornehmste Dame werden, die Uaset je sah

Ach Bek, was ist nur mit uns passiert?

Du bist eine Hure!

Heiße Tränen stiegen Anna in die Augen. Verdammte Scheiße! Ich hab sie nicht mehr alle! Was ist das? Ich werde wahnsinnig! Sollte einen Psychologen, Neurologen aufsuchen! Mir endlich mein Hirn untersuchen lassen. Vielleicht habe ich auch einen Tumor, wie Raphaels Frau… Kopfweh hab ich ja schon. Oh Mann, mir ist, als knalle ich mit dem Kopf gegen eine Wand. Und dieser Gestank, wie von einem Kanal, als hätte jemand in die Ecke geschissen, den Weg zum Klo da vorne nicht mehr geschafft. Gleich wird mir schlecht. Und diese grundlose Panik! Wie angehext! Ich krieg keine Luft… mir flattert das Herz…

Ich habe dich und deine winselnden Schreie nie vergessen! Nie! Sowas Schönes kann man nicht vergessen! Die holde Jungfrau! Selbst heute ergötze ich mich manchmal daran

Hör auf! Das tut weh!

Du Sauhund! Laß mich sofort los!

Anna sprang hoch, beugte sich seitlich über die Rampe an den Stufen, kotzte sich die Seele aus dem Leib. Öffnete mit zitternden Fingern die Flasche, spülte sich den Mund, spuckte aus, sank zurück auf die Stufe, starrte angsterfüllt vor sich hin, die bebende Hand auf die Scham gedrückt, fühlte sich besudelt und entehrt, mißbraucht, benutzt und weggeworfen.

Hier hat es angefangen! Hier nahm das Verhängnis seinen Lauf!

Welches Verhängnis?

Sie kam sich vor wie ein junges Mädchen, von allen allein gelassen, unsicher, einer Welt gegenüberstehend, die nur Böses für sie bereithielt. Hin und hergerissen wie ein Teenager, unverstanden, trotzig, hilflos, machtlos, schutzlos.

„Was mach ich denn nur?", entfuhr ihr schluchzend. Dann schlug sie wütend mit der flachen Hand auf die Stufe: „Ich bin Anna und ich werde…"

„Are you ok, Miß?" Eine junge Frau, die von den Stufen aus fotografieren wollte.

„Was?" Anna starrte die Touristin an als käme sie vom Mond, rieb sich die schmerzende Schulter und die Rippen. „Ja, yes!"

Sie fand einen Parkplatz in der Nähe des Eingangs, hastete durch das Gebäude, die Korridore, an Krankenschwestern, Pflegern und Ärzten vorbei, stürmte in Raphaels Zimmer, als sei der Teufel hinter ihr her. Er saß auf der Bettkante, ein wenig grün um die Nase.

„Hey, mein Schatz!" Sein Lächeln wirkte aufgesetzt.

„Raphael!" Beinahe kamen ihr Tränen. Nimm mich in den Arm, tröste mich, ich hab Angst, daß ich den Verstand verliere…

„Meine Süße, komm her."

„Ist dir schlecht? Du siehst furchtbar aus."

„Geht wieder. Und du?"

„Nicht so wichtig. Was ist los?"

„Die Drainage kam eben raus."

„Uh… Armer Kerl. Ich war im Karnak-Tempel."

„Langeweile? Machst du auf Touristin?"

„Nein!" Anna versuchte ein schiefes Grinsen. „Ich mußte was nachsehen. „Aber diese Hitze setzt mir vielleicht zu! Und ich hab schon den ganzen Vormittag scheußliches Kopfweh."

„Na, wir zwei sind vielleicht Helden! Hättest doch nicht herkommen brauchen, wenn's dir so mies geht. Fahr ins Haus, zieh die Jalousien zu, mach dunkel und kalt, leg dich ein wenig hin. Oder hüpf in den Pool."

„Ich bin eigentlich nicht gekommen um bei dir zu jammern. Wie geht's dir, mein Süßer?"

„Ich hab noch volles Programm heute", feixte er bösartig. „Visite, lecker Mittagessen, ein Pfleger der mich pisackt, Mittagschläfchen, ein Doktor der mich pisackt, Spaziergängelchen im Korridor mit Galgen, Abendessen…" Sein Spott wich wütendem Grollen. „Ich hab die Schnauze gestrichen voll, Anna!"

„Das glaub ich dir auf's Wort!"

Zurück im Hotelzimmer stellte sie sich unter die kalte Dusche, legte sich nackt auf's Bett, starrte müde an die Decke, ließ die Gedanken treiben.

Ich kann Raphael nicht mit diesem Stuß kommen! Er hat Sorgen genug, ich darf ihn damit nicht auch noch belasten … ich muß da alleine durch … Amenophis Hapu … Schwachsinn! Der Fluch der Pharaonen, hä? Anna, hör auf, an solchen Mist zu glauben! Ich glaube an gar nichts! Ich bin Atheistin! Wer überdauert dreitausend Jahre lang den eigenen Tod? Der Alte ist ausnahmslos dement, irre, altersschwachsinnig … Und vor allem, wie soll ich das nur Alex erklären?

Als sie aufwachte war es später Nachmittag. Sie zog sich ein weites, langes T-Shirt über, griff nach den Zigaretten und dem Handy, setzte sich rauchend auf den Balkon, wählte, wartete.

„Schwab."

„Alex."

„Ja?"

„Anna."

Schweigen.

„Bist du noch da?"

„Ja, Schätzchen."

„Ich hab… Alex… ich habe ihn gefunden. Du kannst aufhören zu suchen.

Hast du einen Augenblick Zeit?" Abermals Stille. Sie hörte wie er scharf die Luft einzog, spürte, wie ihr in der Hitze der Schweiß ausbrach.

„Ja."

„Ich bin in Luxor. Schon seit Anfang Mai. Ein hiesiger…" Wie ich das hasse! Diese Lügen! Dieses Heucheln! „Ein hiesiger stadtbekannter zwielichtiger… was auch immer… der mit Antiquitäten handelt und schmuggelt. Ich suchte und horchte herum, ließ durchblicken, daß ich Schreiberpaletten aus den Neuen Reich suche. Er wollte mir die Palette anbieten. Karens Palette. Ich habe sie eindeutig erkannt. Karen wollte sie an ihn verkaufen, sie gerieten anscheinend über den Preis in Streit. In der Palette steckte anstelle eines Pinsels ein Messer, ein Stilett. Alex? Bist du noch dran?"

„Verdammt, Weib! Ja!"

„Er hat auch Frau Marquard erstochen. Sie hatte ihn erkannt und ihm gedroht."

„Ich komme zu dir!"

„Nein! Du kannst hier nichts ausrichten!"

„Wenn er das getan hat, gehört er vor ein ordentliches Gericht!"

„Der Angestellte eines Wachschutzes hat ihn in einem anderen Zusammenhang erschossen, Alex. Du kannst nichts mehr tun. Der Mann hat seine gerechte Strafe bekommen. Wie ein Schwein ist er auf offener Straße langsam verblutet. Anscheinend wollte er sein Gewissen erleichtern, denn während seines Sterbens hat er mir alles erzählt. Alex, auch wenn es dich tief schmerzt, daß du ihn nicht gefaßt hast, du kannst deine Ermittlungen einstellen, die Akten schließen."

„Ich brauche eine offizielle…"

„Alex! Du wirst hier nichts erreichen! Der arabische Frühling hat alle Ordnung über den Haufen geworfen. Hier sind Köpfe gerollt, korrupte Beamte entlassen worden, andere kamen an ihrer Stelle. Hier in diesem Chaos interessiert sich im Moment niemand für Mordfälle im entfernten Deutschland. Noch viel weniger für diesen kriminellen Typen der, längst untergescharrt, eiligst beerdigt, einzig seinen eigenen Vorteil im Sinn hatte."

„Was für ein anderer Zusammenhang, Anna? Wie konntest du in eine Schießerei geraten? Ist alles in Ordnung bei dir?"

Scheiße!

Ich lüge einem Kommissar die Hucke voll!

„Ich provozierte ihn, sprach ihn auf Karen und Frau Marquard an, da drohte er auch mir mit dem Messer. Der Mann von der Security kam mir zu Hilfe."

„Ich brauche wenigstens ein Foto von der Mordwaffe. Seine Fingerabdrücke."

„Die Verbindung ist richtig mies, Alex, ich versteh dich ganz schlecht. Die Schreiberpalette wurde von den hiesigen Behörden beschlagnahmt. Lex! Hör auf zu suchen und zu fragen! Ägypten ist eine andere Welt, und seit der Revolution erst recht. Ich setze dir ein Schreiben auf, in dem ich meinetwegen bezeuge, daß der Mann mir alles gestanden hat und schicke es dir per Fax. Wird dir das genügen?"

„Das weiß ich noch nicht."

„Es muß genügen, Lex. Mehr gibt es nicht. Ich muß jetzt Schluß machen. Mein Akku ist gleich leer. Ich werde mich, wenn ich wieder in Deutschland bin, bei dir melden."

„Ok, Liebes. Paß auf dich auf."

„Und du auf dich!"

Anna warf aufgewühlt das Handy auf's Bett, duschte nochmal, schminkte sich.

„Kunstsammler!", grollte sie ihrem Spiegelbild zu, fuchtelte mit dem Mascarabürstchen der anderen im Spiegel vor der Nase herum. „Da wette ich mit dir! Solche skrupellosen Spinner, die für ein seltenes, einmaliges Artefakt Millionen zahlen und es, vor aller Welt verborgen, in den eigenen vier Wänden anstarren und sich daran aufgeilen!" Sie zog mit unruhiger Hand einen dicken Lidstrich, schaute in den Vergrößerungsspiegel, fluchte: „Mist! Zuviel dunkler Lidschatten!" Wühlte im Schrank, hielt sich mißmutig Kleider vor, warf sie achtlos auf's Bett, „Schwarz ist *meine* Farbe!" Zerrte das kleine Schwarze von dem Bügel, steckte die Perlen an die Ohren, schlug das Haar zu einem strengen Knoten ein, schlüpfte in die schwarzen Pumps, betrachtete das Chaos im Zimmer, streckte die Hand aus als suche sie etwas, betrachtete sich im Spiegel.

… Kalt soll mein Blut bleiben, Wut soll mich führen! Gib mir deine Kraft, Göttin des Blutes, reich mir deinen Arm, damit ich mich an dir aufrichten kann …

„Zeit aufzuräumen!", zischte sie ihrem Spiegelbild zu, griff nach ihrem Fächer, schlug damit in die Luft, verließ den Raum und knallte die Tür hinter sich zu.

Unten setzte Anna sich abwartend auf die Terrasse, bestellte einen kunterbunten Cocktail mit Schirmchen, Obststückchen und bunten Fähnchen garniert, so affig und lächerlich wie ihr Gemüt düster, schwarz und von unbestimmter Furcht aufgewühlt war. Mit dem Gebräu spülte sie eine Kopfwehtablette runter, darauf hoffend, daß der bohrende Schmerz im Kopf und der unerklärliche Schmerz in Rippen und Schulter endlich aufhörte. Schaute sich hinter ihrer schwarzen Sonnenbrille die Gäste auf der Terrasse an.

Da kam sie!

Rauschte grüßend an Anna vorbei, hüllte sie in einen betörenden Duft, nahm an dem Tisch gegenüber Platz, bestellte einen Rotwein. Anna kam sich daneben geradezu schäbig und klein vor, betrachtete die Dame eine Weile. Die unbestimmte Panik, die sich seit heute vormittag ihrer bemächtigte, wich auf einmal eiskalter Wut und einer gehörigen Portion Zorn. Dieses Auftreten! Dieser Stolz! Diese Arroganz! Diese unglaubliche Schönheit! Dieses Selbstbewußtsein! Wie eine Katze! Eine Raubkatze …

Anna drückte die Kippe aus, stopfte sich den Strohhalm in den Mund, zog einen ordentlichen Schluck aus dem bunten, übersüßen Gesöff, stand auf und ging zu ihr hin.

„Sie haben sich mir nicht vorgestellt!", blaffte sie. „Ich will wissen, mit wem ich es zu tun habe!"

„Satrenebetsedau, Madame Berger." Es hörte sich an wie das Schnurren einer großen Katze.

„*Wie*? Ist das ein russischer Name?"

„Ein ägyptischer. Hast du das Herz?"

„Nein!", schnauzte Anna.

„Es tut gut, dir von Angesicht zu Angesicht gegenüber zu sitzen. Du warst immer sehr nützlich, ich danke dir dafür."

„Warum haben Sie den alten Mann zu diesen Taten angestiftet?"

„Das hat er ganz allein fertiggebracht. Ich bin nicht niederträchtig! Noch nie gewesen. Ist es nicht schön, ihn in seiner Verwahrlosung zu sehen? Besänftigt es deine geschundenen Seelen?"

„Madame Sat…" Das kann ja kein Mensch aussprechen! Anna schaute ihrem Gegenüber ungläubig ins Gesicht.

Sat Re Nebet Sedau?

„Verarschen kann ich mich selbst! Hör auf mir was vorzumachen, du gemeines Miststück! Ihr wollt…"

„Erinnerst du dich?"

„Nein! Halt die Klappe! Ich gebe dir das Herz, du Schlampe, aber erst wenn *du* mir sagst, was du weißt! Und wenn du mir versicherst, daß niemand mehr zu Schaden kommt!"

LUXOR, WESTBANK, RAPHAELS HAUS
DONNERSTAG, 02. JUNI 2011

„Zu Hause ist heute Feiertag," meinte Anna, unterdrückte ihre unglaubliche Nervosität und die bleierne Müdigkeit, schaute Raphael zu, wie er sich nackt in den großen Spiegeltüren von seinem Schlafzimmerschrank betrachtete, gaukelte ihm gute Laune vor. „Christi Himmelfahrt."

„Da stand ich auch *so* kurz davor!", grollte er, öffnete zwei Türen, drehte sich ein Stück zur Seite, betrachtete sich grimmig von hinten, machte sich ein Bild von seiner Taille. Musterte erzürnt die große Narbe und den grün-violett-schwarz schillernden Bluterguß der sich vom Nabel bis zur

Wirbelsäule, vom Schambein bis über die Pobacke zog. Ganz zu schweigen von den vielen anderen Blutergüssen, die die Nadeln der unzähligen Infusionen und Thrombosespritzen hinterlassen hatten.

„So lange wollte ich gar nicht bleiben. Was hältst du von meiner Idee?"

„Scheiße Anna! Ich seh einfach Scheiße aus! So habe ich im ganzen Leben noch nicht ausgesehen. Vom makellosen, gepflegten Body innerhalb kürzester Zeit hin zum Wrack. Perfekt! Das hat das Schwein prima hingekriegt!"

„Das wird alles abheilen! Es braucht halt seine Zeit."

„Mindestens sieben Kilo runter." Er hörte anscheinend überhaupt nicht zu was sie sagte, schaute sich ins Gesicht, spannte den Arm, betrachtete seinen Bizeps, griff in sein rausgewachsenes Haar, strich sich über das Haar auf Brust und Bauch. „Wenn nicht noch mehr. Verdammter Scheißfraß… Verdammt…", er kramte in einer Schublade des Nachtschränkchens, „wo ist der blöde Barttrimmer?"

„Hörst du mir eigentlich zu? Wozu brauchst du jetzt den Trimmer?"

„Ich kann mich nicht mehr sehen! Wie ein Affe!"

„Ist doch kuschelig", gurrte sie, drückte sich voller seelenwunder Sehnsucht an ihn, froh darum, ihn wieder bei sich zu haben, glücklich darüber, einen starken Mann an ihrer Seite zu wissen, erleichtert darüber, in ihrer Angst und Verzweiflung nicht mehr allein zu sein. In der Hoffnung, daß er sich von dem Schrecklichen, daß ihm wiederfahren war, ablenken ließ, daß er sie liebevoll in den Arm nahm, streichelte sie ihm zärtlich über die Brust, „Ein goldenes Äffchen."

„Hör auf!" Zornig packte er grob ihre Hand, machte einen Schritt von ihr weg.

„Du tust mir weh!", fauchte sie, baff über seine barsche Zurückweisung.

„Entschuldige."

„Der Trimmer liegt im Bad."

Chica kam ins Schlafzimmer gelaufen, wuselte aufgeregt herum.

„Raus!", brüllte er unbeherrscht. Der Hund duckte sich verstört hinters Bett. „Sofort!" Wütend warf er einen seiner Latschen nach ihr.

„Laß doch den Hund in Ruhe!"

„Das Vieh hat im Schlafzimmer nichts zu suchen! Das ist kein Schoßhund! Mach dich an deinen Platz! Wo warst du gestern abend?", brüllte er Anna an. „Ich hab dich hundertmal vergeblich angerufen um dir zu sagen, daß ich heute entlassen werde!"

Das wirst du nicht wissen wollen!

„Bist du bescheuert? Ich war im Hotel! Willst du mir einen Strick draus drehen, daß ich nicht Gewehr bei Fuß stand? Und hör gefälligst auf, mich anzubrüllen, sonst trete ich dir ans Schienbein!"

„Letzte Woche hab ich dich auch schon ein paarmal nicht erreicht!"

„Raphael", grollte sie, „Ich geb dir den guten Rat, mich nicht wütend zu machen! Ich komme und gehe, wie und wann es *mir* paßt! Und wenn ich nicht ans Telefon gehe, ist das *meine* Sache!"

„Warst du bei *ihm*?"

„Jetzt reichts mir aber!" Anna verließ aufgebracht das Schlafzimmer, knallte laut die Tür hinter sich zu, setzte sich aufgewühlt auf die Couch. Schaute ihm zu, wie er aus dem Schlafzimmer stürmte und im Bad verschwand, hörte den Trimmer brummen. Sie kramte ihre Zigaretten aus der Tasche, verschwand erbost raus auf die Terrasse. Irgendwann hörte sie von drinnen die laute Musik von Queen dröhnen. Er kam zu ihr raus, in Shorts und T-Shirt, zwei Kaffeebecher in der Hand, ließ die Tür offen, setzte sich ihr gegenüber in den Sessel, reichte ihr einen Kaffee.

„*I want it all?*", zischte sie giftig, „Alles und jetzt?", schaute ihn entgeistert an. „*Das* sieht verboten brutal aus!"

„Ich bin kein Schmuseteddy", knurrte er zornig, „sagte ich dir schonmal."

„Noch lange kein Grund, mich anzuschnauzen! Bist du auf dem Kriegspfad oder was? Warum hast du dir das Haar so kurz... was ist das? Fünf Millimeter?"

„Fünfzehn", grummelte er, nach seiner Tasse greifend.

„Ich habe im Luxor-Museum gearbeitet", sagte sie versöhnlich. „Im dortigen Keller mit seinen riesigen Magazinen hat man kein Handynetz. Übersetzte den Papyrus, den Andrea gefunden hat und kümmerte mich darum, daß man die Schriftrolle weiter aufrollen kann. Ich hab's geschafft sie zu entrollen... Da saß ich ein paar Abende drüber. Was sollte ich denn sonst tun? Du warst fast drei Wochen im Krankenhaus! Ich mußte mich ablenken, dich da liegen zu sehen, krank, schwach, hat mich schier um den Verstand gebracht! Ich konnte dir nicht helfen, auch wenn ich es gerne getan hätte. Was ist jetzt? Ich will nach Hause, ich halte es hier nicht mehr aus! Willst du mitkommen? Dann muß ich sehen, daß ich rechtzeitig Flüge buche. Ich weiß nicht, wie der Betrieb sein wird, es kommt noch das Pfingstwochenende."

„Keine Ahnung", brummte er tonlos, rieb sich den Bart und die Narbe am Hals.

„Laß es mich doch mit meiner Einladung wenigstens etwas gut machen, Raphael. Nur wegen mir ist das alles passiert! Es war meine Schuld. Du wolltest mich beschützen und bist meinetwegen beinahe gestorben..." Sie verstummte, weil er sie anschaute. Ein Blick kalt wie Eis. „Schau mich nicht so an... Was?", fragte sie mißtrauisch, „Was hast du vor?"

„Meinen Kaffee austrinken." Sein Blick sanftmütiger, nicht mehr ganz so wild, und die zaghafte Andeutung eines Lächelns. „Und, wenn ich den weiten Weg noch schaffe, unter die Pooldusche springen. Der abrasierte Pelz juckt mich überall.

„Eigentlich sollten wir das feiern", schmunzelte sie.

„Was?"

„Unseren ersten Streit."

„Tut mir leid, Mädchen. Ich bin nicht gut drauf."

„Bis zum Herbstanfang bei mir, hm? Bis dahin hast du dich auskuriert. Wirst sehen, ist schön dort. Schöne Gegend, gutes Essen… Oh", jammerte Anna nun übertrieben, „ich verpasse die halbe Spargelsaison. Solche Dinger, Raphael", sie machte mit Daumen und Zeigefinger einen Kreis. „Hart und knackig, heiß und… lecker, wie dein…", sie schaute ihm keck in den Schritt, „nur nicht ganz so hübsch."

„Hör auf damit!", zischte er wütend.

„Magst du keinen Spargel?"

„Ich mag deine zweideutigen Anspielungen nicht. Jedenfalls nicht im Moment."

„Das war doch nur Spaß! Wollte dich ablenken! Ich werd's mir künftig verkneifen!", maulte sie, stand auf, nahm die leeren Kaffeetassen in die Hand. „Ich geh an deinen PC, wenn du nichts dagegen hast. Soll ich nun einen Flug für dich buchen? Ich bleibe keinesfalls den heißen Sommer über hier. Mit der nächsten Maschine, die Platz für mich hat, bin ich weg!"

„Schau mal, was frei ist."

Sie trat kurz darauf wieder raus auf die Terrasse. „Zwei Direktflüge nach Saarbrücken. Jetzt am Samstag und einer am Elften. Der am kommenden Samstag hat nur noch einen Platz frei; den nehme ich, wenn du nicht mitkommen willst. Der am Elften fünf. Alles andere, was frei wäre, geht über München, Berlin, Luxemburg oder Frankfurt. Das will ich dir mit der frischverheilten Verletzung nicht zumuten. Und ich wäre dir dankbar, wenn du dein goldenes Vlies im Bad aufkehren würdest."

Er schnappte ihre Hand, hauchte ein Küßchen drauf. „Entschuldige, Süße. Buch zwei Plätze für den Elften. Das gibt mir genug Zeit hier alles für vier Monate zu regeln. Ich komme gern mit dir mit. Eine Luftveränderung wird mir mal gut tun. Good old Germany, Anna", versuchte er ein Lächeln, „ob ich es noch wiedererkenne?"

„Wirklich? Oh mein Schatz! Wie mich das freut! Dann check ich Samstagmorgen aus dem Hotel aus. Fast einen Monat zusätzlich und ohne Verdienst dort wohnen übersteigt ein bißchen mein Budget. Morgen fahr ich rüber, packe meinen Kram zusammen, sehe den eingelagerten Krempel durch, zahle und schlafe noch einmal dort."

LUXOR, WINTER PALACE, ROYAL BAR
FREITAG, 03. JUNI 2011

„Ich danke dir, Georg."

„War doch selbstverständlich."

„Nein! War es nicht. Du könntest längst zu Hause sein."

„Ich hätte dich nicht allein gelassen. Aber jetzt, wo er entlassen wurde, kann ich beruhigt heimfliegen. Hatte auch was Gutes. Ich konnte mal wieder Zeit mit dir verbringen! Hab ich vermißt, Mäuschen. Und ich fand zusätzlich drei schöne Objekte, zwei wunderhübsche Häuschen und eine Wohnung."

„Häuschen?", spottete Anna mit einem Schmunzeln und verzieh ihm das Mäuschen.

„Traumvillen!" Er machte ihr ein Petzauge. „Übermorgen geht mein Flug. In aller Herrgottsfrühe, wie ich das hasse! Und nun geh ich zu Bett. War ein langer Tag. Hab mit einem meiner neuen Kunden harte Verhandlungen geführt. Nacht, Süße."

„Nacht mein Lieber, schlaf gut. Ich bleib noch ein bißchen. Trinke einen Champagner und verschwinde dann."

Anna rutschte von dem Hocker an der Bar, trat durch den breiten Durchgang, an den gleichen Tisch wie vor über zwei Wochen. Sank müde und erschöpft in den weichen Sessel, ließ ihre Gedanken treiben, grübelte über alles nach, sinnierte darüber, was sie getan hatte … Was für ein beschissener Monat! Selten war ihr Ägypten so verhaßt wie in den vergangenen vier Wochen. Wie in den vergangenen Tagen …

Emad brachte ihre Bestellung, fragte leise: „Wird er wiederkommen, Miß Anna? Wir vermissen ihn alle."

„Im Herbst, Emad. Er wird zurückkommen! Keine Sorge."

„Inschallah."

„Ja, Emad, so Gott will! Danke." Anna nahm einen großen, durstigen Schluck, stellte das Glas auf das große silberne Tablett, wappnete sich innerlich. Denn da kam jene Dame von neulich …

„Sie kennen meine Meinung, mehr gibt es dazu nicht zu sagen!"

„Ich hörte, Ihr Gefährte wurde gesund aus dem Krankenhaus entlassen. Es tut mir leid was ihm wiederfahren ist. Darf ich mich setzen?"

„Sie sitzen ja schon!", giftete Anna. „Auf ihr tränenreiches Mitleid kann ich verzichten! Auf ihr Heucheln!"

„Vielleicht sollten wir unsere Freundschaft einfach fortsetzen?"

„Ich habe mit Ihnen keine Freundschaft! Und… Ach! Ihre Verwandtschaft ist auch wieder zur Stelle!" Gereizt schaute Anna zu dem Tisch mit dem eleganten Paar hin, das anscheinend gerade in einem lautstarken Streit vertieft war. Die temperamentvolle Schöne sprang zornig auf: „Das wirst du in alle Ewigkeit nicht wagen!", fauchte sie boshaft, schüttete ihrem Begleiter voller Wut ihr Getränk ins Gesicht, verließ übelgelaunt aber hoch erhobenen Hauptes die Bar. Mit einem knallroten Kopf stand er ebenfalls auf, richtete grinsend seine Krawatte, entriß dem eiligst herbeigeeilten Emad die hingehaltene Serviette, tupfte sich damit beim Hinausgehen die feuerrot brennenden Augen ab.

„Ihre Cousine ist ganz schön heißblütig!", monierte Anna bissig.

„Du hast sie einst verraten! Du hast ihr geschworen und den Schwur gebrochen! Doch in diesem Leben hat sie dir verziehen!"

„*Was?*"

„Erinnerst du dich?"

„Nein!", schnauzte Anna unhöflich. „Mit diesem Brimborium brauchen Sie mir nicht mehr kommen. Das Thema ist gehalten!" Sie rieb sich plötzlich die Stirn, meinte gerade, sie sei stockbesoffen und völlig willenlos. War da etwa was in dem Champagner gewesen? Eine Droge? K.o.-Tropfen? Wie unter einem Zwang kratzte sie sich unbeherrscht im Ausschnitt. Dieses verfluchte Tattoo juckte und brannte auf einmal wieder wie toll.

„Sag deinem neuen Mann", schnurrte es neben ihr, „er kann ihm nichts anhaben, ihm nicht den Hals umdrehen. Er wird sich unglücklich machen. Gib mir endlich das Herz, Bentsachmet!" Die Schönheit von eben saß plötzlich neben Anna, hielt ihre kratzende Hand fest. „Einst stand da *mein* Name, doch diese Zeiten sind vorbei. *Ich* habe keine Macht mehr über dich, meine Kraft ist nahezu erloschen. Nicht wie ihre! *Sie* hat ihre Macht behalten. Die Herzen der Menschen erinnern sich noch an sie. Verehren in Kapellen und Kirchen ihre Statuen, ihre Abbilder; stehend auf der Weltkugel, die Schlange zertretend, mit dem Kinde auf dem Arm. Doch meiner erinnert sich niemand mehr!"

Unter Aufbringung all ihren Willens, riß Anna ihre Hand zurück, fegte das Glas vom Tisch, stand schwankend auf. „Hören Sie mit diesem Schwachsinn auf, mir weismachen zu wollen, Sie wären altägyptische Göttinnen! Das ist definitiv das reinste Schmierentheater!"

„Bleib! Anna, setz dich wieder!" Die Dame in dem weißen Kleid griff zärtlich um Annas Handgelenk. Gütige Wärme durchströmte Anna und abermals überkam sie das Gefühl unendlicher Weite. Matt und ergeben, unfähig zu einer Reaktion, sank sie in ihren Sessel zurück. Die Uhr begann abermals zu ticken …

„Du glaubst nicht? Ich werde dich eines Besseren belehren! Schau dich um! Wir sind alle hier! Die letzten Kämpfer an Maats Seite! Bereit, *Masr* aus der drohenden Finsternis zu reißen!"

Sechs Gäste saßen an dem Tisch nebenan.

„Der Herr Weisheit, die Herren der Schöpfung, die Herrinnen des Hauses, des Atmens und des Schreckens! Wir beide sitzen bei dir, einer ist soeben aus dem Raum gegangen. Wir sind Neun die gegen Isfet stehen; sie muß aufgehalten werden, das Land braucht einen neuen Herrn. Aber das kann die Mächtige nur mit Hilfe ihres Herzblutes bewältigen! Sieh *mich* an Anna, nicht *sie!*"

Mit Mühe gelang es Anna, den Blick und die Gedanken von diesen Gästen abzuwenden, versank abermals wie hypnotisiert im Zauber der blauen

Augen, wehrte sich mit aller Macht dagegen.

„Hier stimmt etwas nicht!", fauchte es, „Wo ist *Er* hin?"

Die sanfte Hand ließ Annas Arm los.

„Diesen Stuß kann ich mir nicht mehr länger anhören!", zischte Anna, als sei ein Bann gebrochen, griff nach ihrer Clutch, öffnete sie, suchte den Zimmerschlüssel, zuckte zusammen, als in der Handtasche unerwartet das Handy schrill klingelte. Wie aus einem Alptraum erwacht, sprang sie von dem Sessel hoch. Im gleichen Moment heulten draußen gellend und durchdringend die Sirenen einer Alarmanlage auf, kurz darauf jaulte das Martinshorn eines Polizeiwagens durch die Nacht. Schüsse waren zu hören. Innerhalb Sekunden sprangen alle Gäste schreiend auf, suchten hastig Schutz weit weg von den Fenstern und Türen, duckten sich hinter Sessel oder liefen kopflos umher. Über den breiten Korridor stürmten andere vom Garten und von der großen Terrasse herein. Anna stand wie angewurzelt in dem Tohuwabohu, in der Hand das klingelnde Handy. Sie drückte die grüne Taste… Andrea!

„Was?", blaffte sie und machte sich auf den Weg in die Lobby.

„Anna! Das Luxor-Museum! Ich wollte an dem Papyrus arbeiten. Irgendwer ist eingebrochen! Kam mir entgegen, rannte mich um. Du glaubst nicht, was hier los ist, alles verwüstet, der Papyrus zerrissen… und deine Statue! Anna! Man hat ihr das Glasherz aus der Brust gerissen!"

„Ist dir was passiert?"

„Nein!"

Ohne Andrea zu antworten hastete Anna durch das Foyer. Raphaels Leute waren sofort zur Stelle, schlossen die Türen, versuchten mit den Angestellten des Hauses die kopflosen Gäste zu beruhigen. Georg kam erleichtert auf sie zu.

„Scheiß Terror! Gott sei Dank, es geht dir gut. Was ist passiert?"

„Komm mit!" Sie zog ihn durch den Detektor zu der Drehtür hin. Einer der Security trat ihr entschlossen in den Weg. „No, Lady, bleiben Sie hier!"

„Anna, er hat recht! Bleib drin!"

„Ich muß raus!"

„Der Boß reißt mir den Arsch bis zum Genick auf, Miß, wenn Ihnen was passiert!"

„Auf meine Verantwortung, Karim! Lassen Sie mich durch! Das war weder ein religiös noch politisch motivierter Anschlag! Es war ein Einbruch im Museum." Widerwillig machte Karim den Weg frei, Anna huschte durch die Drehtür hinaus unter das Portal.

Ein roter Jaguar raste unten gerade dröhnend über die Einfahrt des Hotels. Laut knallende Fehlzündungen ließen die Gäste drin panisch aufschreien. Vor der großen Freitreppe des Winter Palace hielt der rote Wagen ein paar Herzschläge lang an. Flüchtig erblickte Anna den Fahrer, der anzüglich grinsend mit seinen tränenden, roten Augen zur Terrasse hochblickte. Donnernd gab er Gas, die Reifen drehten durch, Funken knallten aus dem Auspuff. Seine schicke Begleiterin stürmte an Anna vorbei wutentbrannt die geschwungene Treppe hinunter, lautstark fluchend: „Du bösartiges, dreckiges, hinterhältiges, rotes Schwein! Du hast es nicht wirklich gewagt!"

Polizeiwagen brausten näher, das rote Auto verschwand donnernd mit ohrenbetäubendem Lärm in einer gewaltigen Rauchwolke, schemenhaft sah Anna in dem beißenden Qualm die roten Rücklichter blitzschnell über die Corniche verschwinden.

„Was war denn das?" Georg schüttelte ungläubig den Kopf, legte Anna beschützend den Arm um die Schultern, zog sie zu einem der Tische auf der Terrasse hin. „Danke Emad. Aber wir haben keinen Champagner bestellt."

„Eine Geste des Hauses, for all our Guests. Auf den Schreck hin."

„Danke. Anna? Was ist denn? Warum hast du das Telefon in der Hand."

„Meine Statue…", krächzte sie entgeistert, räusperte sich, steckte das Handy in die Clutch, nahm einen Schluck. „Das glaub ich jetzt nicht! Wie kann denn das passieren? Wer macht denn sowas?"

„Was ist mit der Statue?"

„Jemand – anscheinend der in dem Jaguar - hat sie kaputtgeschlagen und ihr das gläserne Herz aus der Brust gestohlen."

„Scheiße."

„Das kannst du laut sagen."

„Ich wußte gar nicht, daß die Statue ein gläsernes Herz hat. Was will der Typ damit? Kann ja nicht so wertvoll sein."

„Gottseidank habe ich den Papyrus genau abkopiert und fotografiert. Den kann man wieder zusammensetzen…" Anna sprang auf. „Ich muß ins Luxor-Museum! Ich muß zu ihr gehen… und ich muß wissen, wie es Andrea geht."

„*Du* gehst nirgendwo hin!", brauste er auf. „Das ist Sache der Polizei und der Behörden! Setz dich wieder!"

„Aber mein Herz!", kreischte Anna verzweifelt. „*Du* hast mir gar nichts zu sagen…"

Er schaute sie dermaßen scharf und böse an, daß Anna die Worte im Hals steckenblieben.

„*Dein* Herz, Anna? Hörst du dir eigentlich zu? Du kannst meinetwegen morgen gehen, wenn sich alles beruhigt hat. Aber *jetzt* bleibst du hier!"

Irgendwie hatte er Recht. Und es war besser, im Schutz des Hauses zu bleiben. Wütend betrachtete sie ihn eine kleine Weile grübelnd, meinte nachgebend: „Entschuldige. Ich bin vollkommen erledigt, total neben der Spur, Schorsch. Diese letzten Wochen zehrten an meinen Nerven. Saß eben in der Bar an einem Tisch, bin eingenickt und träumte ziemlichen alptraumhaften Käse. Hoffentlich hat mich niemand schnarchend im Sessel gesehen. Wolltest du nicht auf dein Zimmer gehen?"

„Ich bin durch den Garten spaziert, gönnte mir dort an der Bar noch einen Absacker. Was'n los, Mäuschen?"

„Meine Alpträume, Georg. Es geht schon wieder von vorne los. Seit ich hier bin. Und zu Hause schon. Massiver als je zuvor." Sie schaute ihm ins Gesicht, erinnerte sich an seine Jugend, sein damaliges Aussehen. Betrachtete sein dunkles, kurzes Haar, seine sanften dunklen Augen mit den langen Wimpern, seine angezüchtete Sonnenstudiobräune, die schlanke Figur, „Du bist Architekt, Herr Baumeister", flüsternd.

„Was?", lachte er verblüfft über diese unsinnige, zusammenhanglose Bemerkung.

„Du... hast kein Gespür dafür, oder? Merkst nie etwas. Auch nicht, wenn du die Statue ansiehst. Aber für mich ist sie etwas ganz Besonderes. Ich habe sie gefunden, Georg, und jetzt ist sie kaputt! Da muß jemand mit Brachialgewalt und einem Beil..." Anna kamen bei dieser schauerlichen Vorstellung die Tränen.

„Das tut mir echt leid um deine Figur, ich weiß, was sie dir bedeutet und wie stolz du auf sie bist. Aber ich kann mir da keinen Kopf drum machen..." Er unterbrach sich, hob den Kopf, starrte der Dame die sich frechweg in den Stuhl neben ihn setzte, ins Gesicht. „Ja?", schnauzte er unwirsch, „Sehen Sie nicht, daß Sie stören!"

„Mit dir rede ich nicht, Baumeister! Ich rede mit Madame Berger. Madame. *Der Rote* hat das Herz gestohlen! Er wird nicht lange warten. In elf Tagen wird der Blutmond seine grausame Ankunft verkünden. Sutech wird die Welt an den Abgrund führen! Es wird Krieg geben, es wird Chaos geben, Isfet wird gewinnen! Wenn er das Herz entfesselt, kommt Sachmets Wut ungehemmt, doppelt so stark und zerstörerisch in die Welt. Wenn er – und das traue ich ihm zu – das Blut trinkt, wird ihn niemand mehr aufhalten können! Du hast mir einst geschworen! Dein Leben mir vermacht! Geschworen mir zu dienen, wenn ich dich von der Liebe, die dir einst unendliches Leid brachte, befreie. Ich erinnere dich an das alte neue Bündnis! Hilf mir, das Herz zurückzubekommen! Ich habe meinen Teil der Abmachung eingehalten!"

„Was geht hier vor, Anna? Wer ist das?"

„Das willst du nicht wirklich wissen wollen, Georg." Anna schaute der Dame zornig und unentwegt ins Gesicht, als versuche sie ein Duell auszutragen.

„Das hier ist ein knallhartes Spiel um eiskalte Rache", zischte sie böse. „Und es geht um eine ziemlich abgeschmackte Form von Erpressung und Antiquitätenschmuggel. Ich hätte große Lust, die Polizei zu rufen!"

DEUTSCHLAND, SAARBRÜCKEN

Samstag, 11. Juni 2011

„… *Syrien: Bei einer Militäroffensive gegen die von Demonstranten beherrschte Stadt sind heute Dutzende Menschen ums Leben gekommen. Infolge der anhaltenden Repressalien der Regierung unter Präsident Baschar al-Assad befinden sich zudem tausende Menschen auf der Flucht in Richtung Türkei. Bereits am Montag kamen bei Straßenschlachten während erneuter Proteste mindestens 120 Menschen ums Leben… Das Wetter …"*

Blutmond! Millionen werden auf der Flucht vor einem unglaublich grausamen Krieg mit hunderttausenden von Toten sein… und das hier ist der Anfang!

Der Taxifahrer drehte das Radio leiser, schaute in den Rückspiegel.

„Jesses, Frau Berjer, so spät sinn Se jóó noch nie serickkumm."

„Ausnahmsweise, Herr Maier."

„Bestimmt heiß wie e Sau jetzt dórd?"

„Jo."

„Unndu? Wááschde áách dórd unne?" Eine freundliche, leutselig gestellte Frage, doch Raphael drehte sich mit einem verzweifelten, fragenden Gesichtsausdruck zu Anna auf dem Rücksitz um. Die beömmelte sich dermaßen, daß ihr Lachtränen in die Augen stiegen.

„I do not understand anything. Not a Word! What is he saying?"

„Herr Ney kommt aus Ägypten, Herr Maier."

„Sáá nur? So blonde Leit gebbds dort? Ei! Dóó simma jo schunn!"

„Sind Sie so lieb und bringen uns die Koffer bis zur Tür?"

„Ei móó sischer, Frau Berjer!" Der gesetzte Taxifahrer hielt den Benz am Bordsteinrand, schnallte sich ab und stieg grummelnd aus. „Jetzt iss das so é großer Kerl unn packt de Koffer nitt!"

„Ich kann im Moment nichts heben."

„Haschdedie Dinnschiß?", lachte der Taxifahrer, „Haschdeda was ingefang dórd unne?"

„Hä?

„Danke, Herr Maier." Anna hielt ihm ein mehr als üppiges Trinkgeld entgegen.

„Ochjesses, das dóó wär doch nitt notwennisch!", entrüstete er sich herzlich.

„Sie fahren mich immer, Herr Maier, gut und sicher und pünktlich. Und Sie haben auf dieser Tour zweimal unsere Koffer geschleppt. Nehmen Sie. Gehen Sie mit ihrer Frau schön Essen oder was auch immer."

„Ei Merci! Allez dann, Frau Berjer."

„Tschüs." Anna kramte in ihrer Tasche nach dem Schlüssel.

„Tschüs hab ich gerade noch so verstanden." Raphael trat die drei Stufen zur Haustür hoch und schaute sich um. „Ein Siedlungshaus mit Vorgarten und Gartentürchen hätt ich dir nicht zugetraut. Eher ne Villa."

Anna steckte den Schlüssel ins Schloß, öffnete die Haustür. „Mein Elternhaus. Die Großeltern haben es gebaut, zum Teil mit den eigenen Händen. Sowas tauscht man nicht gegen eine Villa. Das ist kein Haus, das ist Heimat, Verbundenheit, ein Zuhause. Willkommen, mein Schatz."

„Danke."

„Na geh schon rein."

„Ein bißchen komisch, Lady. Nicht *mein* Revier."

„Jetzt mach schon."

„Uih, Cottofliesen!"

„Original! Und die Treppe mit samt Geländer hab ich selbst restauriert."

„Cool! Respekt!"

„Geh mal durch! Links ist die Küche. Damit ich die Koffer in den Flur schieben kann. Kannst auch gradaus gehen, da kommst du – wie durch die Küche auch – ins Eßzimmer." Anna wuchtete das Gepäck in den Korridor, schloß die Haustür, betrat ihre Küche, „Wo bist du?", schaute durch die offene Tür ins Eßzimmer. Er stand ganz hinten im Wohnzimmer vor den riesigen Terrassentüren, die fast die gesamte Rückfront des Hauses einnahmen, schaute mit ernstem, bewegtem Gesicht schweigend hinaus.

„Hast du Schmerzen?"

„Nein!"

Sie öffnete die Türen. Gluthitze strömte herein. „Ist das drückend. Gott sei Dank kommt Wind auf. Das gibt noch ein Gewitter."

Er trat raus auf die Terrasse, „Was für eine Aussicht!", flüsternd.

„Völlig unverbaut. Schön, nicht? Was willst du trinken?"

„Wasser, Anna. Es ist heiß. Wasser aus dem Hahn! Jede Menge davon."

„Ok."

Sie kam zurück mit einem Weizenbierglas voll mit kaltem Wasser aus der Leitung. „Du stehst ja immer noch da."

„Es haut mich um, Anna. Es erschlägt mich. Die Fahrt hierher, überwiegend nur durch den Wald. Wie durch eine grüne, gewaltige, ehrfurchtgebietende Kathedrale. Der Wald da gegenüber deines Hauses. Uralte Buchen, Linden und Eichen. Ein wenig erdrückend. Ich bin aus der Küche raus und hier hin. Entschuldige, wenn ich durch deine Wohnung latsche. Aber das Grün der Bäume, und hier der freie Blick auf die wogenden Felder, die Weite, die Farben, die Hügel und Täler. Die Blumen in den Gärten, die üppig blühenden Rosen, Blüten an den Häusern, die Kästen voll mit Geranien und was weiß ich an Fenstern und Balkonen. Kein Dreck, kein Müll auf den Straßen. Kein Sand, keine Felsen, keine Bausünden, keine Wüste, kein Dunst! Sechzehn

Jahre, Anna! Sechzehn Jahre lang schaute ich auf in der Sonne glühende, felsige, öde Landschaften unter ewig blauem, dunstigem Himmel... das hier ist ergreifend für mich! Überwältigend! Wolken jagen am Himmel, grau und düster... Wahnsinn. Eine fremde Welt, Anna, wie in einem Zukunfts-Thriller." Er nahm ihr das Glas ab, trank. „Was für ein Genuß!"

„Du bist aber leicht zufriedenzustellen", lächelte sie ihn an und wischte ihm das Tränchen aus dem Augenwinkel.

„Leitungswasser. Der pure Luxus!", versuchte er ein Lächeln. „Ich weiß noch nicht mal, *wo* ich bin. Ich sehe die Sonne nicht."

„Du guckst nach Südwesten."

„Und was ist das?" Mit dem Glas wies er auf einen großen Hügel rechts hinüber. „Eine baumbestandene Pyramide?", überspielte er scherzend seine Rührung, seine Niedergeschlagenheit.

„Die Abraumhalde eines Bergwerks. Wenn du da hinunterschaust, Richtung Ort, zwischen der Edeltanne und der Zypresse hindurch, siehst du den Förderturm. Im Saarland schlug einst das Herz von Kohle und Stahl, aber diese guten, fetten Jahre sind vorbei, die Bergwerke, bis auf eines, und Eisenhütten, bis auf zwei Stahlwerke schon lange stillgelegt. Die Industriebrachen längst zu Freilichtmuseen, Eventhallen, Naturerlebnisparks mutiert, in denen sich die Spaßgesellschaft ordentlich austoben kann. Wer einst dort arbeitete, sein Brot verdiente, darf heute Eintritt zahlen, will er sich seinen ehemaligen Arbeitsplatz ansehen. Vorausgesetzt er hat noch das nötige Kleingeld dafür!"

„Lästerst du mal wieder?"

„Ja!", grollte Anna. „Dieses Land blühte einst, doch heute siehst du nur verwaiste Innenstädte mit alteingesessenen aber leerstehenden Geschäften und riesige Einkaufszentren auf der grünen Wiese. Der Turm ist illuminiert. Wenn's dunkel ist, meint man, daß die Förderräder sich drehen. Und man kann auf die Halde hinaufwandern. Wenn du Lust hast, gehen wir mal bis hinauf. Von dort oben hast du einen fantastischen Rundblick."

Er trank das Glas leer. „Mach nochmal voll! Und da will ich mal hoch!"

„Wollen wir uns nicht setzen?" Anna wies auf die vom blühenden Geißblatt überwucherte Pergola an der rechten Seite der großen, zum Teil überdachten Terrasse, stellte das Glas dort auf den Tisch.

„Nein."

„Soll ich dich in Ruhe lassen?"

„Nein."

„Du mußt deine Schwermut überwinden, Raphael."

„Schwermut?" Sein Grinsen wirkte diabolisch. „Ich hab in meinem Leben weiß Gott genug durchgemacht, Anna. Aber ich habe nicht damit gerechnet daß mich ein alter Mann auf offener Straße abschlachtet und beinahe kastriert!"

„Was?", rief Anna entsetzt. „Aber der Arzt sagte doch, du wirst keine bleibenden Schäden…"

„Hier Anna!" Er schlug sich mit der Faust gegen die Schläfe. *Hier* ging was kaputt. Diese fies grinsende Visage… ein Arschkriecher… es hat sich in meinen Schädel eingebrannt. Mir meine Sterblichkeit aufgezeigt…"

„Um Gottes Willen, Raphael, du mußt darüber hinwegkommen, mein Liebling." Anna drückte sich an ihn, er legte den Arm um sie. Irgendwo in weiter Ferne donnerte es lang und anhaltend, der Wind wehte stärker, eine heftige Bö jagte durch den Garten, die Bäume rauschten und wisperten. Erste Tropfen fielen auf den Boden.

„Ich werd mir Mühe geben." Sein Blick wanderte wieder hinaus in den Garten und in die Ferne. „Es regnet!"

„Und der Wind vertreibt die stehende Hitze! Es wird kühl werden."

„Regen, Anna! Was für ein Gefühl! Wahnsinn! Kannst du dir vorstellen, wie lange ich keinen Regen mehr gesehen habe? Der Geruch frisch gefallenen Regens an einem Sommerabend? Das Geräusch des fallenden Regens? Sein Rauschen in den Blättern der Bäume. Weißt du, wie man sowas vermissen kann?" Raphael ließ Anna los, trat unter der Überdachung des oben liegenden Balkons heraus, machte ein paar Schritte in den Garten, auf den Rasen, hielt sein Gesicht dem Himmel entgegen. Ein gewaltiger Schauer prasselte hernieder, es donnerte abermals, Blitze erhellten den wolkenverhangenen Himmel.

„Du wirst doch ganz naß!"

„Ja!", brüllte er gegen Donner und Regen an, riß sich mit grimmigem Übermut das T-Shirt über den Kopf, breitete die Arme aus, hielt sein Gesicht nochmals in den Regen, drehte sich laut brüllend im Kreis. „Klatschnaß! Wie geil ist das!"

„Sáá moo, du Spinner!", hörte Anna den Nachbarn von rechts laut über die Hecke fluchen, „Mach disch ab! Sunscht ruf isch die Polizei!"

„He, Harald! Ist in Ordnung!"

„Ach, Anna! Bist du daheim? Wer issn das?"

„Gehört zu mir!"

„Jóó?" Harald begutachtete Raphael mißtrauisch. „Tach."

„Hm?"

„*Guten* Tach!"

„Moin!"

„Moin? Anna, wo haschen den uffgegawwelt? Hat der noch nitt se Middach gess? Iss der in é Schläjerei kumm, so grien und blau wie der iss?"

„Er ist nicht von hier, Harald."

„Jo, das merkt ma! Bin jetzt wejedem durch de ganze Gááde, bei *dem* Sauwedder! Allez, Anna!"

„Allez, Harald, Danke! Grüß Helga" Anna winkte ihm, reichte Raphael die

Hand. „Jetzt bist du untendurch! Und mein guter Ruf für alle Zeit dahin!"

„Was pumpt der sich so auf?" Raphael schüttelte den Kopf, wischte sich das Wasser aus dem Gesicht, warf die Latschen von sich, rieb sich mit dem T-Shirt die Füße sauber.

„Der beste Nachbar der Welt. Wirft ein Auge auf mein Haus. Dachte, du wärest einfach auf's Gelände gelaufen. Nimm's ihm nicht übel. Geh dich abtrocknen! Zieh die nasse Hose aus. Nicht, daß du dir ne Erkältung einfängst. Und ich hab langsam Hunger."

„Willst du essen gehen? Hast bestimmt nichts im Kühlschrank, warst fünf Wochen nicht hier?"

„Ich habe eine Zugehfrau, du Schnuckelchen. Und Telefon. Wer denkst du, hat die Fensterläden hochgezogen, durchgelüftet und eingekauft. Was guckst du? Ah, dort, im Flur, gegenüber der Küche, neben der Treppe, ist ein kleines Bad."

„Apropos Telefon. Ich muß nachher Sara anrufen. Sie will bestimmt wissen ob ich gut angekommen bin. Sonst kann sie heute Nacht nicht schlafen."

„Ok." Anna öffnete die Kühlschranktür. Voll! Bis oben hin mit frischem Obst, Gemüse, Salat, Käse, Fleisch, Milch … was eben in einen gut gefüllten Kühlschrank gehört. Sie griff nach dem Telefon: „… Danke, Frau Becker. Alles prima! Ja, Ihnen auch schöne Pfingsten!", legte auf, schaute Raphael baff an.

„*So* kannst du hier *nicht* rumlaufen!"

„Ich lauf rum, wie ich will!"

„Aber nicht raus! Harald kriegt einen Herzschlag!"

Raphael nahm Anna fest in den Arm. „Haralds Herzschlag ist mir schnurz! Laß mal deinen hören!"

„Es klopft wie verrückt, mein Schatz. Zieh dir was an."

„Keine Sorge, Lady. Ich fall nicht über dich her."

„Hör doch auf! Das wird wieder."

„Sorry Süße."

„Nicht doch! Du sollst dich erholen! Mach dir keinen Streß. Wir habe alle Zeit der Welt."

„Ich wollte ja auch bloß an meinen Koffer!" Er machte ihr ein freches Petzauge, zog seinen Koffer in die Küche, kramte T-Shirt und Shorts aus, schlüpfte rein, schaute Anna zu, die aus dem Kühlschrank Salat und Fleisch nahm, es ihm unter die Nase hielt.

„Wow! T-Bone-Steak!"

Später lagen sie kosend auf einem der beiden großen hellen Sofas in Annas schickem Wohnzimmer, genossen ihre zärtliche Zweisamkeit, einen Rotwein und das Kaminfeuer. Draußen prasselte der Sommerregen durch die kühle Nacht, drin das Knistern der Flammen.

„Was ist nun mit deiner Statue? Hast du was gehört?"

„Ein Loch in der Brust, Raphael, als hätte sie jemand mit der Faust durchschlagen. Ihr Innerstes – Stroh und Leinen – herausgerissen, als hätte man ihr die Eingeweide herausgezerrt. Sie versuchen sie zu restaurieren. Ich weiß, es wird gelingen, aber es wird Flickwerk bleiben, sie wird nie mehr perfekt sein, ihre Makellosigkeit ist für alle Zeiten dahin."

„Schade, Mädchen. Das tut mir leid." Raphael schenkte Wein nach, reichte Anna das Glas. „Alles in Cremeweiß. Sehr geschmackvoll in Verbindung mit dem dunklen Parkett. Schön bei dir, Lady."

„Danke."

„Der Anbau steht dem alten Haus. Paßt gut zusammen." Er starrte weiter in das lodernde Feuer.

„Georg hat das geplant und in die Tat umgesetzt. Er ist auch Architekt."

„Vermißt du ihn?"

Anna setzte sich auf. „Was soll denn das jetzt?"

„Das ist doch euer Haus. Habt ihr doch bestimmt gemeinsam umgebaut und eingerichtet. Er begegnet dir in deiner Erinnerung hier doch auf Schritt und Tritt."

„*Ich* habe das Haus eingerichtet. Georg hatte für sowas weder einen Kopf noch die Zeit, war ständig unterwegs. Und ich vermisse ihn. Ja. Wie man einen guten Freund vermißt, den man lange nicht gesehen hat. Mehr nicht. Seit wir getrennt sind, verstehe ich mich mit ihm besser. Als wäre unsere Ehe ein Zwang, ein Muß gewesen, als hätte sie uns gehemmt anstatt zueinander zu führen. Und ich will mich jetzt nicht über Georg unterhalten."

„Ok." Raphael griff nach seinem Glas, schaute Anna ernst ins Gesicht. „Was, Schönheit, bleibt von *unserer* Beziehung?"

„Was soll bleiben?"

„Sie spielte sich bisher im Bett ab. Und im Moment spielt sich da gerade gar nichts ab. Auf was, Anna, bauen *wir* unsere Beziehung auf?"

„Wir verstehen uns doch! Was redest du denn?"

„Mir ist heute klar geworden, daß ich dich überhaupt nicht kenne. Deine Welt ist mir vollkommen fremd. Dieses kleine Land; die Leute sind ein wenig verschroben, oder? Hobbingen? Und dieser konfuse Dialekt! Man versteht kein Wort. Dein Nachbar eben. Nur dir zuliebe zog ich ihn mir nicht quer unter die Nase. Anna, du bist für mich plötzlich eine fremde Frau, geheimnisvoll, ich sehe dir nicht ins Herz. Dich umgibt etwas, daß ich nicht in Worte fassen kann. Wo komme ich in deinem erfüllten Leben vor? Am Rande? Ich weiß nicht, was dich interessiert – außer Ägypten – was du haßt, was du liebst."

„Ich hasse dumme Fragen und ich liebe *dich*! Warum zweifelst du denn an unserer Liebe?"

„Wir sind so grundverschieden, Anna!"

„Lieben wir nicht beide Ägypten?"

„Ich liebe Ägypten nicht. Ich arbeite nur dort, wohne dort, halte einsame Totenwache. Bin im Niemandsland gestrandet."

„Dein schönes Haus, Raphael. Deine Mutter, deine Freunde, deine Firma. Deine Hunde. Du bist doch nicht gestrandet! Du hast dir ein Paradies geschaffen, ein Zuhause aufgebaut! Dein wunderschöner Garten, der Pool. Sowas stellt man sich doch nicht hin, wenn man das Land haßt. Du hast dieses Haus in der Hoffnung gekauft, es irgendwann wieder mit einer Frau zu teilen. Vielleicht auch Kinder zu haben. Die Wohnung für deine Mom, wo sie umsorgt von dir alt werden kann … Deine Firma, deine Angestellten. Das ist deine Existenz, Raphael. Das hast du doch nicht einfach so, ohne Berechnung aufgebaut. Da steht ein Plan, ein Ziel dahinter. Ein Lebensplan. Nimm dir die Zeit, deine Wunden ausheilen zu lassen, dich auszukurieren um das Schreckliche, das dir angetan wurde, zu verarbeiten. Laß dich von mir verwöhnen, ich will für dich da sein. Und dann steht uns die Welt wieder offen. Ich komme doch mit dir mit! Ich würde überall mit dir hingehen. Du hast das Haus nicht umsonst…"

„*Meine* Welt, Anna, ist am Zusammenbrechen. Das hat ein wahnsinniges Loch nicht nur in meinen Bauch, auch in meine Finanzen gerissen. Ich konnte nicht mehr in dem überfüllten Krankenzimmer bleiben, mußte mir ein Einzelzimmer nehmen, sonst hätte ich überhaupt keine Ruhe mehr gefunden. Ich arbeite nicht, kann mir kein Gehalt auszahlen… Irgendwann bin ich am Arsch und pleite! Was dann?"

„Du hast eine coole Truppe! Dein Kompagnon kam aus Assuan herüber. Sie alle halten deinen Laden am Laufen! Da brauchst du dir doch keine Sorgen machen. Und … Ich bin ja auch noch…"

„Oh nein!", grollte er. „Das hat mit dir gar nichts zu tun! Ich sagte es dir schon mal: ich laß mich nicht aushalten!"

„Aber in einer Notsituation…"

„Ich muß da alleine durch. Schluß!" Er gab Anna einen zarten Kuß. „Feierabend! Hast du einen Schlafplatz für mich? Ich bin k.o., Lady und es ist schon spät. Oder soll ich auf der Couch schlafen?"

„Du wirst es nicht glauben, aber ich habe ein Schlafzimmer."

„*Ich* lege mich nicht in das Bett, in dem *er* mit dir…" Raphael verkniff sich zornig das letzte Wort, stand auf, griff nach einer der großen schweren Patchwork-Felldecken auf der anderen Couch. „Was ist denn das?"

„Das waren mal meine Pelzmäntel … Untragbar in heutigen Zeiten, aber man muß es ja nicht wegwerfen … Komm mit, ich zeig dir was. Mach mal die Terrassentür zu und stell das Kamingitter vor."

Oben angekommen zeigte sie ihm die Etage unter der gemütlichen Dachschräge. Das schnuckelige Gästezimmer, das kleine Büro, das große Bad und ihr Ankleidezimmer.

„Dein Schrank ist größer als mein gesamtes Schlafzimmer."

„Ich mach dir ne kleine Ecke frei. Reichen dreißig Zentimeter?", foppte sie, öffnete eine Tür gegenüber. Das war der Raum über dem Wohnzimmer. Auch hier nahmen die großen Terrassentüren fast die gesamte hintere Wand in Anspruch und gaben den atemberaubenden Blick hinunter ins Saartal frei, Lichter blinkten bis zum Horizont. Anna knipste eine Lampe an, Raphael blickte sich baff um.

Gegenüber von den Terrassentüren ein riesiges schwarzes Bett, schwarze Bettwäsche mit silbernen Ornamenten, dunkelgraue Tapete mit dem gleichen Motiv. Ein funkelnder Kronleuchter aus schwarzem Glas mit den passenden Nachttischleuchten auf dem Bord hinter dem Kopfteil des Bettes. Dort stand auch ein Portraitfoto von Raphael in einem schweren silbernen Rahmen. Dicke, flauschige weiße Teppiche auf dem dunklen Boden, ein großer Spiegel in seinem schwarzen, glänzenden Barock-Rahmen an der linken Wand, rechts vom Bett ein großes Schwarz-Weiß-Foto vom Westgebirge vor der wunderschönen Nillandschaft. Sein Schlafzimmer in elegant!

„Nee, Lady! Nicht dein Ernst?"

„Doch! Ich hätte dich sonst zu sehr vermißt! Ich ließ es im Februar renovieren. Hab alles Alte rausgeworfen."

„Och mein Schatz!"

„Willst du jetzt immer noch im Gästezimmer oder auf der Couch schlafen?"

„Ich würde selbst auf deiner Türschwelle schlafen, wenn mir nicht alles weh täte. Ich nehm dann doch das Bett, Lady."

Am Morgen kuschelte sie sich an ihn, flüsterte: „Wollen wir frühstücken?"

„Laß mich einfach schlafen, Anna. Bitte. Laß mich allein."

„Ok."

Sie verbrachte einen furchtbar langen, aufgewühlten, einsamen Sonntag. Wußte genau, daß er das alles erst mal verarbeiten und verdauen mußte. Das war alles zuviel. Das Krankenhaus war die Hölle für ihn gewesen, riß obendrein alte Wunden und die Erinnerung an Elenas Leid auf. Dazu das Ungewohnte der neuen Umgebung. Und er war endlos müde und niedergeschlagen.

„Ich gebe dir Zeit mein Schatz! Alle Zeit der Welt!", flüsterte Anna, ging daran, die Koffer auszupacken, räumte allen Kram an seinen Platz, verstaute ihren Schmuck und die Uhren in dem kleinen Tresor, brachte die Schmutzwäsche in den Keller, ließ die Maschine laufen. Versuchte mit alltäglicher Hausarbeit, eingefahrener Routine vergeblich ihre düsteren, furchtbaren Gedanken zu verdrängen. Horchte ständig, ob sie ihn oben hörte. Kein Mucks, außer hier und da mal die Toilettenspülung. Machte sich Sorgen über ihn und seinen Gemütszustand und seiner Drohung, dem Alten den

Hals umdrehen zu wollen. Ging hin und wieder nach ihm sehen, vermutete, er mache ihr manchmal nur weis, daß er tief und fest schliefe.

Irgendwann am frühen Abend schluckte sie eine Schlaftablette und verschwand ebenfalls im Bett. Sie mußte versuchen zu vergessen, schlief tatsächlich tief und ruhig. Träumte gegen Morgen von seiner wilden Zärtlichkeit, seiner Leidenschaft, seinen sanften Händen, die sie streichelten, zugriffen und forderten. Ein intensiver, heißer Traum, der ihre unterdrückte Lust anstachelte, aufweckte. Seine Hand sanft zwischen ihren nassen Schenkeln, zärtliche Küsse auf ihrem Busen, ihrem Mund, sein heißer Atem an ihrem Hals. Sein hartes, pralles Fleisch tief in ihr drin. Sie erwachte von ihrem eigenen lustvollen Stöhnen …

Das war kein Traum!

„Guten Morgen, Schönheit. Frühstück ist fertig", schnurrte er in ihr Ohr.

„Oh mein Liebling!", flüsterte sie glückselig lächelnd, hielt sich an ihm fest, drückte sich ihm vorsichtig entgegen, um ihm nicht wehzutun. „Ich muß im Himmel sein. Ein Engel liebt mich!"

Er küßte sie heiß und inniglich, stieß leidenschaftlich zu, verschaffte erst ihr und dann sich selbst einen scharfen, wilden, ekstatischen Höhepunkt.

„*Jetzt* gehörst du mir auf *zwei* Kontinenten!", triumphierte er. „Jetzt gehörst du mir ganz alleine!"

„Wie goldig ist denn das?", rief sie gleich darauf erfreut, klemmte mit einer Spange das Haar hoch, schlüpfte in einen seidenen Morgenmantel, betrachtete den liebevoll gedeckten Tisch auf dem Balkon.

„Entschuldige, Süße, aber ich kramte in deiner Küche rum. Hat ein bißchen gedauert, bis ich alles gefunden habe."

„Schon ok. Wo hast du das Baguette her? Und die Croissants? Und…"

„War schon früh unterwegs", strahlte er. „Seit fünf Uhr wach, fit. Könnte glatt Bäumchen ausreißen! Bin runter ins Dorf. Schaute mir die schöne Gegend an. Fand einen rollenden Bäckerladen."

„Und hast ihn gleich leergekauft?", sie mußte lachen, „Jaques wird sich gefreut haben."

„Traf Harald. Feiner Kerl, quatschte mit ihm. Und hundert anderen, die den Verkaufswagen belagerten. Feiertag heute, fiel mir ein, deshalb sind die Läden zu. Das da ist doch bestimmt nach deinem Geschmack? Süß und klebrig."

„Eclairs? Klebriger geht es kaum noch."

„Ich suche meine Uhr und den Ring."

„Das habe ich in den Safe gelegt."

„Ich hätte es gerne, wärest du so nett."

„Natürlich." Sie schnappte sich von dem Bord über dem Bett die Notizen und die Speicherkarte mit den Fotos, die sie von dem Papyrus gemacht hatte, öffnete in dem Ankleidezimmer den kleinen Wandsafe, reichte ihm seine Breitling und den Ring mit dem Diamanten, stopfte die Zettel und die Karte hinein.

„Warum stellst du eine Parfümflasche in den Safe?"

„Ist wahnsinnig teuer!", scherzte sie und schloß das Türchen. „Hab ich einen Hunger."

„Entschuldige", sagte er ernst als sie am Tisch saßen.

„Was denn?" Sie schmierte Butter und Marmelade auf die Ecke eines Croissants, legte es kopfschüttelnd zurück auf den Teller, schenkte Kaffee aus.

„Daß ich mich nicht richtig um dich kümmerte in den letzten Tagen. Bist ein bißchen auf der Strecke geblieben. Ich mach's wieder gut."

Anna stellte die Kaffeekanne hart auf die Tischplatte. „Geht's noch? Daß du wieder gesund wirst, steht an erster Stelle. Da sind meine Wünsche doch nicht von Belang. Und bis wir wieder nach Ägypten gehen, hast du dich erholt…"

„Ich danke dir, daß du bei mir geblieben und nicht einfach nach Hause gefahren bist. Ich weiß nicht, wie ich das ohne dich überstanden hätte."

Liebevoll griff sie nach seiner Hand. „Ich hätte dich doch nicht allein gelassen, mein Engel."

„Wenn ich dich nicht gehabt hätte, Anna! Wenn dein… jetzt bin ich ihm auch noch zu Dank verpflichtet! Ohne euch beide wäre ich elendiglich auf der Straße krepiert…"

„Er hat lediglich den Notarzt gerufen…" Sie schluckte, verstummte, ließ das Croissant auf den Teller fallen. Sein Blick! Kalt und unbeherrscht, fremd und gefährlich, voller gnadenloser erbarmungsloser Wildheit, „Schau mich nicht so an…", verursachte ihr eiskalte Schauer. „Willst du nichts essen?"

„Später." Er spielte mit dem scharfen Obstmesser, balancierte es auf seiner Hand. „Ich bin kein Engel! Ich bin nicht der, für den du mich hältst, Anna", grollte er, rieb sich über die Narbe am Hals.

„Das hast du mir schon einmal gesagt", flüsterte sie.

Denn unter deiner engelsgleichen Maske schlummert zügellose, fast brutale Unbeherrschtheit.

Du bist ein Killer! Ein Kämpfer, ein Krieger. Diese Narbe! Ich will gar nicht wissen, woher du sie hast, warum sie dich so aufwühlt und was aus demjenigen geworden ist, der sie dir zufügte.

Mit brutaler Wucht stieß er das Messer in einen Apfel. „Ich werde ihn töten, Anna! Das schwöre ich dir!"

„Er ist nicht mehr da. Hab ihn seit dem Tag nicht mehr gesehen", log sie. „Der hat sich aus dem Staub gemacht. Wer weiß, wohin er verschwunden ist. Hör auf damit!", zürnte sie. „Ich kenne sowas nicht! In meinem ganzen Leben bin ich keiner rohen Gewalt begegnet. In meiner Familie waren alle Pazifisten, selbst Georg war Zivildienstleistender…"

Der Zorn in seinen grünen Augen leuchtete wie das kalte, schillernde Feuer eines Gletschers, eines Eisberges, eines Diamanten.

„Ich werde ihn finden!", zischte er voller Wut, „Jagen, hetzen, zur Strecke bringen! Er entkommt mir nicht. Egal wie lange es dauert. Und dann…"

„*Du* wirst dich nicht unglücklich machen!", fuhr sie ihn unbeherrscht an und schlug mit der flachen Hand auf den Tisch. „Ich will ein glückliches, zufriedenes Leben mit dir führen! Du wirst ihn *nicht* finden!" Sie schubste wütend den Teller von sich, schaute mit Tränen in den Augen schweigend hinaus in die Ferne …

Niemals wirst du ihn finden, denn du weißt nicht, was ich getan habe!

Du hattest recht, als du sagtest du kennst mich nicht. Kenne mich selbst nicht mehr. Nein, *du* kennst *mich* wirklich nicht! Sagte ich dir nicht schon letztes Jahr, du kennst mich nicht, du weißt gar nicht, wer ich bin? In deinen schlimmsten Alpträumen kannst du dir nicht vorstellen, wer ich bin und was ich war. Kannst nicht ahnen, warum das Winter Palace seit Jahren mein Zufluchtsort ist. Einst stand da ein anderes Haus! Dort war ich glücklich für eine kleine Weile, dort erfüllte sich der Traum meines Lebens, der Traum einer sicheren Zukunft. Doch es blieb ein Traum, denn es kam alles ganz anders …

Raphael, du weißt nichts von meinen Alpträumen, meinem Leben. *Du* weißt nicht, wie wütend *ich* werden kann! Du weißt nichts von Deir el Medine, und nichts von den Höhlen und Gräbern hoch über dem ehemaligen Arbeiterdorf. Dort ist eine einsame Felsenkammer. Drin an der Wand steht ein grauenvoller, entsetzlicher Fluch geschrieben! Dort an der Wand hat vor über dreitausenddreihundert Jahren ein junger Baumeister seinen Schmerz in den Felsen gehämmert, sein Herz begraben. Er hat es für jene gemacht, die sich Bent nennt, für jene, die sich, später des Schicksals vorbestimmt, Sahu-Re nennt, für die, der der Gott sich nähert. Er hat es für *mich* gemacht! Und ich habe ihm damals versprochen, wenn ich einst eine reiche vornehme Dame bin, nehme ich dich zum Gatten! Ich habe mein Versprechen gehalten. Ich habe ihn genommen, egal, wie lange es gedauert hat! Und ich habe damals schon gewußt, daß wir nie zusammengehören!

Du, Raphael, weißt nichts von einem blutigen Schwur, den ein junges Mädchen einst vor sehr langer Zeit leistete. Von ihrem Schmerz und ihrer Verzweiflung. Du weißt nichts von Sachmet und könntest dir niemals vorstellen, zu was diese rasende Göttin fähig ist. Und du weißt nichts von Parser und Nefertem…

Du kannst dir nicht vorstellen, wie es in *meinem* geschundenen Herzen aussieht! Jahrelang glaubte ich mich kurz vor dem Wahnsinn, fürchtete meine

Alpträume, fürchtete mich vor mir selbst. Es ist kein Wahnsinn, keine Neurose, keine Schizophrenie. Nein! Es ist viel schlimmer, grausamer! Denn es ist ein Geschenk!

Pah!

Ein sorgenfreies, behütetes Leben! Eine gute Ausbildung, damit ich mir irgendwann einen bedeutenden Namen machen kann! Umgeben von lieben Menschen ... Eine Wiedergutmachung für all das erlittene Unrecht! Ich bin ein Witz von Mutter Natur! Der Kosmos hat sich einen unglaublichen Scherz erlaubt! Das Universum hat unendlichen Humor! Samsara hat mich ausgespuckt! Und Shakti lacht dazu ...

Sie hat mir alles gesagt! Offenbart! An jenem grauenvollen Abend, vor fast zwei Wochen, jenem Abend, bevor du aus dem Krankenhaus entlassen wurdest. In jener dämonischen, gespenstischen Neumondnacht am Ersten diesen Monats. Als wir den Alten mit Lügen dazu brachten in den Defender zu steigen. Ich habe den Schlüssel des Eisentores entwendet, mit dem die Kammer versperrt ist. Niemand geht je dorthin, sie ist für die Öffentlichkeit wegen der Empfindlichkeit der Farben nicht zugänglich und die Archäologen und Wissenschaftler haben ihre Arbeiten darin längst abgeschlossen. Die Felsenkammer in der die Statue einst stand, ist schon lange aus dem Gedächtnis der Menschen verschwunden. Aber nicht aus meinem! Und *Sie*, von der ich bis dahin glaubte, sie sei nichts als eine reiche, verwöhnte Sammlerin die antiken Schätzen nachjagt, öffnete mir in einer entsetzenerregenden, schauerlichen Stunde in dieser furchtbar stillen Kammer die Augen! Und ich erkannte endlich wer sie war.

Sat Re Nebet Sedau! Die Tochter des Re, Die Herrin des Zitterns! Und ich erkannte wie nach einem langen, endlosen Traum, wer *ich* bin!

Jetzt weiß ich, wer Ahmed ist. Er ist das Kind, daß das Monstrum mir einst genommen hat! Nefertem! Mein Sohn, Raphael! Und Ibrahim, er nannte sich Parser und ich liebte ihn einmal abgöttisch, ist sein Vater!

Ich weiß, wer deine Frau war, mein Liebster – sie war einst meine Stütze, meine Freundin, mein stiller Rückhalt. Ihr Name war Kara und sie war der liebste Mensch den ich kannte. Sie konnte keiner Seele etwas zuleide tun, fühlte Liebe für alle Menschen, besonders für die, die Hilfe und Halt brauchten. Und es tut mir im Herzen weh, daß ich sie nicht noch einmal sehen konnte! Jetzt weiß ich erst recht, welchen Verlust *du* erlitten hast, Raphael. Und ich kenne deine Mutter! Die Herrin des Hauses! Sara, die Prinzessin. Beseelt von der hellsichtigen Nebethat. Tachut! Meine Freundin, sie war mir wie eine Mutter...

Ich habe das Monstrum dort eingesperrt, Raphael! Der Sauhund soll verrotten, verfaulen, meinetwegen bis ans Ende aller Zeiten! Er wird niemanden mehr umbringen können! Er hat mir fast alles genommen! Mein Leben, mein Kind, meine Unschuld, mein Haus, meine Freunde, meine

Zukunft, meine Seelen! Nur eines ist ihm niemals gelungen: meinen Lebenswillen konnte er nie brechen! *Sie* hat ihn wegen seiner bösen Taten verflucht niemals zu sterben, denn ich war ihre Dienerin! Ich war ihr williges Werkzeug!

Ich war Bent! Und mein Zorn war gerecht! Ich bin immer noch wütend! Aber ich bin auch Anna und ich werde lernen müssen, mit dieser unglaublichen Erkenntnis zurechtzukommen, zu leben und das Beste daraus zu machen! Sie sind alle da, die ich aus meinem alten Leben kannte und liebte. Selbst Pesechet, meine zweite Stütze neben Kara, ist heute wieder da. Was würde ich nur ohne Andrea machen?

Ja, ich werde lernen müssen ... lernen, daß ich einen Menschen auf dem Gewissen habe. Er nimmt mir nicht noch einmal das Liebste! Dafür habe ich gesorgt. Irgendwann wird man seine vertrocknete Mumie finden. Spätestens im Herbst, wenn ich meine nächste Saison in Ägypten verbringe, wenn ich nachsehe, was aus ihm geworden ist ... Dann werden wir ja sehen, ob er unsterblich ist!

Du hast mir geschworen, Raphael, an dem Tag, als du mir den Antrag machtest: *Ich bin für dich da. Auf immer und ewig! Das schwöre ich dir! Bei dem allmächtigen huldvollen Gott, dessen Schönheit mein Name preist ...*

Denn dein Name war Ranofer – Schön wie die Sonne – und du warst und bist die Liebe meines Lebens! Du bist mein Gatte! Wir sind den Bund miteinander eingegangen! Du wärest durch meine Schuld, meine dumme Gedankenlosigkeit beinahe gestorben! Und ich mußte dich damals schweren Herzens gehenlassen. Und in diesem Leben bist du wegen mir schon wieder beinahe gestorben! Ich bringe den Männern die mich lieben nichts als Verderben. Ich war leichtsinnig, brach meinen Schwur ihr gegenüber und sie war deswegen böse, unversöhnlich wütend. Doch sie sagte auch: Der Krieger, Bent, der dir sein Leben geweiht und dir bei meinem göttlichen Vater geschworen hat, dich nie zu vergessen, wurde noch einmal zu dir geschickt, damit sich eure Liebe erfüllt ...

Such ihn nicht, Ranofer! Vergiß deine Rache ... Meine Rache ist älter, meine Rache ist gewaltiger, meine Rache wird grausamer sein ...

„Sauer?"
Er stupste sie auf die Nase, riß sie aus ihren Grübeleien.
„Stinksauer!"
Anna versuchte ein Lächeln, stopfte ihre unglaublichen, düsteren, unheimlichen Gedanken wie sie es schon immer tat, ganz tief in irgendeine verborgene Hirnwindung, wandte ihren Blick von der atemberaubenden Aussicht hin zu ihm. Mit Mühe gelang es ihm, seinen unbeherrschten Blick zu kontrollieren, so zu tun, als wäre alles in Ordnung. Anna beugte sich vor, legte die Hand auf seinen Arm:

„Das hier ist das wahre Leben, Raphael. Du kannst doch nicht einfach einen alten, kranken Mann umbringen, lediglich auf eine Vermutung hin und weil er ein Loch in seiner Kutte hatte. Er ist ein Bettler, ein armes, wahrscheinlich dementes Schwein. Seine Kutte ist voller Löcher. Das hier", sie wies auf die schöne Landschaft, den blauen Himmel mit den Schäfchenwolken, den Garten und den gedeckten Tisch, „das hier ist das wahre Leben. Wir sind doch keine Helden in einer schmalzigen Fantasy-Story, die von Verfluchten und von Wiedergeborenen erzählt. Von altägyptischen Göttern, die auf Erden wandeln und von einem Liebespaar, daß sich nach dreitausend Jahren wiederfindet. Du hattest Recht letzten Herbst. Ich sollte kürzer treten und mich nicht soviel mit dem alten Ägypten beschäftigen, das macht mich nur kirre, verursacht Hirngespinste und schlaflose Nächte. Vielleicht laß ich die nächste Saison mal ausfallen…"

„Ich muß zurück, Anna. Ich muß meinen Laden am Laufen halten. Ich…"

„Klar mußt du zurück." Sie ignorierte die brutale Mordlust in seinen Augen. „Aber doch nicht heute und nicht in den nächsten Wochen. Laß uns die Zeit genießen, ein wenig abschalten, ein bißchen Urlaubsfeeling haben. Erweitere deinen Horizont, die Saarländer sind ein fröhliches, herzliches und geselliges Völkchen. Du wirst sehen, du kamst als Fremder und gehst als Freund. Was sagst du?"

„Irgendwie werd ich das Gefühl nicht los, daß du mir irgendwas vormachst." Er zog das Messer aus dem Apfel, biß in ihn hinein.

„Ich?", flunkerte sie verspielt entrüstet, „Sowas kann ich gar nicht!", versuchte sie zu spaßen, schenkte nochmal Kaffee aus, nahm ihr Croissant in die Hand, spielte mit dem Zeigefinger in der blutroten Erdbeermarmelade, lutschte ihn frivol ab.

Ja, ich mache dir was vor. Denn ich bin eine Heuchlerin! Mein Herz wurde gestohlen, Raphael! Mein blutendes, mächtiges Herz! Der Herr der Schmieden! Der Gott der Handwerker! Pah! Ein Gott der Männer! Nochmal Pah! Ein Gott der Wüste! Seth, der Rote, der Herr des Krieges und des Chaos' will mein Herz! Und in dem Herz ist Sachmets Blut …

Gott stehe uns bei …

Ich bin eine Heuchlerin, Raphael, denn ich habe dir nichts von Sachmet erzählt! Jener blutrünstigen Göttin, die jeden Krieger in der Schlacht begleitet, der Herrin der Schlacht, der Dame des roten Tuches, die Herrin der Angst, der Tochter des Re. Sie half mir, den Schlüssel zu finden und den Alten wegzusperren. Dafür verlangte sie eine Gegenleistung: ihr zu helfen, das Herz zu finden. Und, Raphael, ich habe dir auch nicht gesagt, daß ich einen Schwur leistete

Siehe, mein Bündnis mit dir! Deinen heiligen Namen trage ich für alle Zeiten in meinen Leib geritzt, damit ich niemals vergesse

Ich habe nicht vergessen! Ich habe nicht vergeben! Ich kann dem Schicksal nicht vergeben! Ich kann nicht vergessen, was mir angetan wurde! Die Wut gehört zu mir! Niemals wird sie mich verlassen! Ich bin Bent, und meine Rache wird fürchterlich sein!

„Ich habe dir gar nicht gesagt, daß ich mir noch ein kleines Tattoo stechen lasse", schmeichelte sie schnurrend wie ein Kätzchen. „Nächste Woche hab ich den Termin. Hierhin", Anna beugte sich vor, griff nach dem Messer, ließ ihn in ihr tiefes Dekolleté schauen, strich mit der Spitze der scharfen Klinge über ihr Brustbein dicht über ihren Brüsten, „Ein Zepter, eine Eule und eine Kobra. *Sechem Me t*. Das wird heiß aussehen. Und ich weiß jetzt schon, das wird dir gefallen!"

Achet, 5. Tag des Djehuti im Jahre 3406 nach Pharao Amenhotep III.
(20. Juli 2020)

4. überarbeitete Auflage, Schemu, neunzehnter Tag des Pa-en-Chonsu
(04.04.2022)

Die Göttinnen	Ihre Ehegatten
Sachmet: *Die Mächtige*	**Ptah:** *Der Bildner*
Isis: *Thron, Herrin des Lebens*	**Osiris:** *Stätte des Auges*
Nebethat (Nephtys): *Herrin des Hauses*	**Seth:** *Anstifter der Verwirrung*
Neith: *Die Schreckliche, Herrin des Wassers*	**Chnum:** *Der Widder/Schaf (Verbindung zu Neith unter Vorbehalt)*
Selket: *Die, welche atmen läßt*	
Maat: *Wahrheit und Weltordnung*	**Thot:** *Melden oder Erschlagen*

Real existierende Personen zur Zeit dieser Geschichte:

Amenhotep III.	Pharao
Amenophis Hapu/	Baumeister, Seher, Schreiber, Berater unter
Amenhotep Sa Hapu	Amenhotep III.
Arnold Vosloo	Schauspieler. Die Mumie/Imhotep
Bek	Vater des Tutmosis
Cha	Vorarbeiter in Deir el Medine
Chaemhet/ Mahu	Vorsteher der Kornspeicher Ägyptens
Cheruef/ Senaa	Palastvorsteher Tejes
Fatima Serin	Bauchtänzerin aus Saarbrücken
Hosni Mubarak/seine Gattin	Ägyptischer Staatspräsident/seine Gattin
Menna	Feldschreiber
Merimose	Vizekönig von Nubien unter Amenhotep III.
Neferrenpet	Pharao Amenhoteps Kammerherr
Susanne Bickel	Schweitzer Ägyptologin/seit 2015 Professorin für Ägyptologie
Teje	Große Königliche Gemahlin von Amenhotep III.
Userhat	Vorsteher des Harems

Die Liedzeile auf Seite 58: ‚*Ist dies das wahre Leben oder nur Einbildung? Ein Erdrutsch reißt mich mit sich, es gibt kein Entkommen vor der Wirklichkeit.*‘ ist die erste Zeile aus *Bohemian Rhapsody* von Queen. Eine kleine Anspielung auf *Die beiden Herrinnen* und Raphaels Verbundenheit mit dem Song.
Und auf Seite 129 natürlich unverkennbar *As Time goes by*.
Die beiden Hieroglyphen über den Kapiteln und im Schmutztitel drücken Bents ganze schmerzliche Sehnsucht aus. Das Zeichen des Sonnengottes *Ra* und das Zeichen für *Schön* ergeben zusammen natürlich den Namen Ranofer.

Der ägyptische Kalender (Die Monate beginnen immer am 15.)

Achet (Zeit der Überschwemmung)
Juli - Oktober, **Herbst**, umfaßt die Monate:
Djehuti: Juli,
Pa-en-ipet: August
Hut-heru: September
Ka-her-ka: Oktober

Peret (Zeit der Saat)
November - Februar, **Winter**, umfaßt die Monate:
Ta-abet: November
Mechir: Dezember
Pa-en-Amenhotep: Januar
Pa-en- Renenutet: Februar

Schemu (Zeit der Ernte)
März – Juni, **Sommer**, umfaßt die Monate:
Pa-en- Chonsu: März
Pa-en-inet: April
Ipip: Mai
Mesut-Re: Juni

Dazu kommen fünf Zusatztage, die *Heriu-renpet*:
Vom 30. Juni – 04. Juli die Geburtstage des Osiris, Horus, Seth, der Isis und
der Nebethat

Juli 2020, vier Monate nach dem Ausbruch von Corona

wütet die Pandemie noch immer unter der Menschheit, das normale Leben wird noch lange auf sich warten lassen und man fragt sich zurecht, ob die Welt je wieder so sein wird, wie sie einmal war.

So ging ich, nach dem furiosen Start von *Die beiden Herrinnen,* daran *Die Rache der Löwin* zu schreiben. Es hat unglaublichen Spaß gemacht, den beiden Paaren zuzusehen, wie sie in beinahe gleiche Situationen geraten und wie sie dabei in ihrem jeweiligen Umfeld reagieren. Und es hat mich ziemlich viel Emotion gekostet, Anna plausibel zu machen, daß sie schon einmal auf dieser Erde weilte. Sie, liebe Leser, ahnten das ja wohl schon längst – doch Anna mußte erst zu dieser unglaublichen Erkenntnis hingeschubst werden.

Und ich wollte Ihnen Annas – und meine Heimat ein wenig näherbringen. Das Saarland, klein aber fein, ein winziger Fleck auf der Landkarte, zwischen Frankreich, Luxemburg und Rheinland-Pfalz gelegen, hat viel zu bieten. Kulinarische Genüsse, lässiges Savoir-vivre, traumhafte Ausblicke in eine abwechslungsreiche Landschaft, Vielfalt an Kultur und archäologischen Stätten. Die Saarländer selbst, die wie beschrieben, ein aufgeschlossenes, geselliges Völkchen sind. Wer hierherkommt, auf einen Urlaub vielleicht oder gar nur auf einen kurzen Besuch, geht tatsächlich als Freund und wird mit Sicherheit gerne wiederkommen.

Und wie ich es schon einmal an dieser Stelle beschrieb, so möchte ich auch jetzt betonen, daß die Ansichten meiner im alten Ägypten agierenden Personen das Lebensgefühl der damaligen Zeit und nicht mein eigenes Wunschdenken wiederspiegeln. Der tiefe Glaube an alles Göttliche, die unantastbare Göttlichkeit Pharaos, Aberglaube, Zaubersprüche, Ernährung, Krankheiten, medizinische Versorgung, Schamgefühl, Möbel, Mode, der dazugehörige Firlefanz, und *Maat* gehörten selbstverständlich zur damaligen Weltanschauung und sind nicht meiner Einbildungskraft entsprungen.

Selbstverständlich habe ich gründlichst recherchiert, mich dieses Mal mit der *Duat* auseinandergesetzt, welche von dem heutigen Verständnis eines Jenseits gewaltig abweicht, habe mich über *Shakti, Nirvana* und *Samsara* schlau gemacht, tauchte ein in die Geheimisse des *Amduat* und natürlich in die Zeit von 2011. Die Ausgrabungserfolge in Kom el Hettan und dem Tal der Könige, die Beschreibung von Pharao Amenhoteps Grab, seinem Palast und seinem Sarkophagdeckel, Amenophis Hapus Tempel, das Geschehen in Luxor/Kairo während des Arabischen Frühlings, das Weltgeschehen, Datum, Feiertage, Mondphasen u.v.m. beruhen auf Tatsachen.

Anch Uda Seneb wünschten die alten Ägypter. Leben, Heil, Gesundheit! Das wünsche auch ich Ihnen in diesen schwierigen Zeiten von ganzem Herzen

Herzlichst Ihre

Katharina Remy

Mehr Infos über die fantastische, exotische Welt des alten Ägypten und über die Autorin natürlich auch auf Katharina Remys Internetseite:
http://www.amhorizontdersonne.de

Alle bisher von Katharina Remy erschienenen Ägyptenromane sind sowohl in den Buchhandlungen wie in jedem Online-Buchshop verfügbar. Alle Romane sind selbstverständlich auch als E-Book erhältlich

Am Horizont der Sonne
ISBN: 9783749497249
Historischer Roman um Pharao Tut-Ench-Amun

Tut-Ench-Amun lebt!
Jedenfalls in der Erinnerung der Menschen und in meinem Roman. In dieser Geschichte lebt Pharao Tut-Ench-Amun, Sohn der Sonne, Starker *Stier, vollkommen an Wiedergeburten,* sein nicht erfülltes, allzu früh beendetes Leben weiter!

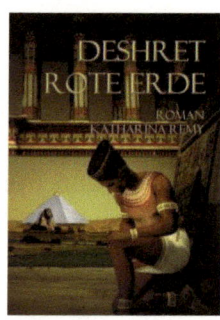

Deshret Rote Erde
ISBN: 9783839183243
Historischer Roman um den Bau der
großen Pyramide von Giza und dem Bau der Sphinx

Baumeister Chenu haßt Pharao Chufu von ganzem Herzen. Doch beide sind durch das Wissen um brutale Morde und Familiengeheimnisse auf Gedeih und Verderb aneinander gebunden …

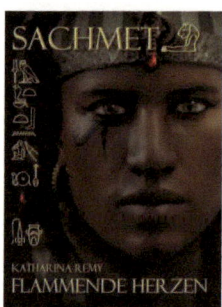

Sachmet Flammende Herzen
ISBN: 9783752667547

9 Kurzgeschichten rund um die Helden der Sachmet-Reihe
Nur als E-Book erhältlich

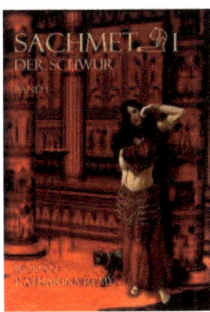

Sachmet Band 1 Der Schwur
ISBN: 9783752848717
Historischer Roman um die Hohepriesterin Sahu-Re

Das Mädchen Bent schwört im Zorn der grausamen und tückischen Sachmet, der mächtigsten und gewaltigsten Göttin Ägyptens einen blutigen Schwur …

Sachmet Band 2 Blutmond
ISBN: 9783748146889
Historischer Roman um die Hohepriesterin Sahu-Re

Eine unheimliche Himmelserscheinung bedroht das *Schwarze Land*. Bent, von Visionen geplagt, fürchtet, Sachmet wolle ein zweites Mal die Menschheit vernichten …

Sachmet Band 3 Die beiden Herrinnen
ISBN: 9783751907408
Historischer Roman um die Hohepriesterin Sahu-Re

Grausame Morde geschehen in Uaset! Selbst auf den Stufen des Isistempels findet man ein Mordopfer. Doch Bent, obwohl sie bereits ein Jahr dem Tempel der Isis als pflichtgetreue Hohepriesterin Sahu-Re vorsteht, vergißt selbst über all diesen Sorgen niemals ihren schmerzvollen Leidensweg …

Sachmet Band 5 Der Zorn des Seth
ISBN: 9783752658330
Historischer Roman um die Hohepriesterin Sahu-Re

Von *Uaset* bis hinunter in das entfernte *Swenu* führt ihr Weg, hinein in unbekannte Regionen, zu fremden Städten und prächtigen Tempeln. Bent lernt Kemet, *Das Schwarze Land*, mit seiner betörenden Schönheit auf eine völlig neue Weise kennen. Und sollte auf dieser Reise ihrer beider Liebe tatsächlich erneut aufflammen, Ranofer wieder zu ihr finden …

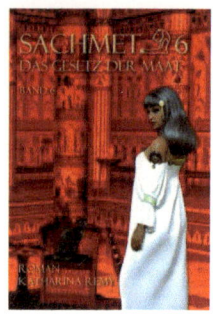

Sachmet Band 6 Das Gesetz der Maat
ISBN: 9783755716341
Historischer Roman um die Hohepriesterin Sahu-Re

Bent in ihrer Position als Hohepriesterin des Isistempels ist zu einem prunkvollen Fest geladen: Die Hochzeit des Kronprinzen! Doch hat nicht Sachmet selbst vor Jahren einst prophezeit, mit Bents Hilfe den Prinzen töten zu wollen? Aber eine Absage läßt Pharao Amenhotep nicht gelten …

Mit Freude stelle ich Ihnen hier die Romane meiner Schriftsteller-Kollegin Ilona Arfaoui vor. Illustriert mit ihren phantastischen Bildern sind ihre Bücher neben dem Lesegenuß auch ein Fest für die Augen!

Der König der Schatten
Phantastischer Roman
ISBN: 783749408054

Schon seit vielen Jahrhunderten herrschen die Dunklen über einen der letzten heidnischen Clans Irlands. Regelmäßig werden von ihnen magisch begabte Kinder als ihre Schüler auserwählt

Cahal, einer ihrer Schüler und Sohn des Königs, will sich ihnen allerdings nicht mehr unterwerfen und zettelt eine Meuterei an. Zusammen mit seinen acht Gefährten gelingt es ihm, die verhaßten Dunklen Herrscher in das "Schwarze Land" zu verbannen. Er ahnt nicht, welche Tragödie er damit auslösen wird.

512 Seiten, davon drei Seiten farbig illustriert

Ilona Sonja Arfaoui, Jahrgang 1950, lebt mit ihren drei Katzen in Stuttgart. Sie arbeitete als Werbeberaterin und Grafik-Designerin in der Werbeabteilung eines Verlages. Sie hat die Fortsetzung des Schattenkönigs „*Der Hexenmeister, die Macht und die Finsternis*" herausgebracht und im ersten Halbjahr 2022 wird die Trilogie mit „*Die Anderen - Chroniken aus dem Schwarzen Land*" beendet sein. Außerdem ist von ihr eine kleine Katzengeschichte „*Die Katze, der Traum und der Pharao*" mit 9 farbigen Illustrationen erschienen.
www.ilonaarfaoui.com